W0068091

Elisabeth Herrmann
Mondspaziergänge

Elisabeth Herrmann

Mondspaziergänge

Roman

Gustav Lübbe Verlag

© 1998 by Gustav Lübbe Verlag GmbH,
Bergisch Gladbach
Lektorat: Daniela Bentele-Hendricks
Schutzumschlag: Melanie Bentele, München

Satz: Agentur Bosbach, Köln
Gesetzt aus der 10 Punkt Bernhard Modern der
Linotype-Hell Vertrieb GmbH, Heidelberg
Druck und Einband: Franz Spiegel Buch GmbH, Ulm

Alle Rechte, auch die der fotomechanischen Wiedergabe,
vorbehalten

Printed in Germany
ISBN 3-7857-0911-0

1   3   2

Inhalt

Die Welt ist kälter geworden

Die **Welt ist kälter** geworden. Kein Platz mehr
für Sentimentalitäten. **Was zählt am Ende**, ist die Zahl
unter dem Strich.

Ihr Wirtschaftswunderkinder!
Ihr habt euer ganzes Leben lang gekämpft, um
den **Hals immer voller** zu kriegen.
Ihr habt nie abgegeben. Immer nur dazugenommen.

War schön mit Dir! Ich ruf Dich an.

Ein **Wolf** braucht **eine Wölfin** als Gefährtin –
keinen Dachs.

Geschäft ist die reinste Form von Gegenseitigkeit.

Null Ahnung von den Spielregeln. **Regionalliganiveau**.

Leitungsdrähte sirren elektrisch in der Luft. Von der Ferne ein Grollen, wie ein Gewitter hinter dem Vogelsberg vielleicht. Das Signal rastet ein.

»Pling!« kommentiert die Glocke. »Plingplingpling!« Langsam schließt sich die Schranke. Zwei Autos, die es nicht mehr rechtzeitig geschafft haben, halten an. Die Fahrer schalten den Motor aus, Langmut im Gesicht. Kurz vor sechzehn Uhr.

Der Zug schleppt sich vorbei an brachliegenden Äckern und den ersten Vorgärten. Die Reisenden in den Abteilen, die in Sondersdorf aussteigen werden, stehen auf und sammeln ihre Habseligkeiten ein. Zeitungen, Handtaschen, Aktenmappen. Mäntel und Jacken, noch feucht und schwer von der unfreundlichen Witterung auf dem Bad Vilbeler Bahnhof, werden übergestreift.

Vor der Schranke stehen zwei Fahrradfahrer und blicken stur geradeaus. Ein langgezogenes, klagendes Heulen verhallt resigniert über den Feldern. Das Grollen wird lauter.

Im Zug bugsiert eine Frau ihren Kinderwagen durch die Sitzbänke zum Ausgang. Der Mann an der Tür beugt sich hinab und stützt sich auf die Klinke. Jeden Abend will er der erste sein, der den Zug verläßt, jeden Abend ein kleiner Triumph. An den Fenstern huschen Hintergärten und Parkplätze vorbei, entlaubte Bäume, zwei Waggons wie vergessen

8

auf dem Rangiergleis. Pfützen und Schlaglöcher, wartende Lieferwagen, ein Kombi.

Niemand steht auf dem Bahnsteig. Der Zug rollt aus mit einem letzten Keuchen und hält so plötzlich an, daß der Ruck die Fahrgäste einen halben Schritt zurückwirft. Die Türen öffnen sich, die Menschen springen wie befreit auf das geteerte Trottoir.

»Sondersdorf«, scheppert es aus dem Lautsprecher.

Die Bahnhofsuhr springt mit einem lauten Klack auf sechzehn Uhr sieben. Der Schaffner, das eine Bein schon auf dem Trittbrett, vergleicht die Zeit mit seiner Armbanduhr und nickt zufrieden. Dann hebt er die Pfeife an den Mund, steigt hoch und sieht sich noch einmal um. Die Frau mit der ledernen Reisetasche ist in Hektik.

»Na? Wird's denn gehen?« ruft er.

»Moment noch!« ruft die Frau zurück. Aus dem Gang hievt sie ihre Tasche heraus und wirft die Tür zu. Niemand der Zurückgebliebenen im Waggon beachtet sie, alle starren gleichmütig durch die beschlagenen Scheiben. Der Schaffner pfeift nun endlich, die Lokomotive antwortet mit einem tiefen Seufzer, der Zug setzt sich ächzend in Bewegung. Verläßt den Bahnhof, der nicht viel mehr ist als ein Backsteinhaus mit zwei Gleisen im Vorgarten, überquert beim Passieren der Schranke nun endlich auch die Straße und verschwindet hinter der nächsten Biegung. Nur ein rhythmisches Schnaufen hört man noch von ihm. Dann verklingt auch das.

Heimat, denkt Thea Kuckuck. Genau so aufregend habe ich mir meine Ankunft vorgestellt. Niemand da, kein Mensch. Wie ausgestorben. Zwei, drei Minuten bleibt sie neben ihrem Gepäck stehen, das typische Bestellt-undnicht-abgeholt-Bild. Sechzehn Uhr fünfzehn, ein Freitagnachmittag Anfang November in der Unterau.

Vielleicht haben sie sich verspätet. Kann ja vorkommen. Was tun also? Warten? Wo? Wie lange?

In zwei Gängen schleppt sie ihr Gepäck in das alte Bahnwärterhaus. Der Raum ist kaum zwanzig Quadratmeter groß, mit abgetretenen Holzdielen und grau gestrichenen Bänken. Die Innentemperatur hat Kühlhausniveau. Von der Decke baumelnd, verbreitet eine einsame 25-Watt-Glühbirne mattes Licht, vor den Fensterscheiben senkt sich die Dämmerung herab. Die Straßenlampen schalten sich ein. Hinter den Gleisen und der Absperrung sammelt sich feiner Nebel.

In einer halben Stunde wird es vollkommen dunkel sein. Soviel Zeit wird sie ihnen geben.

Sechzehn Uhr dreißig. Sie studiert den Fahrplan an der Wand. Immerhin gehen vier Züge pro Tag nach Frankfurt. Kein einziger mehr durchgehend, eher ein Zubringerdienst für die S-Bahn rund um die Großstadt. Eineinhalb Stunden Fahrtzeit. Dauerte das früher auch so lange? Thea sieht sich um. Gott sei Dank ist sie alleine. Jedesmal, wenn auf der Straße nach Krummbach ein Auto vorbeifährt, richtet sie sich auf. Doch niemand hält an, sie ist so offensichtlich versetzt, wie man nur versetzt sein kann.

»Komm nach Ischgl! Zum Sonnenskilauf nach Österreich!«

Braungebrannte Sportler mit Nußknackerlächeln preschen eine schneeweiße Piste hinunter. Die Sonne scheint, der Berg ruft nicht, er jauchzt geradezu. So schön kann Winter sein. Thea wickelt sich noch enger in die klamme Jacke. Auskünfte erteilt das Fremdenverkehrsbüro.

Das Plakat an der Wand ist immer noch der einzige Schmuck an den kahlen, mit Ölfarbe gestrichenen Wänden. Rechts und links der Bänke kleben Kaugummis. Wahrscheinlich auch unter der Sitzfläche. Der Automat hängt

10

neben dem geschlossenen Schalter. Genau wie früher. Daneben das Telefon.

Sie sucht nach Münzen, geht entschlossen zu dem Apparat und wählt die bekannte Nummer. Nichts. Keiner zu Hause. Dann sucht sie in dem zerfledderten Telefonbuch nach der Taxinummer. Sie versucht es einmal, zweimal. Auch beim dritten Mal hebt niemand ab.

Sie legt den Hörer auf die Gabel zurück und lehnt einen Moment lang die Stirn an das kühle Metall. Ein schrilles Klingeln zerreißt die Stille. Die Ankündigung, daß in wenigen Minuten der Zug aus der Gegenrichtung Orschelshausen verlassen und sich auf dem fahrplanmäßigen Weg nach Sondersdorf befinden wird.

Die Müdigkeit verschwindet schlagartig. Der Gedanke, nun weiteren Reisenden zu begegnen, verleiht ihr Flügel. Sie will niemandem begegnen, der im Vorübergehen plötzlich stockt, sich umdreht und sie anspricht. »Sind Sie nicht … – bist du nicht …?«

Nein. Lieber vier Kilometer bei Nacht, Nebel und Eisregen durch knöchelhohe Pfützen über die Äcker marschieren. Nicht die Hauptstraße entlang. Am Ende hält noch eine mitleidige Seele und fragt, ob man helfen kann. Und helfen kann im Moment nur eines. Und sobald sie das hat, wird sie zurückkehren. Und versuchen, die Sache so schnell wie möglich zu vergessen.

Sie wird die Abkürzung entlang der Krumme nehmen. Nur Bauern und verlorene Töchter begegnen sich dort.

Sie nimmt ihr Gepäck und geht hinaus. Drei trübe Straßenlampen schneiden Lichtkegel aus dem Regen. Schon hinter den Gleisen beginnt die Dunkelheit. Sie starrt hinüber in der Hoffnung, einen Lichtschein von Krummbach zu sehen. Aber sie kann nur den Wald erkennen, den die Äcker zurückgelassen haben, und einen rabenschwarzen Himmel.

Vicky sieht verstohlen auf die Uhr über der Kaffeeküche. Kurz nach vier. Sie ist nervös. Kein Anruf bis jetzt. Dabei müßte er doch längst schon wach sein. Der Tag ist ja so gut wie vorüber. Sie beugt sich zum Fensterbrett und versucht, ein Stück Hamburger Himmel über dem Hinterhof zu erhaschen. Dämmerlicht, Nieselregen, Novemberwetter. Vielleicht hat er sich auch einfach noch einmal umgedreht und beschlossen, den Tag zu verschlafen?

Sie sieht sich um. Alle arbeiten schweigend, aus dem Kofferradio klingt leise Musik. Auf ihrem Schreibtisch stapeln sich die Computerausdrucke der neusten Kampagne. Jetzt beginnt die Kleinarbeit: Retuschieren, Farbabstimmungen, das Ersetzen der Oxmox-Texte durch das Original. Genug zu tun bis spät in die Nacht, aber Vicky hat keine Ruhe.

»Ich bin gleich wieder da.«

Sie steht auf und holt sich ihren Mantel. Die anderen nicken nur, ohne aufzusehen. Draußen schlägt ihr als erstes eine Windbö ins Gesicht. Ärgerlich streicht sie die Haare hinter die Ohren. Die Frisur ist im Eimer, aber wen interessiert das schon.

Sie wohnt nur ein paar Minuten entfernt, überquert die Eppendorfer Hauptstraße und passiert die verlockend dekorierten Läden, die in einem vorweihnachtlichen Verkaufsrausch delirieren. Im Vorübergehen wirft sie ein paar Blicke in die Schaufenster. Rot und Gold dominiert, Schleifen, Rüschen, Weihnachtssterne. Aber Vicky hat schon lange aufgehört, sich für Weihnachten zu interessieren. Sie wird über die Feiertage und Silvester auf die Kanaren fliegen, eine schon lange im voraus gebuchte Reise, die im schönsten aller Fälle immer noch abgesagt werden kann. Doch der schönste aller Fälle ist auch seit der Buchung im Sommer nicht mehr eingetreten, und das Herz klopft ihr wieder bis zum Hals. Vielleicht ja dieses Mal.

12

Vor einer kleinen Boutique bleibt sie dann doch einen Moment lang stehen. In der Auslage glänzt ein Seidentaftkleid mit atemberaubendem Ausschnitt. Bildschön. Und zu einem Preis, daß Vicky die Kanaren der nächsten drei Jahre in den Wind schreiben kann. Sie geht weiter. Bleibt noch einmal stehen. Für Silvester vielleicht? Nein. Sie fährt in einen Club, da geht es leger zu. Sie kennt die Rituale. Das kleine Schwarze reicht da vollkommen aus. Ja, wenn sie in Hamburg bleiben würde. Und mit einem gutaussehenden, charmanten Begleiter die Bälle und Partys abklappern, dann wäre das etwas anderes. Dann wäre dieses Kleid optimal.

Sie geht zurück zum Schaufenster. Oder doch nicht? Ist das nicht wieder so ein Traum für hochgewachsene, schmale Frauen mit Pfirsichbrüsten, die sich vor dem Spiegel drehen und wenden und dann der Verkäuferin zuseufzen »Haben Sie es nicht doch noch eine Nummer kleiner?«, während Vicky, im Schweiße ihres Angesichts, in Strumpfhosen über der Unterwäsche, die runden Formen auch noch auf eine Körpergröße unter einssechzig zusammengepreßt, danebensteht und vor Scham im Boden versinken könnte? Na klar! Eindeutig eine achtunddreißig, die da so verlockend drapiert wurde. Passend mit Schuhen und Handtasche. Vicky blickt in den dunklen Himmel und schließt mit sich selbst einen Pakt. Wenn er noch da ist oder mir sonstwie ein Zeichen hinterlassen hat, dann kaufe ich das Kleid und nehme so lange ab, bis ich hineinpasse.

»Hast du deinen Schal? Es ist kalt draußen. Und zu regnen angefangen hat es auch.«

»Jaja. Hast du die Autoschlüssel gesehen?«

»Die liegen doch neben dem Telefon.«

»Liegen sie nicht.«

»Aber ich hab sie doch vor zehn Minuten erst dort abgelegt!«

»Sie liegen da aber nicht! Herrgottsackzementnochemal!«

Heinrich Kuckuck läßt seine mächtige Gestalt in den Fernsehsessel sinken und streicht sich über das in Ehren ergraute Haupt. Seine Gattin Marthe, die Handtasche an den Lamahaarmantel gedrückt, steht in der Flurtür. Sie weiß, daß Heinrich den Schlüssel als letzter in der Hand hatte, und sie weiß, daß Heinrich das weiß. Aber sie weiß auch, daß Heinrich weiß, daß er nicht weiß, wo der Autoschlüssel jetzt steckt. Diese Art Zerstreutheit in seinem Wesen ist relativ neu, gemessen an den siebenunddreißig gemeinsamen Ehejahren. Seit einigen Monaten fällt sie ihr auf. Nicht nur ihr. Die Entdeckung neuer Eigenarten an ihrem Lebensgefährten erfordert eine behutsame Umstellung im Umgang. Doch die muß erst gefunden werden.

»Hast du sie vielleicht schon eingesteckt?«

Die Frage ist eine behutsam und liebevoll gebaute Brücke. Doch Heinrich Kuckuck betritt sie nicht.

»Nein. Hab ich nicht. Sonst würd ich doch nicht fragen!«

»Dann schau noch mal in deiner Jacke nach. Wo ist denn deine Mütze?«

»Brauch ich nicht. Der Autoschlüssel muß her.«

Er blickt besorgt auf die Uhr. Nervöse Hektik ist in ihrem Alter etwas Seltenes. Aber die Nachricht, eine der beiden Töchter völlig überraschend nach mehrjähriger, nur von knappen Telefonaten durchbrochener Abwesenheit nun auf einmal für ein ganzes Wochenende im Haus zu haben, hat sie doch etwas aus der Fassung gebracht.

Marthe geht in den Flur und inspiziert die gesamte Garderobe einschließlich Telefontischchen ein viertes Mal. Das vertraute Kunstledertäschchen der örtlichen Sparkasse taucht nirgendwo auf. Sie seufzt leise. In einer Viertelstunde kommt der Zug in Sondersdorf an. Es wäre schön, nun ohne Hektik in den Kombi zu steigen und loszufahren. Die Zeit wird knapp.

»Hast du sie gefunden?«

Heinrichs Stimme aus dem Wohnzimmer. Unterdrücktes Schuldbewußtsein hinter der Ungeduld.

»Nein«, sagt sie und kehrt ins Wohnzimmer zurück. »Es ist kalt draußen. Hier, setz wenigstens die Mütze auf.«

»Ich will die depperte Mütze nicht!«

Marthe läßt das graue Filzteil sinken. »Reg dich doch nicht auf«, sagt sie leise.

»Wie soll ich mich nicht aufregen, wenn nichts, nichts in diesem Hause an seinem Platz ist! Tausendmal hab ich schon gesagt, der Autoschlüssel gehört neben das Telefon. Tausendmal! Und wenn es darauf ankommt, was ist dann? Was?«

»Vielleicht schafft es das Taxi noch.«

»Bis das Taxi hier ist, sind wir auch gelaufen.«

Er starrt ärgerlich aus dem Fenster in den dunklen, vor Nässe triefenden Garten. Was nun?

Marthe weiß nicht, wann sie das letzte Mal nach Sondersdorf gelaufen ist. Wenn man auf dem Land lebt und alt wird, ist das Autofahren nach dem Gehenlernen, Radfahren, Rennen und Spazierengehen schließlich die letzte selbstbestimmte Fortbewegungsmöglichkeit. Vier Kilometer sind kein Pappenstiel. Früher, mit dem Fahrrad, den Anhänger voll beladen mit Wocheneinkäufen und nicht selten noch mit den Kindern obenauf, waren sie selbst mit dreißig Jahre jüngeren Beinen eine Qual. Aber das einzige Auto in der Familie wurde gebraucht, den Ernährer in die Firma und wieder nach Hause zu bringen. Erst seit die Rente und damit mehr Ruhe ins Haus eingekehrt sind, steht der alte Kombi nun auch für andere Ausfahrten zur Verfügung.

»Ich hab ihn!«

»Was? Wo denn?«

Heinrich schraubt sich aus dem Sessel und läuft in den Flur. Eine Sekunde später kehrt er zurück, in der Hand triumphierend den vermißten Schlüssel.

»Bei den Zeitungen. Die wollte ich noch mit rausnehmen. Ich hab ihn extra auf den Stapel gelegt, damit ich das Altpapier nicht vergesse.«

Marthe zieht die Augenbrauen hoch, ein scherzhaftes Rügen. »Ach Heinrich.«

Er läßt den Schlüssel sinken, der Triumph verläßt sein Gesicht. Sie streicht ihm über die vollen, nicht mehr ganz so glatten Wangen und nimmt ihm fast zärtlich den Schlüssel aus der Hand. »Laß uns fahren.«

Sie schließen die Haustür hinter sich und hören nicht mehr, wie das Telefon lange, beharrlich, fast verzweifelt klingelt und schließlich verstummt.

Gerhard Schliever streicht liebevoll über seine Zinnsoldaten, die, in Reih und Glied aufgestellt, in einer offenen Vitrine neben seinem Schreibtisch glänzen. Er verknotet seine Finger ineinander und läßt die Gelenke knacken. Ein Geräusch, bei dem es Gerry vor Widerwillen eiskalt den Rücken hinunterläuft.

»Die Welt ist kälter geworden, mein Lieber«, sagt Schliever. »Kein Platz mehr für Sentimentalitäten. Was zählt am Ende, ist die Zahl unter dem Strich. Ist sie rot oder schwarz? Welche Stellen hat sie vor dem Komma? Ist sie eine Garantie für ein weiteres Jahr Überleben, oder geht es ans Eingemachte? Hat man alle Potentiale ausgeschöpft? Ist sie wirklich das Optimum?«

Schliever rückt den Gardekürassier der Armee Maria Theresias ein Stückchen nach links. Das aufgepflanzte Bajonett zielt nun auf den Bauch des preußischen Leutnants aus der Leibgarde des Alten Fritz. Die schlesischen Kriege – ein Meisterwerk des Überraschungsangriffs, bis heute noch lehrreich in ihren Finten. Die drei Säulen des Krieges werden hier aufs beste veranschaulicht: Taktik, Strategie und operative Führung. Auch wenn das Schlachtfeld mittlerweile in den Konferenzsälen und Anwaltskanzleien zu finden ist – Einkreisen, Überflügeln und finaler Flankenstoß machen auch heute noch jeden Gegner mürbe. General du Vernois' Kriegsspiele im Sandkasten nennt man heute Planspiele, das Motto »keine Gefangenen« kommt der Zurückführung auf den freien Arbeitsmarkt gleich. Nein, ihm muß man nichts vormachen. Was in diesem Land zur Zeit tobt, ist die Schlacht vor dem Abstieg, der Kampf, den Weltmarkt nicht sang- und klanglos den Asiaten zu überlassen. In seinem Verlag gibt es deshalb strikte Anweisung, die Welt nicht länger durch die rosarote Brille zu sehen. Zeit, den Leuten klarzumachen, wo der Dampfer hinfährt. In Richtung Grundeis nämlich, wenn nicht einige wenige vorausschauende Menschen – vom Schlage eines Gerhard Schliever zum Beispiel, der die Handynummer des Kanzleramtssprechers in seinem Notizbuch direkt neben der des Wirtschaftsministers stehen hat – den Überblick behalten.

Gerry schlägt das rechte über das linke Bein, die Hände im Schoß gefaltet. Er versucht, seinen interessiert-verständnisvollen Gesichtsausdruck beizubehalten, auch wenn es ihm von Minute zu Minute schwerer fällt.

»Wer nicht mithält, ist bei uns fehl am Platz. Hier geht's ums Ganze. Um die Sahne obendrauf. Wir geben uns nicht mit dem zufrieden, was die anderen übriglassen. Wir greifen selber an! Päng! Päng!«

Gerry zuckt zusammen. Schliever gibt dem preußischen Leutnant einen Schubs, der fällt um. »Wer nicht mit der

Zeit geht, geht mit der Zeit. So sieht es aus, mein Lieber.« Schliever lacht. »Und nun zu uns.«

Er zieht die Notiz seiner Sekretärin wieder näher zu sich heran. »Sie wollen also wechseln?«

Gerry nickt. Er will nicht, er muß. Aber das wird er Schliever nicht auf die Nase binden. Der Deal klappt auch so. Das weiß Gerry. Er weiß es, weil er etwas weiß, was Schliever noch nicht weiß, aber wissen müßte.

»Sie sind ja ein ganz tüchtiges Kerlchen.« Schliever mustert Gerry von oben bis unten. Gute Umgangsformen, wacher Blick, ordentlicher Anzug. Das sind schon einmal die äußerlichen Merkmale, die stimmen. Schliever achtet darauf, daß seine Angestellten sich nicht gehenlassen. Auch wenn sein Verlag mit sogenannten Kreativen arbeitet, ist hier ein Hemd ohne Krawatte immer noch fehl am Platz.

»Aber das allein reicht nicht. Was glauben Sie, wie viele Bewerbungen jeden Tag bei meinen Ressortleitern und Marketingdirektoren eingehen. Sie machen sich keine Vorstellung. Als ob die ganze Republik auf Arbeitsplatzsuche ist. Und wie viele glauben, bloß weil sie einen Schokoriegel von Waschpulver unterscheiden können, daß sie was von Werbung verstehen. Aber das macht noch keinen Texter. Und keinen Kreativen. Und noch längst keinen Etat-Direktor für die neue Abteilung.«

Schliever schießt einen Blick aus seinen graublauen Augen auf Gerry. Der nickt wissend. Die ganze Branche munkelt schon davon, daß Schliever & Wahn den Werbeetat nicht mehr nach draußen geben wollen, sondern hausintern eine eigene Abteilung aufbauen werden. Und bei der wäre Gerry gerne dabei.

»Wenn ich mir Ihren Lebenslauf so anschaue –« Schliever runzelt die Stirn. »Erst das Studium. Das war ja nicht

18

schlecht. Sie waren in meinem Seminar? Kann mich gar nicht an Sie erinnern.«

»Ich war derjenige, der zu dem Spruch ›Schmilzt nicht in der Hand, erst im Mund‹ einen Schokoladenschwanz abgeliefert hat.«

»Ach so! Ja!« Schliever lacht aus vollem Halse. »Sie waren das? Gut, gut!«

Er keucht noch ein bißchen nach, dann wird er wieder ernst.

»Aber sehen Sie mal, wie es weitergeht. Ein vielversprechender Einstieg bei Hüpfer & Josephi, und dann, aus heiterem Himmel, zwei Jahre Griechenland. Was haben Sie denn da gemacht? Für Eis am Stiel geworben?«

»Herr Schliever.« Nun ist Gerry an der Reihe. »Kreativ zu sein bedeutet, etwas aus sich selbst heraus zu schaffen. Wer aber immer nur schafft, verausgabt sich irgendwann. Es fehlt das Input. Diese zwei Jahre waren wichtig und nötig. Ich stehe dazu.«

»Mykonos«, sagt Schliever. »Da sind doch nur Schwule.«

Gerry zuckt nichtssagend mit den Schultern und denkt einen Moment an die Elia Beach, die Abende bei Jannis und Françoise, das kleine Boot, mit dem sie Tagestouren nach Delos anboten, und eine herrliche Zeit mit Vicky, Marius und Thea. »Aber das ist vorbei.«

»Sie kehrten nach Hamburg zurück und gründeten, gemeinsam mit drei anderen, eine eigene Werbeagentur.«

»So ist es«, bestätigt Gerry. »Aber Vicky und ich haben unsere Anteile schon bald zurückgegeben.«

»Das war sehr klug von Ihnen. Denn die Firma steht ja bekanntermaßen kurz vor der Pleite.«

Gerry schluckt. Woher weiß Schliever das?

»Ich informiere mich immer«, beantwortet Schliever das Fragezeichen in Gerrys Augen. »Vor allem über meine zukünftigen Mitarbeiter. Noch mehr aber über die Einstandsgeschenke, die sie mir mitbringen könnten.«

»Fürchtet die Danaer, wenn sie Geschenke bringen«, witzelt Gerry. »Blumen und Pralinen habe ich bei Ihrer Sekretärin abgegeben. Wie ich hörte, bevorzugen Sie mit Weinbrandbohnen gefüllte Trojanische Pferde.«

»Haha!« Schliever haut sich auf die Schenkel. Der Junge ist richtig. »Nicht ganz, nicht ganz. Falls es Sie interessiert – ein guter, alter Cognac ist mir lieber. Am liebsten aber« – er wird schlagartig ernst – »sind mir Informationen.«

»Welche Informationen?« fragt Gerry.

Schliever lehnt sich zurück und spielt mit dem Gardekürassier. Er mustert Gerry eindringlich, doch der hält seinem Blick stand. Mit einem Knall stellt Schliever, Chef über achthundertzweiunddreißig Mitarbeiter – Stand heute morgen acht Uhr – den Zinnsoldaten wieder auf die Füße.

»Sie arbeiten gerade an einer großen Sache«, sagt er. »Ein uns nicht gerade freundlich gesinnter Konkurrenzverlag plant einen Relaunch. Ihre Firma ist für diese Kampagne im Gespräch. Stimmt's?«

Gerry nickt.

»Und?« Schliever klopft mit dem Zinnsoldaten auf seine schweinslederne Schreibtischunterlage. Gerry schlägt die Beine in die Gegenrichtung übereinander.

»Ich bin ein loyaler Mensch«, sagt er. »Mein Arbeitgeber kann von mir Verschwiegenheit erwarten. Solange er mein Arbeitgeber ist.«

Schliever nickt. »Ich verstehe.«

Dann steht er auf. »Einen Cognac vielleicht?«

Vicky schließt die Wohnungstür auf und bleibt einen Moment im Flur stehen. Ihre Ahnung wird Gewißheit. Sie

20

tritt in die Leere eines zurückgelassenen Zweizimmerapartments mit Balkonterrasse, Dielenboden und Einbauküche. Sie geht nach links ins Bad. Kein Zettel am Spiegel, kein »Ich liebe Dich« aufs Glas gemalt. Statt dessen eine offene, in der Mitte eingequetschte Zahnpastatube. Sie schraubt den Verschluß zu und geht in die Küche. Noch nicht einmal Kaffee hat er sich gekocht. Es muß ein schneller Aufbruch gewesen sein. Also ab ins Schlafzimmer, Zeuge einer Nacht mit wenig Schlaf und vielen Versprechungen. Auf dem zerwühlten Kissen findet sie einen Zettel. »War schön mit Dir! Ich ruf Dich an.«

Das war's. Mehr nicht. Vicky zerknüllt den Zettel und steckt ihn in die Tasche. Sie wird ihn später mit dem Müll nach unten tragen. Entschlossen steht sie auf und beginnt, die Betten neu zu beziehen. Beim Laken hält sie einen Moment inne. Tränen steigen ihr in die Augen. Sie versucht verzweifelt, der Begegnung etwas Positives abzugewinnen. Ein gutes Bauchmuskeltraining, besser als zwanzig Sit-Ups. Oder: Ist doch auch gut fürs Selbstbewußtsein. Fast siebenunddreißig Jahre alt und immer noch fähig, jeden ins Bett zu bekommen. Oder: Er traut sich ja nur nicht, mehr zu verlangen. Ich könnte ja auch gebunden sein.

Aber Vicky ist nicht gebunden. Und all die Schönredereien von Gymnastik, Selbstbewußtsein und Geheimniskrämerei sind an den Haaren herbeigezogen und sollen nur darüber hinweghelfen, daß schon wieder jemand nicht geblieben ist. Sie setzt sich auf die Matratze und hält das Laken zusammengeknüllt vor den Bauch. So lange, bis die Tränen versiegt sind und sie sich zutraut, wieder auf die Straße zu gehen. Dann steht sie auf und tritt vor den Spiegel an der Kleiderschranktür. Ab sofort gilt Diät. Zehn Kilo müssen runter. Mindestens. Und zum Friseur geht sie auch. Die roten Flusen müssen ab, vielleicht eine neue

Dauerwelle. Und ab morgen geht's wieder ins Fitneßstudio. Und vielleicht, so denkt sie, während sie sich zur Seite dreht, streckt und den Bauch einzieht, wird ja doch noch eine Schönheit aus mir.

Thea sitzt, immer noch fröstelnd, immer noch verstimmt, immer noch mit dem Gedanken an das Unaufschiebbare im Kopf, neben dem Telefon. Sie schaut auf die dicken Wollstrümpfe, die Nana ihr geliehen hat, und reibt sich die Augen. Es ist gerade mal Abendessenszeit, und sie ist hundemüde. Früher einmal wollte man ihr eintrichtern, das sei die »gute Luft«, diese Mischung aus frostiger Schlechtwetterlage über dem Hunsrück und der Smogwolke, die von Frankfurt herüberweht. Mittlerweile denkt Thea, es muß eine Art Lähmung des Zentralnervensystems sein, die sich jedesmal gnädig über ihr großstädtisches Empfinden legt, wenn sie Krummbach betritt. Eine Art autoprotektiver Psychodroge, vermutlich ausgeschüttet von einer wohlmeinenden kleinen Hirnanhangdrüse genau an der Stelle im Hinterkopf, die nun langsam zu schmerzen beginnt. Migräne, auch das noch.

Natürlich hatten sie sich grandios verpaßt. Gerade als Thea, völlig durchweicht und hundemüde, das elterliche Anwesen erreichte, empfangen von verschlossenen Haustüren und dunklen Fenstern, mit der rabenschwarzen Vermutung im Herzen, daß man sie nicht nur vergessen, sondern sogar absichtlich hat stehen – und laufen! – lassen, gerade als sie das Herannahen eines mittleren Nervenzusammenbruchs spürte, war der Kombi um die Ecke gebogen, mitsamt einem in Selbstvorwürfen aufgelösten Elternpaar, dem sie nun wahrlich nicht mehr um den Hals fallen wollte. Dementsprechend frostig und wortkarg verlief die Begrüßung, und Thea beschloß, das Gespräch zu vertagen. Zumindest bis nach dem Abendessen, an dem Nana gerade geräuschvoll hinter der Küchentür arbeitet.

Marius. Jetzt eine vertraute Stimme, ein paar tröstliche Worte. Das täte gut! Sie zieht das Telefon zu sich heran.

»Hallo?«

»Ich bin's.«

»Thea! Ich sitze hier wie auf glühenden Kohlen! Hast du das Geld?«

Einen Moment ist Stille in der Leitung. Sie hat erwartet, irgend etwas in der Richtung von »Du fehlst mir« oder »Ist das Wetter bei euch auch so mies?« oder »Wo ist die schwarze Schuhcreme geblieben, ißt die einer auf, oder warum verschwindet sie ständig?« zu hören.

»Hast du schon mit ihnen geredet?«

»Wann denn?« gibt sie patzig zurück. »Ich bin eben erst angekommen. Irgendwie muß ich das ja auch vorbereiten. Ich kann nicht einfach mit der Tür ins Haus fallen.«

Im Badezimmer einer Eppendorfer Dachgeschoßwohnung klirrt es. Das muß Marius' Rasierwasser sein, das scheppert immer so, wenn er es auf das Glasregal knallt. Aber warum rasiert sich Marius um diese Zeit?

»Thea, wir brauchen bis Montag eine Entscheidung. Ist dir das klar?«

»Vielleicht beim Abendessen. Dräng doch nicht so!«

»Und wenn nicht? Morgen beim Frühstück? Beim Mittagessen, beim Nachmittagsspaziergang? Sonntag nach der Kirche? Ich bin es nicht, der hier drängt. Das sind ganz andere. Du weißt genau, was passiert, wenn wir das Geld nicht bekommen.«

Thea schweigt. Sie starrt auf Heinrichs Wintermantel. Ein wattiertes Popelinestück von undefinierbarer Farbe.

»Thea?«

»Ja?«

»Versau mir das nicht. Wir sind so verdammt kurz vor
dem Durchbruch. Es fehlt nur ein Fingerschnippen. Du
mußt es ihnen nur gut genug klarmachen. Verstehst du?«

»Ja«, antwortet Thea resigniert. Im Hamburger Badezimmer klirrt es wieder. »Was ist denn das? Rasierst du
dich?«

Thea haßt es, wenn Marius ißt, fernsieht oder sich rasiert während des Telefonierens.

»Ich habe noch eine Besprechung heute abend.«

»Mit wem?«

»Kennst du nicht.«

Die übliche Antwort. Sie schluckt und starrt hinüber zu
dem Schlüsselbrett. Eine Laubsägearbeit aus Henriettes
Vorschulzeit: sieben Zwerge und ein buckliges Schneewittchen. Die Säge war ausgerutscht und hatte Schneewittchen
kurzerhand geköpft. Komisch, daß sie sich noch so genau
daran erinnern kann. Sie hatte Henriette in den Arm
genommen, Nana beteuerte ein ums andere Mal, daß Voll-
kommenheit langweilig wäre und nichts, nichts dieses Werk
entstellen könnte, und dann bekam das buckige Schneewittchen samt sieben Zwergen den Ehrenplatz vor der Garderobe. Und hier hängt es heute noch. Seit über dreißig Jahren.

»Ich muß Schluß machen. Ich ruf dich morgen an.
Okay?«

»Okay«, sagt sie. »Wir sehen uns ja am Montag.«

»Klar«, sagt Marius. »Ich hole dich ab und lerne endlich
deine Eltern kennen. Das kann ja heiter werden!«

»Sie können ganz in Ordnung sein. Glaube ich.«

»Glaubst du! Eltern lediger Töchter sind immer gleich.
Als erstes wollen sie wissen, wann die Hochzeitsglocken läu-
ten, und dann, ob ich in der Lage bin, dich auch zu
ernähren.«

»Und was würdest du darauf antworten?«

24

»Daß beides ganz allein von dir abhängt.«

»Typisch!« Sie hört ihn lachen. Dann legt sie den Hörer auf und hält das Telefon fest in ihrem Schoß. Sie schließt die Augen und atmet tief durch.

Die Flurtür wird aufgerissen, Nana schaut herein.

»Essen ist fertig!«

Thea lächelt und steht auf. Einen Moment blickt Marthe ihrer Tochter ins Gesicht. Sie will sie fragen, ob Thea irgend etwas bedrückt. Doch dann schweigt sie. Es liegt nicht an ihr, den Anfang zu machen.

Marius legt auf. Dann beendet er die Rasur und geht hinüber zum Wohnzimmerfenster. Hier bleibt er stehen, die Hände in die Hosentaschen vergraben. Er hat den Lamellenvorhang noch nicht zugezogen und kann seine Silhouette in der spiegelnden Fensterscheibe erkennen. Ein hochgewachsener, breitschultriger Mann mit kurzen Haaren. Er stemmt die eine Hand in die Hüfte, mit der anderen fährt er sich über den Schopf. Kein Zweifel: Er sieht gut aus. Trotz seiner siebenunddreißig Jahre. Das ist zu einem Gutteil dem Sonnen- und Fitneßstudio zu verdanken, aber auch einer gehörigen Portion ordentlicher Erbanlagen, die ihm das Leben immer wieder einfacher macht als anderen.

Er holt sich aus dem Kühlschrank ein Bier und setzt sich breitbeinig auf das Ledersofa. Sein Blick schweift zufrieden über den Black Triniton zu der Cocteau-Zeichnung, der Murano-Schale auf dem Couchtisch bis hin zum Telefon. Das Licht ist gedimmt, die geräumige Wohnung ist gemütlich wie eine Luxushöhle. Er reibt die Flasche zwischen den Handflächen und nimmt dann einen tiefen Schluck. Schön. Alles um ihn herum ist am rechten Platz, schmeichelt dem Auge und dem eigenen guten Geschmack. Natürlich auch dem von Thea.

Er blickt auf seine Curvex und sieht, daß er noch zehn Minuten Zeit hat. Die zehn Minuten innerer Einkehr eines Athleten vor dem alles entscheidenden Kampf. Er ist gut vorbereitet, aber trotzdem drückt da irgend etwas. Eine dunkle Ecke zwischen Herz und Magen verursacht Probleme. Kaum vorstellbar, daß das Gewissen seinen Platz neben der Bauchspeicheldrüse haben soll. Oder doch? Ist es überhaupt das Gewissen? Und welche Seite übrigens?

Natürlich wäre es ihm lieber, Thea jetzt nicht auf dem Canossa-Gang zu wissen. Noch dazu zu ihren Eltern, die er nur aus Erzählungen kennt. Und auch die wurden noch in der Anwärmphase ihrer Beziehung schnellstens unterbunden. Marius kann Enge nicht ertragen. Und Theas Geschichten aus der Unterau rochen geradezu danach. Er versucht sich vorzustellen, wie sie mit ihren Erzeugern redet, in einer mit Linoleum ausgelegten Küche, an deren Decke eine einsame Glühbirne schaukelt, und es schüttelt ihn leicht. Trotzdem ist er einen Moment lang überwältigt von der Tiefe seiner Gefühle zu ihr – er ist in Gedanken bei ihr, begleitet sie auf ihrem Weg in die Vergangenheit, kann sich aber beim besten Willen nichts darunter vorstellen. Gott sei Dank. Er wird den Teufel tun und achthundert Kilometer fahren, nur um sie abzuholen. Soll sie den Zug nehmen. Schon der Gedanke, einem altersschwachen Greis, womöglich noch bettlägerig und im Pyjama, die knotige Hand zu schütteln, gruselt ihn. Er ist Thea dankbar für ihre Rücksichtnahme. Sie wird ihn verstehen. Denn Rücksichtnahme und Verständnis – er nimmt erneut einen tiefen Schluck aus der Flasche – sind die beste Basis für eine tiefe Verbundenheit. Muß ja nicht für die Ewigkeit sein.

Draußen fängt es an zu regnen. Ein leichter Wind wirft immer wieder Nässeschauer an die Panoramascheiben. Es hört sich an wie das leise Rieseln von trockenem Sand in

Plastikeimern. Marius lächelt. Auch er war mal Kind. Es ist selbstverständlich wichtig, solche Erinnerungen zu bewahren. Auch wenn er in diesem Sommer verdammt selten zum Surfen gekommen ist.

Er steht auf und wirft einen letzten Blick in den Spiegel. Natürlich hätte ihr Leben auch anders weitergehen können. Es war schon ein schwerer Entschluß, Vickys und Gerrys Anteile mit zu übernehmen. Die beiden hatten kalte Füße bekommen. Schade für sie. Hätten sie nur drei Monate länger durchgehalten, wären sie an dem Saletzki-Deal beteiligt. Marius grinst. Dumm gelaufen für euch. Glück hat auf die Dauer nur der Tüchtige.

Okay, am Anfang sah es ganz anders aus. Man war ein bißchen zu euphorisch, hatte zu viel investiert. Die Rechnung war auf dem Fuß gefolgt: Verpflichtungen ohne Ende, ernste Gespräche mit der Bank und den Leasing-Firmen. Sah nicht gut aus. Gar nicht gut. Eine Zeitlang verfolgten ihn Alpträume: raus aus dem Dachgeschoß, rein in eine rachitisfördernde WBS-Zelle in einem der Hochhäuser, U-Bahn statt A8, Schwarzwald statt Karibik. Es hatte Streit gegeben. Theas endlose Diskussionen über Sparen, Gürtel-enger-Schnallen. Alles Scheiße. Das Leben war zu kurz, um es nicht zu genießen. Und – als hätte er es gewußt, als hätte ihn sein Instinkt auch dieses Mal nicht im Stich gelassen – die Rettung. Der Riesenfisch. Die Eins. Die gesamte Relaunch-Kampagne und Neupositionierung von TV nonstop. Kein Job wie jeder andere, eine Herausforderung. Ein Riesending. Wenn ihm das gelingt, ist sein Name in aller Munde. Kommen die Aufträge angeschwommen wie Piranhas zum Wasserschwein. – Wasserschwein?

Er trinkt den Rest. Natürlich hat die Sache einen Haken. Das erste Honorar fließt erst in vier Wochen. Bis dahin heißt es durchhalten, den Banken was zu fressen geben. Es zerrt an den Nerven, und seine Nerven braucht Marius im Moment für andere Dinge.

Klar wird Thea das Geld besorgen. So dämlich kann sie sich doch gar nicht anstellen. Oder doch? Wieder pocht es innen links. Vielleicht eine Blinddarmreizung? Die Galle? Nein, die sitzt rechts.

Wenn Thea das Geld von ihren Eltern bekommt, klappt alles wie am Schnürchen. Keine Kreditkündigung mehr, und das Finanzamt wird sich grollend zurückziehen. Sie darf nur nie erfahren, wie ihm der Deal ins Netz gegangen ist. Thea ist konservativ. Treue und Zuverlässigkeit stehen an allererster Stelle ihrer Prioritätenliste, obwohl Marius nicht versteht, was beides mit einer Beziehung zu tun hat. Und dann dieses elende Familiengetue. Sich jahrelang nicht sehen und doch zu Weihnachten mit verheulten Augen auf jeden dämlichen Christbaum schauen. Dieses Jahr, so schwört sich Marius, kommt so ein nadelndes Stück auf keinen Fall mehr in seine Wohnung. Ihre Wohnung. Nein, seine Wohnung. Immer noch seine.

Man spürt einfach, daß sie vom Dorf kommt. So etwas läßt sich nicht abschütteln. Marius liebt sie trotzdem. Obwohl sie und ihre Ansichten ihn immer wieder behindern. In manchen Umgebungen kommt sie einfach nicht zurecht. Doch genau diese Umgebungen sind die Jagdreviere, in denen Marius sich sein eigenes Terrain abstecken will. Ein Wolf braucht eine Wölfin als Gefährtin – keinen Dachs. Marius grinst. Er mag Dachse, hat aber nur eine vage Vorstellung davon, wie sie aussehen. Irgendwie plump und zutraulich. Naiv. Ja, Thea ist naiv. Sie denkt, mit diesem Schuldenberg im Rücken ist man verurteilt, als ungelernte Hilfskraft im Hinterzimmer einer drittklassigen Kneipe Teller zu waschen und bis ans Ende aller Tage Raten abzustottern. Thea denkt einfach zu klein. Zu – dächsisch.

28

Es klingelt. Marius springt auf und rennt in den Flur, um die Haustür zu öffnen.

»Wer ist da?« fragt er in die Gegensprechanlage.

»Ready for dinner«, schnurrt eine Stimme zurück. Die Wölfin.

Nadine keucht. Noch mal. Und noch mal. Und noch noch noch mal. Sie liegt mit dem Rücken auf der Matte und quält sich dem fünfzigsten Sit-up entgegen. Geschafft. Keuchend streckt sie alle viere von sich und legt die Hand auf den nicht existenten Bauch. Nadine ist circa einsachtzig groß, mager bis eckig und von der Natur mit Haaren bedacht, die sie spätestens ab dreißig in die Arme eines guten Perückenmachers treiben werden.

Und noch zehn hinterher. Beim Hochschnellen sieht sie aus den Augenwinkeln die anderen Besucher des Fitneßstudios. Braungebrannte Frauen mit frisch geföntem Haar, Männer mit mehr oder weniger großen Bäuchen, aber trotz aller körperlicher Defizite umgeben von der Aura unerschütterlichen Selbstbewußtseins, wie es nur viel Erfolg, Macht oder auch Geld mit sich bringt. Schweiß rinnt von ihrem Nacken in den Rücken. Acht, neun, zehn.

Aufstöhnend läßt sie sich wieder sinken und blickt an die Decke in einen riesigen Spiegel. Sie fragt sich, wie es die Frau am Curler schafft, mit großem Make-up und frisch lackierten Nägeln hier aufzukreuzen, als ginge sie in die Oper und nicht zum Sport. Nadine fragt sich eine Menge in letzter Zeit, seit sie sich entschlossen hat, ihrem Leben den entscheidenden Kick zu geben.

Sie wankt hinüber zu den Rädern. Nachdem sie die gewünschten Daten in den Computer gedrückt hat, schwingt sie sich in den Sattel und beginnt zu strampeln. Auf dem Bildschirm fliegt eine abstrakte Landschaft an ihr vorüber, ein Radfahrer überholt sie von hinten und verschwindet in den schneebedeckten Bergen. In Wirklichkeit bleibt sie auf der Stelle und fixiert einen beliebigen Punkt an der Wand. Gleich halb zehn. Sie darf das Studio umsonst nutzen – Stefan und sie kennen sich aus dem Mojo-Club, wo Nadine manchmal Platten auflegt nach den Live-Gigs –, aber nur in dieser letzten, abendlichen Öffnungsstunde. Meistens bleibt sie um diese Uhrzeit allein zurück. Ein an den Geräten arbeitendes, langes Elend, das verzweifelt versucht, irgend etwas an diesen Formen abzurunden. Heute ist mehr los. Ach ja, Beginn der sechs langen Freitage vor Weihnachten in der Innenstadt. Und nach Geschäftsschluß wissen viele nicht, wohin mit sich. Es scheint wohl so üblich zu sein, erst einzukaufen bis zum Umfallen und dann nicht zu wissen, wo man diese Klamotten überhaupt tragen soll. Nadine ärgert sich jedesmal über die Hochglanztüten in den Umkleidekabinen. Die Namen der Boutiquen kennt sie höchstens vom Hörensagen. Die Unterwäsche, die manche Damen hier tragen, übersteigt ihr momentanes Monatseinkommen locker um das Dreifache.

Think positive, denkt sie, während sie die ersten fünf Kilometer hinter sich bringt. Wo diese Leute herkommen, da willst du schließlich hin. Trotzdem – sie kann sie nicht leiden. Es ist nicht ihre Welt. Sie fühlt sich wohler in den kleinen, dunklen Altonaer Straßen, mit dem abgetretenen Linoleum in den engen Treppenhäusern, in denen der Essensgeruch vom Vortag kleben bleibt wie der Rauch in den Kleidern, wenn sie nachts aus dem Mojo-Club nach Hause wankt. Seit drei Wochen ist sie achtzehn, seit zwei Wochen bewohnt sie das kleine Mansardenzimmer in der Beckstraße. Und seit einer Woche weiß sie endlich, was sie will. Sie will nach oben. Und sie wird es ihnen zeigen, ihnen allen zusammen. Dem betrunkenen Vater in der Tür, der ihr höhnische Worte hinterherrief, der stummgeschlagenen Mutter, den Nachbarn mit den Schäferhunden und den Kids, die sich abends zusammenrotten und ihr den Weg zur Straßenbahn zur Hölle machen. Der erste Schritt war die eigene Wohnung. Altona – nicht schlecht für den Anfang, wenn man im achtzehnten Stock eines Hochhauses in einer Trabantensiedlung groß geworden ist. Dies wird der Ausgangspunkt sein, Haltestelle von Omnibussen voller Touristen, die andächtig ein Messingtäfelchen neben der Haustür fotografieren: »Hier lebte Nadine Auerhahn, bevor sie den Sprung nach« – Nach Paris? New York? Tokio? In die Lofts der glitzernden Metropolen, in den Fond der weißen Stretch-Limousinen, auf die Galas und Feste der oberen Zehntausend schaffte? Die allen gezeigt hat, daß die Geburt kein Urteilsspruch ist, sondern eine unermeßliche Zahl von Chancen, die es nur zu nutzen gilt. »Aus dir wird ja sowieso nichts« – sie werden sich umschauen. Alle. Alle, die vom großen Geld träumen, von Autos und schicken Bräuten, und die ein Leben führen zwischen Frühschicht und Porno im Videorecorder, und sie wird es auch denen hier zeigen. All den schicken, schönen Menschen hier um sie herum, die durch sie hindurchzusehen scheinen und als Antwort auf ihr fröhlich gekrähtes »'n schönen Abend auch!« höchstens irritiert lächeln.

Nein. Nadine, Arbeiterkind vom Mümmelmannsberg, deren erste Jahre geprägt wurden durch eingeweichte Hosen, weil sie den Fahrstuhlknopf nicht erreichen konnte, Nadine wird hinausziehen in die große weite Welt. Sie wird ihre Träume leben und sie nicht in Alkohol, Drogen und zermürbenden Ehen konservieren wie in Formaldehyd, in Gläser auf die Regale gepackt, wo sie verstauben und dann und wann heruntergeholt werden, wehmütig in der Hand gewogen, mit Gedanken wie »Irgendwann, irgendwann einmal mach ich alles wahr«. Ihr Irgendwann ist jetzt. Und ihr Traum beginnt heute. Und sie will gut vorbereitet sein für den Moment, in dem das Schicksal ihr zulächelt.

Fitneßquotient: 121. »Wow!« Sie wirft die dünnen Arme in die Luft, als hätte man ihr soeben das gelbe Trikot zugeworfen. Der korpulente Mann am Nebenfahrrad schaut mit gerunzelter Stirn zu ihr herüber.

»'tschuldigung«, sagt Nadine und trocknet sich mit dem Handtuch den Schweiß ab. Jetzt noch kurz in die Sauna, und die zweite Schicht beginnt. Kellnern im Mojo bis vier Uhr früh.

Sie stakst in den Keller, vorbei an präparierten Palmen und immer wieder diskret, aber unübersehbar aufgestellten Spiegeln zu den Duschen. Während sie sich einseift, übt sie die neusten Tanzschritte unter dem eiskalten Wasser. Die Praktikantenstelle in dieser kleinen Werbeagentur ist zwar nicht die Welt, aber immerhin ein Anfang. Weg von diesen Jobs, die erst einmal das große Geld versprechen und die Leute dann jahrelang nicht mehr aus ihren Klauen lassen. Sie ist froh, daß der Absprung aus dem Nacht- in das Tagesleben unmittelbar bevorsteht. Wenn sie das Praktikum durchsteht, wenn sie Marius Dinkel nur beweisen kann, was alles in ihr steckt!

Jetzt bloß nicht wieder aufgeben! Denn eine Werbeagentur heißt nicht nur so, sie hat auch tatsächlich was mit Werbung zu tun. Der erste Schritt in die richtige Richtung – der Anfang einer Traumkarriere.

Heinrich schiebt seinen Teller zurück. Marthe sammelt das Geschirr ein. Vaters Blick schweift über die Zinnschale, in der drei Bananen vor sich hin dämmern, und heftet sich auf seinen Sprößling, der an der Tischdecke zwirbelt.

»Und?«

Thea blickt auf. »Wie?«

Heinrich sieht zu Marthe, die läßt das Geschirr in der Küche erst einmal stehen und setzt sich wieder an den Tisch, die Ellenbogen aufgestützt. Zwei Augenpaare starren Thea an.

»Raus mit der Sprache«, sagt Heinrich. »Was hast du uns zu sagen?«

Die Aufforderung kommt ein bißchen plötzlich. Theas Konzept der behutsamen Aufklärung ist schlagartig aus ihrem Kopf verschwunden. Sie starrt hilflos zum Fernseher. Der allerdings ist, eine Seltenheit um diese tagesschaubesetzte Zeit, ausgeschaltet.

»Habe ich euch schon von Marius erzählt?«

»Ist das der junge Mann, mit dem du zusammenlebst?«

Thea nickt.

»Als wir aus Griechenland zurückkamen – ihr wißt ja, ich habe nach dem Studium mit ihm einen Bootsverleih aufgemacht –, haben wir gedacht, wir bleiben einfach selbständig. Und haben unsere Agentur aufgemacht. Nichts Besonderes, aber wir sind unser eigener Herr.«

Heinrich brummt. Er hat es im kleinen Finger, daß das noch nicht alles ist. »Und wann lernen wir den Herrn mal kennen?«

»Am Montag«, sagt Thea hastig. »Dann kommt er hierher und holt mich ab.«

»Soso.«

»Er ist sehr nett.«

»Und was sonst noch?«

Marthe straft ihren Mann mit einem kurzen Blick. Laß das Kind doch reden, soll das heißen. Schon zieht Unbehagen auf. Wie immer, wenn's persönlich wird. Thea holt tief Luft.

»Die Agentur läuft gut. Das heißt, sie lief ganz gut und

dann nicht mehr so, aber jetzt ist es besser –« Sie verheddert sich ein bißchen. »Wir haben einen Großauftrag an Land gezogen, für den wir mit einigen Dingen in Vorkasse gehen müssen. Der Auftrag bringt eine Menge Geld. Wir wären aus dem Schneider.«

»Das ist doch wunderbar!« freut sich Marthe. Heinrich verrät sich mit keiner Miene. Thea rutscht unruhig auf dem Stuhl hin und her. Sie hat den schmalen Grat zwischen Stolz und Demut nicht im Griff.

»Nicht ganz. Die Banken haben uns die Kredite gesperrt. Wenn wir bis zur nächsten Woche nicht hunderttausend Mark auftreiben, ist am nächsten Ersten der Letzte.«

»Hunderttausend Mark!« ruft Marthe. »Wo willst du die denn hernehmen? So viel Geld!«

Heinrich meldet sich zu Wort, sachlich. Noch. »Was heißt bis nächste Woche?«

»Montag«, sagt Thea.

»Und wer soll euch das Geld geben?«

»Ihr.«

Das Schweigen ließe sich in suppenwürfelgroße Stücke schneiden. Mit einem Mal scheint jede Bewegung erstarrt.

»Wir?« flüstert Marthe. »Woher sollen wir denn soviel Geld haben?«

»Das Haus«, antwortet Thea. »Das ganze Anwesen mit dem Grundstück ist gut und gerne eine halbe Million Mark wert. Jede Bank gibt euch ohne Zögern einen Kredit. Zurückgezahlt wird er natürlich von mir, in monatlichen Teilbeträgen. Ich nehme euch also nichts weg. Ihr bekommt alles auf Heller und Pfennig wieder.«

Sie sieht zu Heinrich, der mit steinernem Gesicht, zurückgelehnt, die Arme vor dem breiten Brustkorb verschränkt, am anderen Ende des Tisches sitzt und sie mit zusammengekniffenen Augen mustert.

»Nun?«

Heinrich schüttelt den Kopf. »Kommt nicht in Frage.«

»Und warum nicht?«

»Nicht mein Haus.«

Die Antwort klingt endgültig. Thea hat sich auf Diskussionen gefaßt gemacht, aber nicht darauf, so schnell abgeschmettert zu werden.

»Mein Haus?« fragt sie langsam. »Habe ich recht gehört? Mein Haus? Hat Nana da nicht auch noch ein Wörtchen mitzureden?«

Sie sieht zu Marthe, die still dasitzt und auf ihre Hände starrt.

»Laß Marthe aus dem Spiel.«

»Also bist du nicht schwanger«, sagt Nana. Es klingt, als sei dies die eigentliche Tragödie.

»Nein«, schnauft Thea, die Mühe hat, sich zu beherrschen. »Damit kann ich nicht dienen. Erst einmal müssen wir finanziell auf sicheren Beinen stehen.«

Heinrichs Blick verdüstert sich. »Wenn dein Martin oder Michael – «

»Marius«, korrigiert Thea.

»Wenn dein Marius das nicht allein schafft, ist es traurig genug. Wenn meine Tochter aber nicht in der Lage ist, ihren Lebensunterhalt zu verdienen, so ist das noch schlimmer. Dann mußt du einen Weg suchen, aus dieser Situation wieder herauszukommen. Aber nicht mit meinem Geld.«

»Mit unserem«, verbessert Thea leise. »Das Haus gehört uns allen. Es ist auch mein Haus. Und mein Geld. Ich will, was mir zusteht, mein Erbteil.«

Schweigen. Heinrich steht auf. Er sieht sie nicht an.

»Du hast keine Ehre im Leib. Mein Haus. Mein, mein, mein. Eine Generation von Egoisten haben wir großgezogen.«

Er bleibt hinter Marthe stehen und legt ihr die Hand auf die Schulter. Sie legt ihre darauf. Zwei gegen eine.

»Seinen Grund und Boden verrät man nicht und verschachert ihn nicht für nichtsnutzige Interessen. Was du von uns verlangst, ist, für dein Dolce vita unsere Existenz, unsere Alterssicherung aufs Spiel zu setzen.«

»Wer redet denn davon?« Thea versucht einzulenken. »Eine Hypothek ist doch keine Schande.«

Heinrich schüttelt den Kopf. »Marthe und ich, wir sind jederzeit bereit, dir zu helfen. Du hast dein Zimmer hier, und verhungern wirst du auch nicht. Aber wir werden nicht das Haus belasten, um dich bei deinen unsicheren Geschäften zu unterstützen. Und erst recht nicht diesen –«

»Marius«, sagt Thea kalt.

»Es ist mir egal, wie er heißt. Ich will ihn hier nicht sehen. Ein Mann, der seine – seine Liebschaft benutzt, um an Geld zu kommen.«

Thea steht auf. »Du hast keine Ahnung. Ihr beide habt keine Ahnung. Ihr sitzt hier auf der Insel der Seligen und wißt nicht, was sich draußen alles geändert hat. Deutschland ist kein Kinderspielplatz mehr, wo es darum geht, kaputte Sandburgen wieder aufzubauen. Kapiert ihr das nicht?«

Doch Heinrich denkt gar nicht daran, die Diskussion weiter fortzusetzen.

»Schluß jetzt!« sagt er. »Wie redest du eigentlich mit mir?«

Er läßt sich in den Fernsehsessel sinken, greift nach der Fernsehzeitung und starrt blicklos auf die bunten Spalten.

Thea wendet sich an Marthe. »Ihr Wirtschaftswunderkinder! Bei euch ging es immer nur aufwärts. Immer weiter rauf, bis zur Rente. Ihr habt euer ganzes Leben lang gekämpft, um den Hals immer voller zu kriegen. Aber ihr habt nie darum kratzen müssen, das alles auch zu verteidigen. Ihr habt nie abgegeben. Immer nur dazugenommen. Wenn in den Nachrichten heute von Deutschland die Rede ist, könnte das für euch auch der Mars sein!«

»Das ist unsere Tochter«, sagt Heinrich zu Marthe, seine Stimme spröde wie Schiefer. »So redet sie mit uns.«

»Ja!« ruft Thea. »Weil ihr mir nie zuhört!«

Heinrich befeuchtet den Zeigefinger und blättert die Seiten der Fernsehzeitung sorgfältig um. Marthe knetet ihre Hände. Die Uhr tickt. Draußen, weiter unten in der Straße, startet ein Auto. Thea wendet sich ab und geht zur Terrassentür. Der Garten liegt dunkel hinter dem Glas, in dem sich das Zimmer widerspiegelt.

»Ihr wißt gar nicht, wie man kämpfen muß«, sagt Thea. Mit einem Schlag klappt Heinrich seine Lektüre zu und wirft sie wie einen Fehdehandschuh auf den Tisch.

»Kämpfen«, schnauft er, »erzähl mir nichts vom Kämpfen. Was wißt ihr denn schon davon?«

Thea seufzt. Der Zug fährt auf dem völlig falschen Gleis, hin in Richtung Generationskonflikt und lebenslänglichen Forderungen. Es geht um Bewunderung, Anerkennung und Respekt. Aber nie um Verständnis. Als ob Verständnis Schwäche wäre.

»Schon gut«, sagt sie. Sie ist müde, zerschlagen und enttäuscht. Sie will nur noch ins Bett, die Decke über den Kopf ziehen und schlafen, schlafen, schlafen.

»Ich geh nach oben.«

»Ich mach dir dein Bett«, sagt Marthe schnell und will aufstehen.

»Nicht nötig.«

An der Tür dreht sie sich noch einmal um. Heinrich schaut in die andere Richtung, Marthe sitzt da wie ein Häufchen Elend. Das ganze Bild kommt dem Kuckuck-

schen Familienidyll vergangener Jahre schon wieder sehr
nahe.

Zur gleichen Zeit, als Thea durch das Dachfenster in einen
nachtschwarzen Himmel starrt und sich die schmerzenden
Schläfen reibt, tritt in einer verschwiegenen Ecke des Hamburger Nobelrestaurants La Luna der Kellner diskret an
den Tisch, um den Château Margeaux 1992 nachzuschenken. Marius hebt seinen Blick vom Dekolleté seiner Tischdame und dankt mit einem kurzen Nicken. Der Kellner
entfernt sich geräuschlos. Sie sind wieder allein.
    Marius greift nach der Hand der Dame. Eine schwer beringte Hand, durch Armbänder zusätzlich belastet, aber gepflegt, weich und zart gebräunt. Einen Moment überlegt er,
ob die Zeit für eine sachte Berührung mit den Lippen schon
gekommen ist, dann entscheidet er sich dagegen. Er ist sich
der Reaktion noch nicht sicher. Ein spöttisches Lächeln
könnte er ernten oder, noch schlimmer, ein amüsiertes
Schulterzucken. Johanna ist eine Klasse für sich. Stil und
Extravaganz lassen sich kaufen, die Art aber, mit der sie
alles in noblem Understatement zur Schau stellt, ist angeboren. Er spürt ihre Selbstsicherheit und wünscht sich,
neben ihr nicht ständig das Gefühl zu haben, eine Nummer
zu klein zu sein.
    »Was ist?« haucht sie. Nachdenklich hatte sich sein
Blick in ihren Halbkaräter versenkt. Er weiß einen Moment lang nicht, was er sagen soll.
    »An was denken Sie?«
    Ihre Stimme klingt weich und warm. Aufmunternd. Er
gibt sich einen Ruck und zieht ihre Hand empor an seinen
Mund. Sein Kuß ist mehr ein Hauch. Mit dem gefürchteten leisen Lachen zieht sie den Arm zurück. Er sieht ihr in
die dunklen Augen, sie glänzen spöttisch.

»Sie sind sehr schön.«

Himmelherrgott! Fällt ihm nichts Besseres ein? Sie streicht sich das kastanienbraune Haar hinter den Brillanten im Ohr.

»Ist das alles?«

»Reicht das etwa nicht?«

Marius ist zu intelligent, um die Konversation als tiefgreifend zu bezeichnen. Im Moment ist sein größtes Problem, nicht auch noch rot zu werden. Süßholzraspeln liegt nun so gar nicht in seiner Art.

»Ich bin es nicht gewohnt«, gibt er zu und hofft, mit seinem aufrichtigen Augenaufschlag eine Nachfrage zu provozieren. Und richtig. Johanna nimmt einen kleinen Schluck des teuersten Weines, den er jemals in einem Restaurant bestellt hat (er muß ja nicht zugeben, daß er am Tag zuvor, kaum daß die Verabredung in trockenen Tüchern lag, schon einmal hier war. Zu einer Art Nachhilfestunde im Weinkartenlesen, belohnt mit einem fürstlichen Trinkgeld für denselben Kellner, der ihn heute abend im Beisein Johannas wie einen alten Schulfreund begrüßt hat und sich nun genauso ins Zeug legt, wie Marius das von ihm erwartet), und fragt: »Was?«

»Bitte?« Marius hat einen Moment den Faden verloren.

»Was sind Sie nicht gewohnt?«

Er holt tief Luft. Ein gewisses Maß an wohlkalkulierter Offenheit hat den Weg zum Herzen einer schönen – in diesem Fall auch noch stinkreichen – Frau noch immer am besten geebnet. Er beschließt, aus seiner Unsicherheit Kapital zu schlagen.

»Nun, ich muß gestehen, private Verabredungen sind in meinem Leben sehr selten geworden.« Das stimmt übrigens, denn mit Thea muß er sich nicht mehr verabreden, er sieht sie sowieso jeden Abend zu Hause. »Ich investiere jede

Minute in die Agentur. Da bleibt für das Vergnügen wenig Zeit. Und wenn ich sie dann mit einer so atemberaubenden Frau verbringen darf – Sie müssen es mir verzeihen, Johanna ... Ich darf doch Johanna sagen?«

Dies ist die erste, entscheidende Weggabelung. Ist er zu weit gegangen? Doch sie nickt und gewährt ihm mit madonnenholdem Lächeln diese erste Gunst.

»Sie machen mich einfach verlegen«, beschließt er sein taktisches Geständnis. »Ich habe Ihre Wirkung auf mich unterschätzt.«

Sie nimmt einen Schluck und hebt ihm das Glas entgegen. Marius verschüttet fast die Hälfte von seinem Wein.

»Sie wollen mir also sagen, dies hier ist keine geschäftliche Verabredung, sondern eine rein private?«

Was hat er denn jetzt schon wieder falsch gemacht? Marius lächelt etwas gequält. Sie beugt sich vor, so daß sein Blick wie von selbst in ihren Ausschnitt kullern muß und erst einmal dort liegenbleibt.

»Ich weiß genau, warum wir hier sitzen«, sagt sie.

»So?« Marius hebt erschrocken die Augen und trinkt noch einen Schluck Wein, an dem er sich prompt verschluckt.

»Marius!« Sie schüttelt den Kopf. »Warum wollen Sie mir etwas vormachen?«

Er spürt, daß Polen noch nicht ganz verloren ist. Er amüsiert sie. Vielleicht ist das noch eine Möglichkeit, nicht ganz Gesicht und Existenz zu verlieren. Plötzlich stockt sein Herzschlag: Etwas berührt sein Bein. Vielleicht ein Hund? Ein spielendes Kind? Ein erwachender Gast, den der Rotwein fällte? Einen Moment ist er versucht, unter den Tisch zu schauen. Aber er weiß, daß in dieser Nische niemand anderer sein kann. Die Berührung wiederholt sich. Es kann nur ... Nein. Das ist unmöglich. Doch! Johannas Fuß, offensichtlich ohne Pumps, streichelt sein Schienbein. Wandert hoch zu seinem

Knie und an der Wade wieder hinab. Normalerweise ein durchaus angenehmes Gefühl. In diesem Moment jedoch bildet sich ein leichter Schweißfilm auf seiner Stirn. Das ist das erste Mal, daß sich eine französische Spielfilmszene live in seinem Leben ereignet. Er sieht sie an, doch nichts in ihrem Gesicht deutet auf etwas anderes als eben jene zur Schau getragene, amüsierte Spottlust. Er rührt sich nicht.

»Lassen Sie uns offen miteinander reden.«

Er nickt, stocksteif vom Hals an abwärts.

»Ihnen steht das Wasser bis zum Hals. Sagen Sie nichts! Das weiß in der Branche mittlerweile jeder. Es ist mir ein Rätsel, warum der TV-nonstop-Vorstand ausgerechnet Ihnen den Zuschlag gegeben hat. Vermutlich, weil alle anderen Präsentationen die Debilitätsgrenze noch weiter unterschritten haben.«

»Sie – Sie schmeicheln mir«, krächzt Marius, der Schwierigkeiten hat, ihr intellektuell zu folgen. Ihr Fuß umspielt gerade sanft seinen Knöchel.

»Nicht im geringsten.« Ihr Ton wird nüchtern, geschäftsmäßig. »Ich will in allem nur das beste. Und in diesem Fall – Sie.«

Der leichte Druck auf den Knöchel verstärkt sich. In Marius' Kopf rasen die Gedanken. Soll er den Fuß wegziehen? Ihr einen Klaps geben? Wie wird sie dann reagieren? So etwas ist ihm sein Lebtag noch nicht passiert. Wenn es schon um Verführung geht – gegen die er grundsätzlich nichts einzuwenden hat –, dann bitte unter seiner Regie.

»Mich?«

Sie lacht wieder. »Natürlich! Wo bleibt Ihr Selbstbewußtsein? Ich will, daß Sie das Relaunch machen. Aber da gibt es ein kleines, ein klitzekleines Problem. Schaffen Sie das überhaupt? Haben Sie den langen Atem, die nächste Durststrecke durchzustehen?«

Sie zieht ihr Dekolleté wieder zurück. »Ich habe Erkundigungen eingezogen. Und was ich da gehört habe, gefällt mir ganz und gar nicht.«

Sie schüttelt bedeutungsschwer den Kopf. »Überhaupt nicht. Was haben Sie bloß mit der Schufa gemacht? Ihre Bonität ist lausig. Nach meiner Einschätzung – und meine Berater geben mir vollkommen recht – überleben Sie noch nicht einmal die nächste Woche. Und dann?«

Er ist gerade noch fähig, mit den Schultern zu zucken.

»Damit wir uns richtig verstehen.« Johanna nimmt ihren Dessertlöffel und beginnt, angelegentlich damit herumzuspielen. »Ich will, daß Sie diese Kampagne durchziehen. Aber erklären Sie mir bitte, wie?«

Marius hat das Gefühl, von seinem Kragen langsam erwürgt zu werden. Mit einem Ruck zieht er den Fuß zurück. Miese kleine Katze! Von wegen Wölfin. Nicht nur, daß sie es wagt, sein Bein zu streicheln, sie hat auch sein ganzes finanzielles Fiasko durchschaut. Und das schon, lange bevor diese Verabredung zustande kam. Wut steigt in ihm auf. Seinen Plan kann er vergessen. Wenn sie schon weiß, daß ihm das Wasser bis zum Hals steht, kann er sich den Vorschuß in den Wind schreiben. Johanna Saletzki, das erkennt er jetzt, ist eine harte Nuß.

»Machen Sie sich darüber keine Gedanken«, wiegelt er ab. »Das wird alles in die Reihe gebracht.«

»Und wie?«

»Das ist meine Sache.«

»Also wie?«

Johanna läßt das Dessertlöffelchen zwischen Daumen und Zeigefinger pendeln. »Woher bekommen Sie das Geld? Und wann?«

»Das ist Privatsache.«

»So. Privatsache.« Johanna lehnt sich wieder zurück.«Ich

möchte Ihnen einen Tip geben, der Ihnen in Ihrem weiteren Geschäftsleben – so es denn eines geben wird – viel Ärger ersparen wird: Verlassen Sie sich grundsätzlich nicht auf … Privatsachen. Alles im Leben ist Geschäft. Und so wie ich ihr Umfeld beurteile, wird sich niemand finden lassen, der Ihnen so schnell unter die Arme greift. Außer …«

»Außer was?«

Johanna hebt das Glas und lächelt wieder. »Außer Sie sagen mir sofort, warum wir uns heute abend getroffen haben. Wenn Sie ehrlich zu mir sind, könnte vielleicht noch was zu machen sein.«

Marius schluckt. Das ist seine Chance. Nicht unbedingt auf seinem Mist gewachsen heute abend, aber das ist egal. Er hat sie soweit. Jetzt oder nie.

»Okay, okay.« Er hebt die Hände. »Ich gebe mich geschlagen. Ich wollte Sie um einen Vorschuß bitten. Von, sagen wir mal …«

Er rechnet kurz, denkt an die Gunst der Stunde und beschließt, den Betrag noch ein bißchen höher anzusetzen. Johanna Saletzki hat bestimmt mehr in ihrem Sparstrumpf als Familie Kuckuck.

»Zweihundertfünfzigtausend.«

Es ist heraus. Marius atmet auf. Nun kann sie aufstehen und gehen, ihn auslachen, ganz Hamburg erzählen, wie er sich hier zum Horst gemacht hat. Aber sie bleibt sitzen. Und – er glaubt es kaum, schon wieder spürt er dieses Streicheln am Knöchel.

»Zweihundertfünfzigtausend«, wiederholt sie träumerisch. »Eine Viertelmillion. Und das nur wegen Ihrer schönen Augen?«

Marius lächelt unsicher. Ihr Blick glitzert wieder stahlhart. »Und was bieten Sie als Sicherheit? Warum sollte mir Ihr Überleben eine Viertelmillion Mark wert sein?«

»Weiß nicht«, sagt Marius. Offensichtlich ist er heute abend der Clown. Wenn sie sich nur mit ihm getroffen hat, um sich über ihn lustig zu machen – bitte sehr. Er kann nichts mehr daran ändern.

»Geschäft, Marius, ist vielleicht die reinste Form von Gegenseitigkeit. Keine Freundschaft, keine Versprechungen. Einfach nur Geben und Nehmen. Merken Sie sich das. Von nichts kommt nichts, für nichts gibt es nichts. Im Geschäft ist Schluß mit lustig. Freundschaft, Zuneigung, Ehrlichkeit – vergessen Sie das alles. Am besten sofort.«

Ihr Streicheln intensiviert sich. Marius kann kaum noch klar denken. Worauf will sie eigentlich hinaus? Johanna winkt den Kellner mit einer unnachahmlich eleganten Bewegung heran. Einen Moment fürchtet er, sie bittet um die Rechnung und will gehen.

»Noch eine Flasche?« Sie sieht ihn aufmunternd an. Marius nickt gequält und hofft, daß seine Schecks am Montag noch gedeckt sind.

»Darf ich jetzt das Dessert servieren?« Der Kellner hat seine Aufmerksamkeit mehr und mehr auf Johanna gerichtet. Noch etwas, was Marius ärgert. Schließlich zahlt er heute abend. Er beschließt, das zweite Trinkgeld zu relativieren.

»Aber gerne«, schnurrt sie zurück. Sie sind wieder allein.

»Fassen wir noch einmal zusammen. Sie wollen, daß ich Ihnen das Geld gebe.«

»Nein«, protestiert Marius. »Der Vorstand –«

»Vergessen Sie den Vorstand. Genausogut können Sie einem Ochsen ins Horn petzen. Es ist in unserem Hause nicht üblich, die Chancen, die man anderen gibt, auch noch selbst zu finanzieren.«

In Marius' hinterster Gehirnecke, über der das Schild »Frühwarnsystem« angebracht ist, blinkt ein Lämpchen.

Johanna schaut ihm tief in die Augen und arbeitet sich wieder bis zu seinem Knie hoch.

»Ich bin Ihre Chance. Ich ganz allein.«

»Aber die Sicherheit?« stottert Marius. »Die Zinsen? Wie soll das alles gehen? Oder haben Sie das Geld schon in Ihrer Handtasche mitgebracht?«

Das wäre ja auch eine Lösung. Wenn bis jetzt alles schon wie im Film läuft, warum dann nicht eine Umschlagübergabe im Séparée eines Spesenrestaurants? Johanna lacht schallend.

»Mein Gott, sind Sie naiv! Genau das gefällt mir an Ihnen. Man merkt, daß Sie noch nicht mit allen Wassern gewaschen sind. Schauen Sie mich mal an.«

Ihre glatte, warme Hand legt sich unter sein Kinn. Ohne daß Marius etwas dagegen unternehmen könnte, rieselt ihm plötzlich eine Gänsehaut den Rücken hinunter. Gefangen, denkt er. Von der atemberaubendsten Frau meines Lebens. Thea, morst das Lämpchen in seinem Hirn. Es wird sofort abgeschaltet. Und Johanna redet weiter, jedes Wort ein Tropfen Honig, jede Silbe ein Härchen, das sich in seinem Nacken aufstellt. Ihre Finger wandern von seinem Kinn in seinen Hemdkragen und verursachen wohlige Schauer, die jetzt langsam auch die untere Hälfte seiner Leibesmitte erreichen.

»Als ich Sie das erste Mal gesehen habe, dachte ich mir: Der Junge fällt sofort auf die Nase. Ich denke, es hat Sie noch mehr überrascht als mich, welche Wirkung Ihre Präsentation hervorrief. Es ist die ganz große, einmalige Chance für Sie. Einmal im Leben bekommt man so etwas. Wenn man das vergeigt, nie wieder. Was Sie jetzt brauchen, ist ein freier Rücken, um sich mit aller Kraft in Ihre Aufgabe zu stürzen. Und gnade Ihnen Gott, wenn Sie den Überblick verlieren. Und das werden Sie, ich schwöre es Ihnen, wenn Sie niemanden haben, der Ihnen hilft.«

Sie zieht ihre Hand zurück und sieht ihn erwartungsvoll an. Zum ersten Mal fällt ihm auf, daß sie älter ist als
er. Und daß sie einen Zug um den Mund besitzt, der die
Weichheit ihrer Hand Lügen straft. Er trinkt einen tiefen
Schluck aus dem Glas, das wie durch Zauberhand wieder
aufgefüllt wurde. Eine verräterische Leichtigkeit zieht durch
sein Gemüt, nur das Lämpchen blinkt erneut: Jetzt nur
nicht den Überblick verlieren.

»Warum«, fragt er, »warum wollen Sie mir helfen?«

Johanna hebt ihr Glas. Statt einer Antwort wandert ihr
Fuß weiter nach oben und landet genau dort, wo Marius es
am meisten befürchtet hat.

Er könnte nicht mehr sagen, wie er es schließlich geschafft
hat, den Kopf aus der Schlinge zu ziehen. Während er un-
geschickt im Dunkeln seine Hose auszieht und dabei beinahe in der Vitrine mit der Autominiaturensammlung landet,
läßt er sich den Rest des Abends noch einmal durch den
Kopf gehen. Teufel noch mal, wie konnte er sich von diesem
Weib so über den Tisch ziehen lassen? Das war mehr als ein
unmoralisches Angebot, das ging schon fast an die Grenzen
des guten Glaubens. Hatte er tatsächlich angenommen,
diese Furie würde für ihn ein gutes Wort im Vorstand einle-
gen? Etwa ihren Vater davon überzeugen, ihm ein zinsloses
Darlehen zu gewähren? War er wirklich so dumm?

Naiv, hatte Johanna gesagt. Noch vor wenigen Stunden
hatte er sich selbst für den Schlauen und Thea für naiv gehalten. Überhaupt, Thea. Warum ließ sie nichts von sich
hören? Keine Nachricht auf dem Anrufbeantworter. Gutes
oder schlechtes Zeichen? Marius tappt ins Bad und sucht
nach den Alka Seltzer. Die Tablette läßt er in ein Glas Wasser fallen. Auf dem geschlossenen Klodeckel nimmt er
Platz, faßt sich stöhnend an den Kopf und beobachtet das

46

bleiche Sprudeln, mit dem sich die Tablette auflöst. Zweihundertfünfzigtausend. Mehr als eine Zahl. Zukunft. Für
sich und seine Angestellten. Aber für Thea? Ausgeschlossen. Der heutige Abend hat ganz klar gezeigt, daß Johanna
Saletzki, zweimal geschieden, Tochter eines finanziell ange-
schlagenen Verlegers, aus dem Erbteil ihrer Mutter mit
einem nicht unerheblichen Vermögen bedacht, daß eben
jene Johanna ein begehrliches Auge auf seine Unschuld geworfen hat. Und obwohl er mit einer gehörigen Portion Eitelkeit ausgestattet ist und das auch weiß, fragt er sich nun,
zusammengesunken auf einem Wasserklosett wie Rodins
Denker, was diese Frau dazu bringt, sich ihn zu kaufen.
Reich, schön, intelligent, kalt wie Hundeschnauze – nichts
in der Welt würde ihn dazu bringen, dieses Wesen anzufas-
sen. Vermutlich ist es genau das. Kein normaler Mann
würde noch einen hochkriegen, wenn sie ihm ihr wahres
Gesicht zeigt. Und trotzdem: Die mögliche Verbindung
ihrer Macht und seiner Ausweglosigkeit hat eine nicht zu
leugnende erotische Komponente. Wie waren ihre Worte?
»Jemandem wie Ihnen« – es rieselt ihm immer noch durch
und durch – »begegnet man nicht alle Tage. Aufrichtigkeit
und Naivität, gepaart mit Ihrer Anziehungskraft …« In
diesem Moment waren ihre Finger wie unbeabsichtigt seine
Brust hinabgestreift. Nun ja, könnte alles stimmen.

Er nimmt das Gebräu und stürzt es, ohne abzusetzen,
hinunter. Einen Moment wallt Übelkeit in ihm hoch.
Thea, denkt er. Verdammt noch mal, Thea. Warum hilft sie
mir nicht? Nur ein kleiner Anruf, alles in Butter, morgen
bekomme ich die Bankbürgschaft – würde das nicht reichen? Alles wäre gut. Mit einem Mal spürt er Sehnsucht.
Nicht direkt nach ihr, eher nach dem Lebensgefühl vor diesem entsetzlichen Abend, der langsam, aber sicher sein
Weltbild ins Wanken bringt. Am meisten aber bestürzt ihn

eine Entdeckung: Nicht der Gedanke an Thea ist es, der seinen Schwanz plötzlich nach oben schnellen läßt. Sondern eine sechsstellige Zahl, die wie ein Damoklesschwert über seinem Kopf hängt. 250 000. Rettung oder Untergang. Sein oder Nichtsein. Johanna oder Thea. Das Klirren von Glas läßt ihn hochschrecken. Auf dem Fliesenboden Scherben. Noch nie zuvor ist er auf dem Klo eingeschlafen.

Es ist nicht einfach, als eine Saletzki geboren zu sein. Wer anderes behauptet, lügt. Oder liest zuviel sozialromantische Schmuddelblätter. Um genau zu sein: Es ist von der Wiege an ein verdammt harter Job. Schwerer Reichtum ist dieselbe Bürde wie ausweglose Armut. Mit viel Engagement kann man an diesen Zuständen etwas ändern: Der Arme wird Tellerwäscher und anschließend Millionär, der Millionär endet abgebrannt als Clochard unter einer Brücke. Doch das sind Ausnahmen. Im wahren Leben bleibt man überwiegend in dem Milieu, in das man hineingeboren wird. Und Johanna klagt nicht über ihre Bürde: die schwierige Vermögensverwaltung, der Kampf gegen Anwälte, Steuerberater und gute Freunde. Zudem ist sie in dem Geist erzogen worden, nicht nur das Erhaltene zu bewahren. Ihr wurde auch recht früh eingetrichtert, es nach Möglichkeit zu mehren. Nach anfänglichen Verlusten, die sie ihrer Jugend und zwei viel zu unüberlegt geschlossenen Ehen zuzuschreiben hat, gelingt ihr das nun in einem Maß, das ihrer Umgebung zunehmend unheimlich wird. Doch wer in dem Glauben aufgewachsen ist, der Rest der Menschheit bestünde aus gefräßigen Raubtieren – eine Auffassung übrigens, in der sie mit zunehmender Erfahrung immer mehr bestärkt wurde –, lernt, mit harten Bandagen zu kämpfen.

Warum dann nur ihr heimliches Faible für Verlierer? Johanna starrt in den Badezimmerspiegel und versucht, unter der Schicht von Cold Creme in ihrem Gesicht eine Antwort zu entdecken. Ein fataler Hang, der ihr mehr als einmal Ärger eingebracht hat. Gut vertuschter, manchmal teuer bezahlter Ärger. Zwar weiß sie, daß Liebe existiert. Aber praktische Beispiele fehlen, sieht man einmal von ihrer Beziehung zu Robbie ab. Und Robbie ist nun auch schon ein paar Jahre tot und ruht, von Gärtnern stets aufs liebevollste bepflanzt, in seinem Grab am anderen Ende des Parks. Außerdem kann man Robbie, wenn man es ernst meint, nicht zählen. Neufundländer gelten nicht.

Wie machen das bloß die anderen? Natürlich hört man hier und da hinter vorgehaltener Hand, daß sie sich noch dämlicher anstellen. Vor allem Männer scheinen nicht im geringsten darunter zu leiden, daß sie sich bei der Wahl ihrer Partner – Partner? – nach unten orientieren. Und manchmal greifen sie völlig daneben. Unangenehme Geschichten. Klatsch für Monate, gebrandmarkt für Jahre. Sex, Drogen, dunkle Geschäfte – ein Schatten bleibt immer. Sie muß aufpassen, daß sie ihren Ruf nicht ruiniert. Der Name Saletzki hat immer noch einen sehr guten Klang. Hanseatische Kaufmannstradition. Alter Verlegeradel. Trotz polnischer Vorfahren.

Sie seufzt. Der Griff zur Kleenexschachtel erfolgt automatisch. In kreisenden, monotonen Bewegungen entfernt sie die Reste des großen Abend-Make-ups. Daß sie nun allein in ihrem Marmorbad steht und das sorgfältig aufgetragene Gemälde aus sienabraun und Mascara im Abfalleimer verschwindet, war auch nicht eingeplant. Im Gefrierschrank kühlen zwei Flaschen Taittinger still vor sich hin, im Schlafzimmer wartet ein Gebirge jungfräulichen Schweizer Linnens auf die Defloration. Die atemberaubende Dessouskombination fällt achtlos auf den Badezimmerteppich. Sei's drum. Wenn nicht heute, dann morgen.

Marius. Sie steigt unter die Dusche. Während das heiße
Wasser auf ihrer Haut prickelt, erinnert sie sich an ihre erste
Begegnung. War es die Art, wie ihm die Präsentationsmappe
vor Aufregung aus den Händen fiel? Oder der nervöse, viel
zu feste Händedruck, mit dem er sich vorstellte?

»Marius Dinkel. Von Dinkel & Company. Promotions.
Also, besser gesagt, Werbung. Oder so. Wir – äh – sind die
Rettung Ihrer Probleme! Ich bin doch richtig hier?«

Bei jedem anderen hätte sie nur die unnachahmlich ge-
schwungenen Augenbrauen hochgezogen und sich ihren
Teil gedacht. Bei diesem Dinkel aber mußte sie lachen. Das
geschieht selten und ist ein gefährliches Zeichen. Wer sie
zum Lachen bringt, hat schon halb gewonnen. Damit ist sie
den kalten Märchenprinzessinnen ihrer Kindheit gar nicht
so unähnlich. Nur mit dem Unterschied, daß sie bis heute
nicht im Traum daran denkt, Vermögen und das halbe Kö-
nigreich abzugeben. Sie will die andere Hälfte dazu. Und
das ist »TV nonstop«.

Wütend dreht sie die Dusche auf eiskalt und schnappt
nach Luft. Seit über vier Jahren ist es ihr sehnlichster
Wunsch, ihren Stiefvater aus dem Verlag herauszubekom-
men. Sie hat alles versucht. Über Anwälte, Vertragsanfech-
tungen bis hin zu ultimativen Bestechungsgeldern. Kein
Versuch fruchtete. Bis hin zu dieser Geschichte auf Sylt.
Soll ihr einer sagen, sie würde nicht bis zum Äußersten
gehen!

Sie stellt das Wasser ab und wickelt sich in ein großes
Badetuch.

Der Relaunch wird Millionen kosten. Geht der Schuß
nach hinten los, bricht es dem Blatt – und damit ihrem
Stiefvater – das Genick. Dann ist die Übernahme ein Kinderspiel. Und deshalb hat sie es sich einiges kosten lassen,
als relativ unbedeutendes Mitglied des Vorstandes, als ge-

50

duldeter Außenseiter im eigenen Haus, die Entscheidung für die Werbekampagne zu ihren Gunsten zu beeinflussen.

Johanna schlendert ins Schlafzimmer. Unterwegs schenkt sie sich noch einen Cognac ein und läßt sich mit dem Glas vorsichtig auf der frischen, steifgestärkten Bettwäsche nieder. Sie nippt an dem Glas, reibt die Beine aneinander, schaut auf ihre kleinen, rotlackierten Zehennägel und räkelt sich wohlig. Auch wenn der Abend anders endete als gedacht – ein Teilerfolg ist ihr beschieden. Sie hat Verwirrung gestiftet und einem Mann gezeigt, daß es eine Welt gibt, in der es anders zugeht. Härter. Daß es ein Leben jenseits seiner Hinterhofwerbeagentur gibt. Daß man sich nehmen muß, was man sich wünscht. Und daß man dafür erst einmal anfangen muß zu wünschen. Über alle Hemmungen hinweg. Think big. Nur dann wird der Horizont weiter.

Daß er darüber hinaus auch noch der Meinung ist, persönlich für sie interessant zu sein, verstärkt das Vergnügen. Johanna nimmt lächelnd einen weiteren Schluck. Es gefällt ihr, daß er nicht gleich auf ihr Angebot eingegangen ist, noch zu ihr nach oben zu kommen. Es bestärkt den Eindruck, den sie von ihm hat. Null Ahnung von den Spielregeln. Regionalliganiveau. Er müßte einen guten Trainer haben. Die Anlagen sind auf jeden Fall vorhanden.

Aber darüber wird sie später nachdenken. Zuerst einmal gilt es, ihren Einfluß auf ihn zu vergrößern. Mit allen zur Verfügung stehenden Mitteln. Mit wirklich allen.

Um mit seiner Kampagne »TV nonstop« endlich in Grund und Boden zu stampfen. Mit der schlechtesten Werbekampagne der Welt.

Nein, keine Tränen

Nein, keine Tränen. Nur Genugtuung.

Geld, steht vor ihren Augen geschrieben. Geld.

Das also ist Schicksal. So weht sein kalter Hauch
durch die Lebensläufe, entwirrt und verknotet,
bringt plötzlich zusammen, was sich nie begegnet wäre,
trennt, was eigentlich für immer war.

Willst du den Kopf aus der Schlinge ziehen?
Ja oder nein?

Es hat nicht an ihr gelegen, daß alles auseinanderbrach.
Stück für Stück.

Freundschaft und **Geschäft** sind zwei Dinge,
die sich auf Dauer nicht vertragen.

Über der gesamten oberhessischen Tiefebene ballen sich Regenwolken. Licht, grau wie alte Gardinen, hüllt die Unterau in depressive Tristesse. Es nieselt. Der Feldweg von Krummbach nach Sondersdorf ist mit traktorradgroßen Schlaglöchern übersät, in denen sich schlammbraunes Wasser sammelt, das sich bei jedem Windhauch kräuselt wie eine Gänsehaut. Novemberschleier in Apfelbäumen, kahle Äste wie das Ende des Lebens. Thea schlägt den Mantelkragen hoch und verflucht die Idee, bei diesem Wetter spazierenzugehen. Aber im Haus fällt ihr die Decke auf den Kopf. Diese lähmende Sonntagsstille, die alle Initiative erstickende Ruhe, macht sie wahnsinnig.

Der Feldweg endet in einem Acker. Nur ein schmaler Pfad windet sich an dem ruhenden Feld vorbei. Winterschlaf überall. Sie kann den Flußlauf der Krumme erkennen und dahinter, vom Nebel fast verborgen, die Silhouette von Sondersdorf. Die Kirche, in der sie konfirmiert wurde, der Bahnhof, an dem die Züge in die Kreisstadt hielten. Weiter außerhalb die Gesamtschule, ein häßlicher Neubaukomplex aus den sechziger Jahren. Der Sportplatz. Die Häuser, aneinandergeschmiegt wie eine dunkle Herde. Sondersdorf. Kindheit. Jugend. Sie schüttelt sich und dreht sich um. Sie hat keine Lust mehr auf einen sentimentalen Gang durch die Vergangenheit. Nichts, was von Interesse wäre. Abgeschlossen. Ein Kapitel ihres Lebens, das aufzuschlagen sie vermeidet, um den Staub nicht aufzuwirbeln. Gibt es irgendwelche lustigen Anekdoten? Gibt es Erinnerungen, die sich lohnen, bewahrt zu werden? Nein.

»Hallo?«

»Ich bin's.«

»Und?«

»Es hat nicht geklappt.«

Sie erwartet ein Zeichen von Mitgefühl. Ein »Ach, wie schade«, ein »Kopf hoch, wir schaffen das schon«. Doch statt dessen – sie glaubt es kaum! – beginnt Marius am anderen Ende der Leitung zu summen! Allons enfants de la patrie, die französische Nationalhymne!

»Marius!« – Ist er vielleicht übergeschnappt?

»Äh – ja?«

»Ist das alles? Hast du mir nichts zu sagen?«

»Ja, ja«, antwortet er zerstreut. Irgend etwas stimmt da nicht.

»Was ist los?«

Das Summen hört auf, er läuft geschäftig durch die Wohnung. Zumindest hört es sich so an.

»Wann wolltest du wiederkommen?« fragt er.

»Das weißt du doch«, antwortet Thea verständnislos. »Du wolltest mich morgen abholen.«

»Ach so, ja. Hör mal, das wird nicht gehen. Ich habe morgen ein paar wichtige Termine. Die Bank, also – ich meine, es ist wichtig, daß ich morgen hier bin.«

»Was ist los?«

»Nichts«, erklärt Marius. »Gar nichts. Herrgottnochmal, frag doch nicht dauernd, was los ist!«

Einen Moment hängt Schweigen in der Leitung, und dieses Mal klingt es wie ein Urteil.

»Dann nehme ich den Zug«, sagt Thea schließlich.
»Holst du mich wenigstens am Bahnhof ab?«

»Ruf noch mal an«, sagt Marius. Und: »Bis bald dann.«

»Bis morgen«, betont Thea.

In Hamburg wird der Hörer aufgelegt. In Krummbach
hält ihn Thea noch eine Weile in der Hand und starrt ihn
nachdenklich an.

Alea iacta est. Gefaßt wie ein römischer Feldherr, der gerade erfahren hat, daß seine Lieblingslegion über den Jordan
ist, steht Marius neben dem Telefon. Das also ist Schicksal.
So weht sein kalter Hauch durch die Lebensläufe, entwirrt
und verknotet, bringt plötzlich zusammen, was sich nie begegnet wäre, trennt, was eigentlich für immer war. Für
immer? Nein. Es war eine schöne, erfüllte, gemeinsame
Zeit. Ja, das war sie. Doch die harte Realität des Lebens,
oder besser gesagt, des Überlebens fordert ihre Opfer. Er
wird es ihr erklären, natürlich. Und Thea wird verstehen.
Schließlich liebt sie ihn ja immer noch. Sie wird ihm keine
Steine in den Weg legen. Natürlich ist es hart, im ersten
Moment. Er überlegt, wie er ihr helfen kann. Ob er ausziehen soll? Ihr die Wohnung überlassen?

Sein Blick schweift über die perfekte Harmonie der
eigenen vier Wände, dann ist auch dieser Anflug von
Großmut vorbei. Schließlich ist es seine Wohnung. Thea
lebt zwar seit drei Jahren hier, aber die Wohnung ist seine.

Und er hat den Auftrag gerettet, nicht sie. Unter Einsatz seiner gesamten moralischen Integrität. Er wird dafür
bezahlen, und es wird hart werden.

So hart nun auch wieder nicht. Mit Frauen wie der Saletzki wird er spielend fertig. Man muß ihnen nur das Gefühl geben, alles läuft nach ihrer Nase. Dann ist der Rest
ein Kinderspiel.

Marius seufzt. Nein, er hat es sich wirklich nicht leichtgemacht. Das muß ihm Thea glauben. Wenn die Agentur erst mal wieder läuft, wird er ihr auch den einen oder anderen Job geben können. Sie ist ja nicht schlecht. Im Gegenteil. Ihr Teil der Präsentation war hervorragend. Deshalb wundert es ihn ein bißchen, daß die Saletzki ausgerechnet diese Entwürfe glatt aussortiert hat. Aber sie wird schon wissen, was sie tut.

Er geht in die Küche und versucht, sich einen Espresso zuzubereiten. Während die Maschine gurgelnd und zischend ihren braunen Saft ausspuckt, starrt Marius auf die Pinwand über der Spüle. Ein Foto von Thea und ihm. Braungebrannt, fröhlich, aufgenommen bei Spiros im Hafen von Mykonos. Sie kann verdammt hübsch sein. Sommersprossen, dunkelblonde Locken. Und er ist auch nicht schlecht getroffen auf dem Bild.

Spuckend und zischend kocht die Espresso-Maschine über. Während sich Marius fluchend die Finger verbrüht, faßt er einen Entschluß: Weg mit den Sentimentalitäten. Schluß mit der weinerlichen Rückschau. Er ist auferstanden aus Ruinen und der Zukunft zugewandt. – Von wem war das noch mal? Egal. Hart wird er werden. Hart wie Saletzki.

Es ist Montag morgen, und Thea steht wieder am Bahnhof von Sondersdorf. Mit Herzklopfen und einem unguten Gefühl in der Magengegend, sicherlich. Sie weiß nicht, was sie in Hamburg erwartet. Aber alles ist besser, als die gedrückte, von ungesagten Worten vergiftete Atmosphäre in ihrem Krummbacher Elternhaus. Das Thema Geld, geschweige denn »Erbteil«, ist nicht wieder zur Sprache gekommen. Im Gegenteil. Wie man eine Krankheit zu ignorieren versucht, indem man nicht über sie redet, so geschickt wurde der eigentliche Grund für Theas Anwesenheit in den wenigen Gesprächen umschifft.

Heinrich und Nana haben sich von ihr verabschiedet, kühl und zurückhaltend.

»Viel Glück«, wünscht Heinrich. Es soll aufrichtig klingen, aber er bellt es hinaus wie einen Befehl. Eine Sekunde lang liegt Thea ein »Jawoll ja!« auf der Zunge, aber sie beherrscht sich. Noch nicht einmal im Humor sind die Kuckucks sich ähnlich.

Nana nimmt sie in die Arme, drückt sie leicht und flüstert: »Melde dich. Laß nicht wieder so viel Zeit verstreichen.«

Der abgewiesene Bittsteller geht wieder seiner Wege. Thea winkt dem Wagen hinterher, bis er an der Schranke um die Ecke biegt. Dann trägt sie die Taschen in den Bahnhof und stellt sie vor dem Kartenschalter ab. Kaum zwei Tage sind seit ihrer Ankunft vergangen. Der Kaugummiautomat kommt ihr vertrauter vor als die begradigten Ufer der Krumme.

»Hamburg«, sagt Thea.

Hinter dem durchlöcherten Oval aus Plexiglas legt eine Frau ihren Groschenroman zur Seite.

»Über Frankfurt oder Gießen?«

»Was ist denn da der Unterschied?«

»Frankfurt ist teurer, Gießen dauert länger.«

Zeit hat Thea genug.

»Gießen.«

Die Dame tippt mit enervierender Sorgfalt auf der Computertastatur.

»Hundertzweindreißichsechzich.« Die Frau langweilt sich.

Thea kramt nach ihrem Geldbeutel. Sie findet einen Hunderter, einen Zehner, einen Fünfer, drei Einmarkstücke und diverses Kleingeld. Es fehlen genau vierzehn Mark und achtzehn Pfennig. Thea stöhnt.

»Mein Geld reicht nicht.«

»Ahso?«

Die Dame beugt sich nach vorn und mustert Thea genauer.

»Was mache mer denn da?«

»Weiß ich auch nicht. Geht's nicht billiger?«

Ihr Gegenüber zuckt mit den Schultern.

»Musses bis Hamburch sei? Hannover is billicher.«

»Sehr witzig.«

»Dann eben nicht.«

Die Dame zieht sich beleidigt zurück. Thea sieht sich um.

»Wo ist denn hier der nächste Geldautomat?«

Die Dame erklärt es ihr und ist dann, wenn auch widerwillig, bereit, Theas Gepäck solange in der guten Bahnwärterstube aufzubewahren.

Nun geht sie also doch durch Sondersdorf. Sie sieht nicht nach links und rechts, läuft schnell die kleine Hauptstraße hoch und ist heilfroh, auf der gegenüberliegenden Straßenseite das freundlich lockende Schild der Ortssparkasse zu sehen. Hier war früher die kleine Pizzeria. Die einzige Gaststätte am Ort. Außer solch heimeligen Stätten wie dem »Braustübchen« und dem »Café Bauer«. Aber da durfte man sich nicht sehen lassen. Sie wartet auf Grün und blickt nach links. Die Metzgerei Roloff ist größer geworden. Drei Schaufenster ziehen sich über die Fassade des alten Fachwerkhauses. Eine Imbiß-Fahne schlappt im kalten Wind. Jetzt nach rechts, dann käme die Schule ins Bild. Sie blickt auf die Uhr. Nur weiter.

Sie hastet über die Kreuzung. Alles wirkt neu. Moderner. Sie schiebt die Karte in den Automaten, drückt die Tasten, und während sie auf die Bearbeitung wartet, schweift ihr Blick die Hauptstraße hinunter. In Sondersdorf hat sich einiges getan. Ein Blumengeschäft, ein Naturkostladen. Der kleine Tante-Emma-Laden ist zum Supermarkt mutiert. Und trotzdem. Um nichts in der Welt könnte sie hier leben. Der Automat klickt mehrmals. Sie dreht sich um. Will das Geld entnehmen. Starrt auf den Bildschirm.

Karte einbehalten.

Sie kann es nicht glauben. Drückt auf verschiedene Tasten. Nichts.

»Thea?«

Sie dreht sich erschrocken um, sieht ein fremdes Gesicht, wendet sich wieder zum Automat in der Hoffnung, er könnte es sich anders überlegt haben. Irrtum. Er hat die Karte verschluckt. Ein Wunder, daß er nicht noch ein Bäuerchen von sich gibt.

»Thea! Mensch, Thea! Was machst du denn hier?«

»Was?« fragt sie hilflos. Sie sieht den Mann an, der hinter ihr wie aus dem Nichts aufgetaucht ist, und erkennt ihn nicht. Ihr Hirn ist blockiert. Geld, steht vor ihren Augen geschrieben. GELD.

»Erkennst du mich nicht? Ich hab dich sofort erkannt. Schon als du über die Kreuzung gegangen bist. Du hast dich gar nicht verändert.«

Jetzt wird sie wütend. Nicht nur, daß man ihr den Hahn plötzlich zugedreht hat, nein, da steht sie hier, fünfzehn Jahre Karriere, Leben, stilbildende Maßnahmen hinter sich, und dieser Lackaffe mit seiner blockgestreiften Krawatte erzählt ihr, sie habe sich gar nicht verändert.

»Wer sind Sie eigentlich?« Sie mustert den Mann genauer, und eine vage Erinnerung zieht hoch, läßt sich aber bei aller Kraft nicht in einen Namen verwandeln.

»Der Michael! Michael Krötzig, dein alter Klassensprecher. Hahaha!«

Er brüllt die Silben so laut heraus, daß auf der gegenüberliegenden Straßenseite eine ältere Dame interessiert herüberblickt. Thea lächelt hilflos.

»Michael, ja, natürlich. Entschuldige bitte, es ist schon so lange her.«

»Was machst du hier? Hast deinen alten Herrschaften mal einen Besuch abgestattet, was?«

Er lächelt jovial. Ein Lächeln, das auch noch sein Doppelkinn ins Wanken bringt.

Thea kennt die nächste Frage im voraus und ist bemüht, das Gespräch so schnell wie möglich hinter sich zu bringen. Doch ein Blick auf den Bildschirm verrät ihr, daß die Denunziation ihrer Finanzen immer noch in Großbuchstaben zu lesen ist.

Sie stellt sich mit dem Rücken vor den Automat.

»Wie lange bleibst du?«

Sie zuckt mit den Schultern. »Eigentlich bin ich schon weg. Mein Zug geht in einer halben Stunde. Ich wollte mir nur noch – «

Sie dreht sich um.

»Hast du Probleme? Funktioniert das Ding schon wieder nicht?«

Er schiebt sie zur Seite. Thea will sich nicht lächerlich machen und läßt es auf einen Straßenkampf nicht ankommen. Soll er es doch sehen.

»Karte weg? Na, so eine Scheiße!«

Sie zuckt mit den Schultern. »Keine Ahnung, wie das passieren konnte.«

Er nimmt sie am Arm und zieht sie mit sich. »Das haben wir gleich.«

Thea will protestieren. Aber Michael hat sie schon durch die Tür in die Schalterhalle geschoben. Ein Mann mittleren Alters sieht sie kommen und springt dienstbeflissen auf.

»Herr Krötzig! Womit kann ich dienen?«

Michael stellt Thea als seine Bekannte vor, der Angestellte mustert sie wohlwollend. Er läßt sich Kontonummer und Bankleitzahl geben und verschwindet hinter einer Resopalwand. Thea ist wie betäubt. Das schlichte, blanke »Karte einbehalten« will ihr nicht in den Kopf. Die Gewohnheit, zu jeder Tages- und Nachtzeit an Bares zu kommen, läßt sich nicht in wenigen Minuten abstellen. Daß zudem plötzlich auch noch ein Zeuge des Unfaßbaren neben ihr aufgetaucht ist, groß, breit, dröhnend, jovial, nimmt sie in ihrer Verwirrung kaum noch wahr.

»Frau Kuckuck?«

Der Angestellte kommt zurück. Tiefer Ernst zeichnet seine Miene. Thea schwankt. Was passiert hier eigentlich?

»Eine unangenehme Sache. Wirklich unangenehm. Aber leider kein Irrtum. Ich habe mit Ihrer Bank telefoniert. Leider konnten auch die mir keine andere Antwort geben.«

»Was?« flüstert Thea. »Was ist los?«

»Tja, wie soll ich es sagen …« Der Angestellte blickt von Thea auf Michael, der unwillkürlich einen Schritt von seiner Bekannten zurückweicht.

»Kreditkündigung. Ihr Konto ist gesperrt.«

Thea greift sich an die Kehle, will etwas sagen, das so ähnlich klingt wie »Kann doch nicht sein, ist ein Irrtum«, aber es ist die Realität. Da ist sie. Gefürchtet, geahnt, erwartet. Und trotzdem so plötzlich wie ein Überfall. Sie starrt den Angestellten, dem auch nicht wohl in seiner Haut ist, mit großen Augen an.

»Haben Sie noch Euroschecks?«

Thea nickt.

»Ich muß Sie bitten, sie nicht mehr zu benutzen. Kreditkarten?«

Thea nickt wieder.

62

»Die Kreditkündigung liegt bereits der Schufa vor. Haben Sie keine Nachricht bekommen?«

Thea schüttelt stumm den Kopf. Der Angestellte blickt sie mitleidig an. Solche Katastrophenfälle kommen vor. Und gar nicht mal so selten. Männer, die ihre Arbeit verlieren und die Hypotheken für das Haus nicht mehr abstottern können. Familien, die sich übernommen haben. Geschäftsleute, die Konkurs machen. Es häuft sich. Und es ist nicht leicht, so einen Schlag zu verkraften. Die Frau vor ihm ist kreidebleich.

»Bitte«, sagt er und versucht, seiner Stimme einen mitfühlenden Ton zu geben, »verwenden Sie Ihre Kreditkarten nicht mehr. Sie bekämen eine Anklage wegen Betruges.«

Das reicht.

»Danke«, sagt Thea. Sie verläßt die Schalterhalle wie in Trance.

»Kann ich dir irgendwie helfen?«

Michael ist hinter ihr her gehastet. Auch er offenbar peinlich berührt von der kleinen Szene, deren Zeuge er soeben war. Soll sie ihn um zwanzig Mark anpumpen? Beinahe muß sie lachen bei dem Gedanken.

»Nein, es geht schon. Gib mir ein Taschentuch.«

»Ich hab kein Taschentuch.«

Thea zieht die Nase hoch. Nichts wie ab zum Bahnhof. Bloß weg hier.

»Soll ich dich irgendwo hinbringen?«

Sie schüttelt den Kopf.

»Na dann …«, sagt er.

Thea nickt ihm zu. »Danke. War schön, daß wir uns mal gesehen haben.«

»Ja. Äh, ja. Fand ich auch. Tschüs!«

Er trollt sich die Straße hinunter.

»Wie weit komme ich mit hundertachtzehn Mark?«

Mit mißbilligendem Blick greift die Schalterbeamtin nach dem Kursbuch und vertieft sich dann mit derselben Gründlichkeit, mit der sie zuvor »Schicksalsnacht unter Palmen« gelesen hat, in die Spalten. Das aufgeschlagene Heft liegt mit dem Umschlag nach oben direkt vor Theas Nase. »Soltau? Lüneburg? Celle?« sagt sie nach einiger Zeit. Thea überlegt.

Es hilft nichts. Sie muß Marius anrufen. Ihr knicken fast die Beine weg, noch steht sie unter Schock. Marius soll sie irgendwo abholen. Zum Teufel mit seinen Terminen. Das Unfaßbare ist passiert. Sie muß nach Hamburg zurück, und zwar noch heute. Mit zitternden Fingern wählt sie die Nummer. Die Schalterbeamtin sieht ihr nach, Thea dreht ihr den Rücken zu. Es läutet mehrmals. Niemand nimmt ab. Auch der Anrufbeantworter springt nicht an. Sie wählt erneut. Sei doch zu Hause, betet sie. Bitte, bitte, sei doch zu Hause.

»Ja bitte?«

Thea starrt auf den Hörer. Noch ein Schock. Eine Frauenstimme.

Sie muß sich räuspern, um ihre Stimme freizubekommen.

»Ist da – ist da bei Dinkel?«

Die Frau lacht. »Ja, möchten Sie ihn sprechen?«

»Bitte«, flüstert Thea.

»Das ist im Moment nicht möglich. Herr Dinkel ist – beschäftigt.«

Die Frau lacht schon wieder. Ein vielsagendes Lachen. Und wie ein greller Blitz leuchtet in Theas Kopf der Gedanke auf, was in Teufels Namen Marius um diese Uhrzeit – es ist noch nicht mal zehn – mit dieser Frau in ihrer Wohnung zu tun hat.

64

»Ich will ihn sprechen. Auf der Stelle.«

»Aber ich sagte doch schon, es ist nicht möglich. Kann ich ihm irgend etwas ausrichten?«

In diesem Moment hört Thea in Hamburg eine Tür aufgehen. Eine Schiebetür. Die Badezimmertür. Sie hört Marius' Stimme, hört ihn etwas rufen wie »Was tust du denn da? Wer ist denn dran?«, und ein kalter Schmerz preßt ihre Brust so fest zusammen, daß sie kaum noch atmen kann.

»Hallo?« fragt die Frauenstimme. Dann wird ihr der Hörer aus der Hand genommen.

»Hallo?« Das ist Marius.

»Wer spricht denn da? Melden Sie sich!«

Doch Thea kann nicht mehr sprechen. Sie legt auf.

Heinrich und Marthe sind zurückgekehrt an den unaufgeräumten Frühstückstisch. Die Fahrt vom Bahnhof nach Hause verläuft schweigend, die kleine Wolke schlechten Gewissens schwebt über ihnen beiden. Unausgesprochenes hängt in der Luft. Marthe räumt den Tisch ab, Heinrich verzieht sich mit der Zeitung in seinen Fernsehsessel. Er versucht, den Schlagzeilen zu folgen, seine Gedanken aber schweifen ab. Noch einmal überdenkt er seine Entscheidung, noch einmal sagt er sich, daß er richtig gehandelt hat. Trotzdem. Zum ersten Mal, das muß er gestehen, hat ihn Thea um etwas gebeten. Was hat ihn davon abgehalten, diese Bitte zu erfüllen? Gekränkte Eitelkeit? Vielleicht ist dieser – der Name ist ihm schon wieder entfallen, doch Groll zieht sich zusammen –, vielleicht also ist der junge Mann an Theas Seite doch kein Taugenichts? Vielleicht geraten jetzt zwei alle Hoffnungen berechtigende junge Leute auf die schiefe Bahn?

Heinrich schüttelt den Kopf. Er sieht hinaus in den Garten und beobachtet eine Kohlmeise bei der Einnahme ihrer Mittagsmahlzeit. Nein. Dieser Mann kann nichts Gescheites sein. Hunderttausend Mark! Eine Summe, die beinahe unvorstellbar erscheint. Wie kann ein junger Mensch so viele Schulden haben?

Am meisten aber hat ihn, und das gesteht er sich nun ein, das Wort »Erbteil« verletzt. Ist es also schon soweit. Teilt man schon das Tuch, bevor der Träger unter der Erde ist. Erbteil. Sein eigener Grund und Boden. Er denkt an seinen Traum, drei Generationen unter einem Dach. Doch Henriette lebt mit Mann und Kindern in der Kreisstadt. Und Thea hat vor fünfzehn Jahren das Weite gesucht. Zickzack kreuz und quer durch Deutschland. Mal eine Landkommune in Oberschwaben, dann eine Wohngemeinschaft in Berlin. Schließlich Hamburg. Jede Stadt, jeder Landstrich schien ihr besser zu gefallen als ihr Zuhause. Wenn er ehrlich ist, weiß er noch nicht einmal genau, womit sie eigentlich ihren Lebensunterhalt verdient. Werbung, Reklame. Er sieht das jeden Abend im Fernsehen und ärgert sich stets aufs neue darüber. Reine Volksverdummung in seinen Augen. Wütend sucht er im Zeitungsständer nach Lesbarem. Der »Unterauer Gemeindebote« fällt in seine Hände. Er schlägt ihn auf und vertieft sich in den Kassenbericht des Geflügelzuchtvereins.

Marthe sieht ihn durch die geöffnete Küchentür. Sie spült das Geschirr ab, und ihr Herz, das sowieso schon schwer genug in ihrer Brust liegt, sinkt noch eine Etage tiefer. So war es schon immer, die ganzen Jahre, in denen Thea noch im Haus lebte. Henriette der Sonnenschein, Thea der Struwwelpeter. Die eine Papas Liebling, die andere der ewige Stein des Anstoßes. Dabei ist Marthe sich sicher, daß Heinrich Thea im Grunde noch mehr liebt als seine Zweitgeborene. Vielleicht, weil beide sich so ähnlich sind. Zu ähnlich. Ewig mit dem Kopf durch die Wand. Immer muß

der eine ebenso auf seiner Meinung beharren wie der andere. Beide undiplomatisch bis zur Schroffheit. Anders läßt
sich Theas Überfall auch nicht erklären.

In diesem Moment schellt es. Die Post, denkt Marthe.
Sie wischt sich die Hände ab und geht in den Flur.

»Soll ich –?« ruft Heinrich aus seinem Sessel, eher
schlechtes Gewissen als ernsthafte Hilfsbereitschaft.

»Nein, laß mal«, sagt Marthe. Sie öffnet die Tür.

Draußen steht Thea. Sie grinst etwas unsicher, läßt die
schweren Taschen sinken.

»Hallo«, sagt sie. »Ist mein Zimmer noch frei?«

Marius kocht immer noch vor Wut. Daran kann Johannas
mehrmaliger Versuch, ihn noch einmal Richtung Schlafzimmer abzuführen, nichts ändern. Verhaftet. Jawohl. So fühlt
er sich. Daß sie jetzt auch schon seine Telefongespräche entgegennimmt, ist der Gipfel. Es war Thea. Es muß Thea gewesen sein. So schnauft nur eine ins Telefon. Scheiße.

Noch immer ist in seinem Kopf kein klares Konzept. Johanna Saletzki kam, sah und siegte. Sonntag abend war er
weich wie ein Drei-Minuten-Ei. Nicht nur die finanzielle
Rettung ließ ihn beinahe schweben, auch die fast unterwür-
fige Hingabe, mit der ihn diese Frau den ganzen zweiten
gemeinsamen Abend verfolgte. Selbstverständlich durfte
man sie nicht ein zweites Mal mit dem Hinweis auf rasende
Kopfschmerzen vertrösten. Er nahm Johanna, reif wie ein
überfälliges Äpfelchen, mit nach oben.

Jetzt sitzt er neben ihr in ihrem Sportwagen und beobachtet ihre Bewegungen. Wie sie schaltet, die Sonnenbrille
nach oben schiebt, den Blinker setzt. Ihn dazwischen
immer wieder ansieht, ihm zuzwinkert, den Mund zu einem
angedeuteten Kuß verzieht. Himmel und Hölle!

Die Nacht bestätigte seine kühnsten Erwartungen. Er

fühlt sich so zerschlagen wie schon lange nicht mehr. Aber eine wohlige Mattigkeit ist es, und langsam verraucht auch der Zorn.

Johanna ist vorsichtig. Sie weiß, daß sie einen Schritt zu weit gegangen ist. Doch ein angeborener Instinkt sagt ihr, wann sie ein Terrain zu verteidigen hat. Und diese Frau am Telefon war SIE. Sie, der sie in dieser Wohnung auf Schritt und Tritt begegnet und die zu eliminieren ihre erste, ihre Hauptaufgabe ist. Deren Parfum und Make-up sie im Badezimmer unter die Lupe genommen hat – kein sehr anspruchsvoller Typ –, deren Kleider im Schrank hängen und die für einen nicht unwesentlichen Teil der Bücher im Wohnzimmer verantwortlich zu machen ist. Kaum anzunehmen, daß Marius Canetti liest. »Masse und Macht« schon gar nicht. Lebert, Wolf, Maron. Guter Geschmack. Bowles, Faulkner, Hoeg – könnte auch auf ihrem Schlafzimmertisch liegen. Aber keine falschen Sentimentalitäten jetzt. Diese Frau darf ihr nicht in die Quere kommen. Zum einen, weil sie wirklich gut ist in ihrem Job und ihren Plan vermutlich in Windeseile durchschauen würde, zum anderen, weil sie Marius langsam über seine berufliche Nützlichkeit hinaus zu schätzen lernt. Sie streicht ihm über den Oberschenkel. Er schnurrt.

»Wir sind da.«

Der Wagen hält in der Einfahrt der Grund- und Bodenbank. Ein hochherrschaftliches, klassizistisches Gebäude an der Außenalster. Privatbank, steht auf dem Messingschild an der Eingangspforte, die sich nun selbsttätig öffnet. Marius rutscht unruhig auf seinem Beifahrersitz hin und her. Der Anzug sitzt zwar wie angegossen, trotzdem fühlt er sich mit einem Mal klein. Ihm ist, als habe das schwarze Schmiedeeisengitter auch eine Bedeutung für ihn: Die Inauguration zu einem anderen Zirkel. Der Eintritt in eine Welt, in

68

der es ums große Geld geht. Alles andere, was Marius bis jetzt angefaßt hat, ist dagegen wie Peanuts.

Johanna parkt auf weißem Kies, er steigt aus, und beide gehen nebeneinander auf die Panzerglastür zu, die sich wie von Geisterhand öffnet. Jetzt, flüstert sein Hirn, ist es soweit. Der Quantensprung. Der erste Schritt nach oben. Nach ganz oben, setzt er hinzu, als er von dem betreßten Portier mit ebenso nobel-zurückhaltender Geste begrüßt wird wie die Saletzki. Er läuft über spiegelnden Granit, sieht postmoderne Leuchter, goldglänzendes Messing und perfekt gekleidete Angestellte, aber kein Kassenhäuschen und erst recht kein Stehpult, an dem er mit angeketteten Kulis seine Überweisungen auszufüllen gewohnt ist. Statt dessen schwere Polstergruppen in den Ecken, Antiquitäten und alte Bilder an den Wänden und ein Herr, Typ Diplomat in Stockholm, der schnurstracks auf sie zukommt. Noch bevor er das distinguierte »Guten Tag« erwidern kann, kommt Johanna ihm zuvor.

»Haben Sie alles vorbereitet?«

»Aber selbstverständlich, Frau Saletzki. Wenn die Herrschaften mir bitte folgen wollen?«

Der Mann führt sie in ein Büro, und Marius läßt sich nach Aufforderung in die weichen Polster eines riesenhaften Sessels sinken. Eine Sekretärin im Jil-Sander-Kostüm serviert Kaffee und Petits fours, der Herr, den die Saletzki mit Andersen anredet, bringt seine Unterlagen in einer schweren Ledermappe an den Couchtisch.

»Dann wollen wir mal!« sagt Andersen aufmunternd und holt sein Nobelschreibgerät aus der Jackettasche. Anschaffen! signalisiert das Lämpchen in Marius' Hirn. Als erstes muß mal ein anständiger Füllhalter her. Fort mit den Werbeaufdruckpeinlichkeiten!

»Sie haben mir ja bereits detaillierte Anweisungen gegeben, Frau Saletzki«, fährt Andersen fort. Johanna nickt. »Als erstes einmal die gesamten Verpflichtungen der« – er rückt seine Goldrandbrille zurecht, die Marius mit saugenden Augen mustert – »Dinkel und Co. Promotions, Werbeagentur, ansässig in Hamburg, Eppendorfer Baum –«

»Moment«, platzt Marius dazwischen. Eigentlich wollte er »Was?!« schreien, aber die holzgetäfelten Wände und der dezent gemusterte Teppichboden zügeln seinen Ausbruch. Er schnappt nach Luft und beruhigt sich, indem er sich sagt, daß es ihr gutes Recht ist, seine Bonität zu überprüfen. Aber sie hätten ihm wenigstens etwas davon sagen können.

Johanna legt ihre weiche, warme Krakenhand auf seinen Arm und drückt ihn beruhigend.

»Wir brauchen Zahlen, Marius. Fakten. Keine Schönredereien. – Wieviel?«

Andersen mustert Marius mit einem Seitenblick, verkneift sich aber jegliche individualistisch geprägte Färbung.

»Dreihundertsiebentausend.«

»Außenstände?«

Andersen blättert in seinen Unterlagen, Marius bleibt jetzt endgültig der Atem weg.

»Keine. Bis auf eine Druckereirechnung, dreitausendzweihundert. Gegen Monatsende kommen allerdings die Gehälter dazu.«

»Ihre Einschätzung?«

Andersen klappt die Mappe zu, nimmt sich das Goldgestell von der Nase und reibt sich kurz über die Augen. »Liquidation. Auf keinen Fall eine Übernahme. Sieht nicht so aus, als ob sich das Unternehmen noch einmal erholt. Zwecklos.«

Marius schluckt.

»Ich verstehe nicht ganz. Ich denke, es geht hier um eine Kapitaleinlage. Zweihundertfünfzigtausend.«

70

Andersen sieht erst ihn an und dann Johanna. Die würde am liebsten laut auflachen, erkennt aber, daß Marius an der Grenze seiner Belastbarkeit angelangt ist. Vorsicht, mahnt sie sich, langsam und ruhig vorgehen. Sie beugt sich über die Armlehne ihres Polstersessels zu ihm hinüber.

»Ich denke, und Herr Andersen wird mit mir einer Meinung sein, daß es das beste ist, Dinkel und Co.« – vor allem Co. – »zu liquidieren. Geld nachschießen nutzt nichts. Ein glatter, klarer Konkurs. – Wie viele Angestellte?«

Marius denkt an Vicky – klein, rund, flink. Layouterin, Sekretärin, Laufbursche, Gute-Laune-Geist, Empfangsdame, Putzfrau, Seelentrösterin. Nicht mehr die Jüngste. Wird schwer für die Kleine. An Gerry, seinen Grafiker, ein Hans-Dampf-in-allen-Gassen. Der hätte kein Problem, einen neuen Job zu finden. An Nadine und Macke, seine Praktikanten. Thea – bloß nicht daran denken. Was hier im Moment geschieht, ist die Vorwegnahme der Erfüllung seines schlimmsten Alptraumes. Er holt Luft –

»Zwei«, sagt Andersen statt dessen. »Und ein Teilhaber, eine Frau –«

Er öffnet die Mappe erneut.

»Thea Kuckuck«, sagt Marius. Johannas Herz klopft einen Moment schneller. Andersen klappt die Lederdeckel zu. Ein sattes Geräusch. Marius nimmt an, daß Andersen allein wegen dieses Geräuschs seine Berufswahl niemals bereut. Auch anschaffen, denkt er, und schilt sich im nächsten Moment einen ehrlosen Seelenverkäufer. Theas Schicksal wird gerade verhandelt. Er sollte aufmerksamer sein.

»Bei den gegebenen Beteiligungsverhältnissen ist Frau Kuckuck mit einem Drittel der Verbindlichkeiten zu belasten«, sagt Andersen und wendet sich an Marius. »Ist mit dem Geld zu rechnen?«

Marius schüttelt den Kopf.

Johanna lehnt sich zurück und schlägt die Beine übereinander. Das Spiel ist so gut wie gewonnen.

»Meine Herren« – sie blickt aufmunternd von einem zum anderen –, »ich schlage vor, wir kommen dann zum erfreulicheren Teil unseres Beisammenseins. Die Gründung einer Werbeagentur – Ihrer Werbeagentur, Herr Dinkel, mit einer Ersteinlage von zweihundertfünfzigtausend Mark. Die Verträge sind vorbereitet?«

»Unser Notar hält alles bereit.«

Andersen geht ins Vorzimmer und ruft die Sekretärin herein. Marius beugt sich zu Johanna.

»Was bedeutet das alles?«, zischt er ihr zu. »Was heißt hier Neugründung? Ich kann doch meinen Partner nicht mit hunderttausend Mark Miesen sitzen lassen! Und was ist übrigens mit meinen Schulden? Wer übernimmt die? Und meine Angestellten?«

Johanna schenkt sich eine neue Tasse Kaffee ein. Ihr gefällt nicht, wie er das Wort »Partner« ausspricht.

»Willst du deinen Kopf aus der Schlinge ziehen? Ja oder nein?«

Andersen kommt zurück, unterm Arm eine cognacbraune Ledermappe. Er breitet die Unterlagen auf dem Schreibtisch am gegenüberliegenden Ende des Raumes aus.

»Ja, natürlich«, flüstert Marius zurück. »Aber nicht so.«

»Entweder so oder gar nicht.«

Johannas Gesicht ist mit einem Mal eine aus Stein gemeißelte Maske. Ihre Augen glitzern kalt. Sie weiß, sie hat den Fisch am Köder. Nur zubeißen muß er noch. Und das geht nicht auf die sanfte Tour.

»Du kannst natürlich auch aufstehen und gehen«, sagt sie leise. Andersen blickt sich kurz um und sieht, daß es am Couchtisch noch einige Unklarheiten zu beseitigen gibt.

Diskret nimmt er auf der anderen Seite des Sekretärs Haltung an und ordnet noch einmal die Blätter.

»Wenn du das willst, bitte. Die Tür steht offen. Aber nur dieses eine Mal. Und das auch nur für den Zweck, sie hinter dir zu schließen.«

Sie zündet sich eine Zigarette an. In Marius arbeitet es nicht, es verschieben sich Kontinente. Sein oder Nichtsein. Wem ist geholfen mit Moral? Was ist eigentlich moralisch? Die anderen mit sich selbst untergehen zu lassen oder wenigstens einem die Chance zu geben, den Kopf aus der Schlinge zu ziehen?

Andersen räuspert sich.

»Nun?« fragt Johanna.

Marius rennt die Stufen der Bank hinunter, ohne nach links und rechts zu sehen, und läuft auf das Parktor zu. Hinter ihm hört er Schritte auf dem Kies. Autotüren schlagen. Er tritt hinaus auf die Straße und läuft, die Hände tief in den Taschen, den Blick auf den nassen Boden gerichtet, die Alsterchaussee entlang. Hinter ihm startet der Wagen und fährt los. Er dreht sich nicht um. Er will sie nicht sehen. Nicht jetzt. Und später auch nicht. Eigentlich nie mehr. In was ist er da hineingeraten? Der Wagen schließt auf, fährt nun im Schritttempo neben ihm her. Das Fenster gleitet automatisch hinab.

»Marius!« ruft sie. Er blickt nicht herüber. »Steig ein.«

Demonstrativ schaut er in die andere Richtung. Doch er sieht nichts von den Häusern und Villen, die sich hinter kahlen Büschen nicht mehr so recht verstecken können. Hochherrschaftliche Häuser, abweisend, fremd. Teil der gleichen Welt, in der er lebt, und dennoch Lichtjahre entfernt. Vorbei die Euphorie des Quantensprungs, der ihn unsanft auf dem Boden der Tatsachen hat landen lassen. Sie hupt.

»Stell dich doch nicht so an. Ich kann dich doch wenigstens nach Hause fahren. Schau mal, es regnet doch schon wieder!«

Tatsächlich: Vereinzelt erst, aber spürbar fallen dicke, schwere Tropfen vom bleigrauen Himmel. Kalt ist es außerdem. Er sieht immer noch nicht zu ihr hin.

»Ich erwarte nicht, daß du mich verstehst«, ruft sie, »aber steig wenigstens ein. Es zieht lausig!«

Er bleibt stehen. Der Wagen hält. Sie beugt sich nach rechts und öffnet die Tür.

»Na, komm schon.«

Er beugt sich hinunter. Sieht in ein ehrlich besorgtes Gesicht. Weiß, daß alles nur gespielt ist. Nur gespielt sein kann. Denkt: Saletzki, du Aas. Und steigt trotzdem ein.

Sie lacht ihn an.

»Hallo, Partner.«

Marius blickt aus dem beschlagenen Fenster. Etwas läuft schief in seinem Leben. Aber wenigstens läuft es wieder.

Nadine zieht den Kaugummi zwischen ihren Zähnen in die Länge, spult ihn um die Zeigefingerkuppe und drückt ihn schließlich an die Wand hinter dem Farbkopierer. Verstohlen wirft sie einen Blick an die beiden Schreibtische vor dem Fenster. Vicky schiebt Palmen vor einer Hochhauskulisse hin und her – natürlich nur auf dem Papier, Gerry brütet vor dem Computer. Macke, wie immer in knielangen Oversize-Shorts und XXL-Shirt, die Basecap auf seinen giftgrünen Haarstoppeln in den Nacken geschoben, ordnet die Präsentationsmappen. Nadine seufzt. Eine Stimmung wie Milch von letzter Woche. Irgend etwas liegt in der Luft. Und ihr Instinkt sagt ihr, daß sie vielleicht doch noch einmal über das Angebot der Plattenfirma nachdenken sollte: Promoterin für Independent-Musik ist auch nicht das schlechteste. Aber führt dieser Weg nach oben? Nicht jeder ist zur Ehefrau eines durchgeknallten Stars geeignet. Und selbst Musik machen kann sie nicht.

Vicky schiebt die letzte Palme an ihren vorläufigen Standort und läßt sich dann zurück in die federnde Lehne ihres Schreibtischsessels sinken. Die Arme hinter dem Kopf verschränkt, blickt sie durch das vergitterte Parterrefenster hinaus in den kleinen Hinterhof. Ein steter Strahl Regenwasser plätschert in die Tonne und von dort auf das Pflaster. Es nieselt immer noch, Weltuntergangsstimmung in Grau.

»Was meinst du?«

Ihre Frage ist an Gerry gerichtet, der seinen Blick nicht eine Zehntelsekunde vom Computer hebt und nur mit den Schultern zuckt.

»Weiß nicht …«

»Wird schon werden!« kräht Nadine und schiebt die Kopien zusammen. »Marius macht das schon.«

Vicky runzelt die Stirn und mustert die Praktikantin mit stechendem Blick. »Dein Vertrauen möchte ich haben«, sagt sie. Dann verlagert sie ihren Mißmut wieder auf Gerry, den das alles offensichtlich nichts angeht.

»Was machst du eigentlich, wenn wir pleite gehen?«

Gerry kratzt sich am Hinterkopf und geruht nun doch, seine zugegebenermaßen umwerfenden, tiefblauen Augen einen Moment auf Vicky ruhen zu lassen.

»Ich gehe nicht pleite«, sagt er lapidar, »und du auch nicht. Falls du nicht unserem Sonnenschein doch noch den Spargroschen deiner Großmutter selig geopfert hast. Wovor ich dich – mehr als einmal – gewarnt habe.«

»Jaja, schon gut«, murrt Vicky.

»Vicky?«

Gerry mustert sie nun eindringlich.

»Nein, hab ich nicht«, giftet sie zurück. »Aber Sorgen

machen darf man sich ja wohl noch.« Und sich wie ein Schwein fühlen, denkt sie. Sie sieht Thea noch vor sich auf der Couch sitzen, ein Nervenbündel, am Ende. Sie hätte so gern geholfen. Und ist andererseits wieder heilfroh, daß sie es nicht getan hat. Zu diesem Zeitpunkt war Dinkel & Co. schon rettungslos verloren. Sie könnte noch nicht einmal genau sagen, woran es lag: Die allgemeine Wirtschaftslage, der Umsatzrückgang vor allem der mittleren und kleinen Unternehmen, die als erstes an den kostspieligen Beilagen und Anzeigen sparten. Keine gute Zeit für kleine Agenturen.

»Für dich ist das wohl ein Job wie jeder andere«, wirft sie Gerry vor. »Aber ich fühle mich mitverantwortlich. Wir vier haben das schließlich aus dem Boden gestampft – «

»In den Boden, meinst du wohl«, kontert Gerry und grinst. Vicky hebt ihren Tesaroller und zielt. Gerry nimmt Deckung hinter seinem Computer. »He, he! Reg dich ab!«

»Ich hasse dich!« ruft Vicky. Macke und Nadine sehen sich an – zwei Seelen, ein Gedanke.

»Wir machen Mittag!« kräht Nadine. »Mahlzeit!«

»Mahlzeit!« ruft Gerry zurück. Vicky haßt dieses Wort bis heute wie die Pest. Es erinnert sie an ihre Anfänge, als sie das Kommunikationsdesignstudium mit Teilzeitjobs in Amtsstuben und Schreibsälen verdiente. Mahlzeit – Beamten- und Bauarbeiterjargon, mit einem Stallgeruch aus Kantinendunst und Friteusenfett. Sie steht auf und holt sich einen Zitronenjoghurt aus dem Kühlschrank. Dabei läßt sie Gerry nicht aus den Augen. Manches Mal, so auch in diesem Moment, macht sich eine gesunde Abneigung gegen ihn breit. Sie kann nicht verstehen, wie jemand sein berufliches Weiterkommen völlig losgelöst von seinen privaten Empfindungen betreiben kann. Tief in seinem Inneren, und das weiß Vicky, geht ihm die ganze Malaise auch nahe. Oder doch nicht? Hat sie sich nicht schon einmal in ihm getäuscht?

76

Sie löffelt den Joghurt und beobachtet ihn dabei aus den Augenwinkeln. Manchmal tut es noch weh. Aber sie ist im großen und ganzen darüber hinweg. Vier gemeinsame Jahre. Es hat nicht an ihr gelegen, daß alles auseinanderbrach. Stück für Stück. Aber Gerry ist einer dieser Männer, die nicht reden. Nicht über sich, nicht über ihre Gefühle. Sie schenken einem zu Weihnachten ein Parfum, das ihnen von der Drogeriefachverkäuferin empfohlen wurde, und sind auch noch stolz darauf, daß sie Weihnachten nicht vergessen haben. Sie kommen nachts nach Hause und sagen nicht, wo sie waren. Höchstens: »Das hat doch nichts mit uns zu tun.« Sie wissen nichts über die Frau, die jahrelang neben ihnen einschläft. Und eines Tages gibt es die Frau auf, darüber zu trauern. Dann beginnt der Streit, und die Trennung läßt nicht mehr lange auf sich warten.

»Sieh mich nicht so an«, sagt Gerry. Vicky schleckt den Löffel ab.

»Stört's dich?«

»Ja, es stört mich. Ich kann deine Moralinausschüttung bis hierher riechen. Es ist nicht meine Schuld, daß alles so gekommen ist. Wann kapierst du das endlich?«

»Ich verstehe schon. Ich kapiere nur nicht, wie dich das alles so kaltlassen kann. Immerhin waren wir mal Freunde. Wir vier.«

»Das ist verdammt lange her. Und wenn du mich fragst: Es wäre besser, wenn wir nichts weiter als das geblieben wären. Freundschaft ist eine Sache, Geschäft eine andere. Und wenn drei Leute glauben, daß sie viel vom Geschäft verstehen, bloß weil man es sich gegenseitig aus Freundschaft immer wieder versichert, dann kann so eine Sache nur den Bach runtergehen.«

»Und du bist der vierte, was? Herr Schlaumeier. Ich

frage mich, warum du überhaupt noch hier sitzt und nicht schon längst deine Schäfchen ins Trockene gebracht hast.«

Gerry lehnt sich mit beiden Unterarmen auf seinen Schreibtisch. »Hab ich bereits.«

Vicky hält die Luft an. »Du hast – einen neuen Job?«

Gerry nickt.

»Ab nächstem Ersten. Und wenn du schlau bist, machst du genau das gleiche.«

Vicky ist wie vor den Kopf geschlagen. Der nächste Erste ist in knapp zwei Wochen. So bald schon. »Das heißt – dann bist du ja weg?«

Gerry nickt.

»Und ich?«

Vicky sieht ihn mit kugelrunden Augen an, die Gerry zur Genüge kennt. Er seufzt. »Und du? Was schaust du mich an? Du bist für dein Leben selbst verantwortlich. Wenn du einen guten Rat willst: Mach, daß du hier wegkommst. Je eher, desto besser.«

»Und wohin?« Vicky ist die Ratlosigkeit pur. Bis jetzt war allein die Tatsache, daß Gerry ihr noch jeden Morgen gegenübersaß, eine der letzten Konstanten in ihrem Leben. Wenn sie ehrlich ist, hat sie sich sogar täglich auf ihr Wiedersehen gefreut. Daß er nun, ohne ihr ein Wort zu sagen, das Segel streicht, ist für Vicky Verrat. Verrat an ihr, an Dinkel & Co., an Thea, Marius und allen Idealen dieser Welt. »Mein Platz ist hier. Bis zum letzten Tag.«

»Dann gute Nacht«, sagt Gerry.

»Wer redet hier von guter Nacht?« kommt eine Stimme aus der geöffneten Tür.

»Marius!« ruft Vicky und wirft den Joghurtbecher weg. »Erzähl. Wie ist es gelaufen?«

Irgend etwas leuchtet in seinen Augen, das ihr ein Stück Zuversicht zurückgibt. Auch Gerry, eigentlich schon wieder

in den unendlichen Weiten des Internet verschwunden –
»neue Ideen suchen«, wie er es nennt, aber in Wirklichkeit
nichts weiter als die übliche Schnorrerei –, spürt, daß sich
irgend etwas an der Chemie der Raumluftzusammenset-
zung geändert hat. Es riecht nach … Hoffnung. Er schiebt
Maus, Mauspad und Tastatur zurück und mustert seinen
ehemaligen Chef. Daß er gehen wird, ist beschlossene
Sache für ihn. Aber vielleicht gibt es noch Neuigkeiten, die
seinen Aktienkurs an den Werbestammtischen im Blue
Moon wieder ein paar Punkte nach oben drücken.

»Glück gehabt?« fragt er und sieht Marius neugierig an.
Der schält sich erst einmal umständlich aus seinem alten
Trenchcoat, schüttelt sich die nassen Haare, sagt »Sauwet-
ter heute, ich brauch erst mal einen Kaffee«, und läßt sich
auf den Stuhl am Praktikantenschreibtisch sinken.

»Ich hol dir einen«, sagt Vicky und springt bereitwillig auf.

»Mir bitte auch!« ruft Gerry. Aber Vicky hat es nicht
gehört oder will es nicht gehört haben, sie kehrt mit einer
Tasse für Marius zurück und setzt sich ihm gegenüber.

»Nun erzähl schon«, bittet sie. Marius läßt die Blicke
über die beiden Anwesenden schweifen.

»Wo sind Macke und Nadine?«

»Mittag machen«, antwortet Gerry, ein Ausruck, den
Vicky mindestens ebenso haßt wie das monoton-debile
Mahlzeit. Wer macht schon, bitteschön, Mittag, Abend,
Samstag oder schönes Wetter?

»Gut so. Es ist nämlich ziemlich vertraulich, was ich
euch zu sagen habe.«

Vicky klopft das Herz bis zum Hals. Ziemlich vertraulich kann alles bedeuten. Für Gerry heißt es, daß es sowieso schon die halbe Stadt weiß, nur er nicht, und deshalb
wird er nun etwas nervös.

»Nun schieß schon los.«

Marius trinkt einen kleinen Schluck. »Haben wir keine Milch mehr?« fragt er im Ton eines Bauern auf dem Sterbebett, der aus dem Hoffenster sieht, wie seine letzte Kuh zur Schlachtbank geführt wird.

Vicky schüttelt bedauernd den Kopf. »Schade«, sagt Marius. »Sehr schade.« Und dann: »Die Firma Dinkel & Co. wurde soeben aufgelöst. Sie ist konkurs.«

»Was?« Gerry und Vicky sehen sich an. Der eine triumphierend, die andere bestürzt.

»Der Laden wird dichtgemacht. Zum nächsten Ersten sind wir hier raus. Einen Nachmieter werde ich finden. Das wird bei den Konditionen kein Problem sein. Die dreihunderttausend Mark Verpflichtungen werden Thea und ich zu tragen haben.«

Die Worte bleiben im Raum hängen. Gerry sieht auf den Teppichboden. Vickys Augen füllen sich mit Tränen.

»O mein Gott«, sagt sie. »Wie soll das denn weitergehen? Und was wird aus der TV-nonstop-Kampagne?«

Sie versteht nicht, wie Marius diese Niederlage so gefaßt tragen kann. Einen Moment denkt sie an Thea – wo steckt sie eigentlich? –, dann blickt sie wieder zu Marius. Der schlürft seinen Kaffee, die Beine von sich gestreckt, ganz die Haltung eines erschöpften Feldherrn, der zwar eine Schlacht verloren hat, nicht aber den Krieg.

»Die TV-nonstop-Kampagne wird es geben. Und auch mich wird es weitergeben. Ich habe Frau Saletzki überzeugen können, daß wir trotz allem die Besten sind. Johanna Saletzki und ich haben eine neue, gemeinsame Werbeagentur gegründet. Ihr Name wird sein: –«

Einen Moment hält er inne, nur um sich zu versichern, daß die wenigen vorhandenen Zuhörer atemlos an seinen Lippen hängen. »Print advertising!«

Mit ausgestreckten Armen deutet er ein Schild an.

Dann sieht er auf die übriggebliebenen beiden Schäfchen seiner Herde. »Und ihr beide seid natürlich mit dabei.«

»Und Thea?« fragt Vicky. Marius strafft sich.

»Thea hat sich entschieden, aufzugeben.«

»Was?« Vicky kann es nicht glauben. Auch Gerry wirkt etwas skeptisch. Für ihn ist Thea die einzige, die überhaupt weiß, wie Werbung geschrieben wird. Sein Mißtrauen ist in höchstem Maße alarmiert. »Sie will aussteigen, ganz? Hast du mit ihr gesprochen?«

Marius' Gesicht verdüstert sich. Lange hat er überlegt, was er auf diese und ähnliche Fragen antworten soll. Daß sie ihn beim Fremdgehen erwischt hat? Daß dieses Fremdgehen allerdings mehr ein Opfer auf dem Altar der Marktwirtschaft gewesen ist, wer wird ihm das glauben? Vicky bestimmt nicht. Sie ist und bleibt ein naives Huhn. Und Gerry würde als erstes einen Lachanfall bekommen und anschließend auf direktem Wege in die Kneipen rennen, um, lediglich unterbrochen von weiteren Anfällen wiehernden Gelächters, seine Geschichte zu zerpflücken wie ein Gänseblümchen.

Nun denn, sagt er sich, die Welt will belogen werden.

»Sie hat sich geweigert, uns zu helfen. Obwohl sie die Möglichkeit gehabt hätte. Wir – wir sind über die Zukunft unserer gemeinsamen Firma in Streit geraten und haben uns getrennt.«

»Ihr seid nicht mehr zusammen?«

Für Vicky brechen Welten zusammen. Festgefügte Gemeinschaften driften innerhalb von Minuten auseinander. Gerry verschwindet, Thea hat sich schon abgesetzt, Marius gründet eine neue Firma, und was aus ihr wird, steht in den Sternen. Sie steht auf und nimmt ihren Mantel.

»Ich muß an die frische Luft. Das glaube ich alles nicht.«

Sie läßt die Tür hinter sich ins Schloß fallen. Gerry wendet sich an Marius.

»Du kannst dem Mädel erzählen, was du willst. Aber mir kannst du nichts vormachen.«

»Wie meinst du das?«

Gerry mustert Marius verächtlich. »Bis jetzt hast du immer noch genug Leute gehabt, die alles für dich gemacht haben. Das ist vorbei. Daß ich mitkomme zu deiner Saletzki-Connection, kannst du dir abschminken.«

Marius starrt Gerry an.

»Aber du mußt mitkommen! Was soll ich denn ohne dich machen? Und ohne Vicky?« Und ohne Thea, setzt er gedanklich hinzu. Aber darüber will er jetzt nicht nachdenken. Gerry setzt sich wieder an seinen Computer. »Vielleicht erwachsen werden«, sagt er.

Marius springt auf und geht in sein Büro. An der Tür dreht er sich noch einmal um.

»Das muß ich mir von dir sagen lassen! Ausgerechnet von dir!«

Dann knallt er die Tür ins Schloß. Gerry zuckt mit den Schultern. Wie er schon sagte: Freundschaft und Geschäft sind zwei Dinge, die sich auf Dauer nicht vertragen.

Ein krummes, schiefes Herz

Ein krummes, schiefes Herz, in den damals frischen Putz
gemalt, in der Mitte zwei Buchstaben. Zwanzig Jahre
schrumpfen zusammen zu einem Moment, einem Atemzug.

Draußen tobt der Irrsinn: Erwachsene Männer und
Frauen klatschen gleichzeitig in die Hände und
imitieren dann ein Entenschwänzchen, das rhythmisch
im Takt wackelt. Das ist der entfesselte Mensch.

Das Schwein heißt: Alles, was du anfaßt, wird gelingen.

Worte wie Konzern, Fusion, Gewinnmaximierung, Frei-
setzungen, Tarifkündigung, Arbeitszeitverlängerung ohne
Lohnausgleich, ordnungspolitische Maßnahmen, kurz
Worte, die aus dem modernen Geschäftsleben nicht mehr
wegzudenken sind, könnten hier zu Irritationen führen.

Die Zeit streicht über unsere Seelen wie Wind über Sand.
Zurück bleibt eine glatte, überschaubare Fläche.

Es ist schwer zu sagen, wann für Thea der Moment kam, in dem sie sich aus ihrem selbstzerfressenden Zustand aus Weltschmerz, Verlassenheit und finanziellem Ruin befreit hat. Vielleicht war es der erste Schritt, als sie keuchend, mit einer riesigen Wut im hungrigen Bauch, mit Blasen an den Händen und schmerzendem Rücken das Laub zusammengekehrt hat. Vielleicht auch erst später. Unter der Kellertreppe. So genau läßt sich das nicht mehr sagen. Aber der Reihe nach:

Sie hat den Bescheid des Amtsgerichts erhalten und mehrmals, viele Male, versucht, Marius zu erreichen. Doch gegen den Anrufbeantworter ist auch sie machtlos. Am meisten verfolgt sie das Gespenst jener Unbekannten, die sich noch einige Male am anderen Ende der Leitung gemeldet hat, wenn Thea die alte Nummer wählte. Sie weiß nicht, was geschehen ist. Nachts, wenn der Himmel über der Unterau schwärzer ist als alles, was sie kennt, wenn sie sich in ihrem Bett von einer Seite auf die andere wirft, schlaflos, die Straßenlampen dunkel sind, die beruhigende Geräuschkulisse des Kuckuckschen Fernsehers im Erdgeschoß verstummt ist, versucht sie, noch einmal zu rekapitulieren, was eigentlich geschehen ist.

Dann erinnert sie sich, was sie verloren hat. Ihre Liebe, ihr Zuhause und nicht zuletzt ihre Kreditwürdigkeit. Und sie spürt, daß es nicht Marius allein ist, der sie in dieses Unglück gestürzt hat. Daß es das Ergebnis einer perfiden Strategie ist, die eine Unbekannte gegen sie angewendet hat.

Und kriecht dann irgendwann die Müdigkeit doch durch die Laken in ihren verschwitzten Körper, sehnt sie sich nur noch nach Schlaf und Ende. Dann schämt sie sich. So leicht geht das also, denkt sie, so kampflos nimmt man ein Urteil an.

Sie schreibt eine Karte nach Hamburg und bittet um ihre Sachen. Als die drei Kisten angekommen sind – Bücher, Kleider, ein Rest von Lebensutensilien, nicht der Rede wert in Anbetracht so vieler gemeinsamer Jahre, fährt Heinrich nach Sondersdorf und löst sie im Bahnhof aus. Noch nicht einmal die Frachtkosten wurden bezahlt.

Thea packt aus.

Tagelang standen die Kisten in dem kleinen Zimmer, unberührt. Sie weiß nicht, welche Auswahl getroffen wurde in dieser fernen Stadt Hamburg, und so dauert es, bis sie beginnt, aus dem Rest, der einmal ein gemeinsames Leben war und ihr nun wie ein abgenagter Knochen zugeworfen wurde, eine Antwort auf ihre Fragen zu lesen, dem Kaffeesatzorakel nicht unähnlich. Kleider, ja. Schuhe. Eine Plastiktüte mit Make-up und Kosmetika. Bücher. Die Zeichnung von Cocteau. Krimskrams. Ein Aschenbecher, den sie kopfschüttelnd mustert. Sie raucht seit ihrer Ankunft nicht mehr. Der Verzicht ist schwergefallen, ist aber nichts im Vergleich zu der Vorstellung, Nana um Zigarettengeld zu bitten. Sie sucht weiter und findet wenig, das ihr Aufschluß geben könnte. Ein Foto flattert vom Bett und segelt elegant wie eine Mauerschwalbe über den Fußboden. Sie hebt es auf und sieht sich in die Augen. Andere Augen. Glückliche, liebestrunkene Augen. Den Arm um Marius gelegt, im Hintergrund der Holzkohlengrill einer griechischen Taverne. Lange sitzt sie auf der Bettkante und greift nach Erinnerungen, die ihr mehr und mehr entgleiten. Sie wundert sich, wo die Tränen bleiben. Und wohin man mit seiner Wut geht, wenn sie einen aufzufressen droht.

Es klopft. Thea schrickt zusammen, schaut sich um in dem wüsten Chaos.

»Was ist?«

Die Tür geht auf, Heinrich tritt ein. Mit ihm zieht ein Duft von Plätzchen in das Zimmer.

»Ausgeschlafen?« fragt er, seine Stimme auf Provokationskurs. Thea dreht ihm den Rücken zu und läßt das Bild in einem der Bücher verschwinden.

»Laß mich in Ruhe.«

»Es ist fast drei Uhr nachmittags.«

»Na und?«

»Marthe und ich fragen uns, wie lange du dieses Haus eigentlich als kostenlose Pension benutzt.«

Thea dreht sich um. »Was ist? Wollt ihr mich rausschmeißen?«

Heinrich schüttelt den Kopf. Er weiß, Diplomatie ist nicht seine Stärke. Aber so kann das nicht weitergehen.

»Nein. Aber du solltest langsam damit anfangen, deinen Teil zum Lebensunterhalt beizutragen.«

Thea schaut an ihm vorbei. »Und wie stellt ihr euch das vor?«

»Indem du zum Beispiel arbeiten gehst.«

Thea lacht auf. Ein böses, bitteres Lachen. »Mit einem Offenbarungseid im Nacken? Da kann ich ja gleich aufs Sozialamt.«

Heinrich zieht einen Zettel aus der Tasche seiner Strickjacke.

»Ich habe hier mal eine Aufstellung gemacht. Miete,

Strom, Unterhalt. Zusammengerechnet kostest du uns im Monat runde siebenhundert Mark. Wie stellst du dir also deinen Beitrag vor, wenn du schon nicht arbeiten gehen willst?«

Thea antwortet nicht. Zu dieser Frage ist sie noch gar nicht vorgedrungen, weil sie nie gestellt wurde.

»Du meldest dich morgen früh um acht bei Marthe und beginnst, dir deinen Unterhalt zu verdienen. Es gibt hier genug zu tun. Andernfalls« – er dreht sich um und geht hinaus in die Diele, die unter seinem Gewicht ächzende Klagelaute von sich gibt – »fällt das Essen aus, und die Heizung wird abgedreht. Verstanden?«

Er erwartet keine Antwort. Doch als er die Treppe hinuntergeht – was ihm nicht leichtfällt, denn sie wurde vor dreißig Jahren für schlanke, junge Menschen gebaut –, schrickt er zusammen. Thea hat mit aller Wucht die Tür zugeworfen. Er lächelt. Na endlich. Das erste laute Geräusch, das er seit Wochen von ihr hört.

Natürlich erscheint Thea am nächsten Morgen nicht. Sie hat verschlafen. Heinrich und Marthe sitzen wieder gemeinsam allein am Frühstückstisch und werfen manchmal verstohlene Blicke an die Decke. Doch da oben rührt sich nichts. Als Thea gegen Mittag endlich mit schwerem Kopf und verklebten Augen aufwacht, stellt sie fest, daß es empfindlich kalt geworden ist im Zimmer. Und ein erster Lebensgeist beginnt, sich in ihr zu regen: Sie ist stinksauer. Auch das kleine Badezimmer nebenan ist nicht geheizt. Zitternd vor Kälte, unterzieht sie sich einer kurzen Katzenwäsche und macht sich auf Entdeckungskurs Richtung Küche. Nichts. Tisch und Arbeitsfläche abgeräumt, nicht ein Krümel ist zu entdecken. Sie geht auf den Kühlschrank zu und kommt sich vor wie in einem schlechten Film: Er ist mit einer Eisenkette verriegelt. Interessiert beäugt sie die heimwerkerische Tücke ihres Vaters – eine erstaunliche Konstruktion – und läßt sich kopfschüttelnd auf dem Küchenstuhl nieder. Was nun?

Still ist es im Haus. Sie schaut aus dem Fenster – das Garagentor ist offen, die Vögel sind ausgeflogen. Selbst wenn sie vorgehabt hätte, zu Kreuze zu kriechen, es ist niemand da. Sie inspiziert die Küche, das Haus, den Vorratskeller – auch hier verwehrt ein Schloß den Zugriff. Thea wird hungrig. Und wütend. Schließlich wird ein Stück trockenes Brot die Rettung. Während sie an dem Kanten kaut, erwägt sie kurz die Möglichkeit, einen Teil ihrer letzten Barschaft zum Bäcker zu tragen. Da erinnert sie sich, daß es keinen Bäcker mehr gibt in Krummbach.

Als Marthe und Heinrich von ihrem Ausflug zurückkommen – sie haben der Kreisstadt einen Besuch abgestattet –, trauen sie ihren Augen nicht. Thea fegt die Einfahrt.

Und so, Stück für Stück, kehrt Thea zurück ins Leben. In ein etwas anderes Leben, sicherlich, aber die Verrichtung einfacher Arbeiten entfaltet langsam ihre Wirkung. Thea gewöhnt sich an, früher aufzustehen und nicht mehr, betäubt von Tagträumen, im Bett liegen zu bleiben. Sie fängt an, das Haus zu putzen, und verbringt Tage damit, den fleckig gewordenen Steinfußboden in der kleinen Diele auf Hochglanz zu polieren. Am Weihnachtstag duftet das Erdgeschoß nach Plätzchen, Tannenzweigen und Ajax.

Der Abend wird still. Thea hat keine Geschenke für ihre Eltern, umgekehrt haben sich Marthe und Heinrich darauf geeinigt, einen Umschlag mit zweihundert Mark zu überreichen, begleitet von verlegenen Glückwünschen. Thea starrt in die Kerzen, im Kamin knistert das Holz.

»Ich hätte die Fenster noch putzen sollen«, sagt sie, und ihre Eltern sehen sich an. Theas Phlegma ist einer Hyperaktivität gewichen, die sie nun doch langsam nachdenklich macht. Vielleicht ist sie gar nicht richtig faul. Vielleicht steckt doch mehr dahinter. Vielleicht schämt sie sich. Zum ersten Mal. Nie hätten sie gedacht, bei ihrer Tochter jemals in die Verlegenheit einer solchen Vermutung zu geraten. Sie gehen früh zu Bett. Vorm Einschlafen redet Marthe mit Heinrich über Thea in dieser neuen Art, die sie sich seit ihrer Rückkehr angewöhnt hat. Flüsternd, als läge sie im Nebenzimmer, befallen von einer rätselhaften Krankheit.

»Meinst du, sie hat sich gefreut?« fragt Marthe. Heinrich brummt. Für ihn ist der Fall zwar ebenso undurchsichtig, doch ist mit Theas plötzlich erwachter Arbeitswut der üble Argwohn von ihm gewichen. Er sieht sie arbeiten. Und da Arbeit das halbe Leben ist, ist er zuversichtlich. Die andere Hälfte wird schon noch kommen.

Silvesterabend in Krummbach. Thea sitzt vor dem Fernseher, ißt heiße Würstchen und beobachtet scheinbar interessiert die deutsche Variante ausgelassener Narretei auf dem Bildschirm. Draußen knallt es vereinzelt. Es ist halb zwölf. Marthe schenkt allen noch ein Glas Wein ein. Sie hört Heinrich die Kellertreppe heraufkommen.

»So, meine Damen, es ist soweit!«

Thea wendet den Blick nicht, aber Marthe spielt mit. »Was hast du denn vor?«

Heinrich packt umständlich eine kleine Kiste aus. Eine komplette kleine Bleigießerei. Marthe quiekt vor Freude. Thea blickt nur kurz hin und angelt dann nach dem letzten Würstchen. Kindisch, denkt sie.

»Also los!«

Die Kerze brennt, die Wasserschüssel steht daneben, das Heftchen zur Entschlüsselung sinistrer Orakel liegt aufgeschlagen auf dem Tisch.

»Du zuerst, Thea!«

Sie protestiert. »Ich will nicht. Laßt mich doch mit dem Zeug in Ruhe.«

»Komm schon«, sagt Marthe. »Das hast du doch früher so gern gemacht.«

Früher. Wann war das? Als Kerzen noch heller brannten als heute, als das neue Jahr ein Meer an Verheißungen war? Als die Familie komplett, mit leuchtenden Augen, die Kinder frisch geschrubbt mit hochroten Wangen, um den Tisch versammelt war? War das früher? Und was hat man sich gewünscht, welche großen Hoffnungen bewegten das Herz, welche geheimen, nie eingestandenen Sehnsüchte sollten erfüllt werden?

»Ich will nicht. Verdammt noch mal.« Thea ist gereizt.

Marthe läßt den Löffel sinken. Schade. Ist es zuviel, wenigstens an diesem Abend auf ein Lachen zu hoffen?

»Na dann nicht«, sagt Heinrich. Auch er ist enttäuscht. Lauter als nötig packt er ein Geldsäckchen und eine kleine Katze aus Blei zurück in den Karton.

»Okay, okay.«

Thea setzt sich auf. Sollen sie doch ihren Spaß haben. Offensichtlich begreifen sie nicht, daß sich ein »Früher« nicht mehr zurückholen läßt. Sie nimmt den Löffel und sucht sich das Schwein heraus. Langsam versinkt die Figur in einer spiegelnden Pfütze. Thea schreit auf. Sie hat sich an dem heißen Löffel die Finger verbrannt.

»So!« ruft Heinrich, greift nach dem Handtuch und zeigt ihr, wie sie es richtig macht. Das Schweinchen ist geschmolzen, die Pfütze wird ins Wasser geschleudert und erstarrt mit einem kurzen Zischen. Alle drei greifen gleichzeitig in die Schüssel. Marthe holt ein undefinierbares Etwas heraus.

»Was könnte das sein?«

90

Sie betrachten, rätseln, halten das Stück hinter die Flamme, interpretieren den Schatten und einigen sich schließlich auf – ein Schwein.

»Na klasse!« ruft Thea. »Da hätte ich mir die Mühe ja sparen können.«

Marthe setzt sich die Brille auf und befragt das Orakel.

»Schwein, Schwein ...«, murmelt sie.

»Ist doch klar, was das heißt. Da hast du noch mal Schwein gehabt«, sagt Heinrich.

»Glück«, verbessert Marthe. »Das Schwein heißt: Alles, was du anfaßt, wird gelingen.« Sie blickt auf. »So steht es hier.«

Thea nimmt das neue Schwein in die Hand. »Bißchen klein dafür, oder?«

»Unsinn«, sagt Heinrich. »Für's Glück reicht's.«

Und so beginnt das neue Jahr. Um eins liegen alle im Bett. Gegen zwei steht Thea noch einmal auf und tritt ans Dachfenster. Wenn ihre Augen sich an die Dunkelheit gewöhnt haben, erkennt sie über der dunklen Silhouette der Häuser das Dickicht des Unterauer Forsts. Die Knallerei – in dieser Gegend eher beiläufig betrieben – hat aufgehört. Die Nacht ist wieder ungestört und liegt über Krummbach wie eine schwere Decke, die alle Geräusche erstickt. Von Ferne ein Lachen, das Starten eines Motors, dann ist es wieder still.

Sie stellt sich vor, wie in Hamburg die Sektkorken knallen. Sogar der Ort stand schon fest, an dem gefeiert werden würde. Sie preßt die Stirn an die kalte Scheibe und wandert in Gedanken durch die Glastür in den kleinen, kerzenbeleuchteten Raum. Pianomusik, gedämpfte Unterhaltung an den Nebentischen. Sie trägt das kleine Schwarze, hat die Schuhe an, die sie für diese Gelegenheit gekauft haben wird. Stoffservietten, zu Pappe gestärkt, schwerer roter Wein in den Gläsern. Und Marius ihr gegenüber. Happy new year.

Noch immer gibt es in ihrem Leben Termine, die einmal unumstößlich feststanden: Die Skihütte in Österreich, für Mitte Januar gebucht. Die Geburtstagsfeier von Gerry, Anfang Februar, wie immer ein rauschendes Fest in seinem ehemaligen Speicher hoch über den Fleeten. Und Silvester, natürlich. Der Tisch im »Ana e Sebastiano«, schon Monate im voraus reserviert. Wer wird heute abend daran sitzen? Wem wünscht Marius Glück fürs neue Jahr? Wer hat ihn geküßt um Mitternacht? Sie?

Sie tappt im Dunkeln hinüber zu ihrem wackligen Jugendzimmerschreibtisch und sucht nach den Zigaretten. Ihr plötzlicher Reichtum hat sie leichtsinnig werden lassen. Sie hat sich von ihrem Weihnachtsgeld ein Kilo Marzipanbrote – heruntergesetzt nach den Feiertagen –, ein Paar Wollhandschuhe und einige Päckchen Zigaretten gekauft. Sie setzt sich hin und raucht. Bei jedem Zug leuchtet die Glut und blendet in den Augen.

Alt. Sie fühlt sich entsetzlich alt. Mitte dreißig. Zu spät für einen Neuanfang. Zu spät, um jemals die Schulden zu bezahlen, um noch einmal Licht am Ende des Tunnels zu sehen. Sich zu erholen von der bleiernen Müdigkeit, der Unlust, sich mit irgend etwas zu beschäftigen. Sie ist froh, dieses Zimmer zu haben und ein etwas vernachlässigtes Haus, das sie nun Stück für Stück auf Vordermann bringen kann. Als nächstes ist der Schuppen an der Reihe. Er müßte mal neu gestrichen werden. Und dann ist irgend etwas mit dem Dach nicht in Ordnung. Eine undichte Stelle, ein kleines Leck. Wenn das Wetter besser ist, wird sie sich darum kümmern. Arbeit. Das einzige, was ablenkt. Der Mond scheint ins Zimmer und taucht die Konturen in silbrig-zerfließendes Licht. Thea blickt nach oben. So ein kaltes Stück totes Gestein. Und leuchtet nur, weil es angestrahlt wird. Geht es ihr nicht ähnlich? Nichts leuchtet mehr in ihr. Kein noch so kleines Licht. Als ob sie im Schatten liegt und darauf wartet, bis irgendwann einmal wieder einer die Birne anknipst und irgendein verirrter Strahl auch sie erwischt. Und sie selber tappt so lange im Dunkeln herum und sucht verzweifelt den Schalter. Komme ihr noch mal einer mit dem Mond und all seiner Romantik.

Sie dreht sich um auf die andere Seite. Die Tragik ist: Es wird keiner kommen. Niemand ist da.

»Prost Neujahr!«

»Prost Neujahr! Buon Natale!«

Gläser klirren, Champagnerkorken knallen, Gelächter und die fröhliche Konversation glücklicher Menschen füllen den Raum. Die Kellner wieseln mit ihren vollbeladenen Tabletts durch diese Minuten plötzlicher Gelöstheit, die Gäste stehen auf, wenden sich an ihre Nachbarn und wildfremde Gesichter: »Ein frohes neues Jahr.« Wieder einmal die Hoffnung, es möge sich alles wenden. Wieder einmal die nur Sekunden dauernde Bitte an eine höhere Macht, es möge alles so bleiben. Erfolg! Glück! Gesundheit! Schlagworte des Optimismus, wie fröhliche Befehle in die ausgelassene Gruppe gerufen.

Johanna setzt sich wieder und sieht kurz zu Marius hoch, der immer noch seine Glückwünsche in die hintersten Ecken des Raumes posaunt. Da das Personal beschäftigt ist, schenkt sie sich selbst aus der Champagnerflasche nach. Sie sieht umwerfend aus, und sie weiß es. Ihre perfekte Figur hat sie in ein schwarzes Satinstretchkleid gezwängt, das sich um sie herum in atemberaubende Kurven legt. Die kastanienbraunen Haare springen auf zu einer wilden Lockenpracht, als Schmuck trägt sie kleine Goldstecker und, um den Hals, eine Kette mit brillantenbesetztem Herz. Sie streicht den Rock über die Seidenstrümpfe und bewundert ihre manikürten Hände. Zarte Bräune schimmert auf dem Dekolleté. Aus ihrer Tasche kramt sie einen Spiegel und überprüft das Make-up. Tadellos.

»Du bist die Schönste.«

Marius hat sich zu ihr herabgebeugt und flüstert ihr die Worte ins Ohr. Sie lächelt gnädig. Es war seine Idee, in dieses kleine Restaurant zu gehen, das sie vom Hörensagen kennt und das nicht zu den schlechtesten gehört. Sie hat ihm seinen Willen gelassen, unter der Bedingung, im Anschluß noch bei einer Party vorbeizuschauen, bei der sie jedes Jahr Stammgast ist. Marius war damit einverstanden. Er ist auf eine beruhigende Art offen und kooperativ. Als würde sich ihm ein Schatzkästchen öffnen, und nacheinander dürfte er die kostbarsten Stücke einmal in die Hand nehmen. Johanna achtet darauf, daß er sie auch wieder zurücklegt. Schließlich ist er nur ein Besucher in ihrer Welt. Merkwürdigerweise, im Gegensatz zu manchem seiner Vorgänger, muß sie ihm das aber nicht immer wieder klarmachen. Er scheint die Zeit mit ihr in vollen Zügen zu genießen. Aber er redet nicht über Zukunft, nicht über das Behalten. Ein angenehmer Gast. Er könnte jeden Augenblick aufstehen und gehen. Einen Moment erschrickt sie bei diesem Gedanken. Geh nicht. Dann ist die Sekunde vorüber. Sie wischt sich vorsichtig über die Augen und atmet tief durch.

Die Kellner beginnen nun, begleitet von bewundernden Ausrufen, die Desserts auszutragen. Kleine Wunderkerzen versprühen Funken, Johanna rückt ein wenig ab von ihrer Schokoladenmousse, bis die Stäbchen verglüht sind. Marius läßt sich in seinen Stuhl fallen.

»Ein frohes neues Jahr«, sagt er und küßt sie. Johanna läßt sich gerne von ihm küssen. Er sieht gut aus, hat ansatzweise vorhandene Umgangsformen, drei ordentliche Anzüge im Schrank, ist zehn Jahre jünger und einen Kopf größer als sie. Warum also den Spekulationen nicht neue Nahrung geben? Ihre Tennisfreundin Agnes hat sich schon eingehend nach Marius erkundigt. Alter, Größe, Statur, Background, Beruf, Einkommen. Dinkel – ein Name, der in den Cartier-Telefonbüchlein ihrer Freundinnen bis jetzt noch nicht eingetragen ist. Und der auch weiterhin ihr Eigentum bleibt. Johanna hat nicht vor, ihn in das, was als Gesellschaft bezeichnet wird, einzuführen. Erstens befreit sie sich durch ihn aus den fast schon inzestuösen Beziehungsgeflechten ihrer Gattung, zweitens gibt er ihr ein interessantes Image. Und drittens soll er seinen Job erledigen, und wenn er sie darüber hinaus gut unterhält – um so besser. Sie gibt ihrer Liaison drei Monate. Dann ist die Kampagne über die Bühne, der Verlag gehört ihr, und Marius hat sich, wenn er schlau ist, ein zweites Standbein aufgebaut. Wenn er schlau ist. Sie sieht ihn von der Seite an. Dumm ist er nicht, aber ist er schlau?

»Einen Penny für deine Gedanken.«

Johanna lächelt. Er legt seinen Arm um ihre Schulter und drückt sie leicht an sich. Wider Willen muß sie zugeben, daß ihr seine Berührungen gefallen. Sehr sogar.

»Nächste Woche geht's los. Wir werden die Welt erschüttern, weißt du das eigentlich?« Er lacht Johanna an. »Ein Paar wie wir, wir müßten es weit bringen. – Bist du glücklich?« fragt er.

Sie nickt. Marius trinkt noch einen Schluck.

»Und du?« Er schweigt. Was soll er sagen? Natürlich ist er glücklich. Die Firma ist registriert und eingetragen, demnächst bezieht er sein eigenes Büro in einem der nobelsten Lagen der Stadt, ein neues Auto steht vor seiner Tür, und nachts hat er verdammt guten Sex mit einer wunderbaren Frau. Das Glück kam in dem Moment, als Thea ging. Offensichtlich war sie der Pechvogel, anders kann man es nicht bezeichnen. Trotzdem denkt er noch manchmal an sie. Natürlich hat Johanna recht, wenn sie ihn daran hindert, ans Telefon zu gehen und mit Thea zu sprechen. Seine Psyche ist wahrlich nicht in der besten Verfassung. Vorwürfe, Tränen gar könnten ihn in dieser sensiblen, kreativen Phase – denn schließlich hat er sich ja auch noch um eine millionenschwere Werbekampagne zu kümmern – doch sehr belasten. Trotzdem. Thea hätte zurückkommen und wenigstens versuchen müssen, den Schaden zu begrenzen. Und nicht wie Frau Zicke persönlich einfach in der Wallachei bleiben und ihn mit seinen Schuldgefühlen allein lassen. Diese unsägliche Karte, »Schick mir meine Sachen!«, hat ihn doch sehr mitgenommen. Man ist ja kein Unmensch. Thea. Der Dachs. Ihn einfach so hängenzulassen.

»Ich bin glücklich, weil ich dir begegnet bin«, sagt Marius, und er meint es sogar ernst. Er will gar nicht wissen, wo er jetzt wäre, wenn Johanna nicht aufgetaucht wäre. Die Lichtgestalt, der rettende Engel.

»Man müßte dir ein Denkmal errichten«, raunt er ihr zu. »Als Sinnbild der Liebe und der Hoffnung.«

Johanna sieht ihn skeptisch an. Ein bißchen was getrunken hat er ja, aber es klingt trotz allem ernst. Hoffentlich verguckt der Junge sich nicht in sie, sonst wird es teuer.

»Langsam, langsam«, sagt sie. Marius schenkt sich wieder ein. »Wir wollten noch weiter.«

Agnes, ihre Freundinnen und die gesammelten Lebensabschnittsernährer warten schon auf sie.

»Feliz navidad! Prospero año y felizidad …« Der Chefanimateur holt noch einmal tief Luft im Schweiße seines Angesichts, läßt die Hüften kreisen, um die er ein buntes Tuch drapiert hat, und setzt zum Endspurt an.

»I wanna wish you a merry christmas, I wanna wish you a merry christmas, I wanna wish you a merry christmas and a happy new year!«

Drei juchzende Frauen mit wogenden Brüsten aus dem Ruhrgebiet fassen sich unter und singen lauthals mit. Luftschlangen kringeln sich von der Decke, an der Bar ist Hochbetrieb.

»You wanna dance?« Der angespeckte Mittvierziger aus Barcelona, angeblich Inhaber einer Computerfirma, legt Vicky den Arm um die Taille. Sie schüttelt den Kopf. Er zieht weiter, schwitzend, singend, trunken vor guter Laune und dem Genuß zu vieler Margaritas. Der Discjockey legt den Ententanz auf, und in die Masse kommt die geordnete Bewegung einer Polonaise. Vicky duckt sich und schleicht hinter den Palmenparavent. Hier stürmen zwar ständig die Kellner raus und rein, aber sie hat einen Moment lang Ruhe vor der Kollektivvergewaltigung ihrer Gefühle. Das ist mit Abstand das schlimmste Silvester, das sie je erleben durfte. Der kleine Club an der Playa del Sol, im Reisebüro als Oase der Ruhe und Entspannung gepriesen, entpuppte sich als Irrenhaus fanatischer Rächer, die sich für die Monate dröger Ausbeutung im Arbeiter- und Angestelltenverhältnis nun den besten Platz an der Sonne erkämpften, und sei es mit Gewalt.

Schon die Schlacht um den Pool jeden Morgen war ein Kammerspiel: Um sechs Uhr klingelten in den kleinen Bungalows die Wecker, dann stand man auf, reservierte sich den Liegestuhl und wankte anschließend, noch immer ermattet von den nächtlichen Ausschweifungen, wieder zurück ins Bett. Vicky wurde drei Tage lang geschnitten, weil sie dieses Ritual nicht kannte und nach stundenlangem Warten schließlich eines der zusammengefalteten, unbenutzten Handtücher entfernte und sich selbst auf die Liege legte.

Ein Kellner rast hinter den Vorhang, schiebt sie unsanft beiseite und leert den Aschenbecher in die Mülltonne. Draußen tobt der Irrsinn: Erwachsene Männer und Frauen klatschen gleichzeitig in die Hände und imitieren dann ein Entenschwänzchen, das rhythmisch im Takt wackelt. Das ist der entfesselte Mensch, denkt sie. Wehe, wenn wir losgelassen.

»Are you lonesome tonight?«

Erst nimmt sie die Stimme hinter sich gar nicht wahr und fühlt sich auch nicht angesprochen. Bis die Frage als Feststellung wiederholt wird.

»You are lonesome tonight.«

Sie dreht sich um. »Und? Was dagegen?«

Vor ihr steht Alexander, angeblich Direktor einer Strumpffabrik im Westerwald. Es wimmelt hier nur so von Direktoren, Abteilungsleitern und Selbständigen, die alle ziemlich viel Geld verdienen und trotzdem über Silvester auf die Kanarischen Inseln in einen Club für 999 Mark fliegen.

»Du bist einsam. Und allein. An so einem Abend.«

Alexander sieht sie über den Rand seiner Brille hinweg an, das Doppelkinn aufs Schlüsselbein gestützt. Auf seiner Glatze spiegelt sich das rote Lämpchen über ihnen.

»Von Einsamkeit kann man ja hier nicht reden«, sagt sie und deutet auf das Dantesche Inferno um sie herum.

»Aber von der im Inneren, der Einsamkeit des Herzens.«

»Soso.« Vermutlich ist er geschieden, und seine Exfrau

hat ihm das einmal vorgeworfen. Und jetzt sieht er die Einsamkeit des Herzens neben einem Mülleimer hinter einer raschelnden Palmenwand und wittert seine Chance.

»Und wenn es so wäre, ich wüßte nicht, ob Sie das etwas angeht.«

Sie siezt hier gegen die Wand, das weiß sie, aber sie bringt es nicht über sich, diese Witzblattfigur in Shorts und Sandalen zu duzen. Alexander hebt seine Margarita.

»Ich wollte dir nicht zu nahe treten. Hast du nichts zu trinken?«

Vicky schüttelt den Kopf.

»Soll ich dir was holen?«

Vicky lächelt und nickt. Alexander verschwindet wieder im Gewühl, Vicky durch die Küche und den Hinterausgang nach draußen an den Strand. Ein Pärchen liegt am Pool, Hand in Hand, flüsternd und kichernd. Ein paar Meter weiter muß sie feststellen, daß ihre Lieblingsstelle am Meer auch schon besetzt ist. Es scheint hier nur von Menschen zu wimmeln, die nicht mehr suchen, sondern schon gefunden haben. Aus dem Bungalow wummern die Bässe der Karaoke-Show herüber und vermischen sich mit dem Geräusch der auslaufenden Wellen. Dazwischen immer wieder Lachen, Rufen und Händeklatschen.

Vicky läuft noch ein paar Meter weiter und findet dann endlich ein stilles Plätzchen. Sie setzt sich in den Sand und zieht den Rock eng um ihre Beine. Es war ein Fehler, hierher zu kommen. Dann schon lieber allein in Hamburg. Sie fühlt sich wie eine Verhungernde inmitten eines Schlaraffenlandes, das an diesem Tag nur angegammelte Leberwurstbrötchen im Angebot hat. Soll sie zugreifen oder weiter darben?

Sie schaut nach oben und sieht dieselben Sterne, denselben Mond, der auch über Hamburg leuchtet. Über Marius, der das große Los erwischt hat. Über Nadine, die mit Tränen in den Augen ihre Kündigung erhielt. Über Thea in der Unterau, die das wohl alles nicht mehr interessiert. Und über Gerry, der heute abend wieder auf eine dieser mega-wichtigen Partys geht, von denen hinterher die halbe Stadt spricht. – »Tut mir leid, Schatz. Aber ich habe schon Gaby fest versprochen, sie mitzunehmen!« – Vicky haßt die Gabys dieser Welt. Es ist so wie bei der Geschichte von Hase und Igel. Immer wenn sie denkt, sie ist am Ziel, springt vor ihr eine Gaby aus der Kiste. Die Gabys sind mit den Traum-männern verheiratet oder schon seit Jahren zusammen, die Gabys verlassen diese Männer und kommen dann reumütig zurück, gerade in dem Moment, in dem die Männer eine Vicky kennengelernt haben. Oder die Männer verlassen die Gabys und stellen wenig später, am besten noch neben ihr im Bett, fest, daß sie ohne diese Gabys nicht leben können. Die Gabys leben seit Jahren in glücklichen Gemeinschaf-ten, sind dann ein paar Monate allein, und haben – schwupps! – den Nächsten am Arm, der ihnen prompt drei Monate später einen Heiratsantrag macht. Oder sie leben mit dem Mann, auf den man selber scharf wäre, sich das aber aus Gründen eines antiquierten Anstandes verkneift, und kommen dann in der Kaffeeküche auf einen zu und klagen ihr Leid: Er ist ja nicht schlecht, aber da ist dieser andere…Und Vicky fragt sich, woher diese Gabys auch noch den anderen aus dem Hut ziehen. Die Gabys sitzen nie an Wochenenden allein zu Hause. Sie gehen aus und werden zum Essen eingeladen oder gehen mit ihren Freun-dinnen, die Marion heißen oder Janine, in Musicals und ins Kino und treffen sich anschließend mit ihren Ulfs und Det-levs. Die Gabys wissen nicht, was sie Silvester machen sol-len, weil sie gleich ein halbes Dutzend Einladungen haben und sich nicht entscheiden können. Sie tragen das Selbstbewußtsein einer glücklichen Pubertät bis ins hohe Alter spazieren, weil sie nie Pickel hatten, immer in eine 28er Jeans paßten und von all diesen Theos und Günthers und Hans-Jürgens zu Hause abgeholt und ausgeführt wurden, während man selbst wieder einmal mit Chips und Cola bei den Eltern vor dem Fernseher saß und Peter Frankenfeld oder Marlene Charell zuguckte. Die Gabys dieser Welt wären erschüttert, wenn sie wüßten, daß die Vickys dieser Welt sie manchmal hassen. Und wären dann wieder ganz beruhigt. Denn eigentlich ist es kein richtiger Haß, nur ein bißchen Neid. In Wirklichkeit sind die Vickys nämlich das Salz der Erde. Die Männer müßten nur mal richtig kosten. Aber das tun die wenigsten. Warum ein kompliziertes Menü, wenn es auch ein Hamburger tut?

Sie sieht wieder nach oben und stellt fest, daß dieser Mond unfairerweise auch für all die Gabys scheint, die im Urlaub händchenhaltend und kichernd nachts an den Stränden spazierengehen, während sie sich schlaflos von einer Seite des Kissens auf die andere wälzt. Aber er scheint auch für all die Vickys, die in dieser Nacht genau wie sie nach oben starren und das Gefühl haben, die einsamsten Menschen der Welt zu sein. Und das ist ein tröstlicher Gedanke. Und daß er auch für denjenigen scheint, den Vicky bis jetzt noch nicht kennengelernt hat. Von dem sie noch nichts weiß und der von ihr noch nichts ahnt. Der aber existiert, lebt und atmet und genauso auf sie wartet wie sie auf ihn.

Vicky seufzt. Wie schön wäre es, wenn man dort oben all den Menschen begegnen könnte, die gerade auf dieser schimmernden, runden Scheibe mit ihren Gedanken spazierengehen. Schwere und traurige, schöne und liebevolle. Und keiner hätte vor dem anderen Angst oder müßte etwas verbergen, denn dort oben zählten nur die Gedanken, nicht das Aussehen, das Bankkonto, nicht Alter noch Geschlecht. Es hätte etwas Tröstliches: Man wüßte endlich, daß man nicht ganz allein ist hier unten auf dem blauen Planeten.

»Hier bist du! Ich such dich überall.«

Vorwurfsvoll läßt sich Alexander neben sie sinken. Die Margarita schwappt in seiner Hand. Er keucht ein bißchen. »Ist schön hier, nicht?«

Vicky nickt und vergräbt die Zehen in den Sand. Eine halbe Minute dauert das Schweigen, mehr kann man auch von einem Strumpffabrikanten nicht erwarten. Außerdem heißt er mit Nachnamen Schlupfel. Einfach nur Schlupfel. Paßt ja irgendwie. Nomen est omen. Eine Sekunde überlegt Vicky, wie sich das wohl anhört. Victoria Luise Schlupfel. Sie gesteht sich ein, daß sie wesentlich mehr Geduld mit ihm aufbringen würde, wenn die Aussichten auf eine Unterschrift eines Tages auf Vicky Wolford hinausliefen.

»Frohes neues Jahr.« Alexander drückt ihr die Margarita in die Hand, dann stoßen sie an, nehmen einen Schluck, und schon hat sie das Doppelkinn am Hals.

»Doch nur ein Neujahrskuß!« empört er sich. »Ich mag dich halt.«

»Aber doch nicht so schnell!«

Alexander schießt einen, wie er meint, feurigen Blick aus seinen Knopfaugen auf sie ab.

»Mein Herz kennt keine Geduld«, flüstert er kurzatmig.

Vicky trinkt ihre Margarita, und der Alkohol schnellt beinahe intravenös durch ihre Adern. Sie mustert das Wesen neben sich. Zwar nur ein angetrocknetes Leberwurstbrötchen, aber sie hat Hunger.

Hoppla! Der Ellbogen ist von der Lehne heruntergerutscht, Holt zuckt erschrocken zurück in den dritten Satz von Beethovens Neunter. Silvesterkonzert in der Oper. Er sieht auf seine Uhr. Halb zehn. Seine Begleiterin dreht sich kurz

102

nach ihm um und lächelt ihn dann an. Er kennt Susanne schon seit zwanzig Jahren. Sie ist lesbisch bis auf die Knochen, aber es gibt immer wieder Gelegenheiten, bei denen sie mit einem Mann an der Seite besser dasteht als mit einer ihrer zugegebenermaßen immer bildhübschen, zigarrerauchenden Freundinnen. Und ihm ist es ganz recht. Vermutlich würde er sonst, wie an jedem anderen Abend auch, wieder bis um Mitternacht im Büro sitzen. Heute wäre das eine gar nicht so unattraktive Alternative. Der Blick aus dem achten Stock über den Hafen gehört zu den schönsten der Stadt. Er könnte sich einen Cognac genehmigen, die Füße auf den Tisch legen und noch einmal, zum wievielten Mal, die Forecast-Kalkulation durchgehen, die ihn mehr und mehr um seinen Schlaf bringt.

»Freude schöner Götterfunken, Tochter aus Elysium, wir betreten feuertrunken, Himmlische, dein Heiligtum.«

Er richtet sich auf. Gleich ist es geschafft. Zwei Reihen weiter sieht er den Senator mit seiner Frau, daneben einen stadtbekannten Rotlichtzaren mit russischer Begleiterin – vermutlich seine Lebensversicherung – und zwei Fernsehmoderatoren. Die ersten acht Reihen sind wie immer mit dem exquisiten Querschnitt der oberen Happy Few bestückt. Er vermißt einige Gesichter, die er im letzten Jahr noch gesehen hat. Wölfel von der HVI – pleite, achthundert Beschäftigte auf der Straße. Strate, aus dem Aufsichtsrat der Hammel-Werke gefeuert, Kurzarbeit, der Konzern steht vor dem Aus und wird durch hilflose Subventionen noch am Leben gehalten. Er beugt sich ein wenig vor. Vier Sitze weiter sieht er Nordmann und Kolms, beide politisch angeschlagen. Es wird kein gutes Jahr. Wem geht es eigentlich blendend? Andersen? Der Banker nickt ihm kurz zu. Holt lehnt sich wieder zurück.

Die Symphonie endet mit einem eruptiven Ausbruch.

Der Dirigent, noch gefangen in Ekstase, dreht sich zum Publikum und reißt die Arme in die Höhe. Begeisterter Applaus.

Sie stehen auf und drängen zum Ausgang. An der Garderobe holt Holt die Mäntel und hilft Susanne beim Anziehen. »Wollen wir?«

Sie haben eine Einladung bei Konsul Schippenspringer. Es wird gediegen zugehen, in dunklen, englisch möblierten Räumen, mit einer Schar handverlesener, angegrauter Gäste. Sie haben Bescheid gesagt, daß sie später kommen.

»Na, Holt, wie läuft der Laden?«

Vor ihm steht Gerhard Schliever, sein Erzrivale im Kampf um die Marktanteile. »Darf ich bekannt machen? Meine Frau Gerda.«

Gerda lächelt und zeigt eine Reihe glänzender Jackettkronen. Sie gibt Susanne die Hand, Holt haucht einen Kuß auf ihre Patschpfote. »Susanne Kron.«

»Susanne Kron? Die Susanne Kron? Die Designerin?«

Susanne nickt, Gerda ist schier aus dem Häuschen. »Ich liebe Ihre Modelle. Man hat das Gefühl, man ist ein ganz anderer Mensch.«

Susanne starrt auf die Rüschen und Pailletten auf Gerda Schlievers Abendkleid, schluckt einmal kurz und nickt. »Ich bevorzuge eine klare Linie. Die Frau steht bei mir im Mittelpunkt, ihr Charakter. Nicht der Anlaß.«

Und schon sind beide im Gespräch. Holt bewundert Susanne immer wieder. Ihre Verbindlichkeit, die Art, sich ständig neuen Situationen mühelos anzupassen. Ihm würde kein Thema einfallen, das er mit Gerda Schliever gemein hätte.

»Jetzt was Ordentliches zu trinken«, stöhnt Schliever. Derart kulturelle Ereignisse sind ihm ein Greuel. Aber Gerda läßt nicht locker. Und Abende wie dieser sind wichtig, er weiß es. Der Senator hat ihm schon zugenickt, mit dem Chef der Stoll-Niederlassung wird er auch noch ein Wörtchen reden. Außerdem hat er in der Pause einige seiner Verlagsleiter entdeckt. Und jetzt zum Beispiel Holt. Dem er schon lange einmal auf den Zahn fühlen wollte.

»Sagen Sie mal« – er faßt ihn vertraulich an der Schulter und schiebt ihn einen halben Schritt von den Frauen weg –, »wie läuft es bei Ihnen eigentlich so? Es ist doch verdammt schwer für einen kleinen, unabhängigen Verlag in diesen Zeiten.«

Holt, den Mantel über dem Arm, nickt. Er ist gespannt, was jetzt kommt.

»Haben Sie sich eigentlich schon einmal überlegt, daß ein Zusammenschluß mit einem, nun –« Das Wort Konzern will Schliever in diesem Fall nicht in den Mund nehmen. Holt wirkt auf eine antiquierte Art und Weise hinterwäldlerisch. Worte wie Konzern, Fusion, Gewinnmaximierung, Freisetzungen oder Tarifkündigung, Arbeitszeitverlängerung ohne Lohnausgleich, ordnungspolitische Maßnahmen, kurz Worte, die aus dem modernen Geschäftsleben nicht mehr wegzudenken sind, könnten bei ihm zu Irritationen führen. »– mit einem großen Haus zum Beispiel –, daß das in gewisser Weise abfedernd wirken würde?«

Schlievers Jagdinstinkt ist selbst an einem Abend wie diesem hellwach. Erster Schritt: einkreisen. Und so folgt er Holt, der instinktiv einen Schritt zurückgewichen ist, nach.

»Sie meinen ein Haus wie Schliever & Wahn?«

Sein Gegenüber nickt bedächtig. Als ginge es hier nur um eine rein hypothetische Erörterung, ein vertrauliches Gespräch zwischen zwei gleichen Geistern. Gewissermaßen ein Austausch weltanschaulicher Standpunkte, ein rein taktisches Abstecken von Grenzen.

Holt ist die Fusionsfrage nicht fremd. Sie beschäftigt

ihn seit Monaten. Aber ihm sind die Hände gebunden. Eine Übernahme kommt, zumindest zum gegenwärtigen Zeitpunkt, nicht in Frage.

»Es tut mir leid. Aber so etwas steht im Moment nicht zur Debatte.«

»Schade«, sagt Schliever. »Sehr bedauerlich. Sollten Sie Ihre Meinung ändern, dann wissen Sie, wo Sie mich finden.«

»Ich danke Ihnen für das Angebot. Einen guten Rutsch noch.«

Er sucht nach Susanne. Sie scheint sich mit Gerda angefreundet zu haben.

»Und wenn Sie möchten, dann besuchen Sie mich doch einmal in meinem Atelier. Die Herbst/Winter-Kollektion ist schon so gut wie fertig.«

»Nein!« Gerda ist entzückt. »Geht das denn? Ich will ja nicht stören.«

Susanne schaut zu Holt und zwinkert ihm unmerklich zu. Ein Zwinkern, das besagt, daß Gerda Schlievers Garderobe sich in den nächsten Monaten rundum erneuern wird.

»Was machen Sie denn jetzt?« fragt Gerda und hakt sich wieder bei ihrem Mann unter. »Wir haben einen Tisch im ›Silver Moon‹ reserviert, für zwanzig Personen. Aber wo zwanzig satt werden, werden zwei nicht verhungern. Oder?«

Sie sieht zu ihrem Gatten hoch, ganz Gesellschaftslöwin mit mütterlichen Zügen, besorgt um die Optimierung ihrer Sitzordnung und beseelt von dem Drang, die richtigen Leute am richtigen Ort zur richtigen Zeit zusammenzubringen. Gerhard Schliever nickt. Er hat nichts dagegen. Mit Holt ist er noch nicht fertig. Noch lange nicht.

»Na ja«, sagt Susanne, »der Konsul ist ja jedes Jahr das gleiche. Und zu essen gibt's da jetzt auch nichts mehr. Außer in der Küche.« Sie kichert.

106

»Geh du nur.« Holt ist beinahe erleichtert. »Ich hab noch zu tun.«

»Thomas!« ruft Susanne ärgerlich. »Heute ist Silvester!« »Ich weiß, ich weiß.«

Gerda Schliever, besorgt, daß ihre Couture-Connection doch noch verschwindet, schaltet sich resolut ein. »Also – Sie sind herzlich eingeladen. Und wenn Herr Holt nicht kann, dann kommen Sie doch einfach alleine mit. Nicht, Gerhard? Wir werden uns doch um Susanne kümmern?«

Gerhard Schliever nickt ungeduldig. Er entdeckt den Senator.

»Wenn Sie mich eine Sekunde entschuldigen würden?«

Und schon hat er Gerdas Arm zurückgegeben und stürzt sich ins Gewühl. Die beiden Frauen sehen sich an – und schauen dann unisono zu Holt.

»Ich hab wirklich noch zu arbeiten. Du würdest mir sogar einen Gefallen tun.«

Gerda atmet erleichtert auf, Susanne nickt ihr zu.

»Dann wollen wir mal. Die Herren der Schöpfung kommen ohne Zweifel auch alleine zurecht.«

Holt verabschiedet sich und tritt hinaus in die Kälte. Der kurze Spaziergang wird ihm guttun. Er schlägt den Mantelkragen hoch. Ausgelassene Gruppen in Feierlaune kommen ihm entgegen, das Lachen echot von den gegenüberliegenden Häuserwänden wieder zurück. Er überquert die Brücke und bleibt einen Moment stehen. Die Nacht ist klar, der Mond läßt silbernes Licht auf den Wellen tanzen. Er blickt nach oben und sucht auf dem Trabanten nach dem Meer der Stille und der Kälte. Als Junge war es sein größter Traum, Astronaut zu werden. Er hatte einen Mondglobus auf seinem Regal, und häufig fuhr er die Krater und Ebenen mit dem Finger ab, wandelte auf Neil Armstrongs Spuren und war besessen von dem Gedanken, eines Tages selbst seinen Fuß auf diesen Planeten zu setzen. Die alten Träume der Menschheit. Und jetzt steht er hier, ein fast bankrotter Versager, der zusehen muß, wie sein Schiff langsam untergeht. Den Mond da oben läßt das kalt. Es ist derselbe Mond, der auf die Generationen vor ihm hinunterschien und auch nach ihm nichts von seiner freundlichen Distanz und Kühle verlieren wird. Schon vor zwanzigtausend Jahren wird ihn ein Höhlenmensch ehrfürchtig bestaunt haben, und in zwanzigtausend Jahren wird es immer noch Menschen geben, die das gleiche tun. Holt ist, trotz allem, Optimist.

Er wendet sich ab und geht mit schnellen Schritten auf seinen Verlag zu, der dunkel und still liegt wie eine verlassene Kommandobrücke.

Um fünf Uhr morgens, mit dem ersten Bus, erreicht Nadine ihre Adresse und schleppt sich die Treppen hoch. Jeder Knochen schmerzt, sie ist hundemüde. Sie nimmt eine heiße Dusche, macht sich einen Kakao, legt sich ins Bett, zieht sich die Decke über die etwas abstehenden Ohren, heult ein bißchen, wirft die Decke wieder zurück, strampelt wütend mit den Beinen und zieht Bilanz.

Das war also die Karriere in der Werbeagentur. Schönen Dank. Eine knappere Kündigung könnte sich kein Mensch vorstellen. Klar ist das furchtbar, plötzlich pleite zu sein. Aber irgend etwas in ihrem Hinterkopf sagt ihr, daß weder Vicky, Gerry noch Marius in wirklich ernsthafte Existenzkrisen geworfen werden. Die hat nur eine: Nadine.

Was nun?

Ewig kann das mit dem Kellnern auch nicht weitergehen. Sie hat das System ziemlich schnell durchschaut, sieht die angeblichen Studentinnen viel zu schnell altern in diesem Job und trotzdem immer noch davon reden, eines

Tages was ganz anderes zu machen. Eines Tages. Was ganz anderes. Wie sie diese beiden Sätze haßt. Wie sie sie begleitet haben durch ihre ganze kaputte Kindheit hindurch. Der Vater: eines Tages. Die Mutter: was ganz anderes machen. Und nichts hat sich getan, nichts wurde anders.

Nadine hat Angst. Die einfache, kalte, klare Angst, daß aus ihr auch nicht viel mehr werden wird als ein ausgeträumter Traum auf zwei Beinen. Und wenn sich nicht bald etwas tut mit einem neuen Job, der wenigstens ansatzweise in die Richtung geht, die sie sich ausmalt, dann wird sie auswandern. Jawoll.

Denn selbst wenn man es zu nichts anderem bringen sollte, als bis zum Rest seines Lebens Serviererin zu sein, warum dann nicht irgendwo im Süden, wo das Leben leichter ist, die Sonne zärtlicher, der Mond nicht so kalt und nebelverhangen wie hier?

Sie wirft die Decke ab und geht ans Fenster. Weggehen in ein Land, in dem sogar nachts der Mond wärmer scheint als hier die Sonne. Warum eigentlich nicht?

Die Scheiben sind beschlagen, sie reibt sich ein Sichtloch frei. Ein südlicher Mond. Ein freundlicher Mond soll es sein. Einer über Havanna. Oder Buenos Aires. Über Sansibar oder Kapstadt. Wenn es denn sonst nichts weiter ist, was das Leben ihr gibt, dann wenigstens einen anständigen Mond.

Aber vorher, vorher wird sie noch einmal halb Hamburg auf den Kopf stellen. Irgendwo in dieser Stadt muß es doch einen Job für sie geben!

Sie kuschelt sich wieder zwischen die Laken. Zukunft gibt es immer, man muß nur dran glauben.

Der Januar beginnt kalt, grau und unfreundlich. Kein Schnee. Die Felder wie abgestorben, und auf den Sprossen des Hochstandes bildet sich eine dicke Schicht gläsernen Eises, der das Hinauf- und Hinunterklettern zu einer gefährlichen Angelegenheit macht. Die Rehe beginnen, ihre hochmütige Zurückhaltung abzulegen und sich gnädig der Kastanien anzunehmen, die an den Futterraufen aufgestellt werden. Der Atem gefriert zu eisigen Wolken, beim Einatmen bleiben die Nasenhärchen aneinander kleben. Die Blätter knistern, wenn man darübergeht, und die Krähen sammeln sich in schwarzen Wolken unter dem klaren Himmel.

Schnee fällt und bleibt liegen. Thea räumt den Schuppen auf, zum Streichen ist es zu kalt. Eines Tages fährt sie die Leiter zum Dachboden auf, um die undichte Stelle zu suchen. Verstaubte Kisten empfangen sie, altes Kinderspielzeug. In Decken eingewickelte Koffer. Sie räumt alles beiseite und untersucht die Dachsparren, muß aber feststellen, daß sie von innen den Defekt nicht reparieren kann. Beim Rückweg stolpert sie über einen Pappkarton. Das morsche Material reißt, der Inhalt ergießt sich auf den Boden.

Thea bückt sich. Alte Kinderbücher, die da vor ihr ausgebreitet liegen. Hanni und Nanni, die Andersson-Reihe, Gesine und ihr Pony. Sie nimmt sie auf mit klammen, vor Kälte fast erstarrten Fingern. Sie blättert kurz durch, liest ihre Kinderschrift, in der ihr Name auf die Innenblätter geschrieben steht, und bekommt feuchte Augen. Sie sieht sich um. In der hinteren Ecke steht, geschützt durch eine alte Gardine, das Schaukelpferd. Sie muß sich bücken, um heranzukommen. Das Fell scheckig und abgeschabt, das Zaumzeug verrostet. Sie gibt dem Pferd einen Schubs. Es wippt auf und ab und blickt sie mit dunklen Glasaugen an. Eine heiße Sehnsucht schießt in ihr hoch. Nach Kindertagen, blauem Himmel, dem Duft von Apfelpfannkuchen und der Gewißheit, daß das Leben ein buntes Karussell ist und ihr jede Menge Freifahrten schuldet.

110

Lange bleibt sie sitzen. Bis die Kälte in die Zehenspitzen kriecht und sie wieder hinunterklettert.

»Was ist mit dem Dachboden?« fragt sie beim Mittagessen.

»Was soll damit sein?«

Heinrich reicht die Schüssel mit den dampfenden Kartoffeln an Thea weiter. »Sollte man da oben nicht auch mal klar Schiff machen?« Sie sieht Marthes abweisendes Gesicht. »Oder weggeben. Die alten Spielsachen. Da kann doch bestimmt jemand was mit anfangen.«

Doch Marthe schüttelt den Kopf. »Das hat alles mal euch gehört.«

»Na und?« fragt Thea kauend. »Glaubst du, ich spiele noch mit Puppen?«

»Henriette hat sich gefreut, daß alles noch da war. Heute spielen ihre Kinder mit dem Puppenhaus. Sie hat schon einen großen Teil abgeholt. Der Rest gehört dir. Für deine Kinder.«

Wäre das Leben nicht so gemein, Thea hätte jetzt laut gelacht.

Einmal klingelt das Telefon, und Marthe ruft Thea an den Apparat.

»Für mich?«

Marthe nickt mit leuchtenden Augen.

»Wer ist es denn?«

Statt einer Antwort hält Nana ihr den Hörer entgegen. Thea ergreift ihn zögernd. Das Finanzamt? Der Gerichtsvollzieher? – Marius?

»Hallo?«

»Hallo!« dröhnt es ihr so entgegen, daß sie zurückweicht. »Hier ist der Michael!« Thea verdreht die Augen, Marthe verzieht sich diskret.

»Man hört ja so einiges«, fährt er fort. »Und da ich dich neulich erst zum Bahnhof gebracht habe, interessiert es mich natürlich.«

»So?« fragt Thea. »Was denn?«

»Warum du nicht nach Hamburg zurück bist. Wie wär's: Wollen wir morgen zusammen essen gehen?«

»Essen gehen?« wiederholt Thea. Und verkneift sich die Frage: Was ist das?

»Klar. Ist zwar alles nicht so fein wie in Hamburg, aber deftig. Haha!«

Essen gehen. Sich zurechtmachen, die Haare fönen, Lippenstift und Feinstrumpfhose. Um Gottes willen. Und dann noch mit dieser Zitterbacke.

»Na los, tu mir den Gefallen. Um der alten Zeiten willen. Ich lad dich ein. Ehrlich. Ist mir ein Vergnügen.«

Thea wendet sich unschlüssig Richtung Küchentür, hinter der Nana mit Ohren groß wie Grammophontrichter lauscht. Sie dreht sich wieder um. Unschlüssig. Ausgehen?

»Wohin denn?« Soviel sie weiß, hat sich gastronomisch weder in Krummbach noch in Sondersdorf in den letzten fünfzehn Jahren etwas entwickelt, das über eine Stehpizzeria hinausgeht.

»Laß das mal mein Ding sein. Vielleicht ins Orschelhäuser Schloß. Oder in den Ratskeller von Wimmlingen. Mir wird schon was einfallen.«

»Okay«, sagt Thea. »Um der alten Zeiten willen.«

Um der alten Zeiten willen. Nachdem sie eingehängt hat, geht sie herüber zum Wohnzimmer und läßt sich in den Fernsehsessel fallen. Klar, ab und zu sucht sie sie, die alten Zeiten. Zum Beispiel im »Gemeindeboten«, eine der wenigen Quellen echter Erbaulichkeit. Neben den Bekanntmachungen der Gemeindeverwaltung glänzen Berichte über Vereinssitzungen und die Eröffnung einer Ausstellung mit Seidenmalerei. Die Artikel enden meistens mit der lapidaren Feststellung, daß es hervorragend geschmeckt hat und die Stimmung bis in die späten Abendstunden recht ausgelassen war. Echt spannend. Einmal entdeckt sie Michaels Foto neben einem Zuchtbullen. Thea muß grinsen. Doch sie beginnt, nach Namen zu suchen, die sie noch kennt. Das eine oder andere Mal hat sie Glück. Eine Mitschülerin ist zur freundlichsten Fleischereifachverkäuferin gekürt worden, einer ihrer alten Lehrer geht in den Ruhestand. Zur Verabschiedung ist eine Feierstunde in der Schule geplant. Eine Zehntelsekunde denkt Thea darüber nach, daran teilzunehmen. Dann verwirft sie den Gedanken.

Sie blättert bis zur letzten Seite. Es ist ein dünnes, schmalbrüstiges Heft von rachitischem Umfang, gedruckt auf schlechtem Papier. Aus einem Überrest beruflichen Interesses durchforstet sie das Impressum nach der Auflage und stutzt. Herausgeber: Ulrich Sommer.

Sie schlägt das Blatt zu und massiert sich die linke Schulter. Irgendwie muß sie sich verhoben haben. Vielleicht hat Nana eine Salbe.

Uli, denkt sie und schüttelt den Kopf. Das kann doch nicht wahr sein.

Das letzte Mal, daß sie an ihn gedacht hat, ist keine drei Wochen her. Es war bei der Umstrukturierung des Vorratsraums unter der Kellertreppe. Das Schloß ist mittlerweile selbstverständlich entfernt worden. Thea hatte die Regalbretter leergeräumt und mit dem Abwaschen jahrzehntelanger Ablagerungen begonnen. Hinter ihr stapelten sich Einmachgläser und Konserven, allesamt kritisch gemustert und auf weitere Verwendungsfähigkeit geprüft. Sie arbeitete schweigend, konzentriert und schnell. Bis in die hinterste Ecke. Um dorthin zu gelangen, mußte das Regal verschoben werden. Eine mühsame Arbeit, die nur zentimeterweise voranging. Schließlich gab sie auf, kehrte die Ecke durch das Regal hindurch aus und begann, mit dem Lappen nachzuwischen. Die Finger glitten über die Mauer und verweilten plötzlich an einer Stelle. Thea zog den Arm zurück. Sie schaute nach oben, auf die verputzte Unterseite der Treppe, und rechnete. Bald drei Jahrzehnte alt ist dieses Haus. Die Kellertreppe war eine der letzten Arbeiten. Ungefähr zwanzig Jahre ist es also her, seit sie hier mit dem Mörteleimer stand. Das Haus war noch jung und so vieles zu tun. In diesem engen Verlies konnte man nicht allzuviel verkehrt machen. Mit Kelle und Spachtel war sie zu Werk gegangen. Und hier, genau an dieser Stelle, wurde sie an einen Moment erinnert, der so weit zurücklag, so verschüttet von den Sedimenten des Erlebten, daß es sie traf wie ein kleiner, elektrischer Schlag.

Ihre Finger tasteten wieder in die Ecke. Sie mußte sich strecken, um die harschen Linien nachzufahren. Da waren sie wieder. Ein krummes, schiefes Herz, in den damals frischen Putz gemalt, und in der Mitte zwei Buchstaben.

Zwanzig Jahre schrumpften zusammen in einen Moment, einen Atemzug. Sie saß zusammengekrümmt in der hintersten Treppenecke, mit Spinnweben in den Haaren und Dreckstreifen im Gesicht, und war der plötzlichen Erinnerung hilflos ausgeliefert. T. und U. Thea und Uli.

Eine merkwürdige Kombination, eigentlich unmöglich. Das große, dunkelhaarige Mädchen und der semmelblonde, schmächtige Junge. Bestimmt einen Kopf kleiner als sie. In jenen grausamen Jahren, die nach der Kindheit kommen und rechtzeitig vor dem Erwachsenwerden gehen, eine Herausforderung an die jugendliche Umwelt. »Pat und Patachon« war noch die harmloseste Bezeichnung. Dabei bestand niemals eine Liebesbeziehung zwischen den beiden.

114

Eher eine zweckgebundene Symbiose. Zwei gleiche Geister hatten sich gefunden und gegen die Übermacht der Gesellschaft verbunden. Es muß zu Beginn der zehnten Klasse gewesen sein, als sich die Tür, wenige Tage nach den Sommerferien, öffnete und Uli hereintrat. Ruhige, blaue Augen, ein klares, intelligentes Gesicht, das keinerlei Regung verriet.

»Sie sind also Herr Sommer«, sagte Herr Wutzel, der Klassenlehrer. Ab diesem Schuljahr war er dazu übergegangen, seine Schäfchen zu siezen. Ein ungeheurer Auftrieb für das Selbstbewußtsein der Dorfjugend, die sich plötzlich des nahen Endes der Schonzeit bewußt wurde. Die Bärte der Jungen sprossen, die Brüste der Mädchen schwollen an, in den Schulpausen wurde in der Schulhofecke geraucht, geflirtet und nur noch in seltenen Fällen gerauft. Zu der pubertär aufgeheizten Stimmung zwischen den Geschlechtern kam nun noch eine weitere Spaltung dazu: Wer hatte schon eine Lehrstelle? Wer würde die Klasse wiederholen?

»Wo ist noch ein Platz frei?«

Sein Blick wanderte durchs Klassenzimmer und blieb an Thea hängen. Vielleicht würde es der Kratzbürste ganz guttun, endlich einen Tischnachbarn zu bekommen. Der arme Junge wußte zwar nicht, was ihn erwartete, aber in diesem Fall war das entschieden besser so.

»Frau Kuckuck, machen Sie doch bitte mal Platz an Ihrem Saustall.«

Thea räumte wütend Bücher und Hefte zusammen. Uli Sommer setzte sich neben sie.

»Danke«, sagte er leise. Thea antwortete nicht.

»Wo kommst du denn her?« fragte Michael Krötzig in der großen Pause zwischen zwei Zigaretten. Uli lehnte an der Schallbetonwand, die mit winterresistenten Bodendeckern bepflanzt war, und hielt sich vorerst bedeckt.

115

»Krummbach«, antwortete er. Seine Stimme kiekste.

»Was?« fragte Michael zurück. »Kannst du nicht lauter sprechen?«

»Krummbach«, wiederholte der Junge.

»Kennt ihn einer?« Michael blickte sich in der Runde um. Die Realschule vereinte den hoffnungsvollen Nachwuchs der gesamten umliegenden Ortschaften der Gemeinde. Einige schüttelten den Kopf.

»Wohl neu hier, was?« Michael tat auf versöhnlich. »Zigarette?«

Der Junge schüttelte den Kopf. »Ich rauche nicht.«

Michael steckte die hingehaltene Packung wieder ein. Komischer Vogel.

»Ich bin der Klassensprecher. Wenn du Hilfe brauchst –« Er sieht sich um, gefällt sich in der Rolle des Souveräns. Die Gruppe trollt sich.

Am Mittag warteten die Busse auf dem Parkplatz. Thea verließ die Schule, holte die Luftpumpe aus ihrer Tasche und ging zu den Fahrrädern. Uli folgte ihr in zehn Meter Abstand. An den Fahrradständern drehte sie sich um.

»Mußt du nicht zum Bus?«

Uli nickte. Unsicher, allein, ratlos. Vielleicht war es dieser Anblick, der Thea plötzlich rührte.

»Der Bus ganz links«, sagte sie schroff.

»Danke«, antwortete Uli. Die Schultasche an die Brust gepreßt, stand er noch einige Augenblicke unschlüssig herum. »Bis morgen.«

Aber Thea antwortete nicht. Uli begann sich zum ersten Mal ernsthaft zu fragen, ob er irgend etwas falsch gemacht hatte.

An Uli prallte alles ab. Die unfreundlichen, genervten Seufzer, wenn er wieder neben ihr Platz nahm, der frische

116

Kaugummi unter der Tischplatte, in den er hineingriff, die kleinen Rempeleien, wenn Thea an ihm vorbei zur Tafel ging. Dann stand sie da, mit unfreundlichem Gesicht, und schrieb in atemberaubender Geschwindigkeit die kompliziertesten mathematischen Formeln auf den grünen Schiefer. Thea fiel alles leicht. Das Lernen, das Behalten, das Wiedergeben. Eine glatte Einser-Schülerin. Kaum zu verstehen, warum sie das Gymnasium verlassen hatte. Nur Herr Wutzel wußte den wahren Grund. Wer seinem Deutschlehrer vor Wut gegen das Schienbein tritt und vor der ganzen Klasse als Faschistenschwein beschimpft, ist für jede Schule untragbar. Man hatte sich nur mit größten Bedenken auf das Experiment eingelassen, dieses hennarote, schlampige, in unmögliche Gewänder gehüllte Biest zumindest für den Abschluß der Mittleren Reife aufzunehmen. Thea hatte sich die Ermahnungen angehört und dann beschlossen, die unwürdige Zwangsmaßnahme über sich ergehen zu lassen. Das eine Jahr noch, dann winkte die große Freiheit. Dann war sowieso Schluß mit Krummbach, dann rief die weite Welt. Freunde, oder wenigstens Klassenkameraden, hatte sie nicht. Sie hatte einen Kreis um sich gezogen. Und wer ihn überschritt, war selber schuld. Niemand wollte etwas mit ihr zu tun haben. Eine Nacht mit Thea, so der Running Gag in ihrer Klasse, war die Belohnung für den, der das Basketballturnier vergeigte oder beim Abschreiben erwischt wurde. Am Unterricht beteiligte sie sich mit dem Interesse einer in der Mittagshitze dösenden Kuh. Doch sosehr es sich mancher Lehrer auch heimlich wünschte – sie war nicht zu fassen. Klugscheißerische Antworten im Deutschunterricht, nicht selten provokant, exakte Lösungen, wie aus der Pistole geschossen, sei es Chemie, Physik oder Mathematik. Bei Politik und Sozialkunde wurde sie nicht mehr aufgerufen. Ihre krude Gesellschaftskritik führte zuletzt zu der absurden Situation, daß die restlichen Schüler entweder murrten oder ihr offen Prügel androhten, wenn sie weiterhin den Mund so voll nehmen würde.

»Kommunistensau«, zischte ihr Matthias, der Bäckerssohn, zu. »Willst wohl mal ordentlich einen verpaßt kriegen?«

Doch Thea funkelte sie alle an mit dunklen Augen, und man ließ sie in Ruhe. Sie schrieb brillante Aufsätze, und es gelang ihr sogar, aus dem Thema »Mein schönstes Ferienerlebnis« einen Aufruf zur Solidarität mit Nicaragua zu stricken.

»Es ist nicht zu fassen«, stöhnte der Deutschlehrer, und Wutzel einigte sich schließlich mit seinen Kollegen, sie mitlaufen zu lassen, aber im Unterricht möglichst ruhigzustellen.

Uli hingegen hielt aus und litt. Mit den anderen Schülern hatte er wenig Kontakt – zu linkisch, zu unsportlich, einfach eine Null, da war man sich schnell einig. Schüchterne Versuche einfachster Konversation mit seiner Banknachbarin wurden schroff zurückgewiesen. Als Thea begann, sich mit Patschouli zu parfümieren, wurde ihm regelmäßig schlecht. Er überließ ihr zwei Drittel des Platzes, freiwillig, und gewöhnte sich an, auf den Pausengong blitzschnell zu reagieren, sonst schubste sie ihn locker beim Vorbeidrängeln halb von Stuhl. Uli war sechzehn. Auch er träumte von einem eigenen Mofa und dem ersten, richtigen Zungenkuß. Aber er wußte, daß sein erstes Mädchen nichts, aber auch gar nichts mit dem gemein haben durfte, was ihn jeden Tag in seiner Schulbank erwartete. Trotzdem: Sie hänselte ihn nicht. Sie kicherte auch nie so dämlich wie die anderen Bräute. Im Laufe der Wochen erfuhr er sogar eine Art widerwillige Fairneß von ihr. Mal hielt sie, wenn er stotternd eine Antwort geben mußte, wie zufällig den Finger auf die Antwort in ihrem Buch. Mal schob sie ihm, während

118

er über der Mathearbeit brütete, ihr Heft in Blickrichtung. Er wagte nie, sich zu bedanken. Er hatte Angst, sie würde es dann nie wieder tun. Als er merkte, daß die unfreundlichen Schubser langsam aufhörten, als er die erste, unfreundlich gegrunzte Erwiderung auf seinen Gruß erhielt, löste sich Stück für Stück seine Angst vor ihr. Im Gegensatz zu den anderen schien sie einfach nur unfreundlich zu sein, aber nie gemein.

Im Unterricht mühte er sich redlich. Eines Tages schrieben sie einen Aufsatz. »Mein Platz in der Gesellschaft« hieß das Thema. Die Klasse brütete, leises Stöhnen, zerkaute Kugelschreiber. Die einzige, die flüssig und ohne aufzuschauen schrieb, war Thea. Uli beneidete sie. Er konnte sich seine Zukunft nur sehr vage vorstellen. Weiter auf die Schule gehen, studieren? Der Lehrer mahnte an die Zeit. Noch zehn Minuten.

Thea war mit dem Aufsatz fertig. Mit der ihr eigenen Art, eine an Hochnäsigkeit grenzende Arroganz, die den Deutschlehrer manchmal die Wiedereinführung des Rohrstocks als Unterrichtsmittel wünschen ließ, hatte sie ihr eigenes Weltbild zurechtgezimmert, in der sich jeder jederzeit nach Lust und Laune den Platz heraussuchen sollte, den er sich wünscht. Um der Langeweile zuvorzukommen, die mit nerv- und geisttötender Gewöhnung einziehen würde, sollten sich diese Wechsel stets dann vollziehen, wenn der Betreffende den Impuls zum Aufbruch spüre. Alles andere sei Unterdrückung der Persönlichkeit. Denn, so schließt Theas Traktat, wie schon Erich Fromm feststellte, »in jedem Anfang wohnt ein Zauber inne, der uns bewahrt und der uns hilft zu leben«.

Uli schob ihr einen Zettel zu. Sie öffnete ihn irritiert. »Hesse« stand darauf. Sie las, kniff die Augen zusammen und knüllte das Stück Papier wütend zusammen. Sie blickte starr geradeaus. Dann zog sie das Heft zu sich heran, griff nach dem Füller und verbesserte den Fehler.

»Fertig!« rief sie dem Lehrer zu, der durch die konzentrierte Stille der übrigen Schaffenden schritt. Einige hoben den Kopf und starrten sie böse an. Als sie sich hinter Uli aus der Bank drängelte, berührte sie, natürlich völlig unabsichtlich, seine Schulter. Für Uli war das mehr wert als ein Ritterschlag.

»Danke«, sagte sie in der Pause zu ihm. Uli grinste verlegen zurück.

»Nicht der Rede wert. Aber wäre echt peinlich gewesen. Muß ja nicht sein, daß Wutzig dir vorhält, Hesse und Fromm nicht zu unterscheiden.«

»Na ja, muß ein echter Aussetzer gewesen sein.«

Uli nickte. »Willst du eine Cola?«

»Nein, danke.«

Thea drehte sich um und ging ein paar Schritte, überlegte es sich dann anders und kehrte noch einmal zurück.

»Du liest Hesse?«

Uli zuckte verlegen mit der Schulter. »Manchmal. Und du Fromm?«

Thea musterte den Boden, als wolle sie die festgetretenen Kaugummis zählen.

»Hab angefangen. Die Kunst des Liebens. Ist aber langweilig.«

»Hesse auch.«

»Was? Dann kennst du ihn nicht.«

»Doch«, erwiderte Uli. »Narziß und Goldmund. Und Siddharta. Weißt du, daß Abraxas von Santana eigentlich ein Hesse-Zitat ist?«

Santana war die zur Zeit heißeste Band. Natürlich bekam man so etwas nicht im normalen Rundfunk geboten. Manchmal, wenn Thea Glück hatte und nachts auf Mittelwelle AFN hörte, bekam sie eine Ahnung, welche Musik sonst noch in der Welt existierte. Doch die Hitparaden der deutschen Sender spielten als höchsten der Genüsse Sweet, Smokie und – die Rubettes. Henriette hatte sich über ihrem Bett den kompletten Starschnitt von Brian Conolly aufgehängt. Noch ein Grund, weshalb Thea ihre ältere Schwester für eine Landplage hielt. Außerdem durfte Henriette schon ausgehen. Wenn sie Samstag abends um elf zurückkehrte und von ihren Abenteuern im Tanzpalast Granada berichtete, fühlte sich Thea hin- und hergerissen. Sie verachtete die Ascona-fahrenden Jungen mit ihren kurzgeschnittenen Haaren, die an Ampeln mit quietschenden Reifen anfuhren und aus offenen Fenstern jedem Mädchen unter zwanzig Anzüglichkeiten hinterherriefen. Aber wenn Henriette von der glitzernden Spiegelkugel unter der Decke erzählte und den bewegenden Momenten, wenn der Discjockey ein langsames Lied auflegte und man dann noch zum Tanzen aufgefordert wurde, zog schon eine zarte Sehnsucht durch Theas unerfahrenes Herz. Sie las die zerfledderten Bravo-Hefte ihrer Schwester und ließ sich mit Schaudern erzählen, wie das Küssen funktionierte. Mit allem Drum und Dran. Ohne Anfassen selbstverständlich.

»Santana? Hast du denn eine Anlage?«

Als Uli nickte, war Thea tatsächlich beeindruckt. Eine eigene Anlage war ersehnter Wunschtraum, kam oft noch vor dem Mofa, doch man konnte sich schon glücklich schätzen, von den Eltern zum Geburtstag einen Kassettenrecorder zu bekommen. Thea besaß noch nicht einmal den. Nur den uralten Radioapparat. Trotzdem: Materielle Güter machten Uli nicht unbedingt zu einem interessanteren Menschen.

»Und was für Platten?« fragte sie neugierig.

»Och, alles mögliche. Santana, Deep Purple, Tangerine Dream.«

Und dann holte er tief Luft und sagte den weltmännischsten Satz, der ihm jemals über die Lippen gekommen war: »Ich kann dir ja mal meine Schallplattensammlung zeigen.«

Thea nahm die Einladung an. Sie war beeindruckt: von dem Reihenhausbungalow, der Schallplattensammlung, dem Farbfernseher, der gleichgültigen Gastfreundschaft von Ulis Eltern. Sie erfuhr, daß sein Vater Generalvertreter einer großen Versicherung war, daß Uli in seinen sechzehn Jahren sechs Umzüge mitgemacht hatte, daß der Verlust von Heimat und Freunden wettgemacht wurde durch die Erfüllung sämtlicher Wünsche, bis hin zu einem Mofa, das er ihr eines Nachmittags in der Doppelgarage zeigte.

»Warum fährst du nicht damit?« fragte Thea und musterte die Kreidler mit begehrlichen Augen. Aber Uli antwortete nicht. Es dauerte eine Weile, bis sie herausfand, daß Ulis Wünsche manchmal zu groß für sein ängstliches Herz waren.

Sie fanden Gemeinsamkeiten. Vorsichtig, respektvoll, zögernd öffneten sie sich nach und nach dem anderen. Sprachen über Bücher und Musik, die Verbesserung der Welt und ihre Zukunft.

»Ich will schreiben«, sagte Uli. »Richtige Romane. So wie Graham Greene.«

Sie hatten gerade »Das Herz aller Dinge« gelesen. Während Uli den Triumph des Gewissens und den daraus resultierenden Zusammenbruch der moralischen Existenz nicht nur mit durchlitt, sondern als Konsequenz und praktische Lebenshilfe flammend verteidigte, kam Thea nur ein pampiges »Pah« über die Lippen.

»Ein Schwächling ist er. Ohne Rückgrat. Man muß doch

zu seinen Leidenschaften stehen und nicht jämmerlich herumwinseln.«

Uli musterte Thea bei solchen Gelegenheiten mit leicht zusammengekniffenen Augen, was seinem jungen Gesicht einen über die Maßen erwachsenen Ausdruck verlieh. Ihr ungestümes Wesen war das genaue Gegenteil seiner eigenen, von Vorsicht geprägten Existenz. Sie faszinierte ihn in ihrer Angstlosigkeit. Mit Thea konnte ihm nichts passieren. Ihr konnte er sich anvertrauen. Das wäre bei einem Mädchen, in das er verliebt wäre, niemals möglich.

Auch Thea machte sich ihre Gedanken. Beunruhigt fragte sie sich, ob es zwischen ihnen beiden nicht doch eine geheime Anziehungskraft gab. Sie träumte heiß und wild von einer Nacht mit Brian Ferry, sammelte auf Faschingsbällen und anderen moralisch korrekten Veranstaltungen erste Erfahrungen mit den fiebrig pubertierenden Heranwachsenden der Nachbardörfer, fühlte eine unglaubliche Sehnsucht in sich wachsen und wußte nicht, wo sie sie stillen sollte. Niemand sah aus wie Brian Ferry. Schon gar nicht Uli.

»Hast du denn schon mal was geschrieben?« fragte sie skeptisch, seine linkischen Versuche in der Schule wohl im Gedächtnis.

»Gedichte«, antwortete er.

»Gedichte? Zeig.«

Uli kramte aus seiner Schublade eng beschriebene Zettel und Hefte hervor. »Der Ritt nach Norden« las sie. Und »Zeit ohne dich«.

»Sieh dich doch um, an jedem Fenster hängt ein andres Kreuz«, begann sie zu lesen. Als sie fertig war, blickte sie bewundernd auf.

»Das ist wunderschön.«

»Ich weiß«, sagte Uli ruhig. Sie beneidete ihn. Aber kein einziges Mal klopfte ihr Herz schneller.

Es war Uli, der sie dazu überredete, doch weiter auf die Schule zu gehen. Jeden Morgen um halb acht bestiegen sie den Schulbus in die Kreisstadt. Uli wählte Deutsch und Geschichte als Schwerpunkt, Thea Mathematik und Kunsterziehung. Es bedurfte einigen organisatorischen Geschicks, bis die Lehrer ihre ungewöhnliche Kombination in den Plan einbauen konnten. Thea besuchte also zwei Klassen gleichzeitig und traf Uli nur in den Pausen. Allen war klar, daß die beiden ein unzertrennliches Paar waren. Niemand kam auf die Idee, anderes zu vermuten. Die Hänseleien hatten schlagartig aufgehört. Es waren kurze, schöne Monate, geprägt von einem unschuldigen Zusammengehörigkeitsgefühl, das ihnen niemand nehmen konnte. Sie fuhren zum Pfingsttreffen auf die Ronneburg, Thea rauchte ihren ersten Joint, über den Wiesen vermischten sich die Klänge von Gitarren mit dem Geruch glimmender Holzfeuer. Sie schwammen nackt in Baggerseen, sie kosteten den Sommer in vollen Zügen. Vor den Prüfungen lernten sie gemeinsam, und sie standen sie gemeinsam durch. Die Zukunft war klar wie ein Bergsee, sie würden studieren und sich in Frankfurt eine gemeinsame Wohnung nehmen. So wie Bruder und Schwester, nicht mehr, aber auch nicht weniger.

Bis dann, eines Abends, kurz nach dem Abitur, Thea im Garten der Sommers stand und sich von Uli die schwarzen, süßen Kirschen pflücken ließ. Uli stand auf der unteren Astgabel, der Baum schwankte gefährlich.

»Ich muß dir was sagen.«

Thea stockte das Herz. Etwas lag in seinem Ton, das ihr sagte, daß es jetzt ernst wurde. Sie steckte sich gleich drei Kirschen auf einmal in den Mund.

»Ich hab ein Stipendium.«

Thea sagte nichts und schaute ihn auch nicht an. Davon

124

hatte er ihr nichts gesagt. Auf leisen Sohlen kam ein Gefühl angeschlichen, das ihr Angst einjagte. Uli ging eigene Wege. Wege ohne sie.

»Ein Stipendium? Hast du dich denn für eins beworben?«

»Eigentlich nicht.« Uli ließ die Baumschere sinken und setzte sich auf den Ast. »Mein Vater hat das für mich in die Wege geleitet.«

»Dein Vater.« Sie spuckte die Kerne im hohen Bogen aus. Herr Sommer hatte sich ihres Wissens nie sonderlich in das Leben seines Sohnes eingemischt. Natürlich, diese Sprüche wie »Aus meinem Kind soll mal was werden, mein Kind soll es mal besser haben als ich« und so weiter. Aber die nahm man doch nicht ernst. Sie schluckte.

»Und wohin wird's gehen? Zur Theologie nach Fulda? Zur Germanistik nach Tübingen?«

Sie versuchte, ihrer Stimme nichts anmerken zu lassen. Bloß ruhig bleiben, dachte sie. Tu so, als sei dies das Alltäglichste der Welt.

»Literatur«, sagte Uli. »In Massachusetts.«

Erst auf der Straße war es Uli gelungen, sie einzufangen. Sie schlug und trat nach ihm, biß und kratzte.

»Laß mich los!« schrie sie. »Laß mich in Ruhe! Ich will dich nie wiedersehen!«

»Beruhige dich doch!« rief er hilflos. Im nächsten Moment hatte er ihren Ellenbogen im Magen. Er schnappte nach Luft und krümmte sich zusammen. Sie trat ein paar Schritte zurück, außer Atem, mit brennenden Augen.

»Alles Gute!« rief sie. »Und viel Spaß. Erwarte nicht, daß ich dich zum Flughafen bringe. Leb wohl.«

»Thea!« rief Uli. Sie wandte sich ab. Er richtete sich mühsam auf und humpelte hinter ihr her.

»Ich weiß es auch erst seit gestern. Glaub mir! Warte doch. Bitte, warte!«

Er packte sie an den Schultern und drehte sie um. Sah ihre Tränen, die zuckenden Mundwinkel, die niedergeschlagenen Augen, die ihm nicht ins Gesicht sehen konnten, griff nach ihrem Kinn, hob es hoch und küßte sie. Küßte sie mitten auf dem Orschelhauser Weg, ohne nach links und rechts zu schauen, küßte sie, wie er noch nie ein Mädchen geküßt hatte, wühlte sich durch ihr hennarotes Haar, glitt mit seinen Händen ihren Rücken hinunter und hielt sie fest, fest, fest.

Ein Auto hupte. Hinter ihnen kurbelte Frau Fallbein das Autofenster herunter.

»Ist es denn die Möglichkeit! Könnt ihr Gammler euch noch nicht mal auf der Straße zusammennehmen?«

Uli zog Thea auf den Bürgersteig. Sie sah zu ihm hoch.

»Meine Eltern sind nicht da«, flüsterte er.

Als Thea an diesem Abend nach Hause zurückkehrte, war nichts mehr wie vorher. Ihr Herz jubilierte, und gleichzeitig war sie den Tränen nah. Verwirrt, überwältigt, schutzlos. Ein Wunder war geschehen, und noch bevor sie es staunend begreifen konnte, würde es ihr wieder entrissen werden. Massachusetts. Ein Bee-Gees-Titel, eine Schnulze. Nicht wert, deshalb das Radio einzuschalten. Aber doch kein Wohnort! Uli, dachte sie. Uli, ich brauch dich doch.

Sie wollte sich gerade durch den Flur über die Treppe nach oben in ihr Zimmer schummeln, da öffnete Heinrich die Wohnzimmertür.

»Thea?«

Sie stockte auf den Stufen.

»Ja?«

»Bist du am Wochenende da? Wir müssen die Unterseite der Treppe endlich mal verputzen.«

126

Und dann? Was war dann geschehen? Thea ist ins Träumen geraten, in eine Flut von Erinnerungen. Uli, der erste und einzige Mensch, den sie gebraucht, vielleicht sogar geliebt hat. Auf eine Art, die weit über das hinausging, was ihr seither vom Leben mehr oder weniger schön verpackt als Liebe untergejubelt wurde. Oft hat sie es gehört, jenes magische »Ich liebe dich«. Geflüstert, gekeucht, gestammelt, gelogen. Manchmal hat sie es selbst gesagt.

Sie nimmt den »Unterauer Gemeindeboten« wieder auf und blättert ihn noch einmal durch. Genauer jetzt. Sie sucht Uli zwischen den Zeilen, doch sie kann ihn nicht finden. Nichts erinnert mehr an die schwere Poesie seiner Gedichte, den hintergründigen schwarzen Humor seiner Einfälle und Geschichten. Die Zeit, denkt Thea. Man hält es nicht für möglich, aber es stimmt. Die Zeit streicht über unsere Seelen wie Wind über Sand. Zurück bleibt eine glatte, überschaubare Ebene.

Vertrauensbruch

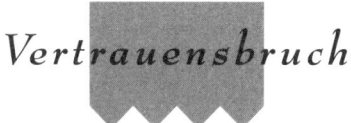

Vertrauensbruch wird in unserer Gesellschaft nicht bestraft. Zumindest nicht, wenn es sich um eine Ehe handelt.

Plötzlich weiß er, wie Teufel aussehen.
Sie tragen Chanel oder Armani, sie riechen nach Van Cleef & Arpels, sie lesen die Zeit in Bulgari und haben eine Figur, die jeden Mann um den Verstand bringt.

Ja! Ein Urschrei wird es werden, der das Land erschüttert.

Wir Frauen. Irgendein Gen ist bei uns defekt.
Daß wir so verwundbar sind.

Daß sie nicht noch einmal sehen muß, wie jemand die steinernen Treppen des Gerichts hinuntergeht, mit einem triumphierenden Lächeln im Gesicht, und von einer Frau im roten Cabrio abgeholt wird.

Nein. Hier geht es um die Ehre.

»Rin in die Kartoffeln, raus aus den Kartoffeln.« Horst Kleppholz setzt kurz die Mütze ab und wischt sich über die schweißfeuchte Stirn. »Is ja nicht zum Aushalten hier.«

Sein Gehilfe Petermann, ein pickliger Jüngling in viel zu weitem Overall, setzt sich auf den funkelnagelneuen Schreibtisch. Gerade haben sie ihn zusammenmontiert, das Büro sieht aus wie nach einem Blitzschlag. Petermann holt die Zigaretten aus dem Latz und zündet sich eine an.

»Das wievielte Mal isses jetzt?«

»Laß mich überlegen.«

Kleppholz nimmt dankbar die Zigarette an und schaut sich, den kleinen Bierbauch selbstbewußt nach vorne gereckt, in den frisch geweißten Wänden um.

»Das dritte Mal? Erst dieser Münchner Lackaffe mit seinem dämlichen Dialekt – wie hieß er noch?«

Er schaut auf Petermann, doch der zuckt mit den Schultern und blickt seinen Vorgesetzten aus wasserblauen Augen an.

»Keine Ahnung.«

»Is ja auch egal. Dann dieser Schleimi von Üxbüll –«

»Üxküll!« prustet Petermann.

»Üllküll!«

»Büllmüx!«

»Büxmüx!«

»Büxmich!« brüllt Petermann. »Leck mich doch am –«

Er beugt sich über den Schreibtisch und bricht in ein Lachen aus, das an das Bellen eines schwindsüchtigen Kojoten erinnert.

»Und dann«, kichert Kleppholz, »und dann –«

»Dann«, röchelt Petermann und fährt mit den Händen eine Jane-Mansfield-artige Silhouette nach, »oho!«

»Jaja«, schnauft Kleppholz. »Ich weiß nicht mehr, wie die hieß. Ging alles ein bißchen schnell. Keine acht Wochen.«

»Ob's an der Aussicht liegt?«

»Eher an den mangelnden Aussichten.«

Beide prusten gleichzeitig los. Dann schauen sie durch die Panoramascheiben auf den Hafen. Nach einiger Zeit haben sie sich soweit beruhigt, daß sie weiterrauchen können.

»Und wer kommt jetzt dran?«

Petermann nimmt das Schild vom Schreibtisch, das er vor einer halben Stunde abgeschraubt hat. »Keine Ahnung. Soll ja eine ganz neue Abteilung werden. Eine Art Firma in der Firma.«

»Firma in der Firma?«

Petermann kommt ein bißchen mehr im Betrieb herum als Kleppholz. Es liegt nicht unbedingt an der Schönheit, eher am Alter. Petermann sucht noch, während Kleppholz schon seit fünfzehn Jahren gefunden hat. Petermanns Jagdrevier befindet sich in den Dickichten der Telefonzentrale, den Savannen des Empfangs und dem Dschungel der Schreibbüros. Im Moment geht er mit Gabi aus. Gabi ist im dritten Lehrjahr. Archivarin will sie werden. Die meiste Zeit schneidet sie Zeitungsschnipsel aus. Aber ihr Chef hat einen guten Draht zu Häverlein, dem letzten Büroboten seiner Zunft. Stammt noch aus den Anfangsjahren, als »TV nonstop« noch »Draht, Funk und Fernsehen«, kurz

131

DFF hieß. Und Häverlein kommt rum. Auch die Kaffeeköchinnen kriegen einiges mit, wenn sie in Konferenzen für Nachschub sorgen. Nicht alles, aber viele kleine Informationen ergeben irgendwann auch ein Gerücht. Und das macht die Runde, lange bevor der Betriebsrat eine Vollversammlung einberuft. Bevor die Geschäftsleitung ihre Entschlüsse am Schwarzen Brett verkündet. Manchmal noch bevor Betreffende es selbst wissen. Arme Schweine eigentlich. Rennen jeden Tag geschniegelt und mit schlauem Gesicht durch die Gänge und kriegen doch nicht mit, was läuft. Petermann schüttelt den Kopf.

»Hat sich die Saletzki persönlich ausgedacht. Ist wohl ihr neuer – Hmhmhm.«

»Ihr was?« fragt Kleppholz dämlich nach.

Petermann macht eine entsprechende Handbewegung.

»Ach so«, staunt Kleppholz. Die Saletzki. »Was issn eigentlich mit der?«

»Was soll denn sein?«

Petermann hat aufgeraucht und reißt die Ecke eines Pappkartons ab, auf der er seine Zigarette ausdrückt.

»Na ja, läuft rum mit so einer Fresse« – Kleppholz zieht die Hand vom Kinn nach unten – »hat nüscht zu sagen und nüscht zu tun –«

»Sach dat nich«, frieselt Petermann. »Is mächtig was im Busch.«

»Was denn?« Unwillkürlich senkt Kleppholz die Stimme. Ist doch immer wieder interessant, was der Junge alles so weiß, denkt er. Der hört die Blätter im Baum rauschen, noch bevor der Wind die Küste erreicht.

Petermann winkt Kleppholz nahe an sich heran. »Man hört ja so einiges«, orakelt er und lehnt sich mit zufriedenem Gesicht zurück.

»Wat denn, wat denn?«

132

Petermann blickt ernst. »Steht alles nicht zum besten. Bilanzen und so. Läuft alles nicht so besonders.«

»Jaja«, sagt Kleppholz. Das hat er auch schon gehört. Das pfeifen die Spatzen von den Dächern und muß ihm nicht von seinem Assi verkündet werden, als sei der der Vorstand persönlich. »Und?«

Petermann holt ihn mit einem vertraulichen Winken noch näher heran. »Die Saletzki« – er flüstert fast – »gibt mächtig an. Sagt, daß alles nur eine Frage der Zeit ist. Verstehste?«

»Nö«, antwortet Kleppholz.

»Na, bis der Laden hier dichtgemacht wird.«

»Dicht?«

Eine kleine, kalte Hand greift an Kleppholzens Herz. Dichtmachen? Diesen Laden hier, der seit wer weiß wie vielen Jahren existiert? Seit es einen Fernseher in der guten Stube gab, war DFF dabei. Im nächsten Frühjahr soll das 40. Jahr gefeiert werden. Dicht? Das kann nicht sein. Das Haus hier ist sein Leben. Hier hat er als Laufbursche angefangen. Hier will er in zehn Jahren in Rente gehen.

»Woher weißt du denn das?«

Petermann zuckt vielsagend mit den Schultern, was soviel heißen soll wie: Ein Mann von Welt hört zu und schweigt.

»Die Saletzki«, brummelt Kleppholz. »Die hat doch nichts zu sagen. Die hatte sogar mal Zutrittsverbot. Was soll die auch anderes tun als miese Stimmung verbreiten?«

»Und das hier?« fragt Petermann zurück.

»Das wird doch die neue Werbeabteilung. Oder? Oder nich? Na was denn nun?«

Kleppholz wird ein bißchen ärgerlich. Er hat nichts dagegen, daß andere mehr wissen als er. Das Rumgerede ist seine Sache nicht. Er kann auch die jungen Leute nicht verstehen, die hinter vorgehaltener Hand über alles und

133

jedes meckern, was mit Arbeit zu tun hat. Er arbeitet gern. Vor allem für diesen Verlag. Und wenn ihn das allgemeine Herumlamentieren auch nicht sonderlich kratzt – wenn es ihn betrifft, wird er hellhörig.

»Jaja«, nickt Petermann. »Glaub du mal alles.«

»Ist hier jemand?«

Sie drehen sich um. In der Tür steht ein Mädchen. Orangefarbene Haare, giftgrüner Karopulli zum violetten Minirock. An den Beinen trägt sie eine Stiefelversion, die Kleppholz zuletzt beim Einmarsch der Alliierten gesehen hat.

»Siehste doch, oder?«

Petermann steht auf, die Antennen auf Empfang gerichtet. »Was gibt's?«

Das Wesen schiebt seinen Kaugummi von der linken in die rechte Backe.

»Frau Sondergast aus dem Büro Saletzki schickt mich.« Sie lächelt Petermann an und blickt ihm tief in die Augen. »Ich soll Ihnen die Vorlage für die beiden Schilder vorbeibringen.«

»Zwei Schilder?« fragt Kleppholz und wechselt einen vielsagenden Blick mit seinem Zuarbeiter. »Für ein Büro?«

»Nee.« Die Kleine grinst. »Für zwei. Ich soll Ihnen sagen, daß Sie das Zimmer nebenan auch gleich ausräumen können.«

»Schatz«, sagt Johanna und streicht Hans-Jürgen Meerbusch durch das sich langsam lichtende Haar. Sie hat sich auf die Armlehne seines Ledersessels gesetzt, was er nur widerwillig gestattet hat, und haucht ihm nun einen leichten Kuß auf die spiegelglatte Fläche seiner gelichteten Stirn.

»Laß das.« Meerbusch schiebt ihre Hand weg. Er hört das leise Klirren ihres Schmucks: die drei Armreifen von

134

Hermès, die Goldketten, im Dreierpack um den sehnigen Hals des Gierschlunds geschlungen.

»Was ist los?« fragt sie mit unschuldiger Stimme. »Alles schon vorbei, verweht, vorüber?«

Das dunkle Timbre ihrer Stimme hat ihn einmal um den Verstand gebracht. Der leichte Duft, der zwischen ihren Brüsten seine Maiglöckchen- und Ambra-Note entfaltet, ist wie eine Erinnerung an ein teuflisches Paradies.

»Wenn jemand kommt?«

Das Argument ist kläglich. Seine Sekretärin ist in der Mittagspause. Hat sie sich einmal mit einem fröhlichen »Mahlzeit« verabschiedet, ist mit ihrer Rückkehr nicht vor einer halben Stunde zu rechnen. Pünktlich. Er achtet auf Pünktlichkeit. Seine Sekretärin weiß das.

»Komm bitte zum Punkt.« Er richtet sich im Sessel auf und überprüft den Sitz seiner Krawatte. »Was willst du?«

Johanna steht langsam auf. Er hört das Nylon ihres Unterrocks, daß sich an ihren Strümpfen knisternd reibt. Sie geht hinüber zum Schreibtisch, auf dem sie ihre Kelly-Bag abgestellt hat, aus der sie nun ein Päckchen Zigaretten zieht.

»Nur einen Gefallen.«

Sie zündet eine an, inhaliert tief und atmet den Rauch genüßlich aus den leicht geöffneten Lippen aus.

»Die Zeit der – Gefälligkeiten ist vorbei.«

Meerbusch steht nun ebenfalls auf. Er mag es nicht, wenn sie auf ihn herunterschaut. »Wir sind quitt.«

»Quitt?« Johanna zieht die Augenbrauen hoch, was ihrem Gesicht einen Ausdruck verblüfften Erstaunens verleiht. »Ich glaube nicht.«

»Johanna. Du hast bekommen, was du wolltest. Ich habe bekommen, was ich wollte. Was also gibt es da noch zu besprechen?«

Johanna sucht nach einem Aschenbecher, findet ihn auf

dem Tisch neben dem Ledersessel und wendet sich ihm wieder zu.

»Das Ganze noch einmal von vorn. Sagen wir: Alle Jahre wieder. Wir könnten es zu einer, nun, sagen wir, stetig wiederholten Gewohnheit werden lassen. Auch wenn ich das Wort Gewohnheit in diesem Zusammenhang nicht mag.«

Meerbusch wird der Kragen zu eng. Nicht nur die Erinnerung an sein völlig wahnsinniges, durch nichts zu entschuldigendes Verlangen ist ihm im höchsten Maße peinlich. Auch die Verfehlung, die er begangen hat. Er versteht sich heute selbst nicht mehr.

»Tut mir leid«, sagt er knapp. »Ich kann nicht dienen.«

»Das ist aber schade.« Johanna lächelt spöttisch. »Damals konntest du es gut. Sehr gut. Das Dienen, meine ich.«

Meerbusch wird langsam schlecht. Worauf will sie hinaus?

»Johanna«, sagt er. »Bitte. Es ist vorbei. Ich habe dafür gezahlt. Wir sind uns nichts mehr schuldig.«

Sie drückt die Zigarette aus. Widerstand reizt sie. Sie freut sich darauf, ihre Krallen zu zeigen. »Gut, gut.« Sie setzt sich in den Sessel und schlägt die Beine übereinander. Meerbusch blickt demonstrativ in eine andere Richtung. »Laß uns Freunde bleiben. Freunde sind sich nichts schuldig. Selbstverständlich. Aber sie tun sich ab und an kleine Gefälligkeiten.« Sie schlägt die Beine in die andere Richtung übereinander. »Wir haben uns ein bißchen aus den Augen verloren, und das ist sicherlich meine Schuld. Ich hätte mich mehr um dich kümmern sollen. Ich glaube nämlich, du kannst noch viel von mir lernen.«

Sie sieht ihn erwartungsvoll an. Meerbusch antwortet nicht.

»Zum Beispiel kann ich dir beibringen, wie man es vom

136

stellvertretenden Geschäftsführer zum Geschäftsführer bringt.«

Sie wartet auf ein Zeichen von Interesse, wird aber enttäuscht. Sie fährt fort, die Ruhe selbst.

»Aber auch das Gegenteil: Wie man von einem Tag auf den anderen kein stellvertretender Geschäftsführer mehr ist, sondern fristlos gefeuert, heimkehrt in sein nobles Mietshaus mit seiner ebenso noblen, stinklangweiligen Gattin und seiner noblen, noch langweiligeren, anämischen Brut, und erklären muß, was man an einem bestimmten Tag im vergangenen Jahr in einem abgelegenen Haus auf Sylt –«

»Hör auf!«

»Natürlich, du hast ja recht. Ein kleiner Seitensprung – nicht der Rede wert. Wie dumm von mir. Vertrauensbruch wird in unserer Gesellschaft nicht bestraft. Zumindest nicht, wenn es sich um eine Ehe handelt. Schlimm wird es in einem Fall von, sagen wir, Sabotage? Dem Verrat von Betriebsgeheimnissen?»

Meerbusch weiß plötzlich, wie Teufel aussehen. Sie tragen Chanel oder Armani, sie riechen nach Van Cleef & Arpels, sie lesen die Zeit in Bulgari und haben eine Figur, die jeden Mann um den Verstand bringt. Sie reden leise und verführerisch, sie bringen mit ihren versteckten Blicken den Fahrstuhl, in dem man sich zu zweit befindet, zum Glühen, sie lassen es zu, daß du dich als Mann von Welt fühlst, sie gehen mit dir aus, einmal, zweimal, sie krabbeln unter dem Tisch an dir herum und verzehren dich roh wie Sushi. Und wenn du erwachst, fordern sie die Rechnung. Ein Griff in den Schrank nur, eine kleine Mappe. Nur für zwei Stunden fort und dann wieder an ihrem Platz. Unschuldig, verschlossen. Als wäre nie etwas geschehen. Und in dem Moment, wo man endlich wieder ohne Alpträume aufwacht, wo das Gewissen Jahresringe ansetzt, tauchen sie wieder auf und schlagen zu.

»Was willst du?«

»Den Geschäftsbericht für dieses Jahr. Prognosen, Etats, Verbindlichkeiten. Ein komplettes Round-up. Vorlagefähig.«

»Bei wem?«

Johanna steht wieder auf. »Seit wann so neugierig? Mach dir um dich keine Sorgen. Wer mir hilft, wird nicht vergessen. Wer mir gibt – dem wird gegeben.«

Sie steht so nah vor ihm, daß er ihr Parfum wieder riechen kann. Doch anders als im vergangenen Jahr bringt es ihn nicht mehr um den Verstand. Im Gegenteil. Er könnte ihr den Hals umdrehen, wenn seine Hände nicht gebunden wären.

»Dieses eine Mal noch«, sagt er mit heiserer Stimme. Johanna lächelt ihn an.

»Mehr verlange ich auch nicht von dir. Versprochen.«

Meerbusch weiß, daß er sich auf dieses Versprechen nicht verlassen kann. Aber ihm bleibt nichts anderes übrig. Er muß zahlen.

Während er den Tresor hinter seinem Schreibtisch öffnet, kämpft er damit, die Oberhand über seine Gefühle zu behalten. Sie sollte das nicht tun, denkt er. Für eine Frau hat sie zu viele Feinde. Und irgendwann einmal kommt auch mein Tag. Verlaß dich drauf, Saletzki.

»Ich habe deine Mutter gut gekannt«, sagt er, mit dem Rücken zu ihr.

Sie antwortet nicht.

»Eine wunderbare Frau.«

Er dreht sich um, in seiner Hand eine rote Mappe mit der Aufschrift »Streng vertraulich«. »Sie würde sich im Grab umdrehen.«

»Gib her.«

Sie blättert die Unterlagen kurz durch und verlangt dann nach einem Briefumschlag. Meerbusch gibt ihn ihr. Sie klemmt die Unterlagen unter den Arm und geht zur Tür.

»Danke.«

Sie will gehen, hält aber inne.

»Noch eins, Schatz«, sagt sie und dreht sich um. »Erwähne nie wieder meine Mutter.«

Marius hat sich das »Besucher«-Schildchen ans Revers geheftet und fühlt sich gezeichnet. Niemand wußte von seiner Ankunft, niemand fühlte sich zuständig. Die Empfangsdame telefonierte von Pontius zu Pilatus, keiner wußte von der neuen Werbeagentur, die angeblich im siebten Stock sein sollte.

»Sind Sie auch wirklich sicher, daß Sie sich nicht in der Adresse geirrt haben?«

»Nein«, erwidert Marius genervt. Schon immer hat ihm die Geduld mit sichtbar Minderbegabten gefehlt, die ihn zum Dummen stempeln wollten. »Fragen Sie mal im Büro von Frau Saletzki.«

Die Dame telefoniert, Marius ärgert sich. Warum geht eigentlich nichts ohne Johanna? Die Termine beim Notar, bei der Grund- und Bodenbank, noch nicht einmal beim Friseur geht's ohne sie. Und jetzt, an seinem neuen Arbeitsplatz, muß er sich wieder auf sie berufen. Es nervt gewaltig, stellt er fest.

»Herr Dinkel? Warten Sie bitte einen Moment. Frau Sondergast holt Sie ab.«

Das Wesen lächelt bezaubernd, Marius nimmt in der Vorhalle Platz und greift nach der neuesten Ausgabe von »TV nonstop«. Ein gräßliches Blatt. Angestaubt, ohne erkennbare Zielgruppe, mit einer entsetzlichen Aufmachung. Eine Schauspielerin mittleren Alters lächelt mondgesichtig vom Titelblatt herab, darunter in großen Lettern »Anja – das Baby kommt im Wonnemond!« Marius kann sich nur wundern. Erstaunlicherweise ruht das Blatt auf einem großen Abonnentenstamm. Meist Leser über fünfundfünfzig, aber immerhin. Die Auflage sinkt zwar seit Jahren immer näher an die bedrohliche Marke, aber Panik scheint sich noch nicht auszubreiten. Als erstes wird er »TV nonstop« eine radikale Verjüngungskur verpassen. Er sieht schon die Plakate und Anzeigen vor sich. Take a walk on the wild side! Und Spots werden gedreht. In New York. Oder besser noch, Acapulco. Nein. Da wird schon zu viel geduscht. Rio? Rio ist gut. Die Kulisse brodelt mehr. Ja! Ein Urschrei wird es werden, der das Land erschüttert!

Er feuert das Heft auf den Tisch zurück, in dem Moment öffnet sich die Fahrstuhltür, und Johanna tritt heraus. Marius springt auf.

»Hey!« ruft er, Johanna zuckt zusammen und schiebt sich die Sonnenbrille vom Scheitel aufs schmale Nasenbein. »Nett, daß du mich abholst.«

Johanna schüttelt seine Hand von ihrem Arm.

»Ich habe keine Zeit«, sagt sie leicht verärgert. Sie muß ihm erst einmal beibringen, daß das oberste Gesetz aller Dinge Diskretion heißt. Die Wachtel vom Empfang schaut schon sensationslüstern herüber.

Marius verzieht das Gesicht. »Schade. Gehen wir nachher zusammen essen?«

Auch so eine neue, äußerst angenehme Gewohnheit: die kleinen Mittagessen bei teuren Italienern. Ein Stück Lebensart, das bisher völlig an ihm vorbeigegangen ist.

»Du hast doch gehört, ich hab keine Zeit.«

Doch Marius läßt sich nicht so schnell abschütteln. Er

140

hat, glaubt er zumindest, ein Recht darauf zu wissen, wo seine Geschäfts- und Gelegenheitspartnerin ihre Mittagspausen verbringt. »Kann ich dich begleiten?«

Sie sind bereits durch die Drehtür nach draußen getreten, in einen kalten, verhangenen Januartag. Ein scharfer Wind bläst um die Häuserecke. Johanna seufzt.

»Nein.«

»Und warum nicht?«

»Marius.« Sie hält die Mappe mit der Aufschrift vor ihm verborgen. »Es gibt Dinge, die gehen dich nichts an. Geschäftliches. Du würdest dich zu Tode langweilen.«

»Im Gegenteil.«

Sie sind ein paar Schritte weitergegangen. Er legt seine Arme um sie. Einen Moment läßt sie ihn gewähren. Seine Berührung tut gut. Johanna Saletzki hat nicht viel mit Geborgenheit im Sinn, doch die kleine Erpressung in Meerbuschs Büro hat sie erschöpft. Marius küßt sie auf die Nasenspitze.

»Ich kenne niemanden, der seine Geschäfte erotischer abschließt als du.«

Sie muß wider Willen lachen.

»Hör auf damit. Wenn uns jemand sieht.«

»Na und?«

»Nichts da«, erwidert sie energisch, aber nicht ganz ernst. »Wir sind Partner. Geschäftlich. In diesem Haus gibt es sowieso schon genug Gerede. Halt dich zurück. Mir zuliebe.«

Er knabbert an ihrem Ohrläppchen. »Und was krieg ich dafür?«

Sie überlegt. »Eine warme Mahlzeit?«

»Wann?«

»Heute abend? Bei mir?«

Statt einer Antwort streicht Marius ihr mit einer zärtlichen Geste das Haar hinter die Ohren. Einen Moment lang verharrt sie in dieser Berührung, fast so, als lausche ihr Körper ihr nach. Dann reißt sie sich zusammen. »Okay?«

»Okay. Bis heute abend.«

Er küßt sie noch einmal und schaut ihr hinterher. Johanna erreicht ihren Wagen auf dem Firmenparkplatz, wirft die Mappe auf den Rücksitz und startet durch. Andersen wartet.

»Tag, die Herren!«

Kleppholz und Petermann fahren auseinander, als hätte man sie unter dem Tisch bei etwas Unmoralischem entdeckt. Dabei versuchen sie nur fluchend, aber mit vereinten Kräften, die Anschlußleitungen für Computer und Telefon einigermaßen teppichbodenverträglich zu verlegen. Marius bleibt im Raum stehen und schaut sich um.

»Schön, sehr schön.«

Petermann und Kleppholz sehen sich vielsagend an, der Ältere kriecht zuerst hervor und wischt sich die Hand an der Latzhose ab.

»Tach auch.«

Marius drückt die entgegengestreckte Rechte verwirrt. Ist das hier so üblich? Petermann wirft einen Blick auf den Neuen und schraubt unter dem Tisch weiter. Nichts Besonderes, so sein in Sekunden gefälltes Urteil. Wird, über den Daumen und nach Erfahrungswerten berechnet, circa drei Monate bleiben.

Marius tritt ans Fenster und bewundert den Ausblick. Er sieht sich schon hier sitzen, nach Einbruch der Dunkelheit selbstverständlich, denn sein Licht wird in diesem Haus am längsten brennen, und die Lichter des Hafens liegen unter ihm wie ein Teppich voller Diamanten. Das Nebelhorn wird tuten, Dampfer und Lastschiffe docken an

142

oder fahren an ihm vorbei die Elbe hoch, hinaus in die Welt. Schön wird es werden. Wenn Thea das sehen könnte.

Mein Gott. Immer wieder erwischt es ihn eiskalt. Aus heiterem Himmel muß er plötzlich an sie denken. Ist sie immer noch in der Unterau? Wie wird es ihr gehen?

Das schlechte Gewissen klopft manches Mal an. Doch er beruhigt sich. Damit, daß ihre Beziehung sowieso schon lange vorher gescheitert war. Daß sie ihn im Stich gelassen hat. Daß ohne seine Bemühungen auf ihnen ein doppelt so hoher Schuldenberg lasten würde. Er weiß nicht, wie sie zurechtkommt und was sie macht. Doch wenn er ehrlich ist, ist ihm das auch lieber so. Er ist ihr immer noch dankbar, daß es keine Szenen gab, keine Tränen, keine Vorwürfe. Ein sauberer, klarer Schnitt.

Er dreht sich um.

Kleppholz und Petermann haben den Anschluß fertig. Marius sieht den Schreibtisch an der gegenüberliegenden Wand mit leicht schief geneigtem Kopf an.

»Wissen Sie was, meine Herren?«

Sie schauen ihn erwartungsvoll an. Vielleicht gibt's ein Trinkgeld?

»Stellen Sie mir doch den Schreibtisch hier ans Fenster. Ist schöner so.«

Andersen liest stumm und konzentriert. Johanna nippt an ihrem Kaffee und schaut dann kurz auf die Armbanduhr. Halb zwei. Sie kann nicht ewig warten.

»Nun?«

Ihre Stimme klingt ungeduldig, aber Andersen läßt sich dadurch nicht aus dem Konzept bringen.

»Interessant«, murmelt er nur und legt wieder ein Blatt zur Seite. »Interessant.«

»Mein Gott, Andersen. Das ist nicht das Börsenblatt.

Ich will eine Einschätzung von Ihnen, und das möglichst schnell.«

»Schnell, selbstverständlich.«

Der Prokurist der Grund- und Bodenbank blickt auf und nimmt die Brille ab. »Nun, alles was ich Ihnen mit meinen unvollkommenen Kenntnissen sagen kann, ist, daß es sich um ein sanierungsbedürftiges Unternehmen handelt. Die Abschlußbilanz des vergangenen Jahres ist verschönt worden durch den Verkauf mehrerer Grundstücke, die unter anderem das Lager und den Fuhrpark betreffen. Durch diese allgemein übliche Taktik wurde eine vorübergehende Weitung des Liquiditätsengpasses erreicht, was sich allerdings durch die zu erwartenden Zusatzkosten durch Fremdleistungen spätestens gegen Ende dieses Jahres rächen wird. Weiter: Die Lohnneben- und Personalkosten sind in diesem Umfang aller Voraussicht nach nicht über einen längeren Zeitpunkt tragbar. Zu erwarten sind darüber hinaus Preissteigerungen bei den Sachmittelkosten, vor allem bei den großen Posten Papier und Vertrieb. Das Anzeigenvolumen ist stark rückläufig. Alles in allem: Das Unternehmen leidet unter seiner konservativen Führung. Ohne eine solide Neustrukturierung, verbunden mit einer hohen finanziellen Einlage, sehe ich schwarz.«

Johanna lächelt.

»Danke, Andersen. Können Sie mir eine Kopie der Papiere machen?«

»Aber selbstverständlich.«

Während die Sekretärin den Auftrag lächelnd entgegennimmt, mustert Andersen seine Kundin mit neutralem Blick.

»Darf ich fragen, an was Sie im Zusammenhang mit dem Objekt denken?«

Johanna schüttelt leicht den Kopf.

»Ich bin noch nicht soweit, Andersen. Ich habe noch kein genaues Konzept.«

»Wenn Sie die Hilfe unseres Hauses benötigen, kommen Sie bitte auf uns zurück. Ich muß Ihnen allerdings, wenn Sie mich persönlich fragen, von einem Engagement in diesem Verlag abraten.«

»Ich frage Sie nicht, Andersen.«

Der Prokurist nickt. Johanna Saletzki ist eine seiner besten Privatkundinnen. Somit hat sie, zumindest vorerst, recht. Die Sekretärin schwebt herein und überreicht ihm die Unterlagen.

»Danke.« Johanna steht auf. »Das wär's. Ich habe leider noch einen anderen Termin.«

Sie will sich gerade verabschieden, da fällt ihr noch etwas ein.

»Ach, da wäre noch was.«

»Ja bitte?«

Andersen schließt die Tür noch einmal, die er ihr gerade zuvorkommend geöffnet hatte.

»Ich muß Sie um einen Gefallen bitten.«

Sie nimmt auf seine einladende Geste hin noch einmal in dem Sessel Platz.

»Es geht um die Liquidation der Firma Dinkel & Co. Sie erinnern sich?«

Natürlich erinnert sich Andersen. Mit einem leichten Nicken gibt er das auch zu erkennen.

»Ich möchte, daß in der Abwicklung mein Name nicht erwähnt wird.«

»Wie soll das gehen? Sie haben die Verpflichtungen abgelöst. Wenn ich Sie richtig verstanden habe, ist die Angelegenheit im Fall Dinkel erledigt.«

»Eben. Aber die letzten hunderttausend Mark. Offiziell bin ich der Gläubiger. Nur – in diesem besonderen Fall möchte ich nicht, daß mein Name vor Gericht Erwähnung findet. Ich möchte, daß Sie das Inkasso übernehmen.«

Andersen hebt die Hände. »Nach allem, was wir wissen, ist die ehemalige Teilhaberin nicht in der Lage, ihren Verpflichtungen nachzukommen. Sie wird einen Offenbarungseid ablegen. Warum sollte unser Haus ein solches Risiko eingehen?«

»Sie verstehen mich nicht.«

Johanna beugt sich vor. »Ich möchte, daß die Grund- und Bodenbank als Gläubiger auftritt.«

»Frau Saletzki –«

»Herr Andersen«, schneidet sie ihm das Wort ab. »Wie lange bestehen schon die Verbindungen zwischen meiner Familie und Ihrem Haus? Muß ich meine Bitte, eine klitzekleine Bitte übrigens, erst zur Forderung werden lassen?«

Sie lehnt sich zurück.

»Ich verstehe«, sagt Andersen. Fürs Verstehen wird er bezahlt. Es ist nicht so, daß die Geschäfte rund ums Geld seelenlos ablaufen. Im Grunde genommen geht es nur ums Verstehen. Das tiefe, offene Verstehen für die Wünsche, manchmal auch Probleme anderer. Man darf sie nur nicht zu den eigenen Problemen machen. Das ist schon die ganze Kunst.

»Wenn nicht die Grund- und Bodenbank, dann ein anderes Haus. Sie kennen mich lange genug. Ich verlange von meinen Geschäftspartnern Loyalität. Nicht nur, wenn die Sonne scheint. Auch« – sie dreht sich zum Fenster um, das sich zu einer parkähnlichen Privatanlage öffnet – »wenn es mal regnet. Überlegen Sie sich meine Bitte. Aber nicht zu lange.«

Sie steht auf. »Ach, noch etwas: Machen Sie mir bis übermorgen eine Aufstellung meiner Vermögenswerte. Guten Tag.«

146

Dieses Mal hält Andersen ihr nicht die Tür auf. Sie geht, ohne sich noch einmal umzusehen.

»Noch Kaffee?« Die Sekretärin steckt den Kopf herein. Andersen lehnt ab. Als die Tür sich wieder geschlossen hat, tritt er ans Fenster und blickt in den grauen Winterhimmel. Es nieselt schon wieder.

Er wird den Bericht bis morgen fertig haben. Selbstverständlich wird die Grund- und Bodenbank die ausstehende Konkurssumme übernehmen. Das ist man nicht dem Kunden, sondern den Geschäften mit ihm schuldig. Auch Johannas anmaßendes Auftreten irritiert ihn nicht sonderlich. Ab einer gewissen Ebene vertauschen sich die Rollen, ist die Bank der Bittsteller, man ist das und noch viel mehr gewohnt. Was ihn beunruhigt, ist ihr offensichtliches Interesse an dem maroden Verlag. Andersen kennt ihn nicht. Er sieht kaum fern, also liest er auch »TV nonstop« nicht. Er weiß nur, daß sie sich damit einen Klotz ans Bein binden wird, der sie ins Bodenlose ziehen könnte. Er seufzt. Schade. Machtwillen und Dickköpfigkeit stehen im diametralen Gegensatz zur Mehrung des Vermögens. Bis jetzt hat die Saletzki sich benommen wie jede andere reiche Erbin. Bis jetzt. Es wäre bedauerlich, sie – und ihr Vermögen – zu verlieren.

Er tritt an den Schreibtisch und betätigt die Gegensprechanlage.

»Ja bitte?« zwitschert seine Sekretärin.

»Die Akte Dinkel & Co.«

Johanna schaltet wütend in den vierten Gang. Warum, in drei Teufels Namen, spurt eigentlich niemand so, wie sie das will? Drückt sie sich undeutlich aus? Traut man ihr keine Entscheidung zu? Liegt es daran, daß sie eine Frau ist?

Sie prescht die Alsterchaussee hinunter und reiht sich

147

wenig später genervt in den Stau am Jungfernstieg ein. Natürlich, das ist es. Wäre sie ein Mann, würden die Hacken knallen. So aber denkt jeder, er kann noch seinen Senf dazutun. Herumdiskutieren, kritisieren, kopfschütteln – sie hat es so satt. Kaum nimmt sie zum ersten Mal in ihrem Leben die Zügel in die Hand, legt man ihr Steine in den Weg. Aber so geht das nicht. Sie kann genauso mitmischen wie alle anderen in diesem großen Spiel.

Ich habe deine Mutter gut gekannt. Was sollte denn diese Anspielung? Sie kann sich nur noch schwach an die Nacht mit Meerbusch erinnern. Nichts Besonderes. Ein verlängertes Wochenende, von ihr aus eher mit Langeweile goutiert. Und doch hatte dieser Ausflug ungeahnte Folgen. Hätte Johanna Meerbusch nicht beinahe beiläufig in ihre Trophäensammlung aufgenommen, hätte sich ihr auch nie ein Weg gezeigt, herauszukommen aus ihrer lähmenden Untätigkeit. Ein Wort, ein nebensächlicher Satz zwischen zwei Zigaretten danach, und sie war hellhörig geworden. Meerbusch, der damals als erster wußte, daß der Verlagsdampfer langsam, aber sicher auf einen Eisberg zuschipperte, hatte geplaudert. Wie viele Männer, die denken, ihr imponieren zu müssen mit ihrem Wissen, ihrer Macht, ihrer Kompetenz. Ein bißchen Champagner, ein bißchen guter Sex, wie sie ihn zu Hause nicht alle Tage serviert bekommen, und schon löst sich hinterher die Zunge, und sie fangen an zu reden. Immer das gleiche. Männer! Johanna achtet darauf, daß sie Wachs in ihren Händen sind und nicht umgekehrt. Daß keines ihrer kleinen Spiele noch einmal vor einem Richter endet, der sie verurteilt, Abfindungen zu zahlen und Lebensstandards aufrecht zu erhalten. Daß sie nicht noch einmal sehen muß, wie jemand die steinernen Treppen des Gerichts hinuntergeht, mit triumphierendem Lächeln im Gesicht, und von einer Frau im knallroten Cabrio abgeholt wird. Daß sie

148

nie wieder stehenbleibt und hinterhersehen muß. Nein. Eine Saletzki sieht nicht hinterher.

Immer wieder. Immer von vorn. Sie wollen alle nur dein Geld. Paß auf. Sieh dich vor. Sichere dich ab. Ach, Mutter, hättest du nur selber besser aufgepaßt. Dann wärst du nicht auf einen Mann wie Holt hereingefallen. Einen Lügner und Betrüger, keinen Deut besser als der Rest der Meute, die dich hechelnd gejagt hat. Das große Halali auf alleinstehende, nicht mehr ganz junge Millionärinnen, denen man ein bißchen Gefühl vorgaukelt, um sich dann dafür bezahlen zu lassen. Und du hast bezahlt, Mutter. Mit deinem Leben.

Sie holt die Sonnenbrille aus der Handtasche heraus und setzt sie auf. Nun erkennt sie erst recht nichts mehr. Schon wieder so ein Tag, an dem es mittags dunkel wird und der monotone Regen die Melancholie verstärkt. Sie hat Sehnsucht nach ihren Tabletten. Dann verkneift sie sich den Gedanken daran. Es hatte Monate gedauert, bis sie von dem Teufelszeug weg war. So tief unten, wie sie sich befunden hat, ist es nur ihrem eisernen Überlebenswillen zu verdanken, daß es sie heute noch gibt. Mehr gibt als je zuvor. Stärker, kämpferischer.

Christina. Mutter. Die Kluge. Die Schöne. Und letzten Endes ist sie doch einem Schwindler auf den Leim gegangen. Sie, die alles besser wußte, die sie vor allem bewahren wollte, hat selbst den größten Fehler begangen. Sich auf Holt einzulassen. Dessen Plan um ein Haar aufgegangen wäre. Der sich, ohne mit der Wimper zu zucken, über das Vermögen hergemacht hätte wie eine gierige Seidenraupe über die Maulbeerblätter. Wir Frauen, denkt Johanna. Irgendein Gen ist bei uns defekt. Daß wir so verwundbar sind. Und wieder tauchen die Bilder vor ihr auf: Das Autowrack, um einen Baum gewickelt, als sei es das Spielzeug in der Hand eines Riesen gewesen, die dunklen Tage und Nächte danach. Die Polizei, die von Alkohol und spiegelglatten Straßen sprach. Die Beileidsbezeugungen, die Kränze und Blumenarrangements. Asche zu Asche. Und Holt. Sogar am Grab noch ungebeugt. Es war ein Unfall. Und immer wieder: Es war ein Unfall.

Ich bin dein Unfall, denkt sie. Du weißt es nur noch nicht.

Sie läßt die Sonnenbrille auch noch auf, als sie den Verlag erreicht und den Fahrstuhl betritt.

Thomas Holt sieht die Unterlagen, die Meerbusch ihm nachmittags mit einiger Verspätung geliefert hat, ein letztes Mal durch und reibt sich die schmerzenden Augen. Der Tag war hart, aber das ist nichts Neues. Seine Sekretärin ist längst nach Hause gegangen, das Türenklappen und die Schritte auf dem Korridor, gedämpfte Geräuschkulisse des Tages, sind verstummt. Nur noch in seinem Büro brennt Licht, wie auf der Kommandobrücke eines Kutters bei Nachtfahrt. Vor ihm liegt das Original eines Berichts, dessen Kopie heute bereits ohne sein Wissen durch drei verschiedene Hände gegangen ist. Er hält ihn nach wie vor für streng vertraulich.

Eine katastrophale Bilanz. Fünf Jahre nachdem er den Verlag übernommen hat, dümpelt er mit gefährlicher Schlagseite vor sich hin. Er weiß, der Markt ist hart, die Fernsehzeitschriften übertrumpfen sich gegenseitig mit Dumpingpreisen, da kann »TV nonstop« nicht mithalten. Nur die stärksten werden überleben. Und sein Blatt ist mehr als angekränkelt, der Zustand ist kritisch.

Die Kampagne. Holt steht auf und holt noch einmal Entwürfe, Storyboards und Exposés aus dem Schrank. Er schüttelt den Kopf. Kaum zu glauben, daß dieser ausgemachte Schwachsinn mit nur einer Gegenstimme durchging. Seiner Gegenstimme. Doch wie so oft in den letzten Monaten

150

kommt es ihm vor, als sei seine Stimme nichts mehr wert. Als entzöge ihm eine unsichtbare Hand die Unterstützung seiner Mitarbeiter. Krause, seit zwanzig Jahren im Geschäft, bisher ein zuverlässiger, besonnener Mitstreiter. Meerbusch, eine Krämerseele, aber mit kühlem, analytischem Verstand. Melzer, Sormann und Häckel – gute Leute. Kluge Leute. Männer, die zum Teil noch Christinas Vater, Friedrich Paul Saletzki, beim Aufbau unterstützt hatten. Was war nur in sie gefahren? Bahnte sich eine Palastrevolution an?

Und dann Johanna. Seit sie gerichtlich erstritten hatte, wieder Zugang zum Haus und den Vorstandssitzungen zu bekommen, seit sie mit ihren läppischen fünf Prozent auftrat wie die Kronprinzessin, war nichts mehr wie vorher. Er spürte instinktiv, daß von ihr nichts Gutes zu erwarten war. Und noch mehr ist ihm suspekt, sie tagtäglich im Verlag zu wissen. Und diesen … Gimpel? Senkel? Oder so ähnlich. Der Mensch, der für diesen hanebüchenen Unsinn verantwortlich ist. Logisch betrachtet machte es durchaus Sinn, eine eigene Werbeagentur im Haus zu haben. Doch mit Logik kommt er dem Problem nicht näher.

Holt steht auf, schnappt seine Anzugjacke, nicht ohne vorher den Bericht in seinen Schreibtisch einzuschließen, und verläßt das Büro. Durch das verglaste Treppenhaus geht er ein Stockwerk tiefer, in den siebten Stock. Hier brennt noch Licht. Er stutzt. Dann betritt er den Flur. Noch war der Verlag sein Eigentum. Noch hatte er nicht nur das Recht, sondern auch die Pflicht, über alles Bescheid zu wissen.

Kleppholz und Petermann haben einen harten Tag hinter sich. In Marius' Büro steht der Schreibtisch nun am Fenster, die Regale sind aufgestellt. Petermann sammelt den gröbsten Schmutz ein und verläßt sich bei der Feinarbeit auf die Putzfrauen, die im Morgengrauen durchs Haus schwärmen wie eine kleine Armee grauer Ameisen. Die Möbel aus dem Raum nebenan stehen schon im Gang. Noch ist nicht klar, ob die Saletzki ihre alte Büroeinrichtung mitnehmen wird oder auf jungfräulichem Mobiliar besteht. Kleppholz tippt auf zweiteres. Als letzte Amtshandlung schrauben sie das neue Schild neben die Tür.

»Fertig«, sagt Petermann.

»Das kannste laut sagen. Nichts wie raus hier.« Kleppholz packt das Werkzeug ein, da sieht er Holt durch den Gang auf sie zukommen. Er richtet sich langsam auf. Wenn der Boß jetzt bloß nicht auch noch was zu meckern hat. Zu viele Köche gehen auf Dauer auf die Knochen.

»Guten Abend.«

Holt blickt auf das Schild. »Print advertising. Johanna Saletzki«, liest er. »Hm. Schön, schön.«

Er sieht sich um. Die beiden Hausmeister stehen etwas dämlich herum, der eine kratzt sich hinter den Ohren, der andere schaut auf seine Schuhspitzen.

»So spät noch bei der Arbeit?«

Kleppholz verzieht das Gesicht in Richtung Höflichkeit. »Wat mot, dat mot.«

»Recht so«, sagt Holt. »Recht so.«

Er betritt den leeren Raum, öffnet die Verbindungstür und steht nun in Marius' Büro. Kleppholz gibt Petermann einen Schubs. »Laß uns verschwinden, bevor er wieder rauskommt.«

Petermann nickt und sammelt auf, was noch aufzusammeln ist. Dann klemmen sie sich ihre Arbeitsutensilien unter den Arm und gehen zum Fahrstuhl. Die Kabine ist beinahe sofort da. Kein Wunder. Das Haus ist fast leer.

Während sie nach unten sausen, schaut Petermann in den Spiegel und kratzt sich am Kinn.

152

»Scheiße, Scheiße«, murmelt er. »Sieht so jemand aus, der ruhig schlafen kann?«

»Meinste dich?« fragt Kleppholz zurück.

»Nee. Den Chef.«

»Das soll nich dein Problem sein«, stellt Kleppholz ruhig fest. Die Fahrstuhltüren öffnen sich, vor ihnen liegt die leere Eingangshalle. Nur der Nachtwächter sitzt in seinem Glaskasten neben der Eingangstür.

Holt schreitet die Räume ab und versucht das Gefühl abzuschütteln, auf feindlichem Boden zu sein. Er war nicht informiert, daß Johanna mehr ist als nur ein stiller Teilhaber der Werbeagentur, und nun ins Verlagsgebäude einzieht. Schon wieder ein Faden, der ihm entgleitet. Ein Geräusch hinter ihm läßt ihn zusammenzucken.

»Thomas?«

Verblüfft bleibt Johanna mitten in der Tür stehen. »Was machst du denn hier?«

»Guten Abend, Johanna«, sagt Holt. »Schöne Räume. Schöne Räume.«

Johanna schüttelt die Überraschung ab. »Es ist die gleiche Aussicht wie aus deinem Büro. Und es hat den gleichen Schnitt.«

Sie geht hinüber und legt die Kopien, die sie eigentlich in ihren noch nicht vorhandenen Safe legen wollte, auf dem Schreibtisch nebenan ab. Dann zündet sie sich eine Zigarette an und wartet. Darauf, daß er geht, darauf, daß er herüberkommt. Sie inhaliert tief und sieht den kräuselnden Rauchwolken nach, die sich im schummrigen Halbdunkel verschweben. Sie entdeckt ein Stück zusammengefaltete Pappe auf dem Fensterbrett, das jemand vor ihr als Aschenbecher benutzt hat, und holt es zu sich herüber.

»Wann ziehst du ein?«

Holt steht im Türrahmen. Das Licht aus dem anderen Zimmer zeichnet seine Silhouette scharfkantig nach.

»Montag. Wenn bis dahin alles fertig ist.«

Sie streicht die Asche auf den Pappkarton, hält sich dann die halbgerauchte Zigarette vor die Nase und betrachtet das Glimmen der Glut, als beobachte sie ein faszinierendes physikalisches Experiment.

»Die Kampagne –«, beginnt Holt.

»Was ist mit der Kampagne? Sie ist gut. Aus, Ende. Schluß mit den Diskussionen. Mach dir keine Sorgen.«

»Das ist es ja.«

»Was?«

Holt tritt einen Schritt herein und lehnt sich an die Wand. »Ich soll mir keine Sorgen machen, aber ich mache sie mir. Die Kampagne soll gut sein, aber mein Instinkt sagt mir, daß sie schlecht ist. Wir setzen alles auf ein Pferd, und der Klepper lahmt.«

»Du hast keine Ahnung.« Johanna drückt die Zigarette aus. »Und das ist dein Problem. Überlaß das Leuten, die ihren Job können.«

»Was soll das heißen?«

Holts Stimme klingt argwöhnisch. Johanna reißt sich zusammen. Sie darf sich nicht verraten. Noch nicht. Sie geht auf ihn zu, bleibt vor ihm stehen.

»Du hast Ahnung vom Verlegen, aber nicht vom Verkaufen. Das war schon immer so. Kein Mensch ist vollkommen oder allwissend. Deshalb haben wir den Auftrag auch nach draußen gegeben.«

»Nach draußen. Mach dich nicht lächerlich. Mit deinem Namen an der Tür?!«

»Würdest du mir mehr Kompetenzen in deinem Verlag geben, wäre ich nicht gezwungen, dir über diesen Umweg zu helfen. Ich will nicht, daß das Erbe meiner Mutter vor die Hunde geht.«

»Ich auch nicht, Johanna. Glaube mir.«

Aus einem Impuls heraus würde sie ihm am liebsten ins Gesicht spucken, aber sie beherrscht sich.

»Ich muß jetzt gehen.« Sie dreht sich um, er hält sie fest. Nur widerwillig duldet sie seine Berührung.

»Was ist los?« fragt er.

»Was soll denn los sein?«

»Irgend etwas stimmt doch nicht. Mach mir nichts vor. Ich kenne dich. Mit diesem Gesichtsausdruck sieht man eine Sahnetorte an, bevor man sie verspeist.«

»Was?« Johanna muß unwillkürlich lachen. »Ein Stück Sahnetorte?« Sie wird mit einem Schlag ernst. »Mir ist klar, daß du das, was dir da aus heiterem Himmel, ohne« – sie reckt den Zeigefinger in die Luft – »ohne auch nur einen Finger dafür krumm zu machen, widerfahren ist, wie ein Stück Sahnetorte betrachtest. Aber merk dir eins. Ein für alle Male. Für mich ist das hier mehr. Es ist das letzte, was von uns Saletzkis übriggeblieben ist nach mehr als hundert Jahren Tradition.«

»Ich weiß.«

»Wir haben Bücher verlegt, wissenschaftliche Abhandlungen und eine der ältesten Zeitungen Deutschlands. Wir waren groß. Wir waren eine Legende.«

»Ich weiß Johanna. Ich weiß das alles. Aber du kannst mir nicht die Schuld geben, daß alles verkauft wurde. Und du davon ein ziemlich gutes Leben führst.«

Johanna atmet tief durch. »Warum hast du mich ausgesperrt? Warum muß ich mir jedes einzelne Stückchen Mitspracherecht mit Zähnen und Klauen erkämpfen? Warum, denkst du, setze ich Himmel und Hölle in Bewegung, um dieses Haus nicht vor die Hunde gehen zu lassen?«

155

»Dieses Haus geht nicht vor die Hunde. Das verspreche ich dir!«

»Was willst du mir noch versprechen? Ich habe erlebt, wie du einen Eid geschworen hast, um ihn wenige Wochen später zu brechen!«

Holt geht einen Schritt auf sie zu. Drohend. Aber Johanna hat keine Angst. Für sie ist er ein Mann wie alle anderen auch. Feige, ehrlos, seinen Instinkten hilflos ausgeliefert.

»Du weißt genau, wer schuld daran hatte.«

»Schuld?« zischt sie. »Sprich du mir nicht von Schuld. Ohne dich würde Christina noch leben!«

Holt gibt ihr eine schallende Ohrfeige. Johanna taumelt gegen den Schreibtisch. Papier regnet herab. Es liegt zu ihren Füßen. Sie hält sich die brennende Wange. »Das wird dir noch leid tun.«

Holt steht da, mit hängenden Armen, ein Bild des Jammers. Johanna bückt sich und sammelt hastig die Blätter ein.

»Wir beide –«, beginnt er heiser.

»Was ist mit uns beiden?« fragt sie drohend.

Holt faßt sich, atmet tief durch. »Nichts. Entschuldige. Entschuldige vielmals.«

Er verläßt das Büro. Johanna sieht ihm nach. Die Wange brennt. Aber das ist nichts im Vergleich zu dem Schmerz, den sie jetzt endlich, endlich für immer ausradieren will.

Als sie sicher ist, daß Holt verschwunden ist, klemmt sie ihre Mappe unter den Arm, löscht das Licht im Nebenraum und bleibt noch einen Moment im Flur stehen. Die Dunkelheit wird aufgelöst vom Licht des Hafens, schwarze Schatten lauern in den Ecken, die Perspektiven verschieben sich. Seltsam, wie sich Vertrautes verändert, sobald das Licht verschwindet.

156

Mit dezentem Klang meldet der Fahrstuhl, daß er wieder ganz auf der Höhe ist. Hinter ihr schließen sich die Türen. Alles liegt still.

Unter dem Schreibtisch von Marius leuchtet hell das weiße Viereck eines liegengebliebenen Papiers.

»Was ist denn mit dir passiert?« Marius springt auf. Ärger und Wut sind in dem Moment verflogen, in dem er sie kommen sieht. Mit einem mittlerweile etwas welken Blumenstrauß hat er mehr als eine halbe Stunde in der Kälte gewartet. Und sich mehrere Eide geschworen, nie, niemals wieder von einer Frau abhängig zu sein. Bis auf diese eine jetzt. Aber wenn er erst einmal auf eigenen Füßen steht … Marius ist nicht dumm. Er weiß, daß er für Johanna nicht der Traum ihrer Nächte ist, eher eine Zwischenstation. So lange interessant, bis die Arbeit getan ist. Deshalb muß er diese Chance nutzen, koste es, was es wolle. Selbst auf die Gefahr hin, sich vollkommen lächerlich zu machen in dieser mehr als betulichen Villengegend, in der die Autofahrer hinter den colorverglasten Fenstern ihrer Luxuskarossen nicht zu erkennen sind und jedesmal, wenn sie ihn auf den Stufen vor dem geschlossenen Tor sitzen sehen, den Fuß vom Gas nehmen, um ihn genauer zu mustern.

Gafft nur, denkt Marius. Wir sehen uns wieder. Ich bin der Neue. Gewöhnt euch schon mal an mich.

Jetzt aber sieht er sie aus der Garage auf sich zukommen, ein Bild des Jammers, mit knallroter Wange und einem mehr als schutzbedürftigen Ausdruck im Gesicht, den sie sich vorher im Rückspiegel zurechtgelegt hat.

»Er hat mich geschlagen.«

»Wer? Wer hat dich geschlagen?«

»Mein Stiefvater.«

»Holt?« Marius ist über die etwas verzwickten Familienverhältnisse informiert. Nicht im Detail. Und auch nicht von Johanna. Aber wer sich ein bißchen umhört in der Szene, bekommt schon Abenteuerliches zu hören.

»Wo ist das Schwein? Ich schlag ihn zusammen!«

Die Empörung ist noch nicht einmal gespielt. Marius haßt Gewalt gegen Frauen. Er haßt auch die Gewalt von Frauen an Männern, aber die geht subtiler vor. Nichts gegen einen ordentlichen Krach. Nichts gegen Lüge, Betrug und schlimme Szenen. Aber Prügel ist für ihn das Letzte.

»Laß uns reingehen.« Johanna ist müde und erschöpft. Das liegt nicht an der Ohrfeige. Im Gegenteil. Der Schlag hat ihre Adrenalinwerte noch einmal nach oben katapultiert und ihr bestätigt, daß Nachlassen der Anfang der Kapitulation ist. Sie darf ihr Ziel nicht aus den Augen verlieren. Sie haßt Holt mehr als alles, was sie jemals geliebt hat. Doch jedesmal, wenn sie den Verlag verläßt, wenn der Abend kommt und nicht durch glanzvolle Höhepunkte eine Ablenkung verspricht, überfällt sie eine bleierne Müdigkeit. Und Marius, so einfach im Umgang er auch sein mag, ist nicht gerade das, was sie für ein Highlight hält. Sie sieht ihn an.

»Du mußt dir einen neuen Mantel kaufen«, raunzt sie ihn, in Ermangelung anderer Vorwürfe, mit denen sie sich die Wut vom Hals schaffen kann, an.

»Einen neuen Mantel? Warum denn?« fragt er verwirrt. »Der ist doch klasse.« Er sieht an sich hinab. »Oder?«

Es ist ein klassischer Trenchcoat, den er über dem Anzug trägt. Okay, nicht mehr ganz neu, aber das sieht man ihm bei diesem Licht nicht an. Johanna hat manchmal eine merkwürdige Art an sich.

Sie holt den Schlüssel aus der Tasche, und beide betreten Johannas Haus, das Marius insgeheim »Die Schatztruhe« nennt.

Dezentes Licht an den strategisch wichtigen Stellen, luftig arrangierte Blumenbouquets vor Meisterwerken spät-biedermeierlicher Malerei, Antiquitäten, sparsam, aber um so effektvoller arrangiert. Am meisten liebt er die Küche. Eine aluminiumblitzende High-Tech-Raumstation, die ihm eine neue Dimension eröffnet hat. Selbsttätig gleiten-de Unterschränke, auf Knopfdruck herausfahrbare Maschin-en. Überraschung folgt auf Überraschung. Schade, daß sie kaum benutzt wird. Er geht zum Kühlschrank – ein amerikanisches Modell mit Eismaschine und Null-Grad-Fach – und stellt enttäuscht fest, daß außer Champagner und Marmelade nichts Verheißungsvolles zu finden ist.

»Was essen wir denn?«

Er kommt mit den eisgefüllten Gläsern zurück und schenkt ihr einen Whisky ein. Er bleibt bei Soda. Johanna nimmt dankbar lächelnd das Glas entgegen und streckt sich auf der Couch aus. Sie hat Chet Baker aufgelegt. Die ein-schmeichelnden Klänge ziehen wie ein weicher Teppich durch die Räume.

»Ich weiß nicht. Wir können uns was bringen lassen. Agniesza hat heute frei.«

Marius verzieht das Gesicht. Er hat sich nicht über Jahre von matschigen Pizzas in Pappkartons ernährt, um sich jetzt Spaghetti Bolognese zu bestellen.

»Sushi?« fragt er. Ist zwar nicht die versprochene warme Mahlzeit, aber immer noch die attraktivste Alternative. Johanna nickt ergeben.

Eine Stunde später sitzen sie im Eßzimmer und tunken klebrige Reisrollen in Sojasoße. Johanna hat sich geduscht und in einen weißen Bademantel gehüllt. Die Haare krin-geln sich feucht um ihr Gesicht. Marius beugt sich vor und streicht sie ihr hinter die Ohren.

»Hübsch siehst du aus.«

»Hübsch?«

»Ja, hübsch. Schön bist du in deinen Kostümen und aufgestrapst bis zum Scheitel. Aber jetzt bist du zum Anbeißen. Richtig süß.«

Die Komplimente fallen Marius nicht schwer. Ein Teil seiner Unsicherheit hat sich gelegt, und einige Male bereits hatte er das untrügliche Gefühl, daß Johanna in seinen Armen die Kontrolle verlor. Konnte auch gut gespielt sein. Marius traut Frauen alles zu. Aber warum sollte sie?

»Erzähl. »

Johanna wählt das letzte Thunfisch-Stück.

»Was?«

»Was passiert ist. Normale Menschen ohrfeigen sich nicht.«

Johanna kichert. »Wir sind nicht normal. Wie kommst du auf die Idee, daß wir normal sind?« Marius ärgert dieses »Wir«. Es klingt, als gehöre er einem anderen Stamm an. »Quatsch«, sagt er ärgerlich. »Menschen lieben, hassen und streiten sich, egal wo sie herkommen. Aber wenn du schon so scharf auf Unterscheidungen bist – normalerweise prügelt man sich eher in Mümmelmannsberg als in Harvestehude.«

»Es geht hier nicht darum, wer das letzte Bier getrunken hat.«

»Sondern?«

Marius mustert sie aufmerksam, aber sehr darauf bedacht, nicht neugierig zu wirken. Johanna erwidert nachdenklich seinen Blick. So unwichtig Marius letzten Endes auch ist, es kann nie verkehrt sein, auch das kleinste Rädchen einer Maschine ordentlich zu ölen.

»Er –« Sie stockt. Was Marius für Unsicherheit und Zurückhaltung hält, ist bei ihr nur die letzte Überlegung, ob ihr Plan auch aufgehen wird.

»Er will ›TV nonstop‹ in den Ruin treiben.«

»Was?«

Marius wirft den Stuhl beim Aufspringen um. »Sag das noch mal.«

»Mein Stiefvater will den Verlag ruinieren.«

»Aber warum sollte er so etwas tun?«

Johanna starrt zum Fenster hinaus. »Ich weiß es nicht. Beim besten Willen nicht. Aber er hat es mir heute abend gesagt. Ohne Zeugen. Es kann ihm also niemand etwas nachweisen.«

»Johanna« – Marius beugt sich zu ihr hinab –, »es muß doch etwas dahinterstecken. ›TV nonstop‹ ist doch alles, was er hat. Das setzt man doch nicht einfach aus einer Laune heraus in den Sand.«

»Du kennst ihn nicht. Launen? Kapriolen und Salti hat er geschlagen. Pfauenräder. Und was er jetzt tut, ist nur der letzte Schlag gegen mich.«

»Was hat das mit dir zu tun? Dir kann der Verlag doch egal sein.« Du hast deine Schäfchen ja im Trockenen, wäre ihm beinahe herausgerutscht. Er beherrscht sich rechtzeitig.

»Du begreifst nichts, gar nichts. Es geht hier um die Ehre. Wenn ›TV nonstop‹ ruiniert ist, ist der Name Saletzki nichts mehr wert.«

Marius versteht gar nichts mehr. Ihm wäre sein Name egal, hätte er auf der Habenseite seines Kontos auch nur einen Bruchteil dessen, was Johanna ihr eigen nennt.

»Du willst damit sagen, nur um dir eins auszuwischen, macht er mutwillig alles kaputt?«

»Genau.«

Marius hebt den Stuhl auf und setzt sich wieder. »Das ist doch kindisch. Wie im Sandkasten, ich hau dir deine Burg kaputt und du dafür meine.«

»Ich habe nicht damit angefangen.«

161

»Aber er? Warum macht er so etwas?«

»Ich habe mit ihm geschlafen.«

»Was? Du hast was?«

Der Stuhl fällt ein zweites Mal um.

»Reg dich nicht auf.« Johanna schlendert durch den Mauerbogen ins Wohnzimmer.

»Ich soll mich nicht aufregen! Ich soll mich nicht aufregen?«

Das ist Marius zu hoch. Nicht, daß er Johanna ihre Vergnügungen nicht gönnt – er hat ja auch noch das ein oder andere laufen, aber das behält man doch für sich!

»Es ist fünf Jahre her.« Sie kommt, eine Zigarette in der Hand, wieder. »Übrigens ist es ein original Bauhaus.«

»Was?«

Sie deutet auf den Stuhl. »Das gesamte Eßzimmer hat mein Großvater Ende der Zwanziger gekauft. Und ich wäre dir dankbar, wenn du es nicht ruinieren würdest.«

Marius hebt den Stuhl auf, als wäre er aus Zucker gegossen, und nimmt dann behutsam wieder Platz.

»Egal, ob es so lange her ist«, sagt er mißmutig, »es gefällt mir nicht.«

»Das Eßzimmer?«

Manchmal hat Marius den Eindruck, sie will ihn einfach nicht verstehen. »Nein! Die Geschichte mit deinem Stiefvater! So was gehört sich einfach nicht. Das kann man sich doch verkneifen.«

»Moral? Bei dir?« Sie mustert Marius lächelnd und mit hochgezogenen Augenbrauen. Er nimmt ihre Hand und küßt sie.

»Ich liebe dich halt«, sagt er und ist erstaunt, wie leicht ihm dieser Satz über die Lippen kommt. Johanna hält einen Moment die Luft an. Dann raucht sie weiter.

»Ich hab es nicht gewollt, glaub mir. Ich hatte das

schlechteste Gewissen, das man sich nur vorstellen kann. Ich war betrunken, damals. Es war eine laue Nacht, ich war allein. Ich hatte niemanden. Sie waren erst seit kurzer Zeit verheiratet, und er spielte allen vor, wie verliebt er in meine Mutter wäre. In Wirklichkeit wollte er nur ihr Geld. Und den Verlag. Er wollte alles. Und er wollte mich. Ein bißchen viel auf einmal, was?«

Sie setzt sich ihm wieder gegenüber. Marius schüttelt den Kopf. Ich bin in Hamburg, denkt er. Nicht in den Straßen von Manhattan oder Dallas. Das gibt's doch nicht.

»Was hast du vor?«

Sie zieht an ihrer Zigarette und schaut ihm in die Augen. »Er wird mich nicht kriegen.«

Marius hält ihrem Blick stand. Und zum ersten Mal spürt er, daß er etwas für diese Frau empfindet. Nicht Dankbarkeit, nicht Wut, auch nicht die plötzliche Eifersucht, die gerade wie eine Stichflamme in ihm emporgelodert ist, als sie ihm ihr unglaubliches Geständnis machte. Nein. Hier geht es um die Ehre. Die Ehre der Johanna Saletzki. Also – auch seine.

»Er wird dich nicht kriegen.«

Johanna kennt diesen Blick. Er ist der Verteidigungshaltung eines Rehpinschers nicht unähnlich, der entschlossen ist, seinen Knochen nicht mit einem Dackel zu teilen. Sie steht auf, umrundet den Tisch und setzt sich auf seinen Schoß. Der Bademantel öffnet sich, Marius versinkt mit seinem Kopf im weichen Pfuhl duftenden Frottees und verlockender Brüste. Sie streichelt ihm das Nackenhaar.

»Dann zeig mal, was du kannst.«

So weit nach oben

So weit nach oben wollte sie eigentlich nie. Das heißt doch. Aber anders, nicht so.

Wenn es eine Tür gäbe, durch die man hindurchgehen und sich selbst besuchen könnte.

Es ist nicht immer so, daß einer im Leben alles richten wird. **Manchmal richtet auch einer alles zugrunde.**

Durch Werbung kann man ein Unternehmen in den Ruin treiben. Man kann es aber auch nach vorne bringen.

Sie war es.
*Sie ging auf wie eine leuchtende Vision,
die Verkörperung all dessen, was »TV nonstop« brauchte:
Jugendlichkeit, Pep, jungfräulichen Charme und –
einen knackigen Arsch.*

Eines Tages Anfang Februar steht Thea vor den gerade geputzten Kellerfensterscheiben und sieht die Welt von unten. Matschbraune Blätter, kompostierendes Unkraut, die Obstbäume an der Straßenseite und das Stück blasser Himmel.

Ernsthaft und konzentriert, wie die Erfüllung einer schwierigen Meditationsaufgabe, wringt Thea den Lappen im Wischeimer aus und näßt ihn anschließend wieder ein. Es dauert eine Weile, bis ihr die Sinnlosigkeit ihres Tuns bewußt wird. Wo eigentlich sind die Grenzen zwischen Putzfimmel und Wahn? Da draußen gibt es Städte. Häuser mit Zentralheizungen, in denen glückliche Familien sich abends um den Eßtisch versammeln, der Fernseher ausgeschaltet und beim Verteilen der Mahlzeiten fröhlich das Tagwerk besprochen wird. Es gibt Autos, die Menschen bequem von A nach B bringen, Lokale, in denen warme Speisen zubereitet werden, Theater und Opernhäuser, die festlich erleuchtet ihr Publikum erwarten. Es gibt Fabriken und Betriebe, Werbeagenturen und Anwaltskanzleien, Büchereien und Discotheken. Und alle sind damit beschäftigt, die Welt ein wenig weiter zu schieben, Tag für Tag. Nur Thea hat mit all dem nichts zu tun.

Sie setzt sich aufs Bett, den Kopf in beide Hände vergraben. Was ist nur passiert mit ihr, daß sie so mutlos geworden ist? War sie nicht früher ganz anders?

Wo ist das alles geblieben? Der Mut, die Zuversicht, der Kampfgeist?

Wenn ich doch noch einmal so sein könnte, wie ich damals war, denkt sie.

Wenn es eine Tür gäbe, durch die man hindurchgehen und sich selbst besuchen könnte. Wie einfach war die Welt damals. Mit welchem Mut hat man das Leben angenommen. Vielleicht könnte die Thea von früher der Thea von heute einen Rat geben. Ihr noch einmal Glauben und Vertrauen geben, in sich selbst und darin, daß nichts auf dieser Erde das Recht hat, einen fertigzumachen. Warum verliert man sich im Lauf der Zeit, warum wird man sich selbst fremd? Ich müßte jemanden fragen, denkt sie. Jemanden, der mich von früher her kennt und mir weiterhelfen kann.

Thea denkt lange nach. Und dann faßt sie einen Entschluß.

Ulrich Sommer hat gerade die Anzeige der Metzgerei Roloff aktualisiert – diese Woche ist Schweinekamm im Angebot – und geht nun noch einmal die aktuelle Ausgabe des »Unterauer Gemeindeboten« durch. Auf dem Stövchen köchelt eine Kanne Earl Grey vor sich hin, es ist noch nicht einmal Mittag, doch seine Schreibtischlampe ist angeschaltet im Kampf gegen das trübe Licht dieser Tage, und sie beleuchtet ein kreatives Chaos aus Vereinsmitteilungen, Kirchenvorstandsverlautbarungen und die brieflich vorgebrachten Bitten diverser Vereine und Privatpersonen um Veröffentlichung ihrer Belange. Ulrich greift nach dem Tabak und dreht sich eine Zigarette. Bis heute nachmittag muß die Vorlage in die Druckerei. Es bleibt noch ein wenig Zeit.

Das Heft wird von Woche zu Woche dünner. Schuld ist nicht nur die Winterflaute. Die Anzeigenkunden springen ab. Ulrich kann sie verstehen. Achtzig Mark für einen

Zweispalter, das muß mancher sich erst einmal verdienen. Doch den Heftpreis kann er nicht noch einmal erhöhen. Schon beim letzten Mal sprangen knapp hundert Abonnenten ab. Und immer wieder das gleiche Argument. Schlechte Zeiten. Ganz schlechte Zeiten.

Der »Unterauer Gemeindebote« war nie ein Glückskind. Eher ein unwilliger Ernährer, ein stotternder Motor, mit Liebe und Hinwendung gepflegt, aber nie ein Selbstläufer. Ulrich Sommer stand mehrmals kurz davor, das Blatt einzustellen. Doch was soll er sonst tun? So schränkt er sich ein, jeden Monat ein bißchen mehr, und ahnt, daß die endgültige Entscheidung eines Tages vor der Tür stehen wird.

Daß sie es ist, die in dieser Sekunde bei ihm klingelt, ahnt er in diesem Moment noch nicht. Er schlüpft in seine Pantoffeln, die er bei der Arbeit gerne auszieht, und geht in den Flur, dem unbekannten Besucher zu öffnen.

Thea hatte den Finger schon mehrmals auf dem Klingelknopf und ihn jedesmal zurückgezogen. Scheu hat sie sich umgesehen, doch der Orschelhauser Weg, jetzt eine breite, asphaltierte Straße, an der bequem zwei Autos aneinander vorbeikommen, liegt verlassen und ruhig. Ein Februarvormittag mit unentschlossenem Wetter. Ab und zu bricht die Sonne durch die Wolkendecke, aber das ist selten.

Sie geht ein paar Schritte am Zaun entlang und kann nun durch die entlaubten Büsche einen Blick auf das Grundstück werfen. Der Rasen, verfilztes Schwarz zwischen Schneeresten, der Fliederbaum, eine Rutsche, ein Sandkasten.

Dummkopf, schilt sie sich. Warum sollte er nicht verheiratet sein und Kinder haben? Doch die Vorstellung, daß sich die Haustür öffnet und eine unbekannte Frau nach ihrem Namen fragt, macht ihr wider Willen weiche Knie.

Um ein Haar wäre sie wieder nach Hause gegangen. Dann holt sie tief Luft. Wie war das? Regel Nummer eins: Nie mehr feige sein.

Sie geht zum Tor und drückt den Messingknopf. Wartet, drückt erneut. Sie tritt von einem Bein auf das andere. Dann hört sie Schritte. Mit einem Mal klopft das Herz bis zum Hals. Die Tür geht auf.

»Ja bitte?«

Das ist Uli. Sie erkennt ihn kaum wieder. Das Haar gelichtet, eine Brille auf der Nase, trägt er eine ausgeleierte Strickjacke und eine Cordhose.

»Was wünschen Sie?«

Eine harte, helle Stimme. Sie schluckt.

»Ich bin's«, sagt sie. Uli tritt einen Schritt heraus. »Thea.«

»Thea?« Er kommt die Stufen herunter. Und jetzt zeigt sich auf seinem Gesicht eine Mischung aus Erstaunen, Ablehnung und vorsichtiger Freude. »Nein. Ich glaub es nicht.«

Er öffnet das Tor. Unsicher stehen sie sich gegenüber. »Thea.«

Dann schüttelt er ihr die Hand. »Komm rein, komm rein. Ist ja eine Affenkälte hier draußen. Wenn ich gewußt hätte, daß du kommst... das ist ja eine Überraschung.«

Im Flur bleibt sie stehen. Er nimmt ihr den Mantel ab und führt sie ins Wohnzimmer. Bücher und Zeitungen liegen bunt durcheinander, auf der niedrigen Fensterbank verdursten Pflanzen, Zigarettenrauch hängt in der Luft.

»Ich habe nicht aufgeräumt«, entschuldigt er sich.

»Macht nichts«, sagt Thea.

Er räumt einen kleinen Wäscheberg vom Sofa. »Setz dich. Willst du was trinken?«

»Ein Tee wäre schön. Aber nur, wenn es keine Umstände macht.«

»Nein, nein! Ich bin gleich zurück!«

Er verschwindet in der Küche, um frisches Wasser aufzusetzen. Thea sieht sich um und ist abgrundtief enttäuscht. Von dem Zustand, in dem er lebt, der Fremdheit, vor allem aber von ihm. Was hat sie erwartet? Daß er strahlend und auf ewig jung vor ihr steht? Du hast dich doch auch verändert.

Sie hat sich an diesem Tag zurechtgemacht, so gut es ging. Trotzdem erinnert nichts mehr an die Frau, die vor Monaten hier ankam. Sie trägt Moonboots in grün-violett an den Füßen, eine Jeans und einen ausgeleierten Arbeitspulli. Die Haare mit einem Gummi gehalten, das Gesicht ungeschminkt. Sie hat gemerkt, wie er sie verstohlen gemustert hat. Aber es läßt sich nicht ändern: Sie sind beide älter geworden. Und desillusioniert. Das sieht man.

»Immer noch mit Milch, ohne Zucker?«

Thea lächelt. »Daß du das noch weißt.«

Sie trinken den Tee und beginnen, mit vorsichtigen Fragen und zögernden Antworten ihr Leben zu erklären. Thea ist zuerst dran. Sie hat sich eine Art Galgenhumor zugelegt, mit dem sie ihren bodenlosen Fall beschreibt, als sei er Teil einer Komödie mit noch ungewissem, aber auf jeden Fall unterhaltendem Ausgang.

Uli schenkt ihr nach.

»Wenn ich das alles richtig rekapituliere, bist du also nicht nur deine Firma los, sondern auch deinen Lebensgefährten, deine Wohnung und alles, was du besessen hast.«

»Na ja«, erwidert Thea. »Ich habe immerhin hunderttausend Mark Schulden. Das ist mehr, als mancher in seinem ganzen Leben schafft.«

»Und was machst du jetzt?«

»Gar nichts. Ich mache mich nützlich, so gut es geht.

Ich schreibe Bewerbungen. Ich laufe jeden Tag zehn Kilometer. Das ist eine Menge Beschäftigung.«

Uli mustert sie. »Aber damit kannst du doch nicht zufrieden sein.«

»Bist du mit dem zufrieden, was du machst?«

Uli schweigt. »Es ist nicht das schlechteste«, sagt er schließlich.

»Der ›Unterauer Gemeindebote‹. Wenn mir das damals jemand gesagt hätte, ich hätte ihn für verrückt erklärt.«

»Das Leben ist verrückt.«

Thea steht auf und blickt in den winterstarren Garten hinaus. Auf der Rutsche zanken sich zwei Spatzen.

»Du hast Kinder?«

»Ja, zwei. Zwei Jungen. Fünf und sieben Jahre alt. Aber sie leben nicht bei mir. Ich bin geschieden.«

»Das tut mir leid.«

»Muß es nicht. Wir haben uns fair getrennt.«

»Warum?«

»Wir haben uns, wie man so schön sagt, auseinandergelebt.«

Schweigen. Schließlich fragt Thea: »Und wie bist du an den ›Gemeindeboten‹ gekommen?«

»Ich hab lange versucht zu schreiben. Lange. Aber es hat nicht geklappt. Dann bin ich zur Gießener Allgemeinen gegangen, Lokalreportagen. Nichts, was einen sonderlich gut ernährt. Aber wenigstens ein Auskommen. Irgendwann hatte ich dann die Idee, statt für ganz Oberhessen zu schreiben, ein Blatt für die Region zu gründen. Damit die Leute, die hier wohnen, besser informiert werden. Es läuft ganz gut. Schon seit acht Jahren. Die Vereine schicken ihre Meldungen, meistens schreiben sie sie auch noch selbst. Ich kümmere mich um die Grafik und den Druck. Man kann davon leben.«

Thea nickt. Ernährung wird gleichgesetzt mit Leben. »Und deine Eltern?«

»Leben in Florida. Zweimal im Jahr kommen sie her und schauen nach dem Rechten.«

Thea nickt.

»Schreibst du noch Gedichte?«

Uli schüttelt den Kopf. »Das ist vorbei.«

»Schade. Ich fand sie schön.«

Uli sieht sie an.

»Du bist immer noch die einzige, die das sagt.«

Sie trinken ihren Tee aus, und dann merkt Thea, daß es nicht mehr viel zu reden gibt. Sie verabschiedet sich, kurz bevor es draußen stockdunkel wird. Schade, denkt sie. Wirklich schade. Ob er wohl das gleiche von mir denkt?

»Komm doch mal wieder vorbei«, sagt Uli beim Abschied. Thea nickt.

Das war ja wohl der Flop des Jahrhunderts. Diesen Besuch hätte sie sich sparen können. Wütend stapft Thea zurück nach Hause. Warum muß die Gegenwart die Erinnerung immer derart entzaubern? War das der Uli, mit dem sie sämtliche Zappa-Platten durchgehört, sich über Bukowski gestritten hat und der sie mit seinen Gedichten zum Weinen bringen konnte? Und dieser Uli sollte sie daran erinnern, wie sie einmal war?

Thea ist wütend. Auf sich, auf ihn, auf die Zeit, den Räuber. Keine Hilfe, nirgends. Also bleibt nur sie selbst. Und die Bruchstücke von Erinnerung, die sie manchmal wie die Buchstaben im Eispalast der Schneekönigin hin und her schiebt.

Uli, denkt sie, was ist nur aus uns geworden? Ich ein Pleitier – gibt es überhaupt das weibliche Pendant dazu? Pleitieuse?–, du ein verhinderter Lyriker, der das schlechteste Gemeindeblatt aller Zeiten herausbringt. Du kannst mir nicht helfen. Eher müßte ich dir unter die Arme greifen.

Und da, auf einmal, bleibt sie stehen. Kurz vor dem Kuckuckschen Haus am Gartenzaun, der einen neuen Anstrich vertragen könnte, für den Thea nur noch auf besseres Wetter wartet, und es fällt ihr plötzlich wie Schuppen von den Augen: Vielleicht braucht auch er jemanden, der ihm einen Spiegel vorhält. Einen Spiegel, durch den man in die Vergangenheit blicken kann, durch den man tritt und noch einmal all die Sehnsucht und Süße des Lebens spürt, die man nie wieder so schmecken kann wie in der Jugend.

Mehrere Tage tigert sie im Haus auf und ab. Sie hilft Marthe beim Bügeln, beim Bettenbeziehen, kehrt und wischt die Treppen. Zwischendurch setzt sie sich hin und starrt aus dem Fenster. In ihrem Kopf arbeitet es. Abends nimmt sie sich einen Block mit aufs Zimmer und macht sich Stichworte. Überlegt, verwirft. Stellt eine Liste zusammen. Nachts liegt sie wach, springt plötzlich aus dem Bett und ergänzt ihre Notizen. Und stellt fest, daß alles fehlt. Karton, Tusche, Farbstifte. Zum Kaufen fehlt ihr das Geld. Sie nimmt allen Mut zusammen. Sie wird Vicky in Hamburg anrufen.

Eigentlich wollte sie das vermeiden. Niemand hat sich gemeldet, keinen schien es zu interessieren, was aus ihr geworden ist. Freunde. So ist das also. Noch eine neue Erfahrung, mit der sie gelernt hat zu leben.

»Was machst du? Wo steckst du denn?« hört sie Vickys atemlose Stimme. »Ich bin grade erst nach Hause gekommen. Sag, wie geht es dir?«

»Gut«, lügt Thea. »Und dir?«

Sie spürt in dem kurzen Schweigen, das nur den Bruchteil einer Sekunde dauert, ein Zögern. »Ich habe einen neuen Job.«

»Gratuliere! Und wo?«

»Bei Print advertising. Eine Werbeagentur, die sich auf Printmedien spezialisiert hat. Also im Grunde die Weiterentwicklung unserer Idee.«

»Schön«, sagt Thea. »Dann war wenigstens nicht alles umsonst.«

Ohne daß sie es wollte, hat Theas Stimme einen bitteren Klang angenommen. Beide schweigen.

»Ich hätte mich auch mal melden sollen«, sagt Vicky leise. »Ging alles ziemlich drunter und drüber damals. Knall auf Fall. Und du warst auf einmal weg, keiner hat mehr was von dir gehört. Es war auch für uns nicht leicht.«

»Ich weiß.«

»Thea?«

»Ja?«

»Geht's dir auch wirklich gut? Ich meine – wie willst du das schaffen?«

»Was schaffen?«

»Marius ist ja aus dem Schneider. Aber du –«

Theas Herz klopft. Sie will diesen Namen eigentlich nicht hören. Und trotzdem interessiert es sie.

»Wie meinst du das?«

»Na ja, mit der neuen Agentur.«

»Eine neue Agentur?«

»Weißt du das nicht? O Scheiße.« Vicky hat das Gefühl, in einem Fettnapf zu baden. »Ich dachte, ihr habt noch Kontakt.«

»Nein, haben wir nicht.«

Schweigen.

»Vicky, welche neue Agentur?«

»Na die.«

»Was, die.«

»Print advertising. Gemeinsam mit der Saletzki.«

In Theas Ohren dröhnt es. Jetzt ruhig bleiben, sagt sie sich. Ganz ruhig. Vicky hat immer gern geredet. Mach jetzt nicht alles kaputt, indem du auflegst, rumschreist oder ausflippst.

»Und die – gehört ihm? Er – er ist also nicht pleite?« So wie ich, setzt sie in Gedanken hinzu. So wie ich dumme, dumme Kuh.

»Nö. Es geht ihm sogar richtig gut. Eigenes Firmenauto, Nobelbüro bei ›TV nonstop‹« – Thea schluckt, hält aber die Hand vor den Hörer –, »und die beiden verstehen sich wohl auch privat ganz gut. Also bei ihm ist alles in Butter. Gerry geht's auch nicht schlecht. Ist bei Schliever & Wahn untergekommen. Er arbeitet jetzt endlich als Layouter und ist rundum glücklich.«

Rundum glücklich. Alle sind quietschvergnügt, nur sie hat das große L erwischt.

»Aber warum rufst du eigentlich an? Hat das einen besonderen Grund?«

Thea reißt sich zusammen. »Ja, meine Arbeitssachen. Wo sind die eigentlich geblieben? Und das Präsentationsmaterial. Das müßte doch noch irgendwo sein. Oder habt ihr daraus im Hof ein Freudenfeuer gemacht?«

»Natürlich nicht.« Vicky ist nun doch etwas betroffen. Theas offensichtliches Unglück geht ihr nahe. Man hat ja schließlich einmal etwas gemeinsam aufgebaut. Aber andererseits ist sie nicht für Theas Leben verantwortlich.

»Die sind wohl noch im Keller. Da hat sich nie jemand richtig drum gekümmert. Ich frag Gerry mal. Für was brauchst du sie denn?«

Thea preßt alle Entschlossenheit, zu der sie sich in dieser Sekunde aufraffen kann, in den Telefonhörer hinein. »Erstens gehören die Sachen immer noch mir. Es sei denn, irgendein Gläubiger legt Wert auf Buntpapier und benutzte

Klebertuben. Und zweitens« – sie holt tief Luft – »habe ich einen Auftrag.«

»Nein. Echt? Ist ja super! Von wem denn?«

»Darf ich nicht sagen.« Daß der Auftraggeber bis jetzt noch nichts von seinem Glück weiß, muß sie Vicky ja nicht unbedingt auf die Nase binden. Und daß sie es den anderen zeigen wird, ist hiermit beschlossene Sache.

Es ist ein überraschend strahlender Morgen Mitte Februar in Hamburg. Klirrende Kälte, aber ein blitzblauer Himmel. In einem Büro im achten Stock des TV-nonstop-Verlags, mit nicht ganz so schöner Aussicht wie die auf der gegenüberliegenden Seite, geht Vicky ein letztes Mal die Ausgangspost durch. Konzentriert und sorgfältig. Dann schlägt sie die Mappe zu und klemmt sie sich unter den Arm. In der dritten Märzwoche soll die Kampagne starten. Ihr Instinkt sagt ihr, daß dieses Datum illusorisch ist, wenn nicht ein Wunder geschieht. Sie wirft einen Blick in den Spiegel der Schrankinnentür – alles perfekt – und geht über den Flur zu Marius' Büro. Wie in alten Zeiten öffnet sie die Tür, ohne anzuklopfen.

Johanna und Marius fahren auseinander. Verlegen bleibt Vicky im Türrahmen stehen.

»Entschuldigung«, stammelt sie.

Johanna streicht sich ihren Rock glatt. »Melden Sie sich in Zukunft über Frau Sondergast an. Und lernen Sie Manieren.«

Damit verschwindet sie durch die Verbindungstür.

»Was ist?« herrscht Marius sie an. »Gibt's was Dringendes?«

Vicky legt die Mappe auf den Schreibtisch. Der Mann hat Nerven. Alles ist dringend, und er pusselt der Saletzki unter dem Rock herum.

»Die Aufträge müssen jetzt bestätigt werden. Heute nachmittag hast du zwei Termine. Der Chef der Promoagentur kommt ins Haus, und danach ist Lagebesprechung mit den regionalen Vertriebsleitern.«

»Heute nachmittag?« Marius schaut in seinen Terminkalender. »Kann ich nicht.«

Vicky starrt ihn verständnislos an. Sie ist nicht der Chef, aber sie arbeitet lange genug in der Branche, um zu wissen, daß die Luft langsam anfängt zu brennen.

»Ich hab's dir vorgestern noch gesagt.«

»Vorgestern? Weiß ich nichts von.«

»Und das Casting?«

»Was für ein Casting?«

»Heute abend soll entschieden werden, wer TV-nonstop-Girl wird. Es kommen über vierzig Leute. Marius, da mußt du dabeisein.«

»Dann muß ich ja meinen Termin absagen.« Er grummelt vor sich hin. Termine, Entscheidungen, am besten an zwei Stellen zugleich. »Kannst du das nicht besser koordinieren?«

Vicky beißt sich auf die Unterlippe. Sosehr sie dieses Büro liebt und sowenig sie von ihrem neuen Status herunter will – bei Dinkel & Co. ging es wesentlich freundlicher zu. Trotz Streß und Hektik. Trotz aller Probleme. Obwohl sie geschuftet haben wie die Ackergäule. Aber Marius ist innerhalb kürzester Zeit ein anderer geworden.

»Ich habe es koordiniert«, sagt sie eisig. »Kann ich was dafür, wenn du dir nichts merken kannst?«

»Scheiße!« brüllt er plötzlich. »Scheiße! Scheiße! Scheiße!«

Vicky starrt ihn aus großen Augen an.

»Wie soll ich das jetzt auf die Reihe kriegen?«

Sie schluckt. »Zeig mal her.« Sie sieht sich seinen Terminkalender an. »Laß mich das machen. Ich verlege den Promomenschen auf sechzehn Uhr, sonst muß er warten. Schließlich will er was von uns und nicht umgekehrt. Du wirst dich dann mit dem Filmteam eine halbe Stunde früher treffen. Okay?«

Marius nickt. Vicky ist vorerst zufrieden, wenn auch stinksauer hinter der ruhigen Fassade.

»Aber tu in Zukunft auch, was ich dir sage.«

»Was?« fragt Marius zurück. Was erlaubt sie sich eigentlich? Er spielt eine Zehntelsekunde lang mit dem Gedanken, sie zu feuern. Einfach so. Schließlich ist er der Boß. Sie tritt einen Schritt näher an ihn heran.

»Ich will meinen Job nicht noch mal wegen dir verlieren. Hast du verstanden? Du hältst ab sofort Rücksprache mit mir und informierst mich über jeden deiner Schritte, kapiert?«

Marius schluckt. Es ist ein Fehler, ein gottverdammter Fehler, so lange mit den gleichen Personen zusammenzuarbeiten. Das hat er nur seinem weichen Herz zuzuschreiben. Viel zu weich. Das wird sich ändern. Spätestens dann, wenn er den endgültigen Überblick hat. Widerwillig nickt er.

»Schön«, sagt Vicky. »Ich sag dir gleich, wie dein Tag aussieht.«

»Laß mir wenigstens Zeit zum Mittagessen.«

»Keine Sorge. Denk an die Abendtermine.«

Sie verschwindet durch die Tür, in Marius breitet sich Hektik aus. Er hat die Terminübersicht noch nicht fertig. Die Vorschläge für die Spots sind in Ordnung, aber irgendwo muß die Tabelle doch sein. Er sucht, wühlt, findet nichts. Greift zum Telefon.

»Johanna, gib mir doch noch einmal das Timing für die Dreharbeiten durch.«

»Schon wieder?«

178

»Sorry, sorry, sorry.«

Sie legt den Hörer zur Seite, Marius nimmt seinen neuen Kugelschreiber mit dem weißen Stern auf der Kappe heraus und sucht ein entbehrliches Stück Papier. Statt seine Termine durcheinanderzubringen, sollte Vicky ihm erst einmal eine ordentliche Schreibtischausstattung besorgen. Alles muß er selber machen. Er zieht die Schubladen auf und greift nach dem nächstbesten Blatt. Zahlenkolonnen, Tabellen. Nichts, was etwas mit ihm zu tun hat. Er weiß schon gar nicht mehr, warum er das Blatt, das er unter seinem Schreibtisch gefunden hat, nicht weggeworfen hat. Sah irgendwie wichtig aus.

»Marius?«

Er dreht das Blatt um. Fertig zum Diktat.

Gegen sechs Uhr sieht Marius wieder auf seine Armbanduhr. Herrgott! Jetzt hat er doch vergessen, das Abendessen mit dieser süßen Maus von der Marketingagentur abzusagen! Er sucht fieberhaft nach der Telefonnummer und findet sie nicht. Er weiß nur noch, daß sie sich um sieben im Moonlight and Roses sehen. Nun ist die kleine Bar am Hans-Albers-Platz ein beliebter Treffpunkt der Werbeszene, die Kleine wird dort nicht lange allein sitzen. Also wäre es nicht schlimm, wenn er sich um eine Viertelstunde verspätet. Aber vierzig magere Mädels auf einen Haufen, die alle auf ihn warten? Marius flucht vor sich hin. Alles geht drunter und drüber, und für alles ist letzten Endes er verantwortlich. Läuft denn gar nichts mehr ohne ihn in diesem Haus? Hat Vicky nicht gesagt, sie wolle für Ordnung sorgen? Da sieht man ja, wohin das führt.

Er rennt im Laufschritt zum Aufzug. Mit sanftem Glockenton öffnen sich die Fahrstuhltüren, Marius tritt ein.

»Mensch, Marius! Was machst du denn hier?«

Eine Stimme wie Eiswasser wird ihm über den Kopf geschüttet, Marius schreckt hoch und sieht ein langbeiniges Wesen von bezaubernder Häßlichkeit vor sich stehen. Er sucht in seinem Gehirn nach der Querverbindung der Lebensläufe, kann aber nichts entdecken.

»Ich bin's!« kiekst das Wesen nun. Sie zieht verlegen an ihrem lilafarbenen Minirock, der einen gepiercten Bauchnabel freilegt. Beim Anblick des martialischen Schmucks setzt bei Marius die Erinnerung ein.

»Nadine!« sagt er und blickt auf die Anzeigentafel des Aufzugs. In jedem Stockwerk öffnen sich die Türen, es dauert heute wieder einmal ewig. »Wie kommst du denn hierher?«

Nadine sieht ihn strahlend an. »Na, durch dich!« trompetet sie. »Du hast doch gesagt, ich kann mich auf dich berufen, jederzeit! Und als ich mich dann in der Personalabteilung gemeldet habe, war grade eine Aushilfe in der Poststelle krank. Und jetzt bin ich hier!«

Sie strahlt, alle im Fahrstuhl Anwesenden freuen sich mit ihr und blicken nun interessiert auf Marius. Der lächelt verwirrt und verlegen.

»Schön, schön«, sagt er. »Das freut mich ja.«

»Na ja«, sagt Nadine. »Ist doch alles ganz gut gekommen nach der Pleite, nich? Ich wollte dir auch noch mal sagen, wie leid es mir tut, daß deine Firma – ach, so ein Konkursus is was Furchtbares, nich?«

Die Anwesenden blicken mitleidvoll und nicken sich mit leidgeprüften Mienen zu. Hat nicht jeder schon einmal im Leben sein Waterloo erlebt? Marius läuft rot an. Der Fahrstuhl hält im Erdgeschoß.

»Was issen hier los?«

Nadine bläst einen gewaltigen Kaugummiluftballon und blickt auf das Chaos. Es wimmelt von jungen Mädchen, die auf- und abgehen, Posen einüben, ihr Make-up überprüfen. Inmitten von all dem Chaos sieht Marius Vicky stehen. Sie scheint nach jemandem zu suchen, der Ordnung und Raison verspricht, und in diesem Moment fällt ihr Blick auf Marius im Fahrstuhl. Sie hebt das Klemmbrett in die Höhe und ruft etwas durch den Lärm, das Marius nicht versteht.

»Na dann, tschüs!« sagt Nadine. »Bis bald wieder! – Nanu?«

Marius hat sie am Arm gepackt und wieder in den Fahrstuhl gezogen. Die Türen schließen sich mit sanftem Gleiten, ein oder zwei Stockwerke lang werden sie allein sein.

»Nadine«, keucht Marius, »du mußt mir helfen.«

»Aber doch nich hier!« empört sich die Angeflehte. »Das macht man doch nich im Fahrstuhl!«

Verwirrt läßt Marius ihren Arm los und streicht sich das Haar aus der Stirn.

»Nadine«, wiederholt er beschwörend, »willst du viel, viel Geld verdienen?«

»Hör mal, Marius, auf die Tour läuft bei mir gar nichts. Ich bin ein anständiges Mädchen. Macht ihr das mal so in eurer Branche, wie ihr meint, daß es richtig wäre. Aber laß mich da aus dem Spiel.«

Sie drückt auf den nächstbesten Etagenknopf. Die Tür öffnet sich. Marius hält sie wieder am Arm fest.

»Nadine!« fleht er. »Hör mir doch mal zu!«

Kaugummikauende Skepsis verbreitend, bleibt Nadine stehen.

»Geld!« sagt Marius.

»Viel Geld?« fragt Nadine.

Als sich im Erdgeschoß wieder die Türen des linken Fahrstuhls öffnen, ist es Viertel nach sechs und Vicky der Ver-

zweiflung nahe. Fast fünfzig Mädels, ihre riesigen Schulter-
taschen in kleinen Haufen auf dem Granitboden verstreut,
verbreiten eine Art aufgelockerter Haremsatmosphäre in der
ehrwürdigen Empfangshalle des Verlags. Ein halbes Dutzend
Agenturmitarbeiter lümmelt sich auf den Ledersofas und
fachsimpelt über die letzten Einsätze auf den Seychellen.

»Geht's jetzt langsam mal los?« fragt eine langbeinige
Schönheit mit Zahnspange. »Ich hab meine Zeit nämlich
nicht gestohlen.«

»Ja ja, gleich«, antwortet Vicky. Zum wiederholten Mal
bittet sie die Wachtel, in Marius' Büro anzurufen. Wieder
erntet sie nur ein Schulterzucken. Hat er sich in Luft aufgelöst oder in die Rohrpostschächte verkrochen?

»Hallöchen!« dröhnt es hinter ihr.

»Marius!« entfährt es ihr. »Wo steckst du denn?«

»Was denn, was denn? Es läuft doch alles prima!« Er
klopft Vicky väterlich auf die Schultern. »Mach du deinen
Job, ich meinen. Dann kann gar nichts schiefgehen.«

Vicky schluckt dreimal, dann klatscht sie in die Hände.

»Bitte alle mal herhören! Das hier ist Marius Dinkel,
der Vize von Print advertising. Sie wissen ja, wir suchen das
TV-nonstop-Girl für unsere Relaunch-Kampagne. Bitte
stellen Sie sich am anderen Ende der Empfangshalle auf –«

»Nicht nötig«, unterbricht sie Marius. Vicky starrt ihn
an und läßt das Klemmbrett sinken. »Wir sparen uns alle
viel Zeit, wenn ich das Ergebnis jetzt schon verkünde.«

Fünfzig Menschen scharen sich im Halbkreis um ihn
herum. Die Leute von den Agenturen stehen auf und
nähern sich Marius und Vicky. Die hebt die Schultern –
keine Ahnung, soll das heißen.

»Hier ist sie! Das TV-nonstop-Girl par excellence: Nadine Auerhahn!«

Nadine tritt in den kleinen Kreis, den die Umstehenden

182

noch gelassen haben, und strahlt mit den Halogenlampen an der Decke um die Wette.

»Hi!« sagt sie, zieht an ihrem Kaugummi und wickelt ihn sich um den Zeigefinger, bevor sie ihn wieder in den Mund steckt. »Sorry, daß ihr jetzt alle umsonst gekommen seid.«

»Ich hab dich gewarnt. Sag mir nicht, daß ich dich nicht gewarnt hätte.«

Gerry kippt den Rest Bier in einem Schluck hinunter und wischt sich über den Mund. Vicky trinkt das dritte Bier ex.

»Die hätten uns beinahe gelyncht! Kannst du dir vorstellen, wie das ist, wenn vierzig Ein-Meter-achtzig-Furien kurz davor sind, auf dich loszugehen? Ganz zu schweigen von den Agenten! Und was macht Marius? Na?«

Gerry zuckt amüsiert mit den Schultern.

»Er geht ESSEN!«

»Du hättest zu uns kommen sollen. Aber Madame wollte ja in die schicke Speicherstadt statt in die City Nord. Zuviel Ehrgeiz schadet nur.«

Vicky blitzt ihn wütend an.

»Ach«, giftet sie zurück. »Bei Männern heißt es Karriere, bei Frauen karrieregeil. Ich habe es satt, mich ständig dafür zu entschuldigen, daß aus mir was werden soll.«

»Was denn?« fragt Gerry zurück. Er mag es, wenn sie wütend wird. Gleich wird er sie soweit haben, daß sie das leere Glas nach ihm wirft. »Marius' Sündenbock?«

»Arschloch.« Der Kellner, ein bildhübsches Milchlamm von kaum zwanzig Jahren, zwängt sich durch das überwiegend junge und fashionable Volk im Blue Moon.

»Noch zwei Bier.« Adonis nickt. Vicky zündet sich eine Zigarette an. Über allem wummern die Bässe von Yoko Onos Schülerband.

»Du meinst also, er schafft es nicht?«

»Ausgeschlossen. Du kennst mich ja. Ich bin vielleicht nicht gerade der Überflieger, aber ein bißchen Ahnung habe ich schon vom Job.«

»Komm, komm«, sagt Gerry versöhnlich. Er drückt ihr den Arm. Manchmal fragt sich Vicky, warum das alles auseinandergehen mußte. Der letzte Mann, mit dem sie eine wie auch immer feste Beziehung hatte. Danach kam nichts mehr. Seit vier Jahren nur noch ein Flop nach dem anderen.

»Für uns wäre es natürlich ideal. Schliever & Wahn wartet schon lange drauf, daß ›TV nonstop‹ endlich die Grätsche macht. Dann geht es ihrem eigenen Heft besser. In diesem Fall ist jede eingegangene Fernsehzeitschrift eine gute Fernsehzeitschrift.«

Vicky funkelt ihn böse an. »Ich hasse dich, wenn du so redest. Es geht auch um meinen Job.«

»Es geht um die Konkurrenz«, witzelt Gerry. »Und die muß eliminiert werden. Schnell, kalt, zuverlässig.« Gleich wirft sie, gleich. Er sieht sich schon nach Deckung um.

»Das würdest du tun, was? Dir wäre alles egal. Hauptsache, du kannst dich in deinem Job profilieren. Hauptsache, die Auflage steigt.«

»Mensch, Vicky! Das ist alles, was zählt! Wer, meinst du, zahlt dir deine Klamotten, deine Wohnung, deinen Urlaub? Jeder einzelne, der am Kiosk zwei Mark auf den Tisch legt. Und jeder Zwickel für euch ist einer weniger für mich.«

»Du kotzt mich an.«

Gerry schüttelt den Kopf. »Werbung ist nichts für dich. Ich hab's dir schon immer gesagt. Du hast keinen Biß.«

Vicky sinkt in sich zusammen. Es stimmt. So weit nach oben wollte sie eigentlich nie. Das heißt doch. Aber anders, nicht so. Davon redet keiner, wenn's ums große Geld und die schicken Extras geht. Natürlich hat sie sich in ihren Träumen schon in der Chefetage gesehen. Bei Meetings wie

184

in Fernsehclips, wo Klassefrauen in edlen Kostümen ihr Traumhaar schütteln und mit halbentkoffeiniertem Kaffee ein Tagesprogramm absolvieren, von dem Vicky nur träumen kann. Über den Preis dafür hat sie sich nie Gedanken gemacht. Sie glaubte immer, Tüchtigkeit reicht. Aber langsam erkennt sie, daß Moral nur im kleinen gedeiht. Das Klima für derartige Luxussentimentalitäten wird rauher, je weiter es nach oben geht. Warum ist das eine nicht ohne das andere zu haben? Manchmal sehnt sie sich zurück in die Idylle des Dinkelschen Hinterhofs. Und weiß gleichzeitig, daß es ein trügerisches Bild ist. Der Laden ging pleite.

»Wenn Marius auch das Ding noch in den Sand setzt, bring ich ihn um.«

Gerry lächelt siegessicher. »Dann wetz schon mal die Messer. Die Spatzen pfeifen schon sein Requiem.«

Er hatte es ja kommen sehen und Vicky oft genug gewarnt. Aber die Kleine muß da durch. Es ist nicht immer so im Leben, daß einer alles richten wird. Manchmal richtet einer auch alles zugrunde. Marius ist so ein Typ. Für Gerry war Dinkel & Co. nur eine Zwischenstation. Für Vicky und Thea aber das Leben.

»Mal wieder was von Thea gehört?«

Vicky setzt das Glas ab. »Ja, stell dir vor, sie hat gestern abend angerufen.«

»Ach ja? Und? Wo steckt sie?«

Vicky zuckt mit den Schultern. »Keine Ahnung. Irgendwo zwischen Frankfurt und Gießen. Muß ein grauenhaftes Kaff sein. Aber sie hat einen Auftrag.«

Gerry lacht. »Für Bullensamen und Futtersilos?«

Vicky starrt in die Zusammenballung menschlicher Leiber um sie herum. »Hat sie nicht gesagt. Sie klang auch so komisch. Ganz anders. So ruhig irgendwie.«

»Das macht das Ausschlafen und die gute Landluft.«

»Ach Quatsch. Und sie hat überhaupt keinen Kontakt mehr zu Marius. Schluß, Aus, Ende. Seit sie damals weggefahren ist. Komisch.«

»Warum?« Gerry ist im Webteppich der Beziehungsgeflechte ein einfach gestricktes Stück. »So was passiert eben.«

»Tatsächlich?« Es gibt Vicky immer noch einen kleinen Stich, wenn sie ihn so reden hört. »Hast du das damals auch über uns gesagt?«

»Ach, hör doch auf.« Immer diese alten Geschichten. Er mag Vicky. Die Jahre mit ihr waren schön, und er ist froh, immer noch mit ihr befreundet zu sein. Aber er hat keine Lust, ihre ewig wunden Punkte zu pflastern. Kann da nicht endlich mal jemand kommen, der das für ihn übernimmt?

Sie bekommen ihr Bier, lauwarm und ohne Krone, doch Vicky trinkt es mit einem Zug bis fast auf die Hälfte aus. Gerry beobachtet sie mit wachsender Sorge. Er hatte mit dem Abend noch etwas anderes vor, als sie die vier Stockwerke hoch ins Bettchen zu bringen.

»Mach mal langsam«, mahnt er. Und brüllt, weil Vicky in dem Lärm nicht verstanden hat: »Langsam! Trink nicht so viel!«

Sie winkt ab. »Auf jeden Fall hat Thea einen Auftrag. Deshalb rief sie ja an. Sie will ihre Sachen wiederhaben.«

»Was denn für Sachen?«

»Na ihr Zeug, alles. Alles, was damals übriggeblieben ist.«

»Da ist nichts übriggeblieben. Oder doch, warte mal, im Keller?«

Den Keller haben sie behalten. Ein günstiges Angebot, warme und trockene Räume direkt neben dem Heizungskeller. Sie haben sich mit Marius geeinigt, ihn als Lager zu benutzen.

186

»Hast du Samstag Zeit?«

Gerry blickt in Vickys erwartungsvolle Augen und unterdrückt einen Seufzer. »In Gottes Namen.«

»Wir könnten ihr Zeug zusammenpacken und anschließend zusammen auf den Markt gehen. Was hältst du davon?«

Gerry zögert, ordnet seine Verabredungen im Kopf und ergibt sich schließlich in Vickys gnadenloses Zeitmanagement. Was soll's. Dann hat er wenigstens übers Wochenende was zu Essen im Haus.

»Noch zwei Bier!« ruft Vicky dem Kellner zu.

Thea hat das Paket bekommen. Wie einen Schatz trägt sie es hinauf auf ihr Zimmer. So, als ob ihr Leben darin verpackt wäre. Und in gewisser Weise, denkt sie, stimmt das auch. Sie öffnet die Filzschreiber und atmet den starken Duft der Lösungsmittel, sie schraubt an den Klebestoffen herum, fährt die Federmesser aus, und schließlich öffnet sie die Präsentationsmappe und holt die Entwürfe einzeln hervor. Jeder wird einmal auf das Bett gestellt und begutachtet. Sie sind gut, stellt sie zufrieden fest. Sie sind immer noch gut. Daran hat die Zeit nichts geändert.

Sie setzt sich mit gekreuzten Beinen auf den ergrauten Flokati und starrt das letzte Bild mit zusammengekniffenen Augen an. Es ist ihr ein Rätsel, warum die Saletzki diese Entwürfe aussortiert hat. Sie legt die Hand dafür ins Feuer, daß alles zwischen ihr und Marius in Ordnung war, bevor sie sich auf den langen Gang nach Canossa gemacht hatte. Warum also? Warum sind nicht wenigstens ihre Entwürfe genommen worden? War denn alles nicht gut genug?

Oder – denkt sie mit einem plötzlichen Anflug von Trotz – waren die anderen nicht gut genug, ihre Qualitäten zu erkennen? Fast muß sie kichern. Dann gute Nacht, Print advertising. Das ist kein guter Start.

Sie packt alles zusammen. Schon der Anblick macht sie ganz nervös. Mit einem Mal stellt sie fest, daß sie wieder arbeiten will. Arbeiten muß. Und daß es nur einen gibt, für den sie arbeiten will. Im Moment wenigstens. Weil sie zum ersten Mal das Gefühl hat, mit ihrer Arbeit helfen zu können.

Und so steht sie an einem Abend in der zweiten Februarhälfte wieder bei Uli vor der Tür.

»Hallo!« sagt er, sichtlich verwirrt von diesem erneuten Überfall. »Was gibt's?«

Thea steht vor ihm, mit roten Wangen und blitzenden Augen.

»Ich hab eine Idee. Läßt du mich rein?«

Im Wohnzimmer stellt sie sich vor ihn hin. »Ich werde deine Teilhaberin.«

»Moment, Moment.« Uli hat sich geduldig alles angehört, was Thea ihm vortrug, verstanden hat er es aber noch immer nicht. » Du willst mir also sagen, daß du glaubst, die Auflage vervierfachen zu können?«

»Genau.«

»Und daß das quasi deine Einlage wäre.«

»Exakt.«

»Und wie willst du das machen?«

Sie sitzen wieder auf der Couch. Diesmal hat Thea eine Bierflasche in der Hand und die Notizen vor sich liegen. »Durch Werbung.«

Ulis Gesicht ist ein einziges, großes Fragezeichen. Sie beugt sich vor.

»Werbung ist längst nicht mehr das klassische Anzeigengeschäft. Es ist Product Placement, Promoeinsätze, Gewinnspiele, Aktionen. Es ist die komplette Aufbereitung von Image, transferiert auf verschiedensten Wegen.«

»Ach komm.« Uli wiegelt unwirsch ab. »Hab ich doch alles schon versucht. Das klappt doch nicht.«

»Wetten, daß doch?«

Uli zögert.

»Komm, schlag ein. Es ist mein Job.«

»Hast du dich nicht schon mal überschätzt?«

Thea seufzt. »Das ist ja wohl was anderes.«

»Nein, nein. Kommt nicht in Frage. Überhaupt: Das alles kostet Geld. Und das hab ich nicht.«

»Es geht im Leben nie um dein Geld, sondern immer um das der anderen.«

Uli bleibt immer noch skeptisch. »Wie willst du das anstellen?«

»Das laß mal meine Sorge sein. Alles, was ich brauche, ist freie Hand.«

Uli schweigt.

»Und eine Chance. Eine zweite Chance.«

»Das ist doch verrückt. Ich weiß nicht, Thea.«

»Es ist egal, ob du es weißt. Ich weiß, daß man durch Werbung ein Unternehmen in den Ruin treiben kann. Aber« – sie mustert ihn eindringlich – »man kann es auch nach vorne bringen.«

Sie sitzen bis spät in die Nacht zusammen. Nachdem Uli einmal zugestimmt hat, kann er sich Theas Argumenten nicht mehr ohne weiteres verschließen.

»Hör zu. In der Unterau existieren knapp dreißigtausend Haushalte. Von denen hast du bis jetzt gerade mal zweitausend erreicht. Realistisch erscheint mir eine anzustrebende Auflagenzahl von zehntausend. Das ist das Ziel.«

Sie schreibt die Zahl groß mit schwarzem Filzstift auf ein Papier.

»Um auf lange Sicht halbwegs rentabel zu arbeiten, müssen wir eine Kalkulation erstellen. Ich hab mir das alles mal durchgerechnet. Gehälter, Strom, Porto, Druckkosten etc.«

Sie schreibt eine weitere Zahl auf das Blatt.

»Und dann wollen wir auch was verdienen. Und das stelle ich mir so vor.«

Eine dritte Zahl erscheint, Uli staunt Bauklötze.

»Du bist ja vollkommen verrückt. Das schaffst du nie. Niemals.«

»Wetten, daß doch? Das Zauberwort heißt Anzeigenkunden. Und die fängt man, indem man Aufmerksamkeit erregt. Durch einen kompletten Neuanfang nach dem Motto ›Alles neu macht der Mai‹. Kapiert?«

Uli schüttelt den Kopf.

»Frühlingsanfang. Erster März. Der Bauer spannt die Rößlein an, blaue Bänder flattern durch die Lüfte, ja, du bist's! – Kapiert?«

»Ich versteh nur Bahnhof.«

Aber Thea hat ihre Vision. Was bundesweit klappen soll, muß sich doch erst recht im kleinen umsetzen lassen. Sie kennt das Ziel, und sie kennt den Weg.

»Eine Relaunch-Kampagne. Ein komplett neues Heft.«

»Und was kann ich mir dafür kaufen?«

Anni Merkert trocknet sich die Hände an einem Frotteetuch ab. Gerade hat sie einer Kundin die Dauerwelle gelegt und fegt nun kleine Berge graubrauner Haare zusammen.

»Natürlich nichts«, sagt Thea. »Sie sollen eine Anzeige schalten. Unser Frühjahrsneuanfang wird in der ganzen Unterau verbreitet.«

»Ich bin schon froh, wenn die Sondersdorfer kommen.«

»Aber warum denn nur die Sondersdorfer? Was ist mit den anderen?«

190

»Die haben ihre eigenen Friseure. Nee, nee. Das bringt doch alles nüscht.«

Anni wendet sich ab.

»Schade«, sagt Thea. »Wir haben so wunderbare Frühlingsrabatte. Da können sie drei Anzeigen zum Preis von zweien schalten und sparen volle hundertzwanzig Mark.«

Anni kehrt weiter, dreht sich aber noch einmal mißtrauisch um.

»Und was das beste ist: Wir gestalten Ihre Anzeige auch völlig neu. Witzig, pfiffig, frech.«

Anni wirft einen Blick auf das Schaufensterplakat. Witzig, pfiffig, frech. Dann sieht sie zu ihrer Kundin unter dem Infrarotstrahler. Sie gibt sich viel Mühe, aber gegen die jahrzehntealten Vorstellungen mancher Kundinnen von Wasserwellen kommen selbst die innovativsten Friseure nicht an.

»Na?« fragt Thea.

Anni stellt den Besen an die Wand. »Zeigen Sie mal.«

»Gefällt mir nicht. Gefällt mir gar nicht. Is nix für mich. Neumodisches Zeug.«

Volker Kühn, Inhaber der »Seilerei Kühn, gegr. 1903«, schüttelt den Kopf. »Außerdem kauft kein Mensch auch nur ein Seil mehr nur wegen der Werbung. Was ham Seile mit Frühling zu tun?«

Thea schaut sich um. »Sie verkaufen ja noch eine Menge mehr. Arbeitskleidung, Geräte, Werkzeug.« Ihr Blick gleitet über eine beeindruckende Kollektion von Karabinerhaken. »Und im Frühjahr machen die Leute ihre Geräteschuppen sauber. Und stellen fest, das hier ist rostig, das taugt nichts mehr. Was meinen Sie, was bei uns zu Hause alles ersetzt werden muß. Mit dem Doppelgewindeschrauber geht's zu Ende, und die Dichtungen an den Regenrinnen muß ich auch ersetzen. Und wo kriege ich das Zeug her?«

Sie schaut Kühn an, Kühn schaut sie an.

»Was meinen Sie, ist Hanf eigentlich dafür geeignet?«
Kühn kratzt sich am Hinterkopf. »Neumodisches Zeug.
Kinderkram. Würd ich nicht nehmen.«

Thea ist kurz davor, ihm an die Kehle zu springen. Der
ganze Laden sieht so aus, als sei alles, was nach dem Grün-
dungsdatum hergestellt worden ist, »neumodisches Zeug«.

»Danke«, sagt sie und nimmt ihre Kladde.

»Aber ich hab da was«, brummelt er. »Kommese mal
mit.«

»Anzeigen? Im ›Unterauer Gemeindeboten‹? Machen wir
schon lange nicht mehr. Ist nicht unser Kundenkreis.«

Jeanette Frowein hängt eine Kollektion Frühjahrsko-
stüme auf die Stange. »Den lesen doch nur noch alte Leute.
Und Kaninchenzüchter.«

»Genau das wollen wir ja ändern«, sagt Thea. »Kann ich
vielleicht ein Glas Wasser haben?«

Jeanette Frowein geht in die kleine Teeküche und späht
dabei durch den Vorhang. Man kann nicht vorsichtig genug
sein. Auf das Glas Wasser sind schon viele hereingefallen.

»Bitte«, sagt sie. Thea bedankt sich und stürzt das Wasser hinunter. Seit sieben Uhr ist sie auf den Beinen, jetzt ist
später Nachmittag. Zwei Dutzend Geschäfte hat sie abge-
klappert, elf Aufträge an Land gezogen. Sie ist erledigt,
aber glücklich.

»Unsere Frühjahrsausgabe wird ein echter Knüller. Zum
erstenmal das Deckblatt in Farbe, völlig neue Aufmachung
und vor allem: ein ganz neues redaktionelles Konzept.«

Sie hört sich zu, und es ist, als sei es gestern gewesen,
daß sie mit diesen Worten die Saletzki-Kampagne entwor-
fen hat. Alles steht wieder so deutlich vor ihren Augen, daß
sie meint, wenn sie auf die Straße tritt, steht sie in einer

192

Seitenstraße der Speicherstadt. Ihre alten Plakatvorlagen und Entwürfe hat sie in Heinrichs Arbeitszimmer verteilt und angefangen zu arbeiten. Natürlich läßt sich nicht alles übernehmen. Und Plakate kosten Geld. Mehr noch das Mieten der Flächen und das Kleben. Doch sie führt bereits Verhandlungen, hat einen guten Preis bekommen und zugesagt, ihn auch zu zahlen. Uli wurde zwar kreidebleich, aber das wird er in letzter Zeit öfter. Sie sieht auf ihr Auftragsbuch, eine billige Kladde, und weiß, daß sie das Konto schon wieder um über tausend Mark bereichert hat.

»Na, wär das nicht was?« schließt sie ihren Vortrag. Jeanette Frowein hat aufmerksam zugehört. Es sind keine Kunden im Laden, und die Nachmittage können entsetzlich langweilig sein.

»Was kostet das denn?« fragt sie mit einem Interesse, das weniger in der Sache als in der Unterhaltung liegt.

Beim Hinausgehen, Thea hat den unterschriebenen Anzeigenauftrag in der Tasche, ruft die Frowein sie noch einmal zurück.

»Irgendwie«, sagt sie, »kommen Sie mir bekannt vor. Waren wir vielleicht mal im gleichen Tanzkurs?«

»Ich glaub es nicht. Wie hast du denn das geschafft?«

Es ist Ende der Woche, Thea sitzt in Ulis Arbeitszimmer und rechnet die Aufträge ab.

»Fünftausendsechshundert allein für die Neuausgabe?«

»Und das ist erst der Anfang«, triumphiert sie. »Insgesamt gibt es über zweitausend Gewerbetreibende in der Unterau. Und ich habe erst siebzig besucht.«

»Das ist phantastisch.« Uli kann es kaum glauben. »Wie schaffst du das bloß?«

Thea grinst. »Mit Geduld und Spucke. Aber im Ernst: Wir brauchen jemanden, der diesen Bereich auf Provisionsbasis übernimmt. Ich kann das nicht auf Dauer. In zwei Wochen muß das neue Heft stehen. Jetzt geht's an den redaktionellen Teil.«

Das ist Ulis Achillesferse, Thea hat es schon bemerkt. Schnöde Dinge wie Werbung und Vertrieb interessieren ihn nicht, diesen Bereich hat er Thea nur allzugern überlassen. Aber das Heft an sich? Der Inhalt?

»Ich weiß gar nicht, was du daran ändern willst. Die Leute wollen das Zeug, das da drin steht.«

»Das ist doch nicht dein Ernst!«

Thea nimmt die letzte Ausgabe in die Hand. »Da! Die Folkloretanzgruppe von Wimmlingen hat in der Aula des Gemeindehauses von Orschelshausen gastiert. Denkst du, das interessiert irgend jemanden über Orschelshausen und Wimmingen hinaus? Hier« – sie schlägt auf die offene Seite –, »die geilste Zuchtsau von Lindhofen. Warum macht man da nicht eine heiße Story draus? Statt dessen langweile ich mich zu Tode mit dem Stammbaum. Und debiler als der Bauer kann wohl niemand in die Kamera grinsen.«

»Du tust den Leuten unrecht«, widerspricht Uli. »Das ist nicht Hamburg. Das ist die Unterau.«

»Nein. Die Unterau ist mehr. Der ›Gemeindebote‹ ist mehr. Kann mehr sein.«

Sie setzt sich neben ihn. »Warum bittest du nicht den Referenten der Bürgersprechstunde, die Bekanntmachungen der Gemeinde zu kommentieren? Warum gibt es keine Schülerseite, die die Kids selbst gestalten können? Warum kein Leserforum, in dem die Leute diskutieren können? Das alles kostet kaum mehr Arbeit, aber es hat Wirkung. Es zeigt, daß jemand für die Leser da ist. Wir sind für Sie da.«

»Wir sind für Sie da!« wiederholt Uli. »Könnte man das nicht – «

194

»Vergiß es. Zu alt. Das schreibt sich mittlerweile jede Autoreparaturwerkstatt an die Ladentür.«

»Ja, was denn dann?«

Uli wirft entnervt den Kugelschreiber aufs Papier. Irgendwie fühlt er sich allmählich überfordert durch diese neue Thea, die sein ganzes beschauliches Schreibtischleben durcheinanderwirbelt. Wäre sie doch nie aufgetaucht, denkt er. Und fast noch im gleichen Moment nimmt er den Wunsch wieder zurück.

»Mir wird schon was einfallen.« Sie geht in die Küche, um Tee zu kochen. Uli sieht ihr hinterher. Genau das hat er befürchtet.

Thea telefoniert, akquiriert, recherchiert. Mit Werbeagenturen und Lokalradiostationen handelt sie sogenannte Barter-Geschäfte heraus, Werbung auf Gegenseitigkeit, ohne daß ein Pfennig Geld fließt. Eine Anzeigenseite im »Gemeindeboten« – das sind zwanzig Spots à dreißig Sekunden in der Prime-Time oder zehn Plakatwände an den besten Kreuzungen der Unterau. Abends, wenn niemand mehr in den Amtsstuben, Geschäften und Betrieben zu erreichen ist, malt, zeichnet und klebt sie wie in alten Zeiten. Die Arbeit am Grafikcomputer ging zwar wesentlich leichter von der Hand, aber allein die Erwähnung der Anschaffungskosten hatte bei Uli eine Art Pseudo-Krupp hervorgerufen. Sie beobachtet ihn aus den Augenwinkeln. Es tut ihm gut. Der Betrieb, das Leben, der Streß. Gerade hat er der Druckerei den endgültigen Plakatentwurf vorbeigebracht. Wenn alles gutgeht, haben sie morgen den Andruck in der Hand.

Das Licht der Schreibtischlampe scheint von oben auf sein Gesicht. Nicht mehr jung, aber noch lange nicht alt. Thea läßt den Filzschreiber sinken. Manchmal, wenn lacht, streifen sie Erinnerungsfetzen. Das ist das Lachen, mit dem er beim Basketball die Parallelklasse geschlagen hat. Oder die schwere Abiturprüfung in Mathematik bestand und, drei Stufen auf einmal nehmend, die Treppe herunterraste, um ihr die gute Nachricht entgegenzurufen. Das Lachen, mit dem er zur neuen Platte von Al di Meola einen Flamenco improvisierte. Mit dem er sie küßte, in dieser herrlichen, kurzen Zeit, bevor alles zu Ende ging. Warum haben sie eigentlich dieses Jahr nicht überstanden? Dieses im nachhinein so kurze Jahr, das doch verfliegt im Handumdrehen. Hatte die Zeit damals eine andere Bedeutung? Kroch sie im Schneckentempo, während heute alles wie in einem sich rasend schnell drehenden Karussell an ihr vorüberrauscht?

»Was ist?«

Uli schaut hoch und blickt ihr in die Augen. Eine Sekunde der Verlegenheit, dann hat sie sich gefangen.

»Sieh mal.« Sie reicht ihm ein fertiges Blatt hinüber. Die Leserbriefseite ist komplett gestaltet, aus den mageren Zuschriften der letzten Wochen hat Thea die besten herausgesucht.

»Sehr gut«, lobt Uli. Dann reicht sie ihm ein zweites Blatt. Uli liest, stutzt, schaut hoch.

»Was soll das?«

»Warum nicht?« entgegnet sie. »Es wird Zeit, daß du nicht nur reich, sondern auch berühmt wirst.«

Es ist eins von Ulis schönsten Gedichten: »Zeit ohne dich«.

»Das geht doch nicht.«

Sie geht um die Schreibtische herum und umarmt ihn von hinten. »Ab jetzt gibt's jede Woche ein Gedicht. Wenn nicht von dir, dann von den Lesern. Ende der Diskussion.«

Uli seufzt und ergibt sich ihrer martialischen Überzeugungskraft. »So viele kann ich gar nicht schreiben«, wehrt er sich matt.

»Hast du eine Ahnung«, erwidert Thea, »was du alles kannst.«

Die Plakate werden geliefert. Thea und Uli breiten den Andruck im Wohnzimmer aus.

»Unglaublich.« Uli staunt. Der »Gemeindebote« im Maul einer Kuh, die dem Betrachter inmitten einer grellbunten Blumenwiese mit ihren großen, braunen Augen zuzwinkert. »Ich faß es nicht. Das sieht ja noch zehnmal besser aus!«

Die Kuh, ein besonders pfiffig wirkendes Exemplar, denkt wie im Comic in einer Sprechblase. »Der ›Unterauer Gemeindebote‹, jetzt jede Woche neu. Wacher, schneller, näher dran!«

»Wo hast du denn das her?«

Thea platzt vor Stolz. »Und zu den Plakaten gibt's noch die Anzeigen. Und dann wird nicht nur per Abonnement zugestellt, sondern jeder kann den ›Gemeindeboten‹ überall kaufen. Im Supermarkt, beim Metzger, beim Friseur. Das heißt, die Auflage nächste Woche ist bereits verdoppelt. Die Seitenzahl auch. Na?«

Uli fällt in die Cordcouch. »Ich bin geplättet.«

»Ja«, sagt Thea, »da gibt es nur ein Problem.«

Uli setzt sich auf, alarmiert. »Geld?«

Thea schüttelt den Kopf.

»Geschichten.«

Holt starrt immer wieder auf den Entwurf, geht um ihn herum. Tritt näher heran, dann wieder zurück. Es ist egal: Er wird dadurch nicht besser. Ist er mit seinen dreiundfünfzig Jahren schon zu alt, um diese Dinge zu begreifen? Er deutet mit dem Zeigefinger auf das Storyboard.

»Warum auf dem Hintern?«

Schweigen im Vorstand.

»Warum muß das TV-nonstop-Logo ausgerechnet auf ihren Hintern? Kann mir das mal jemand sagen? Was hat der Po von diesem anorektischen Kind mit meiner Zeitschrift zu tun?«

Er dreht sich um. Sieht jedem einzelnen in die Augen. So lange, bis sie seinem Blick ausweichen. Alle. Bis auf Johanna. Er zeigt mit dem Finger auf sie.

»Du. Erklär du es mir.«

Johanna breitet in fatalistischer Geste die Arme aus. »Das ist der neue Typ. Die Männer stehen drauf. Alle Modedesigner buchen diese Models. Und für die Frauen sind sie das große Vorbild.«

»Für welche Frauen?«

Johanna zuckt die Schultern. »Na, für alle eben. Alle, die ein bißchen mit der Zeit gehen. Und das wollen wir ja auch.«

Holt holt tief Luft. »Meine Herren«, beginnt er und läßt Johanna zumindest verbal außen vor, »für wen machen wir TV nonstop? Für Frauen, die wissen, was man in Mailand trägt? Für Männer, die auf Kinderpopos stehen?« Er stockt. Sei vernünftig, sagt er sich. »Ich will Ihnen mal was sagen. Wir machen eine Zeitschrift für Leute, die vor der Glotze hängen. Die abends nach Hause kommen und ihren Krimi sehen wollen. Und Mutti sitzt dabei auf der Couch. Sie hat am Nachmittag eine Talkshow gesehen, in der Betroffene erklären, wie sie zu ihrer Sahnetortenabhängigkeit gekommen sind. Dazwischen gibt's einen Tierfilm und ein nettes kleines Feature über die Fruchtbarkeitsrituale der letzten Südseeinsulaner. Und wenn Vati nicht allzu früh zur Schicht muß, zieht er sich noch das kleine Fernsehspiel rein. Mord im Autoschredder oder bumsfidele Oberbayern. Das ist unser Publikum. Das sind unsere Leser. Sind wir uns da einig?«

198

Im Vorstand wird gehüstelt und mit den Füßen geschart. Meerbusch fixiert Johanna mit eisigem Blick. Sormann kritzelt umgefallene Achten auf seinen Notizblock.

»Wo ist das Kind?«

»Sie wartet draußen«, sagt Johanna.

Holt tritt an die Gegensprechanlage. »Schicken Sie sie rein.«

Die Tür öffnet sich.

»Hey! Wow! So sieht das also aus hier oben! Tach, meine Herren!« Alles zuckt zusammen. Vor ihnen steht Nadine, die überwältigt an ihrem Kaugummi kaut. Man hat sie schon im Haus gesehen, mal hier, mal dort, mal Laufbursche, mal Aushilfe, und seit neustem liiert mit Petermann aus der Abteilung Orga. »Echt cool hier. Darf ich rauchen?«

Mit wippendem Microminiröckchen geht sie zur Stirnseite der Tafel und setzt sich, ohne lange zu überlegen, in den freien Ledersessel. Johanna verzieht eine Sekunde lang schmerzlich das Gesicht: Es ist der Platz von Jakob Saletzki sen., seit seinem Tod vor zwölf Jahren nur noch mit seinem Andenken besetzt.

»Also?«

Alle Anwesenden folgen ihr mit Blicken und Körperhaltung. Sie schlägt die Beine mit den Springerstiefeln übereinander und zeigt dabei eine Zehntelsekunde lang ihren orangegeblümten Slip. Muß ja niemand wissen, daß sie dafür mindestens zwanzigmal die entsprechende Stelle von »Basic Instinct« in Petermanns Videorecorder vor- und zurückgespult hat. Marius Dinkel hat sie gewarnt. Hier oben wartet die geriatrische Abteilung des Verlags darauf, sie – und seine Entscheidung – in der Luft zu zerfetzen. Da darf es ruhig ein bißchen mehr sein.

»Stehen Sie auf«, befiehlt Johanna. »Und gehen Sie auf und ab.«

Nadine schraubt sich wieder aus dem Leder und setzt ihr strahlendes Kaugummilächeln auf. Sie marschiert die breite Fensterfront entlang und läßt den Hintern kreisen.

»Na ja«, erklärt Häckel und mustert die Anwesenden unsicher. »Ist halt frisches, junges Blut.«

»Sie sind also nach wie vor der Meinung, wir sollten diese Kampagne durchziehen?«

Holt begreift nicht, warum sich kein Widerspruch regt. Das Unbehagen im Raum ist förmlich mit Händen zu greifen. Das sind die Momente, in denen er die Firmenstruktur verflucht und all die testamentarisch eingeräumten Verpflichtungen, die Christinas Anwälte sich ausgedacht haben. Christina und ihr ewiges Mißtrauen. Er hätte den Verlag nicht übernehmen sollen nach ihrem Tod. Nicht zu diesen Bedingungen, die ihm jetzt die Hände binden.

»Ich glaube, es wurde bereits darüber abgestimmt«, meldet sich Johanna zu Wort. »Einstimmig, wenn ich mich recht entsinne. Bis auf eine Ausnahme.«

Ihre Blicke kreuzen sich. Sie führt etwas im Schilde, er spürt es, weiß es, würde jederzeit seine Hand dafür ins Feuer legen. Aber was?

»Nun gut.« Er gibt nach. Er muß es tun. Und fühlt sich einmal mehr wie eine Kasperlefigur in einem Spiel mit unbekanntem Ausgang. »Beginnen wir mit der Budgetkalkulation. Ach, Fräulein – äh –, Sie können gehen.«

Nadine wirft noch einmal ein zuckersüßes Lächeln in die Runde und schiebt sich zur Tür. Draußen macht sie sich bei Frau Sondergast erst mal Luft. »Sind die alle so scheintot?«

Frau Sondergast schiebt sich die Lesebrille auf die Nasenspitze, was ihrem Blick etwas durchaus gewollt Scharfes gibt.

»Die Scheintoten zahlen Ihr Honorar.«

»Jaja, ist ja schon gut. Schönen Tag noch!«

Nadine hüpft die Treppenstufen vom achten in den siebten Stock hinunter. Ist das Leben nicht schön? Auf dem Absatz dreht sie sich einmal um die eigene Achse. Model! Sie ist Model! Und alles nur, weil Petermann ihr rechtzeitig den Casting-Termin verraten hat. Natürlich wird sie den Aushilfsjob noch nicht an den Nagel hängen. Aber wenn's erst mal richtig kracht? Rio, hat Marius ihr erzählt. Sandräkeln an der Copacabana. Nächste Woche schon! Es ist zum Aus-der-Haut-Fahren! Hoffentlich kommt die alte Ziege nicht mit. Die ist ja imstande, den ganzen Spaß zu verderben. Hat Marius eigentlich was mit der? Petermann sagt ja. Petermann. Jetzt gibt es IHN. Ihren Entdecker, Förderer, Beschützer.

Marius schwitzt derweil über den Terminen für die Fahnenabzüge. Warum bringt hier eigentlich jeder alles durcheinander? Er hat sich doch alles ausführlich notiert. Hier vielleicht? Nein, das sind die Schaltpläne der Plakate. Das da? Wütend zerknüllt Marius das Papier. Eine längst überholte Requisitenkalkulierung. Er klopft sich auf die Taschen seines Anzugs und fördert ein zusammengefaltetes Blatt zutage. Himmel, wo kommt das denn her? Der überarbeitete Ablaufplan für den Dreh in Rio. Der hätte schon längst bei Vicky liegen müssen. Nichts ist gebucht, nichts organisiert. Es ist zum Verrücktwerden. Er wendet den nun schon etwas zerknitterten Zettel und streicht die Rückseite glatt. Zahlenkolonnen, Etatübersichten. Ein etwas verwitterter »Vertraulich«-Stempel. Vielleicht was Wichtiges? Egal. Wer das Papier verloren hat, hätte sich schon längst gemeldet. Er wird es Johanna zeigen. Aber Vicky braucht die Termine. Was denn nun? Was ist wichtiger? Es klopft.

»Herein!« brüllt Marius. »Ich werde noch wahnsinnig!«

Vor ihm steht Nadine. Jung und frisch wie ein Frühlingsmorgen, feenhaft, ätherisch und gleichzeitig mit unwiderstehlichem Charme. Sein Zorn verfliegt sofort. Sie war es. Sie ging auf wie eine leuchtende Vision, die Verkörperung all dessen, was »TV nonstop« brauchte: Jugendlichkeit, Pep, jungfräulicher Charme und – einen knackigen Arsch.

»Wegen mir?« kiekst sie und schließt die Tür. Marius lächelt sie an.

»Nein, nein! Natürlich nicht! Wie schön, Dich hier zu haben, Nadine. Kaffee?«

»Ja, gerne«, haucht sie. Leise reden, hat ihr Petermann eingetrichtert. Red bloß leise!

Marius greift zum Hörer. »Vicky, zwei Kaffee. Aber schnell, wenn's geht.«

Nadine lächelt, was das Zeug hält. »Ich danke dir noch mal sehr«, lispelt sie. »Ohne dich hätte ich den Job nicht gekriegt. Es ist ja eine große Chance für mich« – sagt Petermann, hätte sie beinahe hinzugefügt, schweigt aber rechtzeitig. Marius hingegen lehnt sich zurück und mustert sie mit beinahe väterlichem Wohlwollen. Endlich mal jemand, der es zu schätzen weiß, daß man ihm eine Chance gibt.

»Nächste Woche geht's ja schon los. Na, aufgeregt?«

»Und wie!« stößt Nadine mit leuchtenden Augen hervor. Scheiße, denkt Marius. Die Reisetermine. Das Hotel und das Ticket für ihn. Natürlich auch für die anderen.

»Am besten, ich zeige dir mal das Storyboard. Also das Drehbuch.«

Nadine nickt eifrig. Drehbuch klingt gut. Marius baut die Tafeln vor ihr auf.

»Also«, erklärt er, »du liegst am Meer. Um das Bild ist eine Maske gelegt, so daß es aussieht wie ein Fernsehbild im Fernsehbild. Es ist heiß, unerträglich heiß. Die Sonne brennt. Der Sand glüht. Da rollt eine Welle heran und umhüllt deinen göttlichen nackten Körper, den wir natürlich nur bis zum Nabel zeigen, mit schmeichelnden Wellen. Kapiert?«

»Ja«, flüstert Nadine. Ihre Nackenhärchen stellen sich auf. Marius tritt hinter sie, sie kann seinen Atem spüren.

»*Neu!*« ruft er und streckt den Arm in die Ferne. »Die Welle zieht sich zurück. Dann kommt sie wieder. *Jung!*« Er klappt die nächste Tafel auf. »Aphrodite, die Schaumgeborene, lächelt mit ihren süßen Lippen. Wieder rollt eine Welle heran, dieses Mal wirst du fast überspült. *Und jetzt noch besser!* – Das wird aus dem Off gesprochen und als Schrift übergeblendet«, erklärt er.

»Ja«, haucht Nadine.

»Und dann« – Marius tritt hinter ihr hervor und klappt die letzte Tafel auf – »dreht die Welle dich um. Du liegst auf dem Bauch. Die Kamera fährt an dich heran und focussiert … also, naja, du siehst ja.«

»Meine linke Arschbacke!« ruft Nadine. Marius zuckt schmerzhaft zusammen. Gut, daß der Spot ohne O-Ton auskommt. Sonst müßte man sie synchronisieren.

»Und wie macht ihr das? Mit einem Tattoo?«

Sie dreht sich um und hebt den Rock. Marius sieht das orangegeblümte Unterhöschen, das ihr Hinterteil nur unter Wahrung der allerengsten Grenzen bedeckt. In diesem Moment wird die Klinke nach unten gedrückt und die Tür mit einem Fußtritt aufgestoßen.

»Oh«, sagt Vicky, »ich störe wohl.«

Sie stöckelt herein, in den Händen ein Tablett, und wirft einen mitleidigen Blick auf Nadines bleiche Insektenbeine.

»Ich erkläre ihr gerade das Drehbuch«, sagt Marius ärgerlich. Vicky stellt das Tablett nicht ab, sie donnert es auf den Schreibtisch. Der Kaffee schwappt über.

»Paß doch auf!« herrscht Marius sie an. Vicky stemmt die Hände in die Hüften.

»Ich will dir mal was sagen –«

Doch Marius packt sie und schiebt sie energisch Richtung Tür. »Gar nichts wirst du sagen. Ach, Moment.« Er hechtet an den Schreibtisch und nimmt den Zettel. »Hier. Flüge buchen, Hotels. Zackzack. Das hätte schon längst passieren müssen!«

»Ich hör wohl nicht recht!« protestiert Vicky. »Woher soll ich denn wissen –«

»Eben«, schneidet Marius ihr das Wort ab und schiebt sie zur Tür. »Wenn du nichts weißt, dann geh und mach dich kundig. Ist noch was?«

Vicky steht an der Tür, den Zettel in der Hand, und sieht Marius an. Dann schüttelt sie nur langsam den Kopf. »Nein, Marius«, sagt sie leise und betont. »Es ist nichts mehr.«

Sie schließt die Tür hinter sich. Marius atmet auf.

»Was issen nu?« quakt Nadine. »Werd ich tätowiert oder nich?«

Rio de Janeiro?

Rio de Janeiro?
Die Bodenstewardeß runzelt die Stirn.

*Ab jetzt ist das Leben ein Cocktail aus Disziplin,
Pflichtbewußtsein und frühem Schlafengehen.*

Sonnengeflecht ist ruhig und warm.

Das ist immer so am Anfang.
Keiner sagt ihnen, was sie erwartet.

Man könnte sich ja mal melden. Einfach so.

Johanna hat das letzte Meeting vor der Abreise einberufen und geht den Zeitplan noch einmal Punkt für Punkt durch.

»Sechzehn Uhr dreißig Ankunft Rio de Janeiro, Ankunft Hotel neunzehn Uhr. Treffen am Set mit Rodriguez zwanzig Uhr.« Sie blickt auf.

Marius sitzt mit steinernem Gesicht am Fenster, die Hand in der Tasche zur Faust geballt. Nadine kaut an ihrem Kaugummi, zieht ihn zwischendurch in die Länge und wickelt ihn auf ihrem Zeigefinger auf. Graham und Steven von Limelight haben die Liste vor sich liegen und haken Punkt für Punkt ab. Profis auf der ganzen Linie. Handwerker. Sie hat bei der Auswahl darauf geachtet, keine verkappten Künstler zu engagieren. Der Spot muß ordentlich gedreht werden, ohne Chichi.

»Vier Uhr dreißig am nächsten Morgen Treffen am Set. Nadine, achten Sie darauf, daß Sie ausgeschlafen sind. Also keine Discos, kein Alkohol, keine Männer. Klar?«

»Klar«, versichert sie. Wird sich alles finden in Rio. Erst mal ist es wichtig, einen guten Eindruck zu machen.

Johanna mustert Nadine. Blasse Spinnenbeine, eine Brust so flach wie ein Blondinenwitz.

»Body-Make-up?« Sie blickt zu Steven.

»Alles vor Ort.« Sie verstehen sich. Für Steven ist dies ein Auftrag wie jeder andere auch. Das bedeutet, er wird professionell durchgezogen, auch wenn man es mit Anfängern zu tun hat.

»Marius, ihr habt nur zwei Tage Zeit. Danach geht's wieder zurück. Wenn irgend etwas schiefläuft, mache ich dich verantwortlich.«

»Was soll schon schiefgehen?« fragt Marius gewollt fröhlich. Johanna wirft ihm einen unergründlichen Blick zu.

»Dann ist ja alles gut. Gefilmt wird in den Morgenstunden.«

»Da ist das Licht am besten«, wirft Graham ein. »Wenn die Location gecheckt ist und die Kleine gestylt, kommt's nur noch auf die Wellen an. The waves.«

»Ja«, sagt Johanna, irritiert, daß man sie unterbrochen hat. »Marius, du meldest dich morgens und abends bei mir. Greenwich Mean Time. Verstanden?«

Marius nickt. Wenn er bloß schon weg wäre. Der Zeitplan läßt keine Minute Freiraum. Er ärgert sich, daß niemand vorher mit ihm darüber gesprochen hat. Wer ist hier eigentlich der Boß?

Johanna steht auf. »Dann ist ja alles klar. Meine Herren, Nadine, ich wünsche Ihnen viel Erfolg. Wir beide« – sie sieht Marius an – »treffen uns dann am Samstag um sechzehn Uhr hier im Büro.«

Das ist genau zwei Stunden nach seiner Rückkehr auf dem Hamburger Flughafen.

»Ihre Reiseunterlagen bekommen Sie von Frau Sondergast. Alles Gute.«

Die Sitzung ist beendet. Marius geht mit den anderen auf den Flur. »Dann bis morgen.«

Graham und Steven verabschieden sich, Nadine hängt sich bei Marius ein und begleitet ihn zurück zum Büro.

»Isses nicht der Wahnsinn?« plappert sie los. »Die sind alle total fertig im Archiv. Rio de Janeiro! Moritz vom Versand sein Nachbar war mal da. Der Zuckerhut! Und Rum ohne Ende, hat er gesagt.«

»Kein Rum. Du hast gehört, was Frau Saletzki gesagt hat.«

»Och die«, schmollt Nadine und kuschelt sich noch mehr an seinen Arm. Spielerisch soll es wirken, Ausdruck fast kindlicher Freude, aber Marius riecht den Braten, und nach dieser Art Verwicklungen steht ihm gar nicht der Sinn. »Die kommt doch nich mit. Wir haben drei Tage.«

»Zum Arbeiten, mein Liebes. Zum Arbeiten.« Er befreit sich aus ihrem Griff. »Koffer schon gepackt?«

Sie nickt.

»Viel brauch ich nicht.«

Marius sieht an ihr hinunter. Da hat sie recht.

»Ich hab zu tun. Morgen um zwölf am Flughafen. Keine Sekunde später!«

»Aye aye, Sir!« Nadine schlägt die Hacken ihrer Springerstiefel zusammen. Ab jetzt ist das Leben ein Cocktail aus Disziplin, Pflichtbewußtsein und frühem Schlafengehen. Sie hat sich bei Lehmann um die Ecke stapelweise mit Pflichtlektüre eingedeckt. Hochglanzillustrierte über das Leben der Supermodels, Gymnastiktips, Make-up, Frisuren. Sie dreht sich um und trollt sich den Gang zum Fahrstuhl hinunter, wobei sie traurig ihre halblangen, orangegebleichten Fransen durch die Finger gleiten läßt. Ob die da in Rio was machen können? Bestimmt. Ach du je! Die Vitamin- und Mineralienkapsel! Die hätte sie fast vergessen. Sie holt die kleine Flasche hervor und wirft sich eine der bräunlichen Kapseln in den Mund. Muß sein. Macht Cindy auch so.

Marius ist nicht mehr häufig in seiner Wohnung. Die Nächte bei Johanna werden langsam zur aufregenden Gewohnheit, so daß sie ihm neulich sogar einmal ihren Schlüssel geliehen hat, damit er nicht wieder stundenlang auf der Straße stehen mußte. In ihren eigenen vier Wänden verwandelt sie sich in eine ganz normale Frau. Sie ißt, trinkt, putzt sich die Zähne und hat einen gesunden Appetit auf Sex. In ihren eigenen vier Wänden ist Johanna eine Frau, mit der er es durchaus eine Weile aushalten könnte. Aber auch nur in ihren eigenen vier Wänden. Außerhalb ist sie der größte Kotzbrocken, mit dem er jemals zusammengearbeitet hat. Gegen sie war Thea ein sanftes Lamm. Nein. Marius setzt sich auf die Bettkante, hinter ihm türmt sich eine Auswahl an Anzügen, Sakkos und Hemden, aus denen er nun die passenden Stücke für drei Tage Hochleistungsstreß in Rio zusammensuchen soll. Kein Lamm. Wie war das noch mal? Ein Dachs. Putzig, niedlich, und immer haben sie irgendwas zum Pusseln in der Hand. Waren das nicht die mit den gestreiften Schwänzen?

Thea. Ob er ihr eine Karte schreiben soll? Schau mal, ich bin nicht untergegangen. Ich hab's geschafft. Eines Tages helf ich dir. Bestimmt.

Nein. Er weiß nicht einmal, ob sie immer noch bei ihren Eltern wohnt. Hin und wieder, so wie jetzt, plagen ihn Gewissensbisse. Er wünscht ihr, daß es aufwärts geht, weiß aber, daß dieser Wunsch ein frommer Gedanke ist. Er hat sich einmal ausgerechnet, wie lange jemand braucht, bis er privat einen Kredit von hunderttausend Mark abgestottert hat. Es ist eine verdammt lange Zeit.

Er steht auf und holt sich ein Bier aus dem Kühlschrank. Immer noch bleibt sein Blick wie ein Reflex über dem Fernseher hängen, immer noch registriert er den leeren Fleck an der Wand mit einem leichten Unbehagen. Bis ihm einfällt, daß die Cocteau-Zeichnung ja jetzt wohl bei ihr hängt. Falls sie die überhaupt noch aufgehängt hat.

Ob sie immer noch in der Unterau rumkrebst? Er schaut auf die Uhr. Halb elf, er muß langsam ins Bett. Johanna hat ihm noch nicht einmal morgen vormittag freigegeben. Dann kreist er um das Telefon. Man könnte sich ja mal melden. Einfach so. Er setzt sich hin, sucht die Nummer heraus und wählt. Es klingelt zweimal, dreimal. Dann verläßt ihn der Mut, und er legt auf.

»War niemand dran«, ruft Thea ins Wohnzimmer. Sie ist gerade nach Hause gekommen und zieht Mantel und Moonboots aus. Dann hängt sie die Schlüssel an den dritten Zwerg von links und geht hinein. Heinrich und Marthe sitzen vor dem Fernseher, der eine schläft, die andere strickt.

»Was wird denn das?« fragt sie Nana. Die legt das angefangene Stück zur Seite. »Ein Pullunder für Heinrich.« Sie sieht Thea erwartungsvoll an.

»Es war nicht so doll«, sagt ihre Tochter und holt sich aus der Küche ein Glas Saft.

In Wahrheit war der Abend mit Michael Krötzig ein reines Desaster. Angefangen damit, daß ihr der Mann offensichtlich beweisen wollte, zu welchen riskanten Überholmanövern sein Mittelklassewagen imstande war, bis hin zu der Unverschämtheit, ohne nachzufragen gleich für sie mitzubestellen. Dabei war das Lokal sogar sehr nett. »Forellenquintett« hieß es, an der mittelalterlichen Stadtmauer von Orschelshausen gelegen, recht rustikal, aber sehr gemütlich. Es hätte ein durchaus erträglicher Abend werden können, wenn – ja, wenn Michael ein erträglicher Mensch wäre. Dabei könnte Thea noch nicht einmal sagen, ob es daran lag, wie er großkotzig den »Schattohnöfdübaab« bestellte, oder an der Art, mit lautem Schmatzen seine Weinbergschnecken aus dem Gehäuse zu schlürfen. Der ganze Mensch war einfach eine Zumutung. Sein Interesse an ihr erschöpfte sich in der Frage: »Und, was machste denn jetzt so?« Theas vages Schulterzucken genügte ihm als Antwort. Dann legte er los: Von den Anfängen seiner politischen Karriere: »Du weißt ja, schon als Klassensprecher ist mir die Führungsrolle leichtgefallen«, über seinen geschäftlichen Erfolg: »Na ja, ein bißchen drehen muß man schon, aber letzten Endes ist die Immobilie das einzig Wahre«, bis hin zu den intimsten Details seines Privatlebens: »Weißt du, Thea, ich mag keine Frauen, die zuviel reden. Verstehst du?«

Und Thea nickte verstehend, gottergeben und schwieg für den Rest des Abends.

Ein Fehler. Wie sonst hätte Michael Krötzig auf die Idee kommen können, genau sie entspräche seinem Idealbild? Schon auf der Rückfahrt war seine Hand recht absichtlich auf ihrem Knie gelandet, vor der Haustür gab's dann sogar noch eine kleine Rangelei.

»Laß das!« herrschte sie ihn an, als er sich zu ihrem Sitz herüberbeugte. Doch Krötzig, befeuert vom »Schattohnöf«, deutete ihre Ablehnung als reine Koketterie.

»Komm, Thea«, schmeichelte er. »So ein netter Abend und kein kleiner Kuß?«

»Nein!«

»Kein noch so klitzekleiner?« brabbelte er an ihrem Hals, während Thea verzweifelt den Türöffner suchte.

»Nein!« rief Thea. »Und ich hau dir gleich eine runter, wenn du mich nicht losläßt!«

»Weiber«, knurrte Michael Krötzig ernüchtert. »Ist das der ganze Dank?«

Da war sie schon draußen, rannte die Treppen hoch und hörte nur noch die Reifen quietschen. Noch in der Haustür wußte sie nicht, ob sie sich ärgern oder einfach nur lachen sollte.

»Schade«, seufzt Nana. »Der Krötzig ist doch ein netter Mann.«

»So?« fragt Thea scharf und ist versucht, Nanas Weltbild von den netten Männern heutiger Tage ins Wanken zu bringen. Dann entschließt sie sich dagegen.

Sie setzt sich neben Nana auf die Sessellehne und starrt blicklos in die Röhre. Ein später Krimi, eine fremde Stadt, Autos, die wild hintereinander herfahren. Der Verfolger schießt, aber die Schüsse treffen nicht, sondern prallen funkenschlagend an der Karosserie ab. Im Film gewinnt immer der, der schön, mutig und schnell ist und den Drehbuchautor auf seiner Seite hat.

Ich wüßte gerne, was in meinem Drehbuch steht, denkt Thea. Hab ich eine Hauptrolle, oder bin ich die, die immer mit einem Knicks hereinkommt und sagt: Die Pferde sind gesattelt.

»Was ist los?« fragt Nana. Thea hat unwillkürlich geseufzt.

»Nichts«, antwortet sie.

»Hast du Sorgen?«

»Ach, Nana.« Thea streicht der Mutter über die Schulter. »Das weißt du doch.«

Theas Schulden sind ein Tabuthema im Hause Kuckuck. Sie existieren als eine Art Fehltritt, der hoffnungsvollerweise in Vergessenheit gerät, wenn man ihn nicht mehr erwähnt. Die berühmte Vogel-Strauß-Taktik. Sie funktioniert vielleicht in diesem Haus, nicht aber in Hamburg bei der Grund- und Bodenbank, die eidesstattliche Versicherungen und Abtrittserklärungen verlangt. Manchmal leistet Thea ihrem Vater heimlich Abbitte. Sie mag nicht daran denken, was geschehen wäre, wenn er ihr das Geld gegeben hätte. Es wäre weg gewesen, von einem Tag auf den anderen, und sie stünde genauso da wie jetzt. Nur daß ihre Eltern den Schwarzen Peter hätten.

»Sag mal«, beginnt Thea. »Ich wollte dich fragen…«

»Na, was denn?«

»Kann ich ein Bettuch von dir haben?«

Nana schaut sie zweifelnd an. »Für was denn?«

»Ich will auf einen Maskenball.«

»Nein! Du? Seit wann denn das?«

Ja, seit wann denn? Seit ein paar Tagen. Seit sie und Uli sich geeinigt haben, die Faschingsbälle der Unterau als Titelstory zu nehmen. Und am Samstag startet das größte Ereignis der Region: der Sondersdorfer Feuerwehrball. Es gab Diskussionen über das Thema, und Uli hatte sich schrecklich aufgeregt. Wenn sie nicht mitkäme, könne sie das Thema vergessen. Außer, sie nenne ihm einen einzigen plausiblen Grund, warum sie sich standhaft weigere, diesen Ball zu besuchen.

»Ich hab kein Kostüm« war ihr schließlich eingefallen.

Und Uli hatte zurückgeraunzt: »Dann besorg dir eins! Oder nimm dir ein Bettuch und geh als Scheich. Du kannst dich nicht ewig verkriechen.«

Thea hatte Uli verwirrt angestarrt. Und als sie merkte, daß er nicht mit sich handeln ließ, hatte sie zögernd genickt.

»Aber nur maskiert.«

Uli hatte grollend zugestimmt. Dann würde er eben mit einem Fotografen im Beduinenkostüm auf den Ball gehen, in Gottes Namen. Und damit war der Samstag vor Aschermittwoch beschlossene Sache.

Thea zuckt verlegen mit den Schultern. »Ich muß. Für den ›Gemeindeboten‹.«

Nana nickt. »Der Feuerwehrball?«

»Ja.«

»Da bist du früher so gerne hingegangen.« Nana steht auf. Noch so ein Tabuthema. Alles, was früher war. Es war ja nicht alles schlimm und furchtbar. Es hatte auch gute Zeiten gegeben. Thea und Henriette, jung, lebenslustig, wie sie kichernd durchs Haus jagten und sich in ihren Kostümen zeigten. Henriette in einem von Nanas uralten, abgelegten Petticoats und Thea als indischer Guru. Heinrich, stolz wie ein König auf seine bildhübschen Töchter. »Aber um eins geht's nach Hause!« hatte er gedroht, und sein Gebot war Gesetz, aber humorvoll getragen. Sie hatten viel gelacht in dieser Zeit. Trotz des Ärgers, den Thea immer wieder mit nach Hause brachte. Bis dann Henriette flügge wurde und schließlich auch Thea das Haus verließ. Dann kehrte die Stille ein. Und manches Mal vermißten sie sogar den Ärger. Aber das gestanden sie sich nicht offen ein. Heinrichs Hand auf Marthes Schulter, als sie das Mädchenzimmer ausräumte. Das Schweigen, als er die Kisten auf den Dachboden gepackt hatte. Die kleinen Gewohnheiten, die erst nach und nach abgelegt wurden. Theas Joghurtsorte, die keiner außer ihr im Hause aß und die trotzdem noch manchmal im Einkaufswagen landete. Das Fahrrad, das in der Garage so lange vor sich hin rostete, bis Heinrich es eines Tages zum Sperrmüll stellte. Der Flieder, den sie alle gemeinsam im Garten gepflanzt hatten. Erinnerungen, seltene Besuche. Man gewöhnte sich an die Abwesenheit. An die Leere, wenn man ins Haus zurückkam. Und die Jahre vergingen, und nun auf einmal war Thea wieder da. Doch nichts erinnerte mehr an früher. Bis jetzt. Bis zu diesem Moment, als Nana aufsteht, um für Thea nach einem Bettuch zu suchen, das sie nicht mehr braucht.

Marius rennt, die Zunge bis zum Bauchnabel, durch die Abflughalle. Er hatte es geahnt! Stau ohne Ende und Johanna, die ihn bis zuletzt zuballerte mit Mahnungen und Hinweisen. Das hat er nun davon! Er hastet zur Lufthansa-Information.

214

»Rio de Janeiro?«

Die Bodenstewardeß runzelt die Stirn. »Da müssen Sie sich beeilen. Die Passagiere gehen schon an Bord. Gate vier.«

Marius schnappt sich sein Ticket wieder und läuft los, ohne danke zu sagen. Noch eine Viertelstunde bis zum Abflug. Die Reisetasche baumelt in Kniehöhe, ein Passagier hat es mit seinem Gepäckwagen auf Marius' Achillesferse abgesehen.

»Passen Sie doch auf!« flucht er und erreicht die Paßkontrolle. Die Tasche wird durchleuchtet, Marius passiert und rennt durch den endlos erscheinenden Gang. Gate vier liegt verlassen. Eine einsame Stewardeß telefoniert.

»Herr Dinkel?« fragt sie.

Marius nickt und stellt seine Tasche ab.

»Jetzt aber schnell.« Sie nimmt die Bordkarte entgegen, Marius rennt durch den Gang und wird von lockendem Kaffeeduft und dem strahlenden Lächeln einer Stewardeß begrüßt. In der Businessclass sitzen Graham und Steven, in der Mitte Nadine mit einer aufgeschlagenen Modezeitschrift. »Wo sitze ich denn?«

Marius sieht sich um. Dann läßt er sich auf dem nächstbesten freien Gangplatz nieder. Er schnallt sich an, die Stewardeß tritt auf ihn zu.

»Herr Dinkel?«

»Champagner!« ordert Marius. Die Stewardeß beugt sich zu ihm hinunter. »Es tut mir leid«, flüstert sie gegen das Aufheulen des Triebwerks, »aber Sie hatten Touristenklasse gebucht.«

Marius verbringt die erste Stunde des Fluges damit, seine rechte Leibeshälfte mit streichelnden Bewegungen bei Laune zu halten. Sonnengeflecht ist ruhig und warm, meditiert er.

Das hat er mal in einem Workshop gelernt. Muß Jahrzehnte her sein, daß er für so etwas noch Zeit hatte. Sonnengeflecht ist ruhig und warm. Er könnte Vicky den Hals umdrehen. Autsch! Sonnengeflecht ist ruhig und warm, ruhig und warm ...

Als sich das Sonnengeflecht beruhigt hat, rollt er sich zu einem Nickerchen zusammen. Die nächsten drei Tage, befürchtet er, wird er nicht mehr dazu kommen.

»Hi, Marius!« Er schreckt hoch.

Vor ihm steht Nadine. Es ist immer noch hell draußen, obwohl in Hamburg die Sonne wohl schon längst untergegangen ist. »Mann, bin ich aufgeregt! Warum sitzt du nicht bei uns?«

Marius verzieht das Gesicht zu einem gequälten Lächeln. »Buchungsfehler«, sagt er knapp. »Die hatten meinen Platz schon jemand anderem gegeben.«

Nadine kann man ja alles erzählen. »Och, wie schade. Das Essen war superlecker. Lachs als Vorspeise und Rinderfilet in Sempfsoße.«

Sempf. Sempf. Kann diese Göre nicht ihr Maul halten?

»Und Schampus bis zum Abwinken. Bin ich aufgeregt!«

Marius blickt auf sein Tablett. Es gab Käsetortellini. Das linke Bein ist ihm eingeschlafen.

»Und im Bordkino zeigen sie den neuen Film mit Al Pacino und Silvester Stallone. Ich liebe Silvester Stallone! Ich steh ja auf Männer mit Bodys. Der Body ist so wichtig bei einem Mann.« Marius zieht den Bauch ein. »Na ja. Bist wohl müde.«

Marius nickt.

»Okay, ich geh dann mal wieder nach vorne. Darf man die Lotion aus dem Klo eigentlich mitnehmen?«

Aber Marius hat die Augen geschlossen und tut so, als ob er schläft.

Das nächste, was er mitbekommt, sind die Erfrischungs-

216

tücher, die eine nicht ganz so hübsche und freundliche Stewardeß verteilt. Dann setzt der Flieger zur Landung an. Ahs und Ohs erfüllen die Kabine. Er reckt den Hals, aber eine vollschlanke Mittfünfzigerin, das Haar in festen Wellen an den Kopf montiert, verdeckt alles.

»Ei Kall, guckemo!« Sie haut ihrem Nachbarn den Ellenbogen in die Rippen, daß es kracht. »De Zuckerhut, gell?«

Mit zerschlagenen Gliedern wankt Marius in den Flughafen. Die Luft erwischt ihn wie eine chemische Keule. Die Augen tränen, er sucht halb blind das Gepäck. Graham und Steven stehen neben drei Schrankkoffern aus Aluminium und warten mit ihm am Laufband. Nadine muß aufs Klo. Vermutlich hat sie sich von oben bis unten mit Lotion eingecremt und darüber das Pinkeln vergessen, denkt Marius gehässig. Er wartet. Alle warten. Es ist unerträglich heiß.

Als der letzte Koffer vom Laufband verschwindet, erhärtet sich ein gräßlicher Verdacht. »Where is my luggage?« brüllt Marius einen Brasilianer an, der das Pech hat, in seine Nähe zu geraten. »Luggage! Gepäck! Tasche!«

Die Piloten und die Stewardessen, unerträglich adrett in ihren Uniformen, kommen die Gangway heraus.

»Kann ich Ihnen helfen?«

Die Nette aus der ersten Klasse tritt auf ihn zu.

»Meine Tasche«, jammert Marius.

»Wo ist denn Ihr Ticket?« Marius reicht es ihr. Die Stewardeß dreht und wendet es.

»Da ist aber gar kein Gepäckschein drauf. Sind Sie sicher, daß Sie es aufgegeben haben?«

Marius sinkt auf das Förderband, das mittlerweile zum Stillstand gekommen ist. Steven zündet sich eine Zigarette an, Nadine schnorrt sich eine. Graham studiert einen Reiseführer.

»Wo haben Sie es denn zuletzt gehabt?«

Marius denkt an das menschenleere Gate, den kleinen Schalter, hinter dem die letzte Stewardeß wartete, und daran, daß er die Tasche dort auf den Boden gestellt hat.

Noch im Taxi kann er sich nicht beruhigen. »So was merkt man doch! Das bringt man doch hinterher! Wo leben wir denn? Aber das ist Deutschland. Kein Service, keine Dienstleistung. Uns geht's noch viel zu gut. Viel zu gut!«

Nadine schaut aus dem Fenster. Ihr ist übel. Zuviel Champagner, zu schlechte Luft.

Graham klopft ihm aufs Knie. »Cool down, cool down. You will get it.«

»Wann denn?« greint Marius. »Beim Rückflug?«

Und außerdem: Kriminelle Elemente bevorzugen Abflughallen und Bahnhöfe. Seine Tasche kann er vergessen. Die Unterlagen! Der Ablaufplan! Die Adressen und Telefonnummern! Alles! Er greift sich an die Brust. Wenigstens das Geld ist noch da und die Kreditkarten. Platzt jetzt das ganze Projekt?

»Take it easy«, muntert ihn Steven auf. »Hemden und Calvin-Klein-Shorts gibt's auch hier!«

Er lacht dröhnend.

»Und wie kommen wir hier zurecht? Ich habe alles verloren, alles.« Marius könnte heulen.

»Don't worry«, sagt Graham und tauscht mit Steven einen Blick, der viele, viele Geschichten erzählt.

Und tatsächlich: Die beiden finden das Hotel, schaffen ihre Schrankkoffer hinauf, Nadine bezieht ihr Zimmer und untersucht die kommende halbe Stunde das Kosmetikangebot im Bad. Marius steht an der Rezeption, die keine Reservierung für ihn erhalten hat, und bedroht den Geschäftsführer

218

so lange, bis er ein Zimmer neben dem Lüftungsschacht im stockdunklen hinteren Trakt zugewiesen bekommt. Aufatmend läßt er sich aufs Bett fallen, dann schreckt er hoch. Johanna!

»Bist du denn wahnsinnig, mich um diese Zeit aus dem Bett zu klingeln?«

Marius schluckt. Das ist nicht sein Tag heute. »Es ist drei Uhr morgens! Greenwich Mean Time, habe ich gesagt. Also meld dich um sieben noch mal.«

Sie knallt den Hörer auf die Gabel. Marius blickt auf die Armbanduhr. Keine Ahnung, wie die Zeitverschiebung hier ist. Nur ein Viertelstündchen, denkt er und schließt die Augen. Die anderen werden ihn schon wecken.

Graham und Steven warten ungefähr zehn Minuten an der Rezeption und schäkern mit Nadine, die überpünktlich erschienen ist, dann erscheint Rodriguez mit seinem Stab. Der kleine, dunkelhäutige Brasilianer mit gegeltem Pferdeschwanz verbreitet sofort eine straffe Arbeitsatmosphäre. Die Begrüßung ist kurz, er mustert Nadine mit unergründlichem Blick, dann geht's an die Copacabana.

»Wow!« Nadine preßt die Nase an die Scheibe des Minibus. Alles ist noch viel toller als in ihren kühnsten Träumen. Gigantische Hochhäuser, quirliges Leben auf den Straßen, Samba aus jedem Auto und jeder Bar. Sie mustert ihre Mitfahrer genauer. Das also sind die Typen, mit denen sie sich von nun an umgeben wird. Endlich ist sie auf der richtigen Seite der Straße.

»Wo ist eigentlich Marius?« fragt sie.

»Let him sleep«, antwortet Steven. »Wir brauchen ihn heute nicht.«

Am Strand erwartet sie der Rest der Crew. Zwei Vans sind aufgebaut, es gibt Softdrinks und Kaffee, nirgendwo Alkohol. Rodriguez spricht auf englisch, dann auf spanisch, schließlich auf französisch auf sie ein, bis er merkt, daß sie kein Wort versteht. Graham übersetzt.

»Wir machen nun eine Probe. Nur um zu checken, ob die Location okay ist. Es wird nicht lange dauern.«

Nach drei Stunden liegt Nadine, mit blauen Lippen und Gänsehaut, immer noch im Wasser.

»Once again, baby«, schreit Rodriguez. »Just once again! Smile!«

Und die nächste Welle Salzwasser schwappt über sie hinweg. Von Make-up ist keine Spur mehr, sie hat Ohrenschmerzen und fühlt sich mittlerweile mehr den Fischen denn den Menschen verwandt. Doch sie lächelt tapfer ein weiteres Mal in die Kamera.

»Finish!« ruft der Aufnahmeleiter, ein junger Mann mit buntem Flatterhemd. Maria, die Stylistin, kommt mit einem Badehandtuch auf sie zu.

»Fertig für heute«, ruft Steven. Nadine klappert mit den Zähnen. Sie hat Halsweh.

Graham, Rodriguez und Steven stehen zusammen und beraten sich. Die Wellen sind zu stark. Man muß den Drehort verlegen, mehr ans Ende der Bucht. Die Crew stöhnt. Es ist halb elf. Aber es hilft nichts.

»Was issn?« fragt Nadine, traurig, verzweifelt, aber immer noch mit einem Lächeln auf den Lippen. »Fahrn wir jetzt zurück?«

Steven mustert die Kleine mitleidig. Sie steht kurz vor einem Nervenzusammenbruch, hält sich aber tapfer. Hat mehr Biß, als er ihr im ersten Moment zugetraut hätte.

»Sorry, noch nicht.«

Sie sieht ihn an, die großen blauen Augen füllen sich mit Tränen. »Wie lang denn noch?«

Steven seufzt. »We do alles noch mal von vorn.«

Dann nimmt er sie in die Arme und führt sie hinter den

220

Van, damit niemand ihr Schluchzen mitbekommt. Das ist immer so am Anfang, denkt er. Keiner sagt ihnen, was sie erwartet. »Alles okay?«

Nadine nickt. Sie zieht die Nase hoch. »Alles okay. Laß uns weitermachen.«

Marius erwacht und schaut auf die Uhr. Kurz nach sieben. Wie spät ist es hier eigentlich? Er reißt den Vorhang auf, kann aber an dem schummrigen Hinterhoflicht nicht erkennen, ob es abends, morgens oder mitten in der Nacht ist. Er versucht über die Rezeption die anderen Expeditionsteilnehmer zu erreichen, aber die Vögel sind ausgeflogen. Also ist es Nacht. Er ruft Johanna an.

»Na, wie läuft's?« fragt sie durchs Telefon.

»Super, super! Wirklich, sehr gut.« Er kratzt sich am Hinterkopf. Was soll er sagen? Daß er verschlafen hat? Verdammter Jet-lag.

»Am Set, meine ich.«

»Ja, super, auch super. Alles ganz große klasse.«

»Und Nadine? Wie kommt sie? Und sag jetzt nicht wieder super.«

»Ganz große klasse«, variiert Marius. »Wirklich, ein großartiges Mädchen. Ich muß jetzt runter. Dieser – äh – wie heißt er noch? Du weißt schon. Na, helf mir doch mal!«

»Rodriguez?«

»Ja, genau der. Der wartet.«

»Okay, ruf mich wieder an.«

Marius legt auf. Er ist ins Schwitzen gekommen, die Klimaanlage streikt. Er geht hinunter in die Lobby. Alles ruhig. Gedämpft schallt Straßenlärm in die gekühlte Halle, die Bar aber hat geschlossen.

»May I help you?« fragt ihn der Rezeptionist. Marius sieht sich noch einmal um. Dann eben morgen früh. Er ordert einen Weckruf für vier Uhr und geht wieder schlafen.

Die Crew trifft eine halbe Stunde später, um zwei Uhr morgens, im Hotel ein. Alle sind fix und fertig. Nadine klappert ununterbrochen mit den Zähnen. Gleichzeitig versucht sie, ihren Zustand so gut wie möglich zu verbergen. Sie muß sich bereits im Flugzeug erkältet haben, anders kann sie sich das ständige Frösteln nicht erklären. Statt Highlife und Stadtbummel verabschiedet man sich schnell voneinander. Die Nacht wird verdammt kurz.

Zwei Stunden später klingelt bei Marius das Telefon. Jemand redet in einer fremden Sprache auf ihn ein.

»Was?« fragt er schlaftrunken. »What?«

Dann legt er auf.

Nadine, Steven und Graham warten eine Viertelstunde. Graham fragt nach, ob Marius geweckt worden sei. Sicher, sicher. Graham zuckt mit den Schultern. Ist sowieso einfacher für alle, wenn Marius am Set gar nicht mehr auftaucht. Er hinterläßt eine Ortsbeschreibung an der Rezeption, draußen hupt Rodriguez' Van. Sie fahren los.

An diesem frühen Morgen weht eine frische Brise über den Strand. Nach einer etwas kürzeren Fahrt, die Straßen sind leerer, kommen sie am Ende der Bucht an. Trotz Absperrung und Bewachung der Absperrung liegen mehrere Menschen schlafend im Sand. Nadine reibt sich die Augen.

»Don't do that!« Maria, bereits mit Pinsel und Make-up bewaffnet, will keine roten Augen sehen. »You look bad«, sagt sie und schüttelt den Kopf. »Red spots all over your body.«

Nadine versteht nicht, aber sie spürt, daß sie die in sie

222

gesetzten Erwartungen bei weitem untertrifft. Das Frösteln hat aufgehört, dafür tun ihr die Glieder weh, und der Kopf ist wie in Watte gepackt. Aber es nutzt nichts. Ausziehen, anmalen, ab ins Wasser.

Die Wellen sind tatsächlich seichter. Nach einer Stunde sind die ersten beiden Schnittbilder im Kasten. Steven fotografiert. Alle arbeiten schnell, konzentriert und professionell. Jetzt kommt der Dreher an die Reihe. Nadine probt. Einmal, zweimal.

»Good, very good!« feuert Rodriguez sie an. »Where is the fucking tattoo?«

Graham sieht Steven an, Steven sieht Graham an. Das hat dieser Kerl aus Hamburg bei sich. Steven sieht Graham noch einmal an. Hat er es wirklich bei sich?

»Okay!« Der Dreh wird abgebrochen. Neun Uhr morgens, die Sonne verzieht sich hinter die Smogwolken, das Licht ist zu schlecht. Außerdem ist am Strand jetzt zu viel los. Nadine läßt sich abrubbeln und sieht mit glasigen Augen ins Leere. Ihre Wangen sind hochrot. Die roten Flecken sind schlimmer geworden. Graham fühlt ihr die Stirn.

»Du gehörst ins Bett. Den ganzen Tag. Morgen früh we'll do the rest.«

Nadine nickt gottergeben. Sie sammeln ihre Siebensachen ein und steigen zu Rodriguez ins Auto, das sie zum Hotel zurückbringt.

Marius kommt mit einem fluchenden Taxifahrer an, der ihn an der Promenade rausschmeißt und Fahrgäste sucht, die ihn nicht zwingen wollen, einen Kilometer über Sand und daselbst liegende Menschen zu fahren. Die Sonne wärmt bereits vormittäglich heiß, und während Marius durch den Sand Richtung Set stapft, freut er sich schon auf einen kühlen Drink unter Palmen im Regiestuhl. Doch er findet nur noch die beiden Beleuchter vor, die die letzten Kabel zusammenrollen, und Maria. Und alle drei wollen erst mal wissen, wer er eigentlich ist. Als er erfährt, daß er schon wieder zu spät ist, entfährt ihm ein herzhafter Fluch. Maria redet auf ihn ein, er versteht kein Wort. Sie redet weiter und haut sich dauernd auf den Hintern.

»Tattoo«, sagt sie, »Tattoo!«

Ach so, das Tattoo. Das haben doch Graham und Steven. »Tomorrow«, erklärt Maria und haut sich wieder auf den Po. »Tattoo, tomorrow.«

»Jaja, drehen wir morgen«, sagt Marius. Fleißige Leute hier, die denken ja richtig mit. Fröhlich verabschiedet er sich. Rio wartet auf ihn. Ausgeschlafen ist er ja.

Nadine versucht den ganzen Tag, Marius zu erreichen, und hat kein Glück. Am Abend treffen sie sich zu dritt im Hotelrestaurant. Nadine hat Fieber, ihr Lächeln hat an Kraft verloren, ist aber noch zu finden. Sie macht sich Gedanken, ob sie unter Masern, Flecktyphus oder Gelbfieber leidet.

»Kopf hoch!« muntert Graham sie auf. Er und Steven entwickeln langsam eine gesunde Abneigung gegen Marius. Das Tattoo muß her, und wenn sie sein Zimmer durchsuchen müssen.

»Morgen früh um vier«, sagt Steven nach dem Essen. Beide haben noch etwas vor, der einzige freie Abend in Rio. Nadine nickt. Und wankt zurück ins Bett.

»Johanna?«

»Hallo, Marius! Wie geht's voran?«

»Klasse, einfach super. Wir sind umgezogen ans andere Ende der Bucht.« Er wirft vorsichtshalber noch einmal einen Blick auf Grahams Zettel.

»Warum denn das?«

»Äh – das Licht. Und die Wellen. The waves. Aber die ersten beiden Einstellungen sind im Kasten, morgen früh kommt der Dreher dran.«

»Na wunderbar. Ist sonst alles in Ordnung? Du klingst so merkwürdig.«

Marius kichert. »War nur mit den anderen schnell was trinken.«

»Dann aber ab in die Falle. In drei Stunden ist nach eurer Zeit die Nacht für euch um.«

Nachdem Marius aufgelegt hat, kichert er leise vor sich hin. Wo sind denn die Dinger? Von wegen, ab ins Heia-Bettchen. Johanna ist nicht hier, sondern ein Meer weit weg. Und ein bißchen was von Rio will er ja auch sehen. In der Rezeption wartet eine glutäugige Schönheit auf ihn. Er muß nur noch – wo sind sie denn? Da. Ein ganzer Sechserpack. Man kann ja nie wissen. Vergnügt pfeifend verstaut er das Päckchen in der Jackettasche und geht nach unten.

Um halb fünf wummern Steven und Graham mit vereinten Kräften an die Hotelzimmertür.

»Wake up!« brüllt Graham, Steven trommelt mit der Faust gegen das Holz. Nadine, mit Rotznase und bar jeder Stimme, steht schwankend hinter ihnen.

»Das kann er doch nich machen«, krächzt sie, den Tränen nah. So langsam wird es ernst. Bisher hatten sie alles auch ohne Marius bestens im Griff. Aber was sollen sie tun, ohne Tattoo? Es ist extra in Hamburg hergestellt worden. Eine Spezialanfertigung, genau auf Nadines Pobacke zugeschnitten.

»He's not there«, sagt Graham. »The bastard ist einfach nicht da.«

Sie gehen nach unten an die Rezeption. Rodriguez tigert nervös auf und ab. Die Zeit läuft. Keiner weiß, wo Marius geblieben ist.

Gegen fünf, alle hängen in depressiver Körperhaltung in den Kunstledersesseln in der Lobby, öffnet sich quietschend die Tür.

»Hallöchen!« Marius schwankt herein, etwas derangiert zwar, dafür aber bester Laune.

»Samba si, dada-da-da-dam, Arbeit no!«

Er wackelt mit den Hüften und dreht sich einmal um sich selbst. Mit ausgebreiteten Armen bleibt er, etwas unsicher, stehen.

»Wassn hier los?«

Steven steht auf und tritt die Zigarette aus, die er gerade geraucht hat.

»The tattoo«, sagt er.

»Jaja, ich weiß. Aber könnt ihr das nicht ohne mich?«

»Es is nich da!« hört er eine Stimme und braucht einen Moment, bis er begreift, daß das Nadine ist, die da spricht. Überhaupt, wie sieht sie eigentlich aus?

»Du mußt es haben.«

»Was issn mit dir passiert?« nuschelt Marius. »Wohl zu viel gesumpft, was?«

Eisiges Schweigen. Alle starren ihn an.

»Was guckt ihr denn so? Ich hab das blöde Tattoo nicht. Das haben Graham und Steven.«

Beide schütteln synchron die Köpfe.

»Nich?« Marius kratzt sich hinter dem Ohr. »Dann isses bei den Unterlagen. Und die sind –«

»– in Hamburg«, ergänzt Nadine mit Grabesstimme. Sie hat es geahnt. Seit gestern nachmittag hat sie es geahnt. Jetzt ist alles im Eimer. Der Dreh, der Spot und ihre Karriere dazu. Sie springt auf.

226

»Du Schwein! Du Vollidiot! Du absoluter Versager!«
Sie versucht ihn zu ohrfeigen, aber Graham, der am nächsten steht, reißt sie zurück.

»Bring das Tattoo her!« schreit sie, dann versagt ihr die
Stimme. Rodriguez, der sich bis jetzt im Hintergrund gehalten hat, merkt, daß mit der Produktion etwas gefährlich
ins Rutschen kommt.

»What exactly do you need?« Tattoos gibt's doch wie
Sand am Meer. Er kennt mehrere Läden, die sich darauf
spezialisiert haben.

»Das Logo«, schluchzt Nadine. Es ist das einzige Wort
in der Werbesprache, das sie bis jetzt verstanden hat. Logo
ist logo, logo. »Das von TV nonstop.«

Marius, mit einem Schlag wieder bei Verstand, soweit
dies möglich ist, sinkt in die Polster. Alles ist aus. Alles. Das
ist das Ende.

Am Samstag mittag entsteigt eine stille Gruppe der Maschine, die soeben auf dem Hamburger Flughafen gelandet
ist. Graham und Steven holen ihre Koffer und verabschieden sich.

»It will work«, tröstet Graham. Dann streicht er Nadine
über den Kopf. »You were great. Absolutely great. Wir essen
mal zusammen, okay?«

Nadine versucht ein Lächeln, aber es geht nichts mehr.
Sie kann sich kaum noch auf den Beinen halten und tippt
auf Lungenentzündung oder einen geheimnisvollen, noch
unbekannten Virus, der sie binnen dreier Tage dahinraffen
wird. Kein Wunder nach dem Genuß von mindestens drei
Litern ungeklärten brasilianischen Megametropolenmeer-
wassers. Und die Flecken werden sie innerhalb kürzester
Zeit zum Monster mutieren lassen. Sie holt ihre Nylon-
tasche vom Band, setzt sich die Sonnenbrille auf und wankt

grußlos an Marius vorüber. Der läßt die Hand sinken. Dann zuckt er mit den Schultern. Er weiß gar nicht, warum die sich alle so anstellen. Ist doch wunderbar gelaufen. Er muß Johanna nur die neue Version verkaufen. Das ist alles.

»Was?«

Johanna springt auf. »Wiederhol das noch mal. Was ist passiert?«

Marius zündet sich eine Zigarette an. Sie sitzen im Büro der Print advertising, und er berichtet von den Dreharbeiten.

»Wie ich dir sage. Niemand hat daran gedacht, daß das passieren könnte. Als wir es sahen, kannst du dir vorstellen, was los war. Wir haben hin und her überlegt. Abbrechen ging ja auch nicht. Jeder weitere Tag hätte Unsummen gekostet. Es war schließlich die einzige Lösung. Verändert den Spot natürlich etwas. Ein bißchen.«

»Wie sehr?« Es ist keine Frage, eher eine Drohung.

Marius schluckt. »Na ja. So mehr in Richtung Völkerverständigung und so. Aber gut, echt gut. Warte den Rohschnitt ab. Mittwoch kannst du es sehen.«

Johanna mustert Marius eindringlich. Seine Geschichte klingt plausibel, aber irgend etwas stimmt nicht daran. Doch sie muß sich eingestehen, daß sie selbst eine Mitschuld trifft. Wer hätte auch daran denken sollen, daß Tattoos wasserlöslich sind?

Sie seufzt.

»Laß uns was essen gehen.« Den Kopf abreißen kann sie ihm immer noch. Egal, was bei dem Dreh herausgekommen ist, besser geworden kann es nicht sein. Und das ist schließlich die Hauptsache.

Die Lunte

Die Lunte ist gelegt, die Bombe muß nur explodieren.

Denk dran, sie werden immer versuchen,
dich in die Ecke zu drängen und dir Angst einzujagen.

Eine Million!

*Vielleicht ist er ja verrückt. Hat was gegen Schmierzettel
in Damenhandtaschen. Erinnert ihn an seine Mutter, er sieht
rot, und jetzt bringt er sie um. Hat es alles schon gegeben.*

Nein, kein Rasiermesser.
Erst panieren und dann in siedendem Öl braten.
Und vorher vierteilen. Und anschließend aufs
Rad binden und den Kadaver durch die Straßen schleifen.
Vicky liebt das Mittelalter. Es inspiriert.

Natürlich. Das ist die beste Rache: ab zur Konkurrenz.

Am Abend hält ein alter Ford Escort vor dem Sondersdorfer Gemeindehaus. Ihm entwinden sich Uli und ein
Beduine. Der Beduine hält eine Kamera an den Bauch gepreßt.

»Ich kann es nicht. Ich geh da nicht rein.«

Uli packt den Beduinen am Arm und schließt das Auto
ab. »Ich hab dir gesagt, was dir blüht, wenn du es nicht tust.
Also?«

Der Beduine seufzt und läßt den tiefverschleierten Kopf
sinken. Arm in Arm gehen sie auf den Eingang zu, vor dem
sich bereits ein fröhliches Völkchen versammelt hat. Der
Sondersdorfer Feuerwehrball ist seit Jahrzehnten DAS ge-
sellschaftliche Ereignis. Es sollen auf dem Parkplatz schon
Wagen aus Gießen und Frankfurt gesichtet worden sein.
Vor drei Jahren ist sogar Heinz Schenk kurz aufgetaucht.
Mit Leichenbittermiene hatte er nach Äppelwoi verlangt –
gab es leider nicht, man ist hier nicht in Sachsenhausen –
und war nach einer Stunde wieder gegangen. Man munkel-
te noch wochenlang, daß Sondersdorf nun ganz groß raus-
käme, in »Mei Hesseland, mei Heimatland«, aber nichts
war gefolgt. Schade eigentlich. Sondersdorf hat schon was
zu bieten. Die mittelalterlichen Fachwerkhäuser entlang
der Hauptstraße zum Beispiel oder das älteste Fuhrgeschäft
im ganzen Land. Aber bitte, dann halt nicht.

230

Thea lugt mit klopfendem Herzen hinter ihrem Schleier hervor. Sie mag sich ihre Panik gar nicht näher erklären. Sie will niemanden treffen, den sie kennt. Nichts erklären, keine Fragen nach dem Woher und Warum beantworten. Zu ihrer Erleichterung ist niemand zu sehen, der mit ihr die Tanzstunde, die Schule oder den Konfirmandenunterricht besucht hat. Zumindest nicht auf den ersten Blick.

Drinnen ist schon die Hölle los. Die Tische voll besetzt, meistens von standhaften Trinkern samt Ehegespons, als Masken erschienen sind hauptsächlich die jüngeren Leute. Denn der Höhepunkt des Abends hat es in sich: Das beste Kostüm wird mit einer lebenden Sau prämiert. Und um Mitternacht ertönt ein Tusch, zwei Stühle werden zusammengeschoben, und die Paare, die sich an diesem Abend gefunden haben, demaskieren sich und besiegeln die Gemeinschaft mit einem Kuß.

»Das sollte rein«, sagt Uli. Thea nickt. Hinter ihr schiebt sich eine beleibte Kellnerin vorbei, das Tablett beladen mit Tellern voll riesiger Schweineschnitzel.

»Willst du was essen?«

Thea schüttelt den Kopf. »Wie denn?«

Ihr ist es jetzt schon zu warm unter ihrem Bettuch. Nun beginnt die Kapelle »Pik As« wieder zu spielen. »Die Koffer gepackt, rein in den Jumbo –«

»Ab, ab in den Süden!« brüllt der Saal. »Wir machen Holy, holy, holiday …«

Auf der Tanzfläche wird der Mindestabstand für Geflügel in Käfighaltung bereits unterschritten, die Stimmung steigt. Thea nimmt die Kamera hoch. Die Indianerin und der schwergewichtige Elvis sind ein schönes Bild.

Michael Krötzig langweilt sich. Er starrt mit triefenden Augen auf den Boden des Bierglases.

»Noch eins?« fragt Angie, Ehefrau des Kassenwarts der Freiwilligen Feuerwehr und heute abend im engagierten Löscheinsatz. Er stellt sein Glas auf ihr Tablett und nickt. Die Hände in den Hosentaschen, lehnt er an der Wand und beobachtet das ausgelassene Treiben um sich herum. Eine untersetzte Ballettänzerin in fleischfarbenem Tutu robbt sich an ihn heran.

»Willst du tanzen?«

»Ach geh, Reni, laß mich in Ruhe.«

Reni ist beleidigt. Wenn eine Maske zum Tanzen auffordert, ist das eigentlich Pflicht.

»Komm schon«, quengelt sie. »Wie hast du mich eigentlich erkannt?«

»Das liegt daran, daß du dir immer deine Kleider drei Nummern zu klein kaufst.«

Reni blickt an sich hinab. Ballettkleidung muß nun mal eng sein.

»Geh, dann leck mich doch.«

Sie verschwindet in der Menge, Michael bekommt ein neues Bier in die Hand gedrückt. Um ihn herum wimmelt es von fröhlichen Zechern, beschwipsten Ehefrauen und dem maskierten Jungvolk.

»Prost, Herr Gemeinderatsvorsitzender!«

Der Vertreter der Freien Wählergemeinschaft, Alfred Fliesel, hebt sein Glas. Michael kann ihn nicht ausstehen. Ein pingeliger Kleinkrämer, der mit abstrusen Vorstellungen von Feuchtbiotopen und Umgehungsstraßen nicht nur regelmäßig die Sitzungen überzieht, sondern auch noch eine wackere Gruppe anhtroposophischer Anhänger um sich geschart hat.

»Sie hier?« fragt er mit leichter Verbeugung. »Bei derart völkischen Vergnügungen?«

»Jedes Jahr wieder, Herr Krätzig, jedes Jahr gern.« Flie-

232

sel leert das halbe Glas in einem Zug und steckt dann den Daumen in den Gürtel. »Schauen Sie doch nicht so griesgrämig, Herr Kollege. Man kann nicht alle Tage Sieger sein. Eine Erfahrung, in der ich mich seit Jahren übe.«

Michael weiß genau, daß Fliesel sich in die Hose macht vor Vergnügen. Die Abstimmungsniederlage gegen den neuen Orschelshauser Bebauungsplan war zwar nur knapp, wird ihn aber trotzdem ein Vermögen kosten. Er hat noch ein paar Hektar Ackerland dort liegen. Brach. Bringt wenigstens EU-Subventionen. Als Bauland wäre es ein Vermögen wert.

»Na, dann noch viel Vergnügen«, sagt Fliesel mit vor Falschheit triefender Freundlichkeit. »Bis nächste Woche Dienstag!«

Michael ärgert sich ein Loch in den Bauch. Das hat man von der Demokratie. Nichts als die Diktatur des Proletariats auf westlich. Da sieht man ja, wohin das führt! Verkarstung statt fröhliches Leben und den Familien ein Dach über dem Kopf. Aber so sind sie. So sind sie.

Er stößt sich von der Wand ab und bahnt sich seinen Weg durch die Menge zu den Toiletten. Ihm ist ein bißchen schwindelig, die Luft ist schlecht, und jeder rempelt, was das Zeug hält.

»Entschuldigung!« Ein Beduine mit Kamera steht auf seinem Fuß. Er schubst ihn beiseite. Drei Meter weiter dreht er sich um. War das nicht –? Aber das Bettuch ist verschwunden.

Thea schaut auf Ulis Armbanduhr. Halb elf. Langsam beginnt auch ihr der Abend Spaß zu machen. Hinter der Maske kann ihr nichts passieren. Niemand erkennt sie, und sprechen oder erklären muß sie auch nicht. Jetzt könnte sie was zu trinken vertragen. Sie macht eine entsprechende Handbewegung, und Uli nickt.

Nach mehreren vergeblichen Anläufen – bedient wird eigentlich nur an den Tischen, der Rest steht in langen Schlangen an der Theke – halten sie beide ein Bier in der Hand. Uli lächelt ihr zu.

»Prost!« sagt er. Thea schaut sich kurz um, lüpft dann das Tuch und trinkt.

Michael Krötzig, drei Meter weiter, sieht zu ihr hinüber. Das ist Thea, kein Zweifel. Ist die denn immer noch hier? Er erinnert sich an ihre letzte Begegnung. Und da die für die Verhältnisse eines Michael Krötzig nicht allzu rühmlich endete, sticht ihn jetzt der Hafer. Die Thea. Na so was. Mit diesem Gemeindebotenfuzzi. Na ja, Hochmut kommt vor dem Fall. Er drängelt sich zu ihr.

»Hallo, Thea! Wollen wir tanzen?«

Thea dreht sich um und sieht dann erschrocken zu Uli.

»Ich glaube, das geht nicht«, sagt er. »Wir sind zum Arbeiten hier.«

»Arbeit, an so einem Abend?« Michael schiebt Uli einfach zur Seite. »Na, komm schon, ein Tänzchen in Ehren ...«

»Ich kann gar nicht tanzen«, protestiert Thea.

»Sieht doch keiner. Na los!«

Michael zieht sie mit sich. Thea kann Uli gerade noch die Kamera in die Hand drücken, dann verschluckt sie die Menge.

»Was machste denn jetzt so?«

Michael preßt sie an sich. Thea versucht vergeblich, auf Abstand zu gehen.

»Das siehst du doch. Ich arbeite für den ›Gemeindeboten.‹«

Michael lacht dröhnend. »Du? Und Hamburg? Was ist damit?«

Thea bleibt stehen. »So, ich glaube, ich muß wieder zurück.«

»Nichts da!« Michael zieht sie mit einem Ruck wieder an sich. Wie eine Puppe fliegt Thea an seine Brust. Die Jungs von Pik As kündigen den letzten Walzer vor der Pause an. Herzilein, du mußt nicht traurig sein ...

»Wie lange willst du noch alleine sein?« Er lächelt selbstgefällig und hat ganz offensichtlich zu viel getrunken. Seine Arme sind wie Schraubstöcke, sie fühlt sich wie im Schwitzkasten. Mit einem Tänzchen in Ehren hat das hier nichts mehr zu tun.

»Michael, laß mich jetzt los. Bitte!«

»Geh, geh! Stell dich doch nicht so an!«

Thea kriegt keine Luft mehr. Am empörendsten aber sind seine Hände, die nun ihren Hintern abtasten.

»Laß mich!« keucht sie. »Laß mich sofort los!«

Sie dreht und windet sich, aber es ist zwecklos. Um sie herum dröhnt die Musik, es wird geschrien, gelacht und gefummelt, wohin man sieht. Wut steigt in ihr auf. Was bildet dieser Typ sich eigentlich ein? Sie beißt ihn in die Schulter. Michael schreit auf, seine Hände lockern sich einen Moment, doch schon hat er sie wieder im Griff.

»Du bist ja eine Katze«, ruft er. »Eine richtige Wildkatze!«

Dann reißt er ihr das Tuch vom Kopf und küßt sie. Thea wird übel, es ist unerträglich, seine Lippen auf ihrem Gesicht zu spüren. Sie wendet den Kopf, will schreien, aber es hilft nichts. Sie schiebt ihr Becken zurück, holt aus und rammt ihm das Knie zwischen die Beine.

Ein wutentbrannter Schrei, und sie bekommt wieder Luft.

Der letzte Takt ist verklungen, Stille. Sie wischt sich mit der Hand übers Gesicht.

Die Umstehenden weichen zögernd zurück. Michael stöhnt und knickt nach vorne wie ein Klappmesser.

»Du hast sie ja nicht alle!« krächzt er. »Du bist ja irre!«

Nun endlich ist Platz um sie herum. Die versammelten Paare starren auf ihren Gemeinderatsvorsitzenden, als hätten sie eine Fata Morgana vor sich.

»Das hat man davon, wenn man helfen will. Da, schaut sie euch an!« Seine Stimme überschlägt sich, er sieht die Umstehenden der Reihe nach an. »Die Thea Kuckuck. Abgebrannt bis auf den letzten Pfennig. Pleite! Offenbarungseid! Macht sich an mich ran und spielt dann die feine Dame.«

Keiner sagt ein Wort. Thea, demaskiert, gedemütigt, läßt den Kopf sinken.

Alle starren sie an. In diesem Moment bahnt sich jemand einen Weg durch die Menge. Uli steht vor ihr.

»Abgebrannte Betrügerin!« höhnt Michael und kommt schwankend wieder auf die Beine, die Hände schützend ums Gemächt gelegt. »Schlampe!«

Uli holt aus, verpaßt ihm einen Kinnhaken, und Michael schlägt der Länge nach hin.

Michael Krötzig findet sich im Waschraum des Gemeindehauses neben den Pissoirs wieder. Kollegen haben ihn hereingeschleppt und schaufeln nun mit hohlen Händen Wasser in sein Gesicht.

»Was issn passiert?«

Er greift sich an die Nase. Blut. Woher? Er blickt fragend hoch und sieht in unbehagliche Gesichter. Dann fällt es ihm wieder ein. Thea. Die Thea. Er rappelt sich hoch. »Wo ist das Dreckstück?« ruft er.

»Mann, beruhig dich doch!« Sein Kumpel Baldi legt ihm die Hand auf die Schulter. Michael schüttelt sie ab.

»Und dieses Hemd, dieser Gemeindebotenfritze! Wo sind die?«

»Micha, komm, mach kein Scheiß!«

Doch Michael stapft schon wieder nach draußen. Mit blutunterlaufenen Augen stößt er die Menge beiseite, auf der Suche nach den Verursachern seiner größten Schlappe. Baldi rennt, »Micha, Micha!« rufend, hinter ihm her. Und dann sieht er sie. Am Eingang. Wollen sich wohl verdrücken. Aber nicht mit ihm. Nicht mit ihm.

Thea will Uli noch warnen, aber alles geht zu schnell. Eine behaarte Pranke reißt ihn herum, und dann startet eine wüste Prügelei.

»Aufhören! Aufhören!« schreit Thea. Baldi stürzt sich auf Michael, Thea hängt hinter Uli. Ein paar Vernünftige wollen schlichten und geraten selbst ins Handgemenge. Schließlich sind die Streithähne isoliert.

»Kinder, Kinder!« Baldi wischt sich mit dem Hemdsärmel den Schweiß von der Stirn.

»Jetzt vertragt euch aber wieder!«

Aber da ist Baldi wohl zu naiv. Hier haben sich zwei Feinde fürs Leben gefunden. Und Uli registriert mit Erstaunen, daß ihm die Aussicht, von einem der wichtigsten Männer der Unterau nicht mehr gegrüßt zu werden, nicht im mindesten etwas ausmacht. Beide starren sich noch einmal aus haßerfüllten Augen an und wenden sich dann voneinander ab.

Die Jungs von Pik As greifen wieder zu den Instrumenten.

»Heile heile Gänssche, 's wird ja wieder gut, 's Kätzsche hat e Schwänzsche, wird ja wieder gut. Heile heile Mausespeck ...«

Johanna Saletzki starrt immer noch auf den Bildschirm, obwohl nun das Licht angeht und Graham den Film wieder zurückspult. Sie glaubt nicht, was sie soeben gesehen hat.

»Noch mal«, sagt sie. Steven legt den Lichtschalter wieder um, Graham startet das Video.

Ein ebenholzfarbener Mann, muskulös bis aufs feinste

modelliert, liegt am Strand von Rio de Janeiro und liest in einem Journal. Nadine taucht auf, Göttin der Meere, und schlägt mit ihrem Fischschwanz. Der Mann läßt sich nicht stören bei seiner Lektüre.

»Neu!« tönt es aus dem Off.

Nadine schlägt zweimal auffordernd mit dem Fischschwanz. Der Mann läßt die Zeitschrift sinken.

»Noch besser!«

Nadine schlängelt sich an ihn heran und küßt ihn leidenschaftlich. Der Mann sinkt beseelt zurück in den Sand. Nadine schnappt das Heft und verschwindet in den Fluten.

»TV nonstop! Erfrischend neu.«

Die neuste Ausgabe in der Totale, von Wasser umspült.

»Das haben wir nachgedreht. Im Altonaer Hallenbad«, erklärt Marius aus dem Dunkeln. Warum sagt Johanna denn nichts? »Und der Fischschwanz ist aus einem Karnevalsgeschäft. Rodriguez hat ihn besorgt.«

Immer noch nichts. Marius wird unruhig.

Johanna Saletzki lehnt sich zurück. Der Spot ist das Grauenhafteste, was sie je gesehen hat. Er sollte schlecht sein, ja. Das war der Hintergedanke. Aber so hundsmiserabel? Das geht ja schon fast an die Ehre.

Steven macht wieder Licht und bleibt dann an der Tür stehen, die Hände in den Jeanstaschen. Nicht gerade das beste Stück, das sie abgeliefert haben. Aber Anweisung ist Anweisung. Gegen diesen Dinkel war ja kein Kraut gewachsen. Und wer zahlt, hat recht.

Graham sieht sie an. »Well, was sagen Sie?«

Johanna holt tief Luft.

»Gekauft. Schalten. Sofort.«

Sie steht auf und verläßt den Raum. Erst im Auto erlaubt sie sich, laut und schallend zu lachen.

»Und?«

Nadine hat im Flur gewartet. Sie befürchtet das Schlimmste. Die Saletzki ist an ihr vorbeigestürmt, als seien Furien hinter ihr her.

»Marius, sag du! Was ist los?«

»Gekauft«, ruft er. »Alles ist in Ordnung!«

Nadine sieht zu Graham und Steven, die mit verrutschtem Lächeln in der Ecke stehen. Sie geht hinüber.

»Er ist ziemlich scheiße, was?« murmelt sie. Steven nickt. Nadine verläßt mit hängenden Schultern die Limelight Productions. Das war's dann wohl. Jeder, der sie in diesem Spot sieht, wird anschließend mit Fingern auf sie zeigen. Es ist gräßlich, einfach gräßlich. Sie wird sich krankschreiben lassen. Am besten sofort.

Kurz nach Mitternacht am ersten Donnerstag im März stehen Thea und Uli auf dem Hof der Druckerei in Wimmingen und wuchten Pakete in den Kofferraum von Heinrichs Kombi. Eines reißt Uli gleich auf, und er hält ihn in der Hand: den neuen »Unterauer Gemeindeboten«.

Die Kuh vom Plakat prangt auf der Titelseite. Er blättert durch, dreht und wendet die Zeitung, wiegt sie in den Händen. Dann gibt er sie Thea.

»Das ist er«, sagt sie fast ehrfürchtig. »Heb das Heft auf. Es bringt Glück.«

Bis zum Vormittag haben sie die obere Unterau, am späten Nachmittag den Rest der Verkaufsstellen und Austräger beliefert. Am Abend treffen sie müde, aber überglücklich in Ulis Haus ein. Der Anrufbeantworter blinkt hektisch.

Uli öffnet zwei Flaschen Bier, gemeinsam sitzen sie auf der Couch und hören das Band ab. Neubestellungen, Anzeigenwünsche, Kritik, aber immer wieder auch überschwengliches Lob.

»Elf Neuabos.«

»Zwölf«, widerspricht Thea. »Und warte mal ab, was morgen geschieht, sobald es sich herumgesprochen hat.«

Uli sehnt sich im Augenblick nur nach einem. »Wollen wir morgen nicht mal richtig ausschlafen?«

Theas Veilchen hat ein schillerndes Spektrum zwischen grün und gelb angenommen. Ulis Augenbraue ist immer noch geklammert. Gemeinsam sehen sie aus wie Bonnie und Clyde, und genau so fühlen sie sich auch: unschlagbar.

Thea schüttelt den Kopf. »Das kommt gar nicht in Frage. Jemand muß morgen früh dasein und die Anrufe entgegennehmen.«

Uli seufzt. »Am Samstag?«

»Ich muß mit Nana zum Einkaufen. Sie braucht neue Schuhe. Dann mußt du hier die Stellung halten.«

Uli sieht Thea an, aber sie bleibt unerbittlich. Wie hat sie sich gewandelt in den letzten Wochen! Wenn Uli sich an sie erinnert, wie sie vor seiner Tür stand, eingewickelt in einen dicken Mantel, grau im Gesicht und in der Seele, kann er kaum glauben, daß seitdem erst knappe sechs Wochen vergangen sind. Ihre Augen blitzen, die Wangen sind immer noch gerötet von dem Tag an der frischen Luft, sie wirkt auf eine wunderbare Weise selbstbewußt. Und sie reißt ihn mit. Je länger sie zusammenarbeiten, um so mehr Spaß macht Uli die Sache. Die Arbeit verbindet sie, so scheint es, aber der wahre Grund für seine plötzliche Lust am Leben – und der Arbeit – liegt in etwas ganz anderem begründet: Sie ist wieder da. Und genau wie früher nimmt sie die Angst durch ihre Art, Wände grundsätzlich als abkürzenden Umweg zu benutzen. Er hebt die Hand, will sie berühren, und läßt sie wieder sinken, froh, daß sie seine Bewegung nicht bemerkt hat. Sie liegt mit geschlossenen

Augen neben ihm auf der Couch und atmet ruhig und gleichmäßig, als sei sie eingeschlafen.

»Thea?«

»Mmm?«

»Wir haben noch gar nicht über Geld gesprochen.«

Sie öffnet die Augen und sieht ihn von der Seite an. Da ist es wieder: das große, alte Thema. Sie schluckt.

»Du kennst doch meine Situation. Den Sozialhilfesatz kann ich behalten. Alles darüber hinaus geht an die Bank. Und das für den Rest meines Lebens.«

»Sei doch nicht so pessimistisch.«

Im Nu ist Thea hellwach. »Das hat nichts mit Pessimismus zu tun. Ich kann kein Konto eröffnen, keine einzige Unterschrift leisten. Ich darf keinen Scheck mehr ausstellen, geschweige denn einen einlösen. Wenn du mich bezahlst – wie willst du das in den Büchern unterbringen?«

»Du mußt dir was überlegen.«

»Aber das tue ich doch! In jeder freien Minute geht mir nichts anderes durch den Sinn. Mir macht die Arbeit hier so viel Spaß, ich möchte doch auch gerne, daß sie irgendwann einmal legal ist.«

»Schon gut«, sagt Uli, »schon gut.«

Er zieht sie zu sich heran, und da liegt sie wieder, zum ersten Mal seit zwanzig Jahren, in seinen Armen. Ruhig und geborgen, warm und friedlich. Er streicht ihr das Haar zurück und küßt sie leicht auf die Stirn. Ein Gefühl wie Heimat erfüllt sie. Eine plötzliche, verrückte Lust auf mehr. Verwirrt macht sie sich frei. In die Spannung hinein fragt er: »Und der Sozialhilfesatz? Was ist mit dem?«

»Der geht«, sagt Thea und schluckt.

Und so erleben Marthe und Heinrich am Sonntag morgen ein kleines Wunder. Thea tritt an den festlich gedeckten

Kuckuckschen Frühstückstisch und legt fünf nagelneue Hundertmarkscheine vor Nana hin.

»Was ist denn das?« fragt Marthe erstaunt.

»Ich verdiene wieder Geld«, sagt Thea und sieht die beiden mit einem leuchtenden und einem blauen Auge an.

Vicky sitzt, die hübschen Beine übereinandergeschlagen, in ihrem Büro und kaut gerade an einem Selleriestengel, als Marius die Tür aufreißt.

»Herrgott, erschreck mich nicht so!«

Das Gemüsestück samt Joghurtsoße ist auf ihrem Rock gelandet. »Lern endlich mal Manieren!« fügt sie säuerlich hinzu.

»Der Spot ist abgesegnet, das Titelbild steht, die Kampagne startet! Es ist geschafft!«

Vicky sieht ihn mit fragenden Augen an. »Ja und?«

»Wir wollen feiern. Das ganze Team. Heute abend im Luna d'estate.«

»Wer ist wir?« fragt Vicky ungerührt und tunkt ein Stück Möhre in ihren Dip.

Marius denkt einen Moment nach. »Ich natürlich, du, Johanna –«

»Vergiß es. Ich hab schon was vor.«

»Dann sag es ab. – Wer ist es denn?«

»Das wird dir nicht gefallen.«

»Kenne ich ihn? Komm, ich stehe doch über den Dingen!«

Vicky schiebt das Gemüse beiseite. »Gerry«, sagt sie nur.

»Ach, der lebt noch?«

»Und nicht schlecht.«

»Ach so. Na dann.«

Er geht zur Tür. Vicky dreht sich im Sessel zu ihm um.

»Aber frag doch noch ein bißchen rum. Vielleicht findest du noch jemanden, der Lust hat, sich von dir auch noch seine Abende versauen zu lassen.«

»Sag mal, hast du deine Tage?«

Die Tür schließt sich rechtzeitig vor einem heranfliegenden Gurkenstück. Vicky ist wieder allein. Natürlich, das Schlimmste ist geschafft. Was jetzt folgt, sind die üblichen Routinearbeiten. Ihre Routinearbeiten. Denn Marius läßt sich immer seltener in seinem Büro blicken.

Sie dreht unschlüssig einen Zettel in der Hand. Ab in den Papierkorb damit? In diesem Moment klingelt das Telefon.

»Gerry hier. Es hat sich was verschoben bei mir. Laß uns doch gleich in der Stadt treffen. Um acht im Moonlight and Roses?«

Vicky notiert Uhrzeit und Adresse auf das Papier und steckt es in ihre Handtasche.

Johanna Saletzki steht vor ihrem Kristallspiegel und mustert sich von oben bis unten. Ist sie in letzter Zeit ein bißchen dicker geworden? Sie kommt kaum noch zum Sport, Marius füttert sie drei- bis viermal pro Woche mit mehrgängigen Menüs, und den Friseur hat sie schon seit Wochen nicht mehr gesehen. Die Schneiderin hat bereits mehrmals angerufen, das Fitneßstudio im Keller ruht verwaist, nur das Mondlicht streichelt die Hanteln.

Kein Wunder, daß Karrierefrauen alle so schlecht aussehen. Sie kommen eben zu nichts. Und heute abend wartet schon wieder ein Geschäftsessen. Graham, Steven, Nadine und Marius. Zwei Schwule, eine rotznasige Göre und ein fast schon abgelegter Liebhaber. Sie hat sich auch schon in besserer Gesellschaft befunden. Höchste Zeit, daß sie mal wieder unter Leute geht. Die richtigen Leute.

Das Hellblaue? Zu auffällig, zu kindisch. Immerhin hat sie die Vierzig bereits hinter sich. Sie geht mit gerunzelter

Stirn den Kleiderschrank ab, der die gesamte Wandbreite ihres Umkleidezimmers einnimmt, und macht sich Gedanken über ihre Garderobe. Die Hälfte könnte sie glatt aussortieren. Wie kam sie eigentlich auf die Idee, ein weißes Kostüm mit violetten Glitzersteinen zu kaufen? Raus, alles raus. Wenn sie Marius eines zugestehen sollte – außer seinen Koch- und Verführungskünsten –, dann ist es sein guter Geschmack in bezug auf Frauenkleider. Es hat sich einiges getan an ihrem Erscheinungsbild. Sie wirkt ernstzunehmender, seriöser. Ein Blick fällt auf das obere Fach. Die Hüte! Mein Gott! Weg mit dem Plunder!

Marius – auch so ein Auslaufmodell. Wie soll es eigentlich weitergehen? Die Lunte ist gelegt, die Bombe muß nur explodieren. Eigentlich könnte sie sich nun in aller Ruhe aus Print advertising zurückziehen und den Lauf der Ereignisse abwarten.

Das Grüne? Sie hält ein Kleid aus fließender Seide vor die Figur und rafft es in der Taille. Nein, zu auffällig. Sie geht ja nicht zum Polo. Der schwarze Armani-Anzug? Nicht schlecht. Sie holt ihn aus dem Schrank und streift sich die Hose über. Unmöglich – sie kneift im Bund. Was ist los mit ihrer ewigen Achtunddreißig? Sie greift nach dem kleinen Schwarzen, das sie zu Silvester trug. Unter Verrenkungen, die einer Schlangentänzerin zur Ehre gereichten, zwängt sie sich hinein. Der Reißverschluß klafft im Rücken mehr als eine Handbreit.

Resigniert sucht sie weiter. Nein, zurückziehen wird sie sich nicht. Sie muß weiterhin präsent sein. Marius kann ab jetzt machen, was er will. Ein paar Hunderttausend werden übrig bleiben, es wird nicht lange dauern, bis die verpulvert sind. Und dann ist sowieso Ende mit Print advertising. Sie greift noch einmal nach dem Babyblauen.

Hoffentlich wird das Ende von Print advertising nicht

allzu hart für Marius. Vielleicht kann sie ihm einen kleinen Nachfolgeauftrag verschaffen, ein paar bessere Verbindungen in die richtigen Kreise.

Johanna Saletzki, ruft sie sich zur Raison. Was ist mit dir los? Alle anderen hast du verflucht, weil sie dich ausgenutzt haben. Und nun kommt einer, der das genaue Gegenteil macht, und schon wirst du zur Mutter Teresa? Wo soll das hinführen?

Sie greift nach dem Kleid, streift es über und gefriert in Abneigung gegen sich selbst. Dann zieht sie Jeans und Pulli an, schnappt ihre Handtasche und ruft nach Agniesza. Das Mädchen kommt um die Ecke gefegt und erstarrt. Auf dem Bett türmt sich ein riesiger Stapel Kleider.

»Räumen Sie mal ein bißchen auf hier, ja? Das kann alles weg.«

Bei Carla im Hamburger Hof wird sie ja wohl noch etwas zum Anziehen finden!

Nadine liegt immer noch im Bett und läßt sich wie jeden Abend von Petermann mit Hühnerbrühe füttern.

»Nie wieder«, wimmert sie ins Kissen. »Du glaubst nich, wie schrecklich das wird. Keiner guckt mich mehr an.«

»Doch«, sagt Petermann, »ich lieb disch.«

Sie schneuzt in ein Tempo. »Alle werden mit Fingern auf mich zeigen. Es wird grauenhaft!«

»Und das Geld?«

»Was für Geld?«

Petermann läßt den Löffel sinken. »Du mußt doch jede Menge Kohle kriegen.«

Nadine starrt ihn an. »Von wegen! Ich hab bis heute keine müde Mark gesehen.«

»Biste denn irre? Die müssen dir doch was zahlen dafür!«

Nadine denkt nach. »Meinste?«

»Na klar! Haste was unterschrieben?«

Sie schiebt den Löffel beiseite, den Petermann wieder an ihren Mund gehoben hat, und steht auf.

»Was haste denn vor?« Petermann ist besorgt. Noch immer zieren verblassende rote Flecken ihren Körper.

»Ich geh heute abend doch zum Essen.«

Graham und Steven begutachten die Weinkarte, Johanna sitzt in einem Traum aus Schweinchenrosa in der Mitte, Marius zwischen ihr und Nadine, die sich zur Feier des Tages in ein grüngelbes Minikleid gezwängt hat, das knapp unterhalb des Bauchnabels endet.

»Kann mir mal einer übersetzen?« kräht sie. »Oder braucht man Abitur mit Fremdsprachen, um hier zu essen?«

Die Köpfe am Nebentisch wenden sich um. Marius schaut in die Karte und erklärt die Besonderheiten von Vitello Tonnato und Saltimbocca alla romana.

»Gibt's auch ein ordentliches Steak?«

»Sicher, sicher.«

Der Kellner tritt mit gezücktem Block an ihren Tisch, sie geben die Bestellung auf.

»Steak«, ordert Nadine. »Aber richtig blutig! Und mit Sempfsoße und Pommes. Kroß bitte.«

»Wir führen keine Pommes.« Der Kellner, zu einem götzenhaften Standbild erstarrt, fixiert über Nadines Kopf hinweg einen imaginären Punkt an der Wand.

»Dann nehm ich Kartoffelbrei. Das geht ja schnell.«

Nadine ist, vorerst, zufrieden, und Johanna wartet noch einen Moment, bis sich die Peinlichkeit gelegt und der Kellner sich ehrenhaft zurückgezogen hat. Dann hebt sie ihr Glas.

»Schön, daß Sie heute abend kommen konnten. Wir

246

haben uns getroffen, um die erste Etappe auf dem Weg zum gemeinsamen Ziel zu feiern. Lassen Sie uns anstoßen!«

»Nich mit mir«, sagt Nadine. Alles starrt sie an. Sie holt den Kaugummi aus dem Mund und klebt ihn auf die Stoffserviette. »Ich laß mich doch nicht verarschen.«

»Wie meinen Sie das?« fragt Johanna eisig.

Nadine nimmt jeden am Tisch einzeln ins Visier. »Das ist ja wohl die größte Scheiße, die ich jemals gesehen habe. Ich halt doch nicht mein Gesicht für lulu hin und laß mich hinterher auslachen.«

»Für lulu?« fragt Marius vorsichtig. Vielleicht hat er einen Namen falsch verstanden.

»Für Nase. Lau. Nix. Verstehste?«

»Ich muß mal telefonieren«, sagt Graham und steht auf.

»Ach so, ja.« Steven legt seine Serviette auf den Tisch. »Ich muß auch – mal – ähm, ja …« und folgt seinem Partner.

Johanna lehnt sich vor. »Nadine, Sie haben einen Vertrag unterschrieben, in dem steht, daß Sie als Angestellte des Hauses bezahlten Urlaub und die normalen Reisespesen für die Shootings erhalten, mehr aber nicht.«

Nadine schüttelt den Kopf. »Hab ich nich.«

Johanna sieht Marius an, der plötzlich nervös auf dem Stuhl hin- und herrutscht.

»Und ich werde auch keinen unterschreiben, bevor nich Kohle fließt. Richtich Kohle. Basta!«

Gerry und Vicky sind gerade beim zweiten halben Liter Wein angekommen.

»Also, überleg's dir. Es ist ein faires Angebot. Du müßtest natürlich wieder mit mir zusammenarbeiten.«

Er lächelt sie an. Ein verführerisches Angebot. Sie hat ihn vermißt in den letzten Wochen. Vicky kommt mit diesem Aus-den-Augen-aus-dem-Sinn-Prinzip nicht ganz so gut zurecht wie er. Und dazu noch – verantwortliche Etat-Direktorin in der neuen Abteilung von Schliever & Wahn? Nicht schlecht. Auch das Gehalt stimmt. Und sie wäre endlich von diesem Wahnsinnigen befreit, der in den letzten Wochen völlig übergeschnappt ist. Trotzdem: Ein letzter Rest von Solidarität ist immer noch mit im Spiel.

»Ich weiß nicht«, sagt sie. »Jetzt? Ausgerechnet in diesem Moment? Es ist noch so viel zu tun. Außerdem war er es, der mich damals bei der Saletzki empfohlen hat.«

»Es ist immer viel zu tun. Und – verzeih mir, aber das hatte wenig mit dir zu tun – keiner setzt mehr auf TV nonstop. Das Blatt ist tot.«

Vicky schluckt. Sie will nicht die letzte sein, die das Licht ausmacht. Aber sie will auch kein Schwein sein. Gerry schenkt ihnen beiden nach.

»Das ist der letzte Moment zum Absprung«, warnt er. »Unser Boot ist so gut wie voll. Ein, zwei gute Leute kann ich noch holen. Aber in zwei Wochen geht nichts mehr. Dann kann ich auch nicht mehr mit Schliever reden.«

»Redest du denn so viel mit ihm?«

Vicky sieht ihn an. Ihr Gerry. Auf du und du mit den Reichen und Berühmten dieser Welt.

Es klingelt.

»Ist das etwa deins?«

Gerry schüttelt den Kopf. »Ich hab mein Handy im Auto.«

Es klingelt wieder. Die anderen Gäste werden aufmerksam und werfen ungnädige Blicke in ihre Richtung. Sie wühlt nervös in ihrer Tasche und holt ihr Telefon heraus.

»Ja bitte?«

»Bist du denn völlig verrückt geworden der Vertrag wo ist der Vertrag du solltest ihn schon längst fertig haben das ist ja zum aus der Haut fahren klappt denn hier gar nichts mehr wo sind wir denn!!!«

»Marius?« fragt Vicky. »Was ist los?«

»Was los ist? Der Vertrag!«

»Welcher Vertrag denn? Bitte beruhige dich!«

»Ich soll mich beruhigen?« Marius am anderen Ende japst nach Luft. Vicky ist so dumm wie Brot. Das muß man berücksichtigen. Immer dran denken, daß andere beileibe nicht so arbeiten und denken wie man selbst.

»Die Erklärung der Auerhahn, daß sie keine Geldforderungen an den Verlag zu stellen hat.« Marius betont jede einzelne Silbe.

Vickys Augen werden kugelrund.

»Den habe ich schon vor vier Wochen auf deinen Schreibtisch gelegt und dich mindestens dreimal daran erinnert, daß du ihn der Auerhahn vorlegen sollst. Das letzte Mal kurz vor dem Fotomeeting. Du erinnerst dich?«

»Das kann nicht sein. Das kann nicht sein!« jammert es aus dem Äther.

»Kann ich was dafür, daß du dich um nichts richtig kümmerst? Ich will dir mal was sagen. Ich hab es satt. Richtig satt. Du bist ja übergeschnappt, Marius.«

»Übergeschnappt? Ich?« Seine Stimme gerät ins Kippen. »Da reden wir morgen drüber. Verlaß dich drauf. Da reden wir noch drüber.«

»Mit Sicherheit nicht.« Vicky zwinkert Gerry zu, dessen Lachen inzwischen in einen Hustenanfall übergegangen ist. »Ich kündige hiermit. Fristlos.«

Marius, bleich, die Haare wirr in der Stirn, die Hand auf die rechte Seite gepreßt, alles in allem also ein Bild des Jammers, wankt zu den anderen zurück. Johanna erkennt auf einen Blick, daß sie eigentlich nicht mehr zu fragen braucht.

»Und?« entfährt es ihr trotzdem.

»Sie hat den Vertrag vergessen. Einfach vergessen. Obwohl ich es ihr tausendmal gesagt habe. Sie ist gekündigt. Fristlos.«

»Verträge sind ausnahmslos deine Angelegenheit«, zischt Johanna. Dann ruft sie sich zur Ordnung. Marius wird noch sein blaues Wunder erleben, aber nicht hier am Tisch.

»Also – leider haben wir noch einen Termin«, sagt Graham, Steven nickt wie ein Rückbankdackel. »Mit dem Honorar ist ja alles klar?«

Johanna lächelt etwas gequält, dankbar für den diskreten Rückzug der beiden, die sich nun hastig verabschieden. Zwei Kellner treten an den Tisch und wollen servieren.

»Weg!« keift Johanna. Die Kellner wechseln irritierte Blicke.

»Neeneee«, befiehlt Nadine. »Mein Steak kommt hierher. Sonst wird es kalt.«

Nadine wird aufmerksam ihr Essen serviert, dann sitzen sie zu dritt am Tisch. Mit eisigem Blick beobachten Johanna und Marius, wie Nadine an ihrem blutigen Stück Fleisch herumsäbelt.

»Nun?« fragt Johanna. »Was haben Sie sich vorgestellt?«

Nadine kaut mit vollen Backen und spült anschließend mit einem halben Glas Wein nach.

»Tscha«, sagt sie. »Muß ich erst mal nachdenken. So genau hab ich mir da noch keine Gedanken gemacht.«

Sie sieht zu Marius hin, doch der ist schon längst keine Hilfe mehr. Was hatte er ihr nicht alles versprochen, damals im Fahrstuhl, und jetzt? Überhaupt: Die ganze Kampagne war wohl ein Riesenflop. Keine Karriere, ein ruinierter Ruf und noch dazu die Krätze. Und diese reichen Pinkel interessiert das nicht. Essen jeden Abend in ihren Nobelkantinen und schieben Leute wie sie hin und her. Wie ein Ding. Aber Nadine ist kein Ding.

Johanna beugt sich etwas vor. »Damit wir uns ein für alle Male verstehen: Wir lassen uns nicht erpressen. Die Kampagne wird durchgezogen, darauf können Sie Gift nehmen. Daß wir hier überhaupt noch zusammensitzen, haben Sie allein dem Umstand zu verdanken, daß bei Print advertising die Luft so brennt, daß schon mal was unter den Tisch fallen kann.«

Dies sind die Momente in ihrem Leben, fühlt Johanna, in denen sie kaltblütig und ohne Reue einen Mord begehen könnte. Mit dem Steakmesser zum Beispiel, das Nadine jetzt gerade ableckt. Und das sie Marius bis zum Heft zwischen die Rippen rammen könnte.

»Is nich mein Problem«, schmatzt Nadine.

»Das kann ich sehr gut verstehen«, sagt Johanna mit eisiger Höflichkeit. Marius wird, falls das überhaupt möglich ist, noch ein Stückchen kleiner neben ihr. Er beneidet Graham und Steven, die rechtzeitig die Flucht ergriffen haben. Er wünscht sich einfach nur zwei Straßen weiter. Oder an einen der Nebentische, wo er mit dem Blick des unbeteiligten Betrachters die beiden Megären beobachten kann, wie sie sich jede Sekunde an die Kehle springen. Oder auf den Mond. Oder einfach – ein Jahr später. Ruhig am selben Ort in derselben Konstellation, aber später eben. Die Gleichheit von Zeit und Raum muß einfach nur als physikalisches Problem betrachtet werden. Das ganze Leben ist sowieso nicht allzuviel mehr als Physik. Reine Physik…

»Und wenn Sie morgen früh nicht den Vertrag unterschreiben, werden wir Sie verklagen. Auf Schadenersatz in einer Höhe, die Ihre Vorstellungen – und Ihre Möglichkeiten – bis ans Ende Ihres Lebens übersteigt.«

Nadine entfährt ein kleines, aber wirklich nur klitze-kleines Bäuerchen. Sie schüttelt den Kopf. Es ist alles genau so, wie Petermann es gesagt hat. Und wie es im Fernsehen und im Kino zugeht. Ganz genau so. Denk dran, hat Petermann gesagt, sie werden immer versuchen, dich in die Ecke zu drängen und dir Angst einzujagen. Laß das nicht mit dir machen! Du bist im Recht! Zieh das Ding durch! So eine Chance gibt's nur einmal!

»Irrtum«, sagt sie. »Heute gehe ich über Los. Sie können mich gar nicht verklagen, weil ich sonst Sie vor den Kadi hole. Ich stoppe Ihre ganze beschissene Kampagne. Und ganz nebenbei tue ich auch noch was Gutes. Die Menschheit wird mir dafür dankbar sein.«

Johanna verändert blitzschnell ihre Taktik. »Nadine, nun regen Sie sich nicht auf. Wir sind alle etwas nervös zur Zeit. Wir wollen doch eine Einigung, die für beide Seiten erträglich ist. Und ganz nebenbei: Sie haben einen Bomben-Job gemacht. Ich finde, das sollte belohnt werden. Nicht, Marius?«

»Äh – ja, ja. Find ich auch. Exactly.«

»Also«, fährt sie fort, »machen Sie uns einen Vorschlag.«

Zehntausend? Zwanzigtausend? Das ist mehr, als dieser Breitmaulfrosch jemals im Leben auf einen Haufen gesehen hat. Das läßt sich auch noch verschmerzen. Nadine sieht sich im Raum um.

»Hallo! Sie da!« Der Kellner, der am Nebentisch bedient, zuckt zusammen.

»Wieviel?« Johanna verliert langsam die Geduld mit der Göre. Nadine überlegt, dann strahlt sie Johanna und Marius an.

»Eine Million.«

Zu Cindy, Isabella und Paulina wird sich ein vierter Name gesellen: Nadine! Mit Flammenschrift an den Himmel der Supermodels geschrieben. Noch ein Bäuerchen. Diesmal vor Glück. »Tschulligung.«

Johanna rührt sich nicht. Marius hat das Gefühl, als hätte ihm irgend jemand gerade einen Kübel Eiswasser in den Hemdkragen geschüttet.

»Sie wünschen?« Der Kellner mustert Nadine giftig. Sie hebt den Teller hoch.

»Schaun Sie mal. Viel zu wenig Sempfsoße. Kann ich noch Nachschlag ham?«

Vicky hängt sich kichernd bei Gerry ein. Gemeinsam laufen sie unter einem sternenklaren Himmel zu ihren Autos. Ist das Leben nicht schön? Vicky fühlt sich wie im siebten Himmel. Aller Sorgen ledig, ein neuer Job, ein Mann im Arm – was sollte da noch schiefgehen? An Gerrys MG bleiben sie stehen. Vicky sieht in den Nachthimmel.

»An was denkst du, wenn du den Mond siehst?«

Gerry sucht in seiner Manteltasche nach den Schlüsseln. »Daß es Zeit wird, ins Bett zu gehen.«

»Mehr nicht?«

»Was denn sonst noch?« Er schließt das Auto auf. Vicky lehnt sich an das Blech.

»Zum Beispiel, da oben spazierenzugehen.«

Gerry lacht.

»Du hast sie ja nicht alle.« Er gibt ihr einen Kuß auf die Wange. Vicky hält ihn fest.

»Ist das alles?« flüstert sie.

»Ich hab noch eine Verabredung«, sagt er leise in ihr Ohr. Vicky tritt einen halben Schritt zurück.

»Ach so«, sagt sie. »Na dann.«

»Tut mir leid.«

»Muß dir doch nicht leid tun. Ist schon okay. Was Ernstes?«

»Könnte sein.«

»Na dann, alles Gute. Und viel Spaß.«

Gerry steigt ein und startet, Vicky hüllt sich ein bißchen mehr in den Mantel ein. Es ist immer noch kalt, obwohl die Märzsonne heute mittag auf der Kantinenterrasse schon einen Hauch von Frühling erahnen ließ. Sie hebt die Hand und winkt Gerry zum Abschied zu. Warum, so fragt sie sich, ist bei Männern alles so einfach und bei Frauen alles so kompliziert?

Sie geht die paar Schritte zu ihrem VW, steigt ein und startet den Motor. Nach Hause will sie noch nicht. Ihre Wohnung liegt noch genauso da, wie sie sie am Morgen verlassen hat. Niemand, der auf sie wartet. Was ist eigentlich los mit mir, denkt sie in einem Anflug von Selbstmitleid. Habe ich ein Mal auf der Stirn? Benehme ich mich irgendwie daneben? Bin ich sonstwie anormal, daß es keiner bei mir aushält? Erst nach zehn Minuten merkt sie, daß sie aus Versehen den Weg zum Verlag gefahren ist. Sie schaut auf die Uhr. Mitternacht. Auch gut. Sie wird nach oben gehen und ihre Sachen zusammenpacken. Dann hat der Abend wenigstens noch einen sinnvollen Abschluß.

Holt sitzt immer noch an seinem Schreibtisch. Die tägliche Arbeit ist erledigt, nun kommt die Kür. Er beantwortet liegengebliebene Post, indem er die Texte in sein Diktiergerät spricht. Als auch der letzte Brief erledigt ist, geht er die Termine der kommenden Tage durch. Auf dem Couchtisch liegen die Mappen für das Gespräch mit der Bank und den Anwälten bereit. Er schließt sie in den Safe. Dann streckt er sich, gähnt und tritt noch einmal ans Fenster. Unter ihm liegt der Hafen, gespenstisches Licht erhellt die Kais. Auch dort wird noch gearbeitet. Schauerleute entladen die Lastkähne, im Industriehafen liegen große Halden unter Planen wie ruhige, schlafende Tiere. Über allem glänzt der Mond, doch Holt hat heute abend keinen Blick dafür. Jetzt noch ein Drink, und dann ab ins Bett. Wenn er nur schlafen könnte. Er verläßt das Büro und fährt mit dem Aufzug ins Erdgeschoß hinunter. In der Jackentasche sucht er die Autoschlüssel, nickt dem Portier noch einmal zu, der sich wieder in seine Zeitung vertieft, und tritt hinaus. Schritte kommen ihm entgegen, hochhackige Pumps auf Asphalt. Eine junge Frau biegt um die Ecke und steuert an ihm vorbei auf den Eingang zu. Vor der Drehtür bleibt sie stehen.

»Die ist jetzt geschlossen«, sagt Holt. »Sie müssen die Seitentür nehmen.«

Die Frau dreht sich zu ihm um. An ihrem verwischten Make-up erkennt er, daß sie geweint hat. Er tritt näher.

»Darf ich fragen, wen oder was Sie um diese Zeit hier suchen?«

Vicky lächelt den höflichen Unbekannten freundlich an.

»Ich arbeite hier.«

»Ich auch«, sagt Holt. »Aber nicht mehr um diese Uhrzeit.«

Wie zur Bestätigung klingen die Glocken des Michel herüber, dunkel und schwer. Vicky steht unschlüssig vor der Drehtür. Sie sieht in das dunkle Foyer.

»Also eigentlich arbeite ich nicht hier«, sagt sie. »Nicht mehr.«

»Das müssen Sie mir erklären.« Holt steigt die drei Marmorstufen wieder hoch und steht nun vor ihr. Eine kleine Frau, nicht mehr ganz so jung, wie er im ersten Moment gedacht hat, aber mit den schönsten Augen, die er seit langem gesehen hat. Schade, daß sie so traurig sind.

»Ich habe heute abend gekündigt. Fristlos. Und ich wollte jetzt meine Sachen holen. Ich will niemanden mehr sehen.«

Holt nickt. Er fragt sich, in welche Abteilung sie nun gehen wird. In die Redaktion? Die Buchhaltung? Archiv, Schreibpool, Telefonzentrale? Es gab einmal eine Zeit, in der er jeden Mitarbeiter persönlich kannte.

»Wenn es viel ist, was Sie zu tragen haben, kann ich Ihnen vielleicht helfen.«

»Das ist sehr nett«, bedankt sich Vicky. »Aber das schaffe ich schon.«

»Na dann«, sagt Holt, »alles Gute.«

»Danke.«

Vicky geht zur Seitentür, Holt steigt die Stufen wieder hinunter. Vicky bleibt an der Tür stehen, Holt auf dem Bürgersteig. Beide drehen sich um.

»Oder – «, sagt er.

»Aber – «, sagt sie. Vicky muß lachen.

»Sie zuerst«, sagt Holt.

»Nein, Sie!« protestiert Vicky.

»Nun ja«, sagt Holt vorsichtig, »oder wollen Sie vielleicht noch etwas trinken gehen? Bevor Sie alles abholen. Sie sehen so aus, als könnten Sie einen Cognac vertragen.«

»So?« Vicky lächelt. »Dann muß ich ja einen furchtbaren Anblick bieten.«

»Nein«, entschuldigt sich Holt. »Überhaupt nicht! Sie sind –« Er räuspert sich. Jetzt bloß nichts Falsches sagen. Er ist schon so lange aus der Übung.

»Wohin wollen wir gehen?«

Der nächste Morgen schält sich aus der Dämmerung, die Sonne geht auf, und als die ersten Strahlen Nadine an der Nase kitzeln, wacht sie auf. Sie schiebt Petermanns Arm von ihrem Bauch und gähnt herzhaft. Mittendrin hält sie inne, fängt an zu glucksen und zu kichern. Petermann knurrt und raunzt. »Was issn los?«

256

Nadine beugt sich zu ihm hinüber. »Na los, du Schlaf-
mütze. Aufwachen! Koch Kaffee, bring mir Frühstück, und
mach Sex mit mir, daß die Wände wackeln!«

Petermann grunzt ins Kissen. »Is das ne neue Krankheit?«

»Aufstehn!« ruft Nadine und zieht ihm die Decke weg.
»Das ist mein erster Tag als Millionärin!«

Johanna läßt Agniesza das Tablett abstellen und verbittet
sich ihr fröhliches »Dzien dobre!« Dann verkriecht sie sich
noch einmal in die frischbezogenen Kissen. Ihr ist immer
noch übel. Gestern abend, nachdem sie Marius das Garten-
tor vor der Nase zugeschlagen hat, mußte sie sich sogar
übergeben. Der Kaffee riecht bestialisch nach Raubtier-
haus. Dann fällt ihr ein, was an diesem Abend sonst noch
so passiert ist, und ihr wird schon wieder schlecht. Nie, niemals. Eher verliert sie alles, was sie hat, als auch nur einen
Pfennig an diese Nadine zu zahlen. Andersen. Sie muß sofort Andersen anrufen.

Marius ist schon wach. Besser gesagt: Er hat gar nicht ge-
schlafen. Die ganze Nacht ist er um die Häuser gezogen, in
den frühen Morgenstunden erst enterte er die Matratze und
kommt seither nicht zur Ruhe. Das ist das Aus. Das Ende.
Und dieses Mal wird kein neuer Engel auftauchen und ihm
eine Firma auf dem Silbertablett servieren. Im Gegenteil:
Er kann froh sein, wenn ihm Johanna nicht noch mit einer
Schadenersatzforderung das Fell über die Ohren zieht.
Auch wenn Vicky an allem schuld ist. Und die Umstände.
Hat er nicht alles gegeben, ging sein Einsatz nicht bis zum
Saft seiner Lenden? Sie waren doch so kurz vor dem Ziel.
Nur noch wenige Tage, das weiß nun mittlerweile jeder in
der Branche, und die Kampagne sollte »TV nonstop« in den

Himmel der Fernsehzeitschriften katapultieren. Und nun? Schießt »TV nonstop« über das Ziel hinaus und verschwindet auf Nimmerwiedersehen in den Weiten des Universums? In einem schwarzen Loch? Dreißig Sekunden Leere auf den bundesdeutschen Bildschirmen, vielleicht eine Schrifttafel: Hier sollte eigentlich ein Spot für eine Illustrierte geschaltet werden, aber Herr Dinkel hat es nicht auf die Reihe gekriegt ...

Er wälzt sich auf die andere Seite und starrt mit verschleiertem Blick an die Decke. Das Sonnengeflecht puckert in leisem Schmerz. Früher gab es aus so einem Dilemma nur einen Ausweg. Pistolen.

Vicky wacht auf und spürt als erstes, daß die leere Seite im Bett neben ihr heute ein warmes, weiches, leise schnaufendes Wesen beherbergt. Sie dreht sich um und stützt den Kopf auf ihre linke Hand. Daß ihr so etwas noch einmal passiert ist! Fast wie Liebe auf den ersten Blick. Sie weiß noch nicht einmal seinen Nachnamen. Sie weiß nicht, ob er verheiratet oder vorbestraft ist. Sie weiß nur, daß sie schon lange nicht mehr eine so wunderschöne Nacht verbracht hat. Erst waren sie in einer kleinen Bar an der Reeperbahn gelandet, und dort begann Vicky zu erzählen. Und dieser Mann hörte zu. Er hörte einfach zu. Er stellte immer gezieltere Fragen nach ihrem Leben, ihren Ansichten, und sie redete und redete über dies und das und jenes, Kunst, Kino, die Weltpolitik und ihre aneinandergereihten Lösungen der größten Probleme der Menschheit, und er hörte zu. Widersprach, brachte sie zum Lachen, gab ihr Kontra und sah ihr auf einmal so tief in die Augen, daß ihr Herz wild zu schlagen begann.

»Sie machen mich ganz verlegen«, hatte sie gesagt. Und auch Holt war verstummt und wußte nicht, wie er sich verhalten sollte. Vor ihm saß keine Gerda Schliever, der man galant die Hand küßte, und auch keine Johanna Saletzki, bei der man ständig auf der Hut sein mußte. Sondern eine ganz normale, eine herrlich normale Frau, die nun unsicher auf ihre Schuhspitzen guckte.

»Warum?«

Vicky blickte an ihm vorbei. »Ich weiß nicht.«

Hätte sie sagen sollen, daß sie Angst vor solchen Blicken hatte? Die dazu aufforderten, zurückzuschauen, sich fallenzulassen in die Augen des anderen bis auf den Boden seines Herzens?

»Aber ich«, hatte er geantwortet. Und auf einmal ging alles ganz leicht. Er nahm sie in die Arme, zart und behutsam, und küßte sie. Und die Angst hörte auf. Später, in Vickys Wohnung, als sie sich auszogen und betrachteten, staunend, glücklich, klang Van Morrisons rauhe, irische Stimme durch die Wohnung, hallte wider an den Wänden und in ihrem Herz – Didn't I come to bring you a sense of wonder? Didn't I come to light your vision fire bright … Und Vicky fiel und fiel, ohne auf den Boden zu knallen wie auf Beton. Weil er sie hielt, bis in den Schlaf und darüber hinaus, in seinen Armen.

Sie beugt sich vor, um sein Gesicht zu betrachten. Fast ein Sakrileg. Schlafende Menschen sind so verwundbar. Fast wagt sie es nicht. Doch dann zieht sie die Decke ein Stückchen zur Seite. Ein schönes Profil. Er ist nicht mehr der Jüngste, aber er hat einiges für sich getan. Sie erinnert sich an seinen schlanken Leib, die kräftigen Arme, seinen Mund, und ein Schauer rieselt ihr den Rücken hinunter.

Sie legt sich zurück. Sei doch nicht blöd. Victoria Luise, du bist alt genug, um zu wissen, daß es sich hier um einen klassischen One-night-stand handelt. Und nichts weiter. Männer, die tatsächlich eine Frau fürs Leben suchen, gehen nicht am ersten Abend mit ihr ins Bett. Und wenn doch, dann denken sie hinterher, das würde die neue Frau dann auch mit jedem andern tun, und schon ist alles vorbei. Oder diese Männer gehen trotz einer Ehefrau mit anderen ins Bett, die sie dann für eine Nacht glauben lassen, die neue zu sein. Dabei sitzt die alte zu Hause am Frühstückstisch mit drei plärrenden Gören und wirft mit dem Nudelholz, wenn der Mann nach Hause kommt. Vergiß es. Es war einfach nur eine schöne Nacht.

Holt reckt und räkelt sich. Dann öffnet er die Augen und blinzelt. Es dauert eine Sekunde, bis er sich erinnert, wo er ist. Vicky liegt neben ihm im Kissen und beobachtet ihn stumm. Gleich kommt der Moment, in dem sie sich zum ersten Mal bei Tageslicht sehen. Gleich wird ihm alles einfallen, er wird ihr einen Kuß geben, sich anziehen, duschen und gehen. Es war einfach nur eine schöne Nacht.

Holt dreht sich zu ihr um und sieht in ein Paar wunderschöne Augen, die tapfer versuchen, die Angst zu verbergen. Er robbt zu ihr hinüber und nimmt ihren Kopf in seine Arme. Dann beugt er sich hinunter und küßt sie auf beide Augen. Eine Geste von solch zärtlicher Behutsamkeit, daß Vicky erst einmal schlucken muß.

»Guten Morgen«, flüstert Holt.

»Guten Morgen«, erwidert Vicky und schmiegt sich an ihn. Dann nehmen sie sich in die Arme, als sei es das erste Wiedersehen seit vielen, vielen Jahren. Sie kugeln über- und untereinander, und schon Sekunden später spürt Vicky, daß der Morgen mit etwas viel Schönerem als Frühstück beginnen könnte. »Moment«, keucht sie, »Moment.«

»Ach so.« Holt klettert von ihr herunter. »Ich hole sie. Wo denn?«

»In meiner Handtasche. Im Wohnzimmer.«

Holt verschwindet nach nebenan und zeigt ihr beim Hinausgehen eine äußerst appetitliche Rückenansicht.

260

Vicky läßt sich wieder in die Kissen fallen und breitet die Arme aus. Was passiert mit ihr? Was geschieht hier? So was gibt es doch gar nicht. Das ist gleich vorbei, alles nur ein Traum, und er kommt frisch geduscht herein und sagt: War schön mit dir, Schatz, ich ruf dich an.

Oder sollte dieser Traum einmal, ein einziges Mal wahr werden?

»Ich warte!« ruft sie und bekommt keine Antwort. Sie setzt sich auf. So lange kann das doch nicht dauern.

»Thomas?« ruft sie. Nichts. Sie nimmt das Bettuch, wickelt es um ihren Körper und tapst über den Flur ins Wohnzimmer. Holt sitzt nackt auf der Couch, ihre Handtasche neben sich, und hält ein zerfleddertes Papier in der Hand. Er starrt erst darauf und sieht dann verständnislos zu Vicky.

»Was ist das?« fragt er. Irgend etwas stimmt nicht, Vicky spürt das. Er ist kurz davor, sie zu siezen.

»Flugdaten«, flüstert sie. »Und der Ablaufplan für ein Shooting in Rio. Warum?«

Okay, okay, sie ist nicht die Ordentlichste. Sie müßte ihre Handtasche öfter mal aufräumen. Vielleicht hat er in einen angebissenen Apfel gegriffen. Vielleicht klebt das Hustenbonbon immer noch in der Innentasche. Kann ja alles sein. Aber darüber hat sich bis jetzt noch keiner aufgeregt. Vicky versteht nicht. Vielleicht ist er ja verrückt. Hat was gegen Schmierzettel in Damenhandtaschen. Erinnert ihn an seine Mutter, er sieht rot und bringt sie jetzt um. Hat es alles schon gegeben. Bitte, zittert sie, bitte laß es sich aufklären.

»Print advertising?« fragt Holt. Vicky nickt. Er steht auf und geht an ihr vorbei ins Schlafzimmer. Vicky, eine unglückliche botticellische Venus, trippelt hinter ihm her.

»Thomas, was ist los?« Er sucht seine Sachen und zieht sich an. »Thomas, so sag doch was!«

Ihre Augen brennen und werden feucht. Er ist fertig angezogen und schließt nun seinen Gürtel. Vicky, die sich daran erinnert, wie sie ihn gestern mit den Zähnen gelöst hat, ist nun wirklich den Tränen nahe.

»Ich kann dir das erklären, ich kann dir alles erklären! 'Nur – sag doch was. Frag mich doch was!«

»Nicht nötig«, sagt er. Den Zettel verstaut er in der Anzugsjacke. Er ist fertig.

»Aber ich«, sagt Vicky, »ich will eine Erklärung.« Tränen rollen ihre Wangen herab. »Ich habe gedacht –«

Sie verstummt, weil er auf sie zutritt. Dann nimmt er ihr Kinn in die Hand und hebt ihr Gesicht zu sich hoch. »Ich auch«, sagt er. »Aber im Leben läuft manches nicht so, wie man es sich gedacht hat. Wie Sie es sich gedacht haben. Sie hören von meinem Anwalt.«

In der Tür dreht er sich noch einmal um. »Im Verlag haben Sie Hausverbot. Ihre persönlichen Dinge werden Ihnen gebracht.«

Er geht. Vicky hört, wie die Wohnungstür ins Schloß fällt, und bleibt noch eine Weile stehen. Dann läßt sie sich aufs Bett fallen, zieht die Decke hoch und heult, heult, heult.

Andersen nimmt die Brille von der Nase und beginnt, sie zu putzen. Bei dieser Konzentration verlangenden Tätigkeit kann er Johanna nicht in die Augen sehen, und er dehnt die Reinigung deshalb um so mehr aus.

»Was ist?« fragt Johanna. »Wie stehen meine Chancen?«

Er setzt die Brille wieder umständlich auf. »Ich kann es so nicht sagen, Frau Saletzki. Das müssen Sie einem Anwalt zeigen. Gehen Sie zu Dr. Altmann. Das war doch auch der Anwalt Ihrer Mutter. Ich werde ihm alle Unterlagen bringen lassen. Und dann machen wir einen gemeinsamen Termin.«

Johanna erbleicht. So etwas hat es noch nie in ihrem Leben gegeben. »Steht es so schlimm?«

Andersen sieht sie an. Er hat sie gewarnt. Aber diesen Hinweis verkneift er sich. Der Kunde hat immer recht. Man kann nur Ratschläge geben. Entscheiden muß er selbst.

»Das würde ich so nicht sagen«, bemüht er sich um vorsichtigen Trost. »Sie sind zwar persönlich haftbar für die Firma, aber die Konventionalstrafe liegt durchaus noch im Bereich dessen, was Sie zur Verfügung haben. Allerdings müßten Sie sich liquide machen.«

Johannas Gesicht ist ein großes Fragezeichen. Was heißt hier liquide? Geld war doch immer da.

»Verkaufen?« flüstert sie. »Was denn?«

»Das weiß Dr. Altmann besser als ich. Ich werde einen Termin für Sie ausmachen.«

Andersen sieht hinter ihr her. Ein bedauerlicher Fall. Höchst bedauerlich. Vielleicht wird sie mit einem blauen Auge davonkommen. Er wird sie trotzdem verlieren. Dann nämlich gehört sie in Hofers Ressort. Der betreut die Kleinkunden.

Dr. Altmann sitzt in einer thronartigen Antiquität hinter seinem Schreibtisch und ist in Verträge vertieft. Zwischendurch brummt er: »Hm. Hm.«

Die Frage brennt Johanna auf der Zunge, was es denn da zu brummen gibt, aber sie beherrscht sich. Dr. Altmann ist so ziemlich die einzige Autorität, die sie in ihrem Leben akzeptiert. Sie kennt ihn schon ewig. Er hat bereits Christina beraten, und nach ihrem Tod bot er auch Johanna seine Hilfe an. Er beriet sie beim Verkauf der Villa in Lugano und störte ihre Wege nicht weiter, weil Johanna sich jede Einmischung verbat.

Die Tür öffnete sich, und Hannelore Altmann tritt herein, ein Silbertablett mit Teegeschirr in den Händen.

»Johanna, mein liebes Kind.« Sie stellt das Tablett ab und drückt das Kind an ihre Brille, die vor der mageren Brust baumelt. Hannelore ist einen Kopf kleiner als Johanna, eine bezaubernde ältere Dame, behütet und beschützt vor dem Leben hinter den dicken Mauern ihrer Gründerzeitvilla und durch die unendliche Fürsorge ihres Gatten. Sie hält sie ein Stück weit von sich ab und mustert streng ihr Gesicht.

»Hast du Sorgen? – Hat sie Sorgen, Philipp?« Sie wendet sich an ihren Mann, der nur ungern den Blick aus den Verträgen nimmt.

»Hannelore, du siehst doch, daß ich arbeite. Laß uns noch eine halbe Stunde allein, dann trinken wir den Tee im Wintergarten.«

Hannelore zwinkert Johanna noch einmal aufmunternd zu und verschwindet wieder hinter der herrlich geschnitzten Eichentür.

»Johanna, Johanna.« Altmann schüttelt den Kopf. »Was hast du dir eigentlich dabei gedacht?«

»Wobei?« fragt Johanna schüchterner, als es ihre Art ist.

»Wie kann man als Privatperson eine Firma gründen, ohne von Tuten und Blasen eine Ahnung zu haben, und macht keine GmbH daraus? Das ist doch völlig unüblich! Du haftest mit deinem Privatvermögen! Du mußt jetzt das Geld, das der ›TV-nonstop‹-Verlag für die Buchungen bereits bezahlt hat, wieder zurückzahlen. Und darüber hinaus, wenn der Vertrag nicht erfüllt wird, auch noch die Konventionalstrafe. Warum eigentlich in dieser Höhe? Das ist ja absurd!«

Er mustert sie eindringlich. Johanna schweigt und beißt sich auf die Lippen. »Oder hast du damit gerechnet, der Verlag bläst die ganze Kampagne ab und ist nun seinerseits zahlungspflichtig? Hm? Und überweist dir die Millionen?«

»Es hätte durchaus passieren können.«

Altmann lehnt sich zurück. »Für wie dumm hältst du Thomas Holt eigentlich? Ganz abgesehen davon, daß das den Verlag – den Verlag der Saletzkis! – ruiniert hätte. Oder war es das, was du vorhattest?«

Johanna springt auf. »Was soll ich denn machen? Etwa dieser Göre eine Million zahlen? Nie und nimmer. Nur über meine Leiche. Eher gehe ich selbst in Sack und Asche, als diesem Deal zuzustimmen.«

Altmann schiebt den Thron zurück und greift nach seinem Stock. Mühsam steht er auf und humpelt zu ihr hinüber.

»Johanna, Mädchen.« Er legt seine Hand auf ihre Schulter. »Was hat Christina da nur angerichtet.«

»Laß Christina aus dem Spiel! Du siehst doch, daß sie recht hatte! Geld wollen sie, alle wollen sie nur mein Geld. Sieh dir die Auerhahn an! Sie denken doch an nichts anderes. Schon in dem Moment, in dem ich ihnen zum ersten Mal über den Weg laufe. Geld, Geld, Geld. Wie es hier drinnen aussieht, interessiert doch niemand!«

Sie klopft mit der Hand auf die Brust. Altmann schüttelt den Kopf.

»Du solltest deinen Frieden mit Holt schließen. Ich beobachte alles sehr genau. Hätte er auch nur im geringsten gegen das Testament verstoßen, wäre er nicht mehr da, wo er jetzt ist. Und er ist ein guter Mann. Umgeben von einer Menge schlechter Berater. Ich hoffe, er wird die Spreu vom Weizen trennen.«

Johanna sieht ihn an, Altmann dreht sich zum Fenster um. »Es ist ja auch kein Wunder. Deine Mutter hat es ihm nicht leichtgemacht. Sie hatte kein Gefühl für solche Dinge. Kein Gespür. Kein Vertrauen.«

In Johannas Augen glitzern Tränen. Nicht wegen Holt – sie versteht nicht, warum sich das Blatt auf einmal so sehr zu seinen Gunsten gewendet hat –, sondern weil eine schwarze, ungewisse Zukunft auf sie lauert.

»Was soll ich denn machen? Was soll ich tun?«

»Sprich mit dem Mädchen. Versuch es im guten. Und im schlimmsten Fall – zahl.«

»Nein!«

Doch der Blick aus Altmanns dunklen Augen ist ernst. »Gut. Wenn du partout nicht willst – laß es darauf ankommen. Sprich mit Holt. Bitte ihn, auf die Konventionalstrafe zu verzichten.«

»Nein«, flüstert Johanna.

»Aber so geht es doch nicht! Kind!« Er nimmt die Papiere vom Schreibtisch, ordnet sie in die Mappen und schließt sie energisch. »Bei einem von beiden wirst du deinen Kotau machen müssen.«

Er bietet ihr seinen Arm an. »Kopf hoch, Johanna. Eine Saletzki kriegt doch so leicht nichts unter. Laß uns Tee trinken gehen.«

Tage später noch sitzt Vicky auf der Couch und versucht zu begreifen, was eigentlich geschehen ist. An nur einem Abend hat sie gekündigt, einen neuen Job bekommen, Thomas kennengelernt, dafür ein Hausverbot geerntet und steht nun so ziemlich im Regen. Natürlich hat Gerry ihr versichert, daß alles in Ordnung ist. Aber zwei Wochen dauert es noch, bis sie anfangen kann. Sie würde es lieber heute als morgen tun. Die Untätigkeit zerrt an ihren Nerven. Der Zettel. Dieser verdammte Zettel. Was kann denn daran so wichtig gewesen sein? So furchtbar schrecklich, daß ein Mensch sich von einer Sekunde auf die andere so verändert? Sie grübelt und grübelt, kommt aber nicht auf den entscheidenden Punkt. Flugdaten Hamburg – Rio de Janeiro. Zeitplan der Dreharbeiten und Shootings. Nichts Besonderes.

Die Adresse vom Moonlight and Roses. Und dann die Zahlen auf der Rückseite. Ein kaum noch erkennbarer »Vertraulich«-Stempel. Okay. Aber es war doch ein Schmierzettel. Marius müßte es wissen. Er hat ihr doch den Zettel in die Hand gedrückt – sie setzt sich auf. Ruckartig. Marius. Sie wird ihn umbringen. Ob zu Wasser, zu Lande oder in der Luft – er ist geliefert. In diesem Moment ist es beschlossene Sache, denn er ist der Schuldige, muß der Schuldige sein. Arsen? Rattengift? Oder doch ein sauberer, klarer Schnitt mit dem Rasiermesser? Aber vorher muß er ihr noch erzählen, was es mit dem Zettel auf sich hat. Die Ursache allen Übels liegt bei ihm. Vicky lacht bitter. Wo sonst?

Das Telefon klingelt. Vickys Herz beginnt zu rasen. Hastig rennt sie zum Apparat.

»Hallo?« fragt sie atemlos. Thomas, bitte, bitte, Thomas. Ich kann dir alles erklären.

»Hier spricht Johanna Saletzki. Vicky, Sie müssen mir einen großen Gefallen tun –«

Sie donnert den Hörer auf die Gabel. Das ist ja wohl das Letzte! Ruft diese Person bei ihr zu Hause an! Es klingelt wieder. Vicky, unentschlossen, läßt sie eine Weile zappeln.

»Was wollen Sie?«

»Vicky, ich weiß, daß es vielleicht der unpassende Moment ist. Aber ich habe ein großes Problem.«

Oho! Aha! Die Lady hat ein Problem!

»Ich auch«, giftet Vicky zurück. »Seit ich Sie kenne, habe ich nur noch Probleme.«

»Wenn es darum geht – ich kann Ihnen gerne entgegenkommen. Aber Vicky, ich brauche Ihre Hilfe. Sie kommen doch mit Frau Auerhahn ganz gut zurecht. Reden Sie mit ihr. Daß sie den Vertrag doch noch unterschreibt. Sie könnten Ihre Scharte damit ein ganzes Stück auswetzen. Und was Ihre Kündigung betrifft – Herr Dinkel ist nicht befugt, Personalentscheidungen zu treffen. Wir können über alles reden, wenn Sie mir ein bißchen helfen.«

»Frau Saletzki, wollen Sie damit sagen, Marius hat behauptet, ich hätte den Auerhahn-Vertrag versiebt und er mir daraufhin gekündigt?«

»Etwa nicht?«

Nein, kein Rasiermesser. Erst panieren und dann in siedendem Öl braten. Und vorher vierteilen. Und anschließend aufs Rad flechten und den Kadaver durch die Straßen schleifen. Vicky liebt das Mittelalter. Es inspiriert.

»Sagen Sie, Frau Saletzki«, fragt Vicky honigsüß, denn sie hört die Nachtigall noch weiter trapsen, »was verlangt Nadine eigentlich?«

»Sie werden es nicht glauben —« Vicky glaubt es jetzt schon kaum, denn die Saletzki legt mit einem Mal eine derart schwesterlich-verschwörerische Stimme auf, daß sie ihr beinahe auf den Leim gehen würde. Aber Vicky ist schlauer geworden in den letzten Tagen. Sehr viel schlauer.

»Eine Million.«

»Eine Million?« Vicky schnappt nach Luft. Ihre Hochachtung, das hätte sie dem Gör nicht zugetraut. Dann fängt Vicky an zu lachen. Johanna muß den Hörer vom Ohr nehmen. Werden denn jetzt alle um sie herum verrückt?

»Liebe, werte Frau Saletzki!« keucht Vicky. »Ziehen Sie sich bitte an den eigenen Haaren aus dem Sumpf. Und noch was: Richten Sie Ihrem Zuckerkerlchen aus, er soll sich vor mir in acht nehmen. Er soll sich umsehen, denn ich könnte hinter jeder dunklen Ecke auf ihn lauern. Er soll nicht mehr ruhig schlafen, denn vielleicht klettere ich durch sein Fenster und drehe ihm den Hals um. Oder ich ersäufe ihn. Oder ich knall ihn einfach ab. Ich bin sein Alptraum. Sagen Sie ihm das. Sein Alptraum.«

Vicky legt auf. Und jetzt muß sie Thomas finden.

Holt steht unterdessen in seinem Büro und fixiert Meerbusch, der unter seinen Blicken immer kleiner wird.

»Ich hab es nicht gewollt«, stößt sein Prokurist und stellvertretender Geschäftsführer hervor. »Bitte glauben Sie mir. Aber ich war in ihrer Hand.«

»Sie wollen damit sagen, daß diese Person« – Holt will Vickys Namen nicht in den Mund nehmen – »diese Person Sie auf perfide Art und Weise dazu gebracht hat, ihr nicht nur Einblick in die Etatplanung und die Rücklagen, sondern auch in das gesamte finanzielle Gerüst unseres Hauses zu geben?«

Meerbusch nickt. Er schwitzt aus allen Poren, im Moment reibt er sich mit seinem Taschentuch gerade die Handflächen ab.

»Sind Sie sich darüber im klaren, was Sie da angerichtet haben? Meerbusch! Zum Donnerwetter!«

Holt geht auf und ab. Der Verrat schmerzt. Er schmerzt unerträglich. Nicht nur Meerbusch. Auch Vicky.

»Da draußen laufen jetzt Menschen herum, die über alles haarklein Bescheid wissen. Und das in unserer Situation! Mitten in den schwierigsten Verhandlungen, die in diesem Haus jemals geführt wurden!«

»Sie hat gedroht«, krächzt Meerbusch. »Sie hat gedroht, meiner Frau alles zu sagen. Und Ihnen. – Herr Holt, meine Frau ist nicht so wichtig. Aber Sie! Wenn ich Ihr Vertrauen enttäuscht hätte – dieser Gedanke war mir unerträglich.«

Holt sieht hinaus in das dunstige Licht über dem Hafen. Immer mehr wird ihm bewußt, welch ein antiquiertes Fossil er eigentlich ist. Nicht nur im Geschäftsleben, auch in den Herzensdingen. »Haben Sie –« Er stockt und bringt die Frage nicht zu Ende.

Meerbusch hüstelt. »Ja. Auf Sylt. In meinem Wochenendhaus. Vergangenes Jahr. Nur einmal. Ich schwöre es Ihnen! Danach war nichts mehr.«

»Es reicht.«

Holt steht noch immer mit dem Rücken zu ihm. Vicky und dieser ... dieser glatzköpfige Grottenolm. Es ist nicht zu fassen.

»Sie sind natürlich entlassen. Eine Abfindung wird es nicht geben. Gehen Sie still, leise und unauffällig, und reden Sie nie, niemals mit irgend jemandem über die Vorfälle in unserem Haus. Sonst sehen wir uns vor Gericht wieder. Auch wenn Ihnen Ihre Frau nicht sonderlich wichtig ist – diesen Skandal sollten Sie sich beide ersparen. Haben Sie mich verstanden?«

Er dreht sich um. Meerbusch steht auf, ein Häufchen Elend. Nur eine Nacht, und so bitter gebüßt. Das Telefon klingelt.

»Frau Saletzki will Sie sprechen.«

»Schicken Sie sie rein.«

Als Meerbusch Holts Büro verläßt, kommt Johanna ihm entgegen.

»Ihr Spiel ist aus, Lady Macbeth«, zischt er ihr zu. Johanna stockt. Dann betritt sie Holts Büro. Was hat das zu bedeuten? Sie sieht ein Papier auf dem Tisch, und das Blut gefriert ihr in den Adern.

»Setz dich«, sagt Holt. »Was kann ich für dich tun?«

»Was war denn mit Meerbusch los?«

Johanna versucht, ihrer Stimme einen Klang von besorgter Neugierde zu geben, doch so ganz will ihr das nicht gelingen.

»Verrat, Johanna. Verrat, wohin man schaut. Und auch du wirst mir nur deshalb gegenüber sitzen, weil du hinter meinem Rücken schon die Messer wetzt. Stimmt's?«

Johanna sucht in seinem Gesicht nach irgendeinem

Anzeichen, das diese kryptischen Andeutungen erklären könnte. Weiß er nun Bescheid oder nicht? Hat Meerbusch dichtgehalten? Bestimmt nicht.

»Was ist passiert?«

Holt nimmt das Papier hoch und spielt damit herum. »Das hier kommt aus Meerbuschs Safe. Jemand ist mit ihm ins Bett gegangen und hat ihn anschließend erpreßt. Alles nur wegen dieser Zahlen. Völlig unwichtige Zahlen. Zahlen von gestern.«

»Wieso?« Johanna hat beschlossen, sich erst einmal dumm zu stellen. »Was für Zahlen sind das eigentlich?« Und wie kommt diese Kopie aus ihren Unterlagen in Holts Hände? Und warum dreht er ihr nicht, wenn er schon Bescheid weiß, den Hals um, statt sie so auf die Folter zu spannen?

»Ein alter Geschäftsbericht. Ungültig. Denn der Verlag TV nonstop wird fusionieren.«

»Was?« Johanna springt auf. »Mit wem? Und wann? Und habe ich da nicht auch noch ein Wörtchen mitzureden?«

»Du wirst gar nicht gefragt.«

»Wie soll das funktionieren? Du bist an Weisungen gebunden. An die mußt du dich halten.«

»Stimmt«, Holt nickt. »Und ich werde nun, in einer Stunde, den Vorstand bitten, mich in meinen Plänen zu unterstützen. Zum Wohle des Verlags. Also auch zu deinem.«

»Und was ist mit Meerbusch?« Angriff ist immer noch die beste Verteidigung.

»Meerbusch verläßt gerade das Haus auf Nimmerwiedersehen. Er wird dir keine Hilfe mehr sein. Und nun frage ich dich, in tiefem Ernst, Johanna, wie kommt dieses vertrauliche Papier in Vickys Hände?«

In Vickys Hände? Er reicht es ihr hinüber. Sie sieht es

an, dreht und wendet es und sagt: »Ich weiß es nicht. Ich weiß es wirklich nicht.«

Holt ist irritiert. Es klingt ehrlich und aufrichtig. Und trotzdem stimmt alles vorne und hinten nicht. Johanna hingegen wittert eine Möglichkeit, den Hals noch aus der Schlinge zu ziehen.

»Ich habe sie gestern entlassen«, sagt sie.

»Ich weiß. Warum?«

»Offensichtliche Unfähigkeit bis an die Grenze der Sabotage.«

Holt mustert sie eindringlich. »Stimmt das?«

Johanna nickt. Und dieses Nicken schmerzt Holt mehr, als er sich eingestehen will.

»Heute mittag vierzehn Uhr außerordentliche Vorstandssitzung. Dort möchte ich auch das Endergebnis eurer kostspieligen Bemühungen sehen. Alles klar?«

Johanna nickt erneut. Heute nachmittag ist alles gut.

Vicky betritt unterdessen mit eiligen Schritten die Empfangshalle von »TV nonstop«. Wenn sie Glück hat, weiß die Wachtel noch nichts von ihrem Hausverbot. Thomas, denkt sie. Irgendwo in diesem Haus werde ich dich finden.

»Sie wünschen?«

Vicky beugt sich über den Granittresen. Die Wachtel kennt sie vom Sehen, es dürfte kein Problem sein.

»Haben Sie hier unten eine Telefonliste?« fragt sie.

»Aber natürlich.«

»Kann ich die mal sehen?«

»Wen suchen Sie denn?«

»Das kann ich Ihnen so nicht sagen. Ich kenne nur den Vornamen: Thomas.«

»Ach so. Da haben wir aber eine ganze Menge. Sie müssen mir schon den Nachnamen sagen.«

272

Vicky macht wieder ihre kugelrunden Augen und beugt sich vor. »Ich sagte doch schon, ich weiß ihn nicht. Wir sind uns im Aufzug begegnet, und dieser Thomas erzählte mir von einem Fachartikel in der portugiesischen Presse, die sich mit dem Ausfuhrverbot argentinischen Flachses beschäftigt. Ein Thema, mit dem wir im Moment besonders intensiv arbeiten. Sie verstehen?«

»Nein.«

»Nein?«

»Nein.«

Vicky beugt sich noch ein Stückchen weiter vor. »Okay, okay«, flüstert sie der Wachtel zu. »Er hat mir seine Telefonnummer gegeben, und ich habe sie verloren.«

Die Wachtel lächelt und zwinkert ihr zu. »Warum sagen Sie das nicht gleich?«

Sie schiebt ihr die Telefonliste zu. »Setzen Sie sich am besten da drüben in die Ecke.«

Nadine geht in ihrer – Petermanns – Wohnung auf und ab. Die erste Euphorie hat sich gelegt. Nun fängt sie an nachzudenken. Und wenn die Rädchen in ihrem Kopf einmal anfangen zu arbeiten, greift eins ins andere, und am Ende steht eine Erleuchtung. Genau so geht es ihr heute. Sie weiß, daß irgend etwas Erhellendes am Ende ihrer Überlegungen wartet. Also am besten noch mal eins nach dem anderen rekapitulieren.

Nadine hat als Druckmittel ihre Einwilligung in der Hand. So bleich, wie Johanna bei ihrer Forderung wurde, geht es also um sehr viel mehr Geld. Geld, das Johanna verliert, wenn sie Nadines Einwilligung nicht bekommt. Das heißt, wenn der Spot nicht ausgestrahlt werden kann und die Anzeigen zurückgezogen werden müssen. Das kostet eine Menge, gebucht war nämlich alles schon. Das allein aber kann es nicht sein. Nadine, als MTV-Junkie aufgewachsen und von Werbung begleitet seit ihren ersten Saugern an der Mutterbrust, Nadine weiß, daß die Kampagne schlecht ist. So schlecht, daß sie dem Verlag mehr Schaden als Nutzen zufügen wird. Zunächst also mal sehr schlau eingefädelt, Kompliment, Frau Saletzki. Also wird der Verlag, wenn er nur ein Jota Verstand besitzt, die Kampagne ablehnen. Ob es das ist, worauf Johanna spekuliert?

Nadine läßt den Kaugummi wieder in ihren Mund zurückschnellen. Und wenn der Verlag die Kampagne ablehnt, braucht sie natürlich auch Nadines Einwilligung nicht mehr. Und die ganze Million geht flöten. Weg. Pustekuchen, der Traum vom großen Geld.

Und jetzt arbeiten die kleinen Rädchen wie geschmiert. Wenn Nadine eins gelernt hat, dann die Kunst, sich die Butter nicht vom Brot nehmen zu lassen. Ran an den Speck! Und in diesem Fall heißt das – sie lächelt und marschiert auf ihren orangefarbenen Plateausohlen zum Telefon.

Marius liegt noch immer im Bett, streichelt beruhigend seine rechte Seite, trinkt Kamillentee in kleinen Schlucken und philosophiert über das Thema Undankbarkeit. Wie so oft, begreift man uralte Sprichwörter erst dann als atavistischen Erfahrungsschatz, wenn sie urplötzlich ihre Aktualität unter Beweis stellen. In diesem Falle ist es der Spruch vom Undank als der Welten Lohn. Marius kann es nicht fassen: Ohne ihn wäre der Laden schon längst den Bach runter. Johanna, die keine Ahnung vom Geschäft hat, Vicky, der man ständig in den Hintern treten muß, damit sie überhaupt einen Finger rührt, und nicht zuletzt Nadine, die erst dank seines überragenden Einfalls ihre schauspielerische Begabung voll entfalten konnte. Und anstatt auf

Rosen gebettet zu werden, was passiert? Verwünschungen, Morddrohungen, Flüche. Nein, das ist nicht mehr Marius' Welt. Damit will er nichts mehr zu tun haben. Mit der Werbung an sich schon, aber nicht mehr mit diesen Megären. Er setzt sich auf.

Schliever & Wahn. Die haben doch Großes vor! Hat er nicht einmal vor gar nicht langer Zeit den stellvertretenden Chefredakteur der Konkurrenz beim freundschaftlichen Wetttrinken geschlagen? Und Gerry – ist Gerry da nicht auch untergekommen? Er greift zum Telefon. Natürlich. Das ist die beste Rache: ab zur Konkurrenz. Und das so schnell wie möglich.

»Und dann hat er sich den kleinen Zeh an der Schrankkante angebrochen. Hat der geschrien, kann ich Ihnen sagen. Aber ich denk nur, selber schuld. Wer schon im Lager arbeitet, sollte auch auf seine Schutzkleidung achten. Nicht?«

»Jaja«, stimmt Vicky zu. Seit mehr als zehn Minuten wird sie von der Werksbeauftragten für Arbeitssicherheit mit ihren Ansichten zur Helm- und Metallkappenpflicht bombardiert.

»Dann war Herr Schmitz also die ganze letzte Woche nicht da?«

Frau Locke unterbricht ihre Ausführungen. »Nee. Und er ist bis Ende nächster Woche krankgeschrieben. Na ja, mit Gips kann er ja schlecht auf den Gabelstapler, nicht?«

Seufzend streicht Vicky den vorletzten Namen von der Liste. Achtundzwanzigmal Thomas. Von der Verwaltung hat sie sich über die Haustechnik bis zu den Redaktionen durchtelefoniert. Bleibt nur noch ein Name übrig.

»Danke, vielen Dank.«

»Hören Sie mal – warum wollen Sie das alles wissen?

Sind Sie vom Amt?« fragt Frau Locke mißtrauisch. Aber da hat Vicky schon aufgelegt. Sie geht zur Wachtel zurück.

»Sind das alle Angestellten?« fragt sie sie. Die nickt.

»Klar. Bis auf die Chefetage, darf ich nicht rausgeben. Aber das hier ist zumindest der Stand von letzter Woche. Wird ständig aktualisiert.«

Vicky starrt auf den letzten Namen. Petermann. Thomas Petermann.

Johanna schwankt zwischen leiser Hoffnung und bitterster Verzweiflung. Hoffnung deshalb, weil Holt bis jetzt nicht herausgefunden hat, wer der Intrigant in seinen Reihen ist. Verzweiflung, weil ihr Werk nun endgültig verloren ist.

Fusionieren! Mit Schliever & Wahn! Warum sagt ihr keiner was davon? Warum erfährt sie es von den Lippen ihres ärgsten Feindes?

Sie tritt ans Fenster. Draußen scheint die Sonne, ein erster, freundlicher Frühlingstag verzaubert den Hafen und die Ufer der Elbe. Doch Johanna fehlt der Blick dafür. Vor ihren Augen erscheint ihr die Welt düster und schwarz. Meerbusch gefeuert, Nadine mit ihrer Forderung, die Alternative: eine Konventionalstrafe, die ihre Möglichkeiten bei weitem übersteigt. Sie geht zum Telefon.

»Verbinden Sie mich mit Häckel«, sagt sie zu Frau Sondergast. Wenig später klingelt der Apparat, Johanna hebt ab.

»Häckel, ich will von Ihnen wissen, ob Sie immer noch auf meiner Seite stehen oder dem unseriösen Ansinnen von Herrn Holt nachgeben werden!«

Stille.

»Frau Saletzki –«, sagt Häckel. Hilflos.

»Sie haben mir einmal versprochen, kurz nach dem Tod meiner Mutter, alles zu tun, um den Verlag zu erhalten. Stimmt's?«

»Ja«, kommt es leise vom anderen Ende der Leitung. »Brechen Sie so leicht Ihr Ehrenwort?«

Zwei, drei Sekunden verstreichen, schwer wie Blei. Dann antwortet Häckel, und es fällt ihm nicht leicht.

»Nein, Frau Saletzki. Aber wir können den Verlag so nicht weiter halten. Zudem man hört, daß Sie selber finanziell nicht in der Lage sein werden, die Verluste abzufedern. Auch wenn Sie es gerne würden.«

Johanna weiß nicht, daß Häckels Mutter ihre Rezepte für Stiefmütterchentee gerne mit der Haushälterin von Herrn Ansorge austauscht. Und Herr Ansorge die Angewohnheit besitzt, seine abendlichen Eskapaden mit Arbeitsüberlastung zu entschuldigen, was seine Frau im Laufe der Jahre natürlich durchschaut. Trotzdem erfährt die Haushälterin beim Servieren des Abendbrotes schon das eine oder andere, was Herrn Ansorge angeblich so lange an seinem Schreibtisch beziehungsweise im Gespräch mit seinen Klienten festgehalten hat. In einem besonders schweren Fall – Ansorge hatte den zweiundzwanzigsten Hochzeitstag in den Armen einer zweiundzwanzigjährigen Friseuse vergessen – schob er den Fall Saletzki vor. Vermögensaufstellung, Liquiditätsforecasts. Schwierig, schwierig. Herr Ansorge ist dritter Buchhalter bei der Grund- und Bodenbank.

»So«, sagt Johanna tonlos, »hört man.«

Das allerdings ist nicht der Grund allein, weshalb Häckel langsam, aber sicher das Heil in der Flucht auf die Gegenseite sucht. Meerbuschs fristlose Kündigung macht die Runde. Und da keiner so genau weiß, was er sich eigentlich zuschulden hat kommen lassen, kursieren bald die wildesten Gerüchte. Häckel läßt sich, schlau, wie er ist, natürlich nicht darauf ein. Er sieht nur, daß Johannas treustes Pferd aus dem Stall und zum Abdecker gezerrt wurde. Und er will nicht der nächste sein, dem man das Geschirr anlegt.

»Tut mir leid«, sagt Häckel. »Ich handle nach bestem Wissen und Gewissen in Ihrem – und im Sinne Ihrer Mutter.«

Johanna legt auf. Es ist die bitterste Niederlage ihres Lebens. Jetzt geht es nicht mehr um Ehre und Ansehen, jetzt gilt es nur noch, nicht in den völligen Bankrott zu rutschen. »TV nonstop« muß die Kampagne ablehnen. Und mit diesem Spot – sie streicht über die Videokassette – wären sie wahnsinnig, wenn sie es nicht täten.

Vicky steht mit klopfendem Herzen in einer kleinen Winterhuder Seitenstraße. Das ist die Adresse, die sie dem Telefonbuch entnommen hat. Und das ist das Haus, in dem er wohnt. Thomas Petermann, Abteilung Organisation und Hausverwaltung, hat heute seinen freien Tag. Sie schaut aufs Klingelbrett – erster Stock rechts.

Noch einmal tritt sie einen Schritt zurück. Sie überlegt sich noch einmal ganz genau, was sie sagen will. Lieber Thomas, ich bin das Opfer einer Kette unglücklicher Verstrickungen, einer Intrige, die hinter meinem Rücken gesponnen wurde… Nein. Das klingt ja grauenhaft. Nach Courths-Mahler und Marlitt. Werter Graf, die Umstände sprechen gegen mich, aber nimmermehr war ich verbunden mit jenem Menschen, der Euch so viel Unglück zugefügt. Sie lächelt. Na also. Tief Luft holen, und ran an den Speck.

Was dann geschieht, kann sich Vicky erst Stunden später unter der beruhigenden Wirkung mehrerer doppelter Cognacs noch einmal ins Gedächtnis rufen. Sie klingelt, und eine Frauenstimme meldet sich. Daß diese Stimme ihr bekannt vorkommt, könnte sie nicht sagen. Gegensprechanlagen verzerren die Tonlage, allein der Umstand aber, ein weibliches Wesen bei ihm zu wissen, läßt ihr das Herz in die Hose rutschen.

278

»Ja bitte?«

»Ist da bei Petermann?«

»Ja klar! Wer issn da?«

»Ich – ich müßte ihn sprechen –«, sagt Vicky.

»Och«, antwortet die Stimme, »der is schon wech.«

In diesem Moment öffnet sich die Haustür – und Thomas Holt tritt heraus. Er sieht Vicky, Vicky sieht ihn an. Sie macht kugelrunde Augen, wie immer, wenn eine Situation sie emotional überfordert; er weiß ebensowenig, was er sagen soll. Dann geht er grußlos an ihr vorüber. Über ihr öffnet sich das Fenster. Eine Stimme schallt aufs Trottoir. Eine Stimme, die sie nun erkennt.

»Aber kann ich Ihnen irgendwie weiterhelfen?«

Sie schaut nach oben, und der Blick aus Vickys kugelrunden Augen trifft auf Nadine.

»Hi!« ruft sie. »Vicky! Wart, ich mach dir auf.«

Der Summer ertönt, Vicky tritt ein. Noch immer ist es ihr nicht möglich, einen klaren Gedanken zu fassen. Sie betritt eine kleine Zweizimmerwohnung, in der ein Chaos aus Sperrmüllmöbeln, Bierkästen und eingegangenen Gummibäumen herrscht, dazwischen, wie Überreste einer fremden Zivilisation, kleine Nester zusammengehäufter Kleidungsstücke.

»Setz dich«, kräht Nadine. »Nich schön hier, aber selten. Kuck mal.«

Sie schaltet eine Lampe ein – es herrscht selbst am Tag gedämpftes Licht – und aus einem beinernen Ochsenschädel glühen zwei roten Lampen. »Hab ich selbst gemacht. Geil, nich?«

Vicky nickt.

»Willste was trinken?«

Vicky schüttelt den Kopf.

»Wassn los?«

Vicky atmet tief durch. »Thomas … ich meine Thomas –
ist das dein Freund?«

Nadine nickt. Irgend etwas stimmt nicht. So hat sie
Vicky noch nie gesehen.

Sie schiebt ein Häufchen Kleidung zur Seite und setzt
sich neben Vicky auf die altersschwache Couch. »Was ist
denn los? Haste Probleme?«

Da fängt Vicky an zu schluchzen.

Als Petermann an diesem Abend bierseligen Schrittes nach
Hause kommt, ahnt er nicht, daß Nadine hinter seiner Tür
wartet, bereit, mit Geschossen auf ihn loszugehen, gegen
die ein Nudelholz wie harmloses Spielzeug wirkt. Mehrere
Male verfehlt er das Schlüsselloch, beim vierten Anlauf
wird die Tür vor seiner Nase aufgerissen.

»Aha!« ruft Nadine triumphierend. »Da bist du ja!«

Petermann grinst dümmlich. »Wo'n sonst?«

Dann sieht er, daß Nadine ihre Taschen gepackt hat.
Verwirrt streicht er sich über die Augen.

»Was issn passiert?«

»Passiert?« faucht Nadine zurück. »Das fragst du mich?
Ich will dir mal was sagen: Mit mir nich. Denkste, ich bin
zu dämlich, überhaupt was zu kapieren?«

Petermann zuckt ängstlich mit den Schultern. Er weiß
beim besten Willen nicht, was das alles bedeutet. »Ich lieb
disch, das weißte doch! Wassn los?«

Nadine, bleich vor Zorn, tritt auf ihn zu. Auch noch
leugnen will er, der Mistkerl. Dabei hat Vicky ihr alles haarklein erzählt. Nachts im Verlag getroffen, ausgewesen, in
der Kiste gelandet. Das also sind die Überstunden.

»Du hast mich betrogen«, sagt sie mit Grabesstimme.
»Mit meiner Freundin hast du mich betrogen, du Schwein.
Gib's zu!«

»Na ja …«, sagt Petermann.

»Gib's zu!«

»Okay, okay. Aber nur ein einziges Mal! Aber ich lieb –«

Mitten in diese Antwort setzt es ein Veilchen. Nadine packt ihre Taschen und verläßt hocherhobenen Hauptes die Petermannsche Wohnung.

Der soeben Überführte betastet vorsichtig die lädierte Seite seines Gesichts und blickt ihr einäugig im Treppenflur hinterher. Teufel auch, denkt er. Woher soll ich wissen, daß Nadine und die Wachtel befreundet sind?

»Meine Herren« – Holt läßt seinen Blick über die um Meerbusch dezimierte Reihe schweifen, wobei er Johanna überspringt –, »dann sind wir also alle einer Meinung. Ein Zusammenschluß mit Schliever & Wahn ist die einzige Möglichkeit, den Verlag vor seinem drohenden Konkurs zu retten. Die Entscheidung ist mir nicht leichtgefallen, und ich weiß es zu schätzen, daß Sie mich dabei fast einstimmig unterstützen.«

Jetzt sieht er Johanna an. »Frau Saletzki. Entweder Sie entscheiden sich für oder gegen den Zusammenschluß mit einem der größten Verlage des Landes. Ich habe die gesamten Vorteile aufgezählt, sie überwiegen den vermeintlichen Identitätsverlust bei weitem. ›TV nonstop‹ wird sein Gesicht behalten, wenn auch ein verjüngtes. Ich bitte Sie, Ihre Entscheidung nachher zu Protokoll zu geben. Und nun – kommen wir zum angenehmen Teil. Der Abschlußpräsentation unserer Kampagne. Darf ich bitten?«

Johanna holt tief Luft und erhebt sich. Sie dimmt die Lichtschalter und zieht die Lamellen vor die Fenster, wobei sie noch einmal die Philosophie der Kampagne erklärt.

»Jung, frisch, frech. Zu diesem Zweck wurde auch unser TV-nonstop-Girl gefunden. Sie haben sie ja neulich kennengelernt. Wie besprochen wird die junge Dame die gesamte Kampagne als Identitätsperson begleiten. Starten werden wir Ende der Woche mit bundesweit ausgestrahlten Fernsehspots sowie einer begleitenden Printkampagne, die sämtliche Nielsen-Gebiete abdeckt. Die Schaltpläne haben Sie bereits erhalten.«

Der Vorstand vertieft sich raschelnd in die Papiere.

Sie geht zum Fernseher an der Stirnseite des Raumes und legt die Kassette in den Recorder.

»Der Spot wurde etwas abgewandelt, aber im Rahmen der uns zustehenden künstlerischen Freiheit.«

Welch ein Glück, daß sie diesen Passus im Vertrag hat. Ohne ihn wäre sie schon jetzt aufgeschmissen. Sie dreht sich um. Alle blicken sie erwartungsvoll an.

»Also dann – « Sie drückt auf den Knopf.

Mit Herzklopfen wartet sie in der Dunkelheit, bis Nadine in den Fluten verschwunden ist. Es hüstelt und raschelt, aber alle bleiben stumm. Johanna macht das Licht wieder an und sieht in die Gesichter des Vorstands. Niemand regt sich. Ein gutes Zeichen.

»Na?« fragt sie. Gleich geht das Donnerwetter los. Innerlich reibt sie sich die Hände. Sie werden ablehnen. Natürlich werden sie ablehnen, wenn sie nicht völlig wahnsinnig sind. Sie sieht zu Holt.

Holt steht auf. Langsam hebt er die Hände und klatscht. Einmal, zweimal, dreimal. Dann läßt er sie sinken.

»Na was denn?« fragt Johanna. Gleich ist alles ausgestanden. Gleich kommt die Ablehnung, und sie kann Altmann anrufen, damit er die Konventionalstrafe eintreibt.

»Gekauft«, sagt Holt. »Schalten. Sofort.«

8. Kapitel
Der Dachs

Der Dachs ist ein Raubtier.

Die Machtlosigkeit, dieses Gefühl, gegen die da oben kann man ja sowieso nichts ausrichten, das alles ist nicht so schlimm, wenn sie merken, daß sie ernst genommen werden.

Ein Schreiben der Ortssparkasse,
gestempelt, beglaubigt.

Da draußen ist Krieg. Gegen alles und jeden.

Das Allerschlimmste ist das Schweigen des Telefons. *Das Versickern der Post, das Ausbleiben der gefütterten Briefumschläge mit den auf handgeschöpftem Bütten gedruckten Einladungen.*

Thea sitzt, was selten geworden ist, mit ihren Eltern beim Abendbrot. Die Tür zum Garten steht offen, denn es ist warm geworden, und die Luft streicht herein wie eine Katze auf Besuch. Es duftet nach Frühling, nach dem ersten zarten Grün und der aufbrechenden Erde. Vor ihnen liegt die Neuausgabe des »Gemeindeboten«, und Thea hat allen Grund, stolz darauf zu sein. Der kleine Verlag blüht, wächst und gedeiht. So sehr, daß sie das Personal aufgestockt haben: Wiltrud Tietz, eine rundliche, patente Frau Ende Vierzig, und Helga Eckhard, alleinerziehend, ehemalige Chefsekretärin mit Agenturerfahrung. Beide seit über zwei Jahren arbeitslos. In halbtäglichem Wechsel verteidigen sie nun die Wohnzimmerredaktion vor den unangenehmen, zeitraubenden Kleinigkeiten, erledigen die Buchhaltung und das Sekretariat. Und dann klingelte eines Tages Tim Wagner an der Tür: abgelehnt an der Kölner Journalistenschule und wild entschlossen, durch ein Praktikum, und sei es in dieser letzten, am weitesten abgeschlagenen Bastion des Journalismus, die Aufnahme zum nächsten Semester doch noch zu erzwingen.

Thea und Uli leiten nun nicht nur eine Redaktion, sie haben sogar eine Belegschaft. Manchmal können sie ihren Erfolg selbst kaum glauben. Und nun also, zum ersten Mal, nicht zuletzt dank Tim Wagners investigativer Recherche, die erste richtige Titelstory. Es geht um die Zukunft der Oberen Wiesen: Naturschutz- oder Industriegebiet?

»Die Flurbereinigung ist natürlich noch nicht durch. Und so wie ich Fliesel kenne, verteidigt er die Oberen Wiesen mit Zähnen und Klauen. Mir hat er gesteckt, er hätte das halbe Dorf hinter sich, bereit, mit Mistgabeln und Traktoren auf die Vermesser loszugehen.«

»Und die andere Hälfte?« fragt Heinrich. Er wußte gar nicht, wie viele kleine Robin Hoods in den Wäldern der Unterau leben. Seit der »Gemeindebote« begonnen hat, lokale Themen wie die Abwasserbelastung der Krumme durch das Papierwerk in Unterstätten aufzunehmen, sind Schlagworte wie Demonstration, Widerstand und Gegenaktion am Kuckuckschen Tisch fast alltäglich geworden. Heinrich sieht es relativ unemotional: Die Probleme gab es schon früher, nur berichtet wird darüber jetzt intensiver. Er hat nichts dagegen, daß Thea sich mit aller Kraft für den Umweltschutz einsetzt. Auf der anderen Seite beklagt sie die Arbeitslosigkeit. Das Papierwerk droht nun, achtzig Leute zu entlassen, wenn die Pipeline nicht durch ein Stück Land gelegt werden kann, in dessen Tümpeln ausgerechnet der rote Ochsenfrosch gedeiht und laicht. Was also ist wichtiger? Der Frosch oder die Menschen?

»Die andere Hälfte wird einsehen, daß man Geld nicht essen kann.«

»Nicht?« fragt Heinrich. »Aber die gute Geflügelleberwurst kann man davon kaufen, die du dir gerade aufs Brot schmierst.«

Thea lacht. »Natürlich. Und wenn du mich fragst, wird die Pipeline verlegt, egal, was da kommt. Krötzig ist froh, daß er überhaupt noch was bekommt für sein Land. Er wird Himmel und Hölle in Bewegung setzen, den Antrag durchzukriegen.«

Sie läßt die Gabel sinken, mit der sie sich gerade ein Gewürzgürkchen aufgespießt hat. »Aber es ist wichtig, die Leute nicht mit ihren Problemen allein zu lassen. Wenn sie lesen, was wir berichten, fühlen sie sich ernstgenommen. Die Machtlosigkeit, dieses Gefühl, gegen die da oben kann man ja sowieso nichts ausrichten, das alles ist nicht so schlimm, wenn sie merken, daß sie ernstgenommen werden. Und um noch mal auf den Frosch zu kommen« – sie beißt in das Gürkchen –, »der war ja wohl zuerst da.«

»Was ist denn das für eine Vorstellung!« poltert Heinrich. »Der Frosch war zuerst da! Soll ich jetzt hingehen und mich bei ihm entschuldigen? Vielleicht haben seine Trampelpfade ja auch mal hier über das Grundstück geführt!«

Es klingelt. Thea steht auf und trägt ihr Geschirr in die Küche. Marthe öffnet die Tür, und Uli tritt herein.

»Guten Abend«, grüßt er und gibt erst Marthe, dann Heinrich die Hand. »Ich störe hoffentlich nicht?«

»Bin schon fertig!« ruft Thea aus der Küche.

»Herr Sommer«, spricht Heinrich Uli an. »Wir waren gerade in einer bewegten Diskussion. Thea ist der Meinung – «

»Laß doch die Kinder gehen«, mischt sich Marthe nun ein und erntet einen bösen Blick, der sie aber nicht im mindesten erschüttert.

»Nein«, sagt Heinrich, »ich will es jetzt von Ihnen hören. Was ist wichtiger: der Frosch oder der Mensch?«

Uli blickt zu Thea, die, ein vergnügtes Lächeln im Gesicht, schon an der Tür steht.

»Wenn Sie mich so fragen«, sagt er, »der Frosch natürlich. Schließlich hat er die älteren Rechte.«

Sie gehen ruhig nebeneinander her. Nicht mehr lange, und die ersten grünen Blätter wachsen an den Eichen. Auf der kleinen Lichtung stehen schon die ersten Anemonen, die

Vögel in den Ästen singen das Abendlied. Thea atmet die
Luft ein, schmeckt und riecht das Werden und kann sich
nicht vorstellen, jemals wieder in einer Smogwolke auf
einer Kreuzung zu stehen, Autos und Hektik, Lärm und
Dreck um sie herum. Und schiebt den Gedanken schnell
wieder beiseite. Noch ist nichts entschieden. Das Leben ist
heimtückisch: Wer weiß, was es sich als nächste böse Überraschung ausgedacht hat. Glaubte sie nicht schon einmal,
alles sei sicher und nichts könne sie aus der Bahn werfen?
Wer weiß, wo sie in einem Jahr sein wird. Doch sie spürt, tief
in ihrem Herzen will sie auch den nächsten Frühling hier
erleben.

Auch Uli hängt seinen Gedanken nach. Es gehört zu
den Besonderheiten ihrer Freundschaft, daß sie auch miteinander schweigen können und die Stille nicht mit Be-
langlosigkeiten füllen. Er liebt es, Thea bei ihren Spazier-
gängen zu begleiten. Sie geht mit großen, federnden
Schritten über den Waldboden und betrachtet die Welt mit
wachen Augen.

»Sieh mal«, sagt sie, und er folgt ihrem Blick auf ein
Amselpaar, das sich in einer Astgabel häuslich niedergelas-
sen hat. Wenig später nimmt sie die Blattknospen einer
kleinen Linde genauer unter die Lupe. »Noch vier Wochen?« fragt sie. Uli nickt. Er kennt sich noch immer gut
aus im Wald. Erklärt ihr die Pflanzen und die Bäume und
erkennt die Vögel an ihrem Gesang. Schließlich, sie biegen
auf den Feldweg nach Orschelshausen ein, bringt sie seine
Gedanken auf den Punkt.

»Ist dumm gelaufen«, sagt sie. Uli nickt. Der Postbote
war erschienen und hatte einen Geldbetrag überbracht. Sie
hatten in den einzelnen Gemeinden Außenstellen eingerichtet, bei denen Anzeigen aufgegeben werden konnten. Die
wöchentlichen Beträge wurden von den freien Mitarbeitern

normalerweise überwiesen. Heute aber stand Weirich vor der Tür und trompetete »Geld, Fräulein Kuckuck, Geld!«

Geld! Wie sie dieses Wort mittlerweile haßt. Sie hat sich angewöhnt, an Geld als eine abstrakte Größe zu denken, die zu mehren ihr momentanes Hauptbestreben ist. Im praktischen Umgang allerdings scheut sie das Papier wie der Teufel das Weihwasser. Sie gibt es bei Marthe ab, als Unterhaltszuschuß, und behält für sich nur kleine, überschaubare Beträge. Alles andere ist zwecklos. Sie spürt sie immer noch, diese kleinen Begehrlichkeiten, dieses kaufen wollen, haben wollen, besitzen wollen, und meidet deshalb die Kreisstadt, wo immer es möglich ist. Zu bitter der Verzicht, zu teuer alles, was ihr gefällt. Ein hübsches Sommerkleid, ein paar Schuhe – nicht drin. Statt dessen geht sie mit Nana einkaufen, und die achtet auf Haltbarkeit und Verarbeitung. Und Thea weiß, daß dies die Kriterien sind, nach denen sie sich jetzt vielleicht ihr ganzes Leben richten wird.

Uli bleibt stehen. Sie haben den Hochstand erreicht, und nun klettert Thea als erste auf die Plattform. Oben setzen sie sich nebeneinander auf das schmale Brett und beobachten das Verschwinden des Lichts, das Herankriechen der Dämmerung aus den Wäldern, die diffuse nächtliche Helligkeit, die sich über die wartenden Äcker legt. Ein Reh tritt aus den Büschen, reckt den Hals, schnuppert und verschwindet wieder im Dickicht. Stare und Krähen ziehen ihre engen Kreise über der Saat und lassen sich in dichten Gruppen nieder.

»Wir müssen etwas tun«, sagt Uli. »So geht das nicht weiter.«

Thea nickt. Weirich hatte die Anweisung aus seiner großen Ledertasche geholt und sie ihr entgegengehalten. »Hier unterschreiben, bitte.«

Und Thea bat um einen Moment Geduld, ging ins Wohnzimmer zu Wiltrud Tietz und bat sie, den Betrag entgegenzunehmen. Dann verschwand sie in der Küche und blieb lange über einer Tasse mit lauwarmem Earl Grey sitzen.

»Du kannst nicht mein Partner sein, wenn du noch nicht einmal eine Überweisung ausfüllen darfst.«

Thea nickt. Genau diesen Schluß hat sie heute auch gezogen. Natürlich weiß jeder im Dorf und weit darüber hinaus, daß sie nicht auf Rosen gebettet liegt. Aber sie muß Aufträge erteilen und Verträge unterschreiben. Sie muß im Briefkopf als Partner auftreten und im Impressum, in dem bis heute ihr Name fehlt. Das alles aber ist nicht möglich. Nicht, solange kein Gewerbeamt der Welt ihr einen Schein ausstellen wird, nicht, solange keine Bank ihr ein Konto einrichtet. Nicht, solange der Gerichtsvollzieher an der Tür klopfen und fragen kann: »Frau Kuckuck, wie werden Sie eigentlich für Ihre Arbeit bezahlt?«

Und Uli wird das genauso sehen. Er ist ihr Freund, das weiß sie. Sie kann ihm vertrauen. Der Traum vom gemeinsamen Aufbau war schön, doch die Realität funkt immer wieder dazwischen.

»Wir können das nicht mehr lange so durchziehen«, sagt er nun. »Du lebst und arbeitest in einer Grauzone. Das ist auf Dauer keine Lösung.«

Thea nickt. Der Mond geht auf, sein bläuliches Licht taucht die Gegend in die Schatten einer fremden Welt.

»Krötzig hat heute bei mir angerufen«, fährt er fort. Leise nun, fast flüsternd. »Er hat sich nach dir erkundigt. Und danach, ob denn deine Kreditkündigung wieder in Ordnung wäre. Thea, weiß Krötzig von deiner Lage?«

Thea nickt wieder. »Wir haben uns vor der Bank getroffen, damals. Als ich hier ankam. Meine Karte war eingezogen worden, und er hatte alles mitbekommen.«

Das scheint so lange her zu sein. Und doch greifen die Ereignisse von damals immer wieder nach ihr. Sie wird keinen Frieden finden, ihr Leben lang nicht. Uli legt ihr den Arm um die Schulter und zieht sie tröstend an sich. Es wird kalt.

»Er ist nicht gerade unser Freund.«

Thea zieht die Jacke noch etwas enger um sich herum.

»Das kann man wohl sagen. Uli, was soll ich tun?«

»Fahr nach Hamburg.«

Thea versteift die Schultern, und Uli läßt sie los. Hamburg. Große, fremde Stadt. Theas Heimat. Theas Leben, das von einem auf den anderen Tag endete und über das sie nie ein Wort verloren hat seit diesem Tag, an dem sie sich zum ersten Mal seit zwanzig Jahren wiedergesehen hatten. Hamburg. Marius.

»Du kannst dich hier nicht für immer verkriechen. Stell dir vor, du hörst bei mir auf. Was dann? Vielleicht findest du einen Job in Frankfurt. Vielleicht kannst du deine Lage eine Weile geheimhalten. Aber was, wenn sie dir dein Gehalt überweisen wollen? Welche Firma macht das mit? Thea, fahr nach Hamburg.«

»Und was soll ich da?« fragt sie mit kleiner Stimme.

»Red mit der Bank. Erzähl ihnen, was du hier tust. Vielleicht – «

»Vielleicht was? Vielleicht schenken sie mir das Geld? Vielleicht wollen sie mit einsteigen? In den Riesenverlag des ›Unterauer Gemeindeboten‹? In jene publizistische Größe, vor der halb Oberhessen zittert?«

»Psst«, warnt Uli und weist nach rechts. Das Reh ist wiedergekommen und nimmt nun die frischen Ackerfurchen genauer unter die Lupe.

»Nein, Uli«, flüstert Thea. »Die Grund- und Bodenbank ist so ziemlich das Schlimmste, was mir passieren konnte.

290

Keine Sparkasse, bei der man den Filialleiter noch aus dem Sportunterricht kennt. Das ist eine Privatbank. Und die wollen Geld sehen.«

»Keine Bank auf dieser Welt ist daran interessiert, jemandem die Existenzgrundlage zu entziehen, solange noch die Chance besteht, an Geld zu kommen. Sag ihnen, daß du arbeiten willst. Daß du zahlen willst. Aber daß sie dir die Schufa saubermachen und den Offenbarungseid zurücknehmen sollen.«

Thea lehnt sich mit den Armen auf das Holz und starrt in die Dunkelheit. Ist das vielleicht eine letzte, kleine Chance?

»Bitte, Thea. Fahr nach Hamburg.« Und mach Schluß mit deinem alten Leben, denkt Uli. Bring es zu Ende. Und komm zurück. Komm zurück.

»Was ist das?« fragt Thea. Uli beugt sich vor. Eine kleine, dunkle Gestalt wieselt schnüffelnd den Rain entlang.

»Sei ganz still«, flüstert er. »Das ist ganz selten zu sehen. Wir haben großes Glück. Das ist ein Dachs.«

Das Tier richtet sich nun halb auf und setzt sich auf seinen Schwanz. Es schuppert und scheint die Witterung vom Hochsitz aufzunehmen. Unschlüssig blickt es in ihre Richtung.

»Ist das niedlich!« quietscht Thea leise.

»Niedlich?« fragt Uli. »Der Dachs ist ein Raubtier.«

Die nächsten Tage arbeitet sie, als hätte es das Gespräch nie gegeben. Die nächste Nummer wird ein harter Brocken. Krötzig riecht den Braten, ruft an, verlangt in herrischem Ton, Thea zu sprechen. Frau Tietz kann ihn nur mit Mühe beruhigen. Die Auflage ist noch einmal gestiegen, allein nach Unterstätten müssen dreihundert zusätzliche Exemplare geliefert werden, im nachhinein erreichen sie von dort über vierzig Abonnementsbestellungen. Das neue Konzept greift. Am Wochenende haben sie zum ersten Mal über zehntausend verkaufte Exemplare. Und weil es ein außergewöhnlich milder Abend ist, lädt Uli alle zu einer frühen Grillparty in seinen Garten.

Gegen acht ist das Fest in vollem Gang. Tim Wagner unterhält die ganze Mannschaft mit seiner Kunst, vier Würstchen auf einmal zu jonglieren und sie anschließend direkt in seinen Mund fliegen zu lassen. Seine Freundin Anna, ein schüchternes Mädchen, beobachtet ihn mit strahlenden Augen. Thea steht ein wenig abseits. Tim und Anna passen gut zueinander. Ihre Augen sprechen miteinander. Das ist das wichtigste.

Thea erinnert sich an ihre Liebe zu Uli. An jene ferne Zeit, die nicht mehr zu fassen ist, auch wenn dann und wann Erinnerungen herüberwehen, so wie in diesem Moment. Manchmal, glaubt Thea, liegt diese Zeit nur hinter einem zarten Vorhang verborgen, manchmal wie hinter einer dicken Wand. So nah, so fern.

Sie seufzt und wendet sich ab. Ist das wirklich alles noch wichtig? Muß die Vergangenheit denn immer noch herhalten, wenn man für die Zukunft nicht mehr weiter weiß? Eins ist sicher: Würde die Thea von damals dort hinten neben der Rutsche stehen und zu ihr herübersehen, sie würde ihr zuzwinkern. Gut gemacht, würde das heißen. Sei endlich mal ein bißchen stolz auf dich. Es ist nicht wichtig, ob irgend jemand in Hamburg mitkriegt, was du hier auf die Beine gestellt hast. Viel wichtiger ist, daß du dir selbst mal auf die Schulter klopfst.

»Thea!« Uli ruft nach ihr. »Telefon!« Sein Gesicht wirkt besorgt. Sie läuft zu ihm. »Deine Eltern.«

»Ja?« fragt sie atemlos.

Marthe ist am Apparat. »Komm schnell. Bitte komm

schnell. Der Gerichtsvollzieher ist da – mit einem Mann von der Kripo.« Sie schluchzt. »Und sie fragen nach dir.«

»Ich bin sofort da.«

Thea schwingt sich aufs Fahrrad und jagt zurück nach Hause. Schon von weitem sieht sie den Wagen der Polizei. Kein Wunder, daß Marthe außer sich gewesen ist. Die ganze Straße wird es schon wissen. Sie stürmt die Stufen hoch, Marthe macht ihr die Tür auf.

»Sie verhören Heinrich!« schluchzt sie. »Ogottogott!«

»Ganz ruhig«, sagt Thea. »Das dürfen die gar nicht.« Aber sie ist sich nicht so sicher.

»Frau Thea Kuckuck?«

Die Herren stehen im Wohnzimmer, Heinrich, mit hochrotem Kopf, kommt aus der Küche herausgefegt.

»Da bist du ja endlich!« herrscht er sie an. »Bringst mir die Polizei ins Haus. Hat man so was schon erlebt! Und weshalb?« Er wendet sich dem ungebetenen Besuch zu. »Können Sie mir sagen, was meine Tochter getan haben soll?«

»Uns liegt eine Anzeige vor –«

»Von wem?« donnert Heinrich. »Ich brech ihm alle Knochen!«

»Können wir nicht sagen«, bedauert der Beamte säuerlich. Vorsorglich stellt er sich hinter den Fernsehsessel.

»Langsam, langsam.« Thea schließt die Flurtür. »Um was geht es eigentlich?«

»Um Schwarzarbeit«, sagt der Polizist. »Sie sollen beim ›Unterauer Gemeindeboten‹ in einem nicht angemeldeten Beschäftigungsverhältnis stehen. Und wir sind angehalten, solchen Beschwerden nachzugehen.«

»Und warum dann hier?« ruft Heinrich. »Warum dann nicht auf den Baustellen? Und in den Küchen der Restaurants? Und auf den Feldern bei der Ernte? Warum hier?«

Der Steuerbeamte öffnet seine Akte. »Im Falle von Frau Kuckuck liegt ein Offenbarungseid vor. Es geht also nicht nur um Steuerhinterziehung, sondern auch um Betrug. Und das« – er schließt die Akte wieder, »kann schnurstracks ins Gefängnis führen.«

Heinrich wankt zum Fernsehsessel, der Polizist tritt einen Schritt zurück, rein vorsichtshalber, aber Heinrich läßt sich einfach nur in die Polster fallen.

»Gefängnis?« fragt er.

Marthe steht mit dem Rücken an der Flurtür und starrt die Beamten mit weit aufgerissenen Augen an. Auch Thea schweigt.

»Krötzig«, flüstert sie schließlich. »Michael Krötzig.«

Der Polizist blickt verlegen zu Boden. Thea holt tief Luft.

»Wollen Sie sich nicht setzen? Nana, mach uns doch einen Kaffee. Ich werde Uli anrufen. Er kann alles mit aufklären.«

»Bitte tun Sie das nicht«, sagt der Polizist. »Bei ihm läuft gerade eine Hausdurchsuchung.«

Es werden zwei lange, unangenehme Stunden. Schließlich verabschieden sich die Beamten mit dem berühmten Satz »Sie hören von uns«. Dann ist Familie Kuckuck allein. Sie sitzen um den Eßtisch und starren aneinander vorbei. Endlich bricht Thea das Schweigen.

»Sie werden nichts finden bei Uli«, sagt sie. »Mehr als die fünfhundert Mark hat er mir nie gegeben.«

»Natürlich nicht«, brummt Heinrich. »Du wirst uns schon nicht anlügen. Nicht deine Eltern.«

»Kann man dich deshalb wirklich ins Gefängnis bringen?« fragt Nana. Thea greift nach ihrer Hand.

»Nein«, sagt sie bestimmt. Aber ganz so sicher ist sie sich da auch nicht. »Auf gar keinen Fall.«

Ich muß nach Hamburg, denkt sie. Jetzt bleibt mir nichts anderes übrig.

»Unsere Tochter kommt nicht ins Gefängnis«, sagt Heinrich. »Nicht, solange ich hier das Sagen habe.«

Thea muß trotz allem lächeln. »Das wird nicht helfen.«

»Doch«, sagt Heinrich. »Dir hilft's vielleicht.«

Und jetzt bekommt Thea tatsächlich feuchte Augen.

Die Beamten haben alle Ordner mitgenommen und ein Chaos hinterlassen. Wiltrud und Helga treffen beide am Montag morgen ein, auch Tim sitzt, bleich unter seinen Sommersprossen, im Krisenstab, den Uli einberufen hat.

»Eine anonyme Anzeige«, sagt Uli. »Wir haben zwar einen Verdacht, aber wir können nichts dagegen tun.« Er streicht sich mit dem Zeigefinger über die kleine Narbe, die seine rechte Augenbraue kaum sichtbar, aber immer noch teilt.

»Hat es was mit unserer letzten Ausgabe zu tun?« fragt Tim. »Sind wir vielleicht irgend jemandem auf die Füße getreten?«

Watergate und die Barschel-Affäre, die Hitler-Tagebücher und der falsche Ku-Klux-Klan leuchten in seinen Augen. Journalismus at its best! Und das beim »Unterauer Gemeindeboten«! Wer hätte das gedacht?

»Keine Verdächtigungen!« unterbindet Uli die gewagten Spekulationen. Er kann an den Gesichtern ablesen, wie sehr sie alle betroffen sind. Vor allem über die Nachricht, daß Thea vorläufig nicht mehr bei ihnen arbeiten wird.

»Warum denn, Herr Sommer?« fragt Waltraud nun zum dritten Mal. »Was hat sie denn verbrochen? Ohne sie geht doch hier alles den Bach hinunter.«

»Das sehe ich nicht so.« Ulis Ton hat an Schärfe zugenommen. Auch für ihn ist die Zukunft ohne Thea eigentlich nicht mehr vorstellbar. Aber das ist noch lange kein Grund, das Handtuch zu schmeißen. »Wir gäben ein trauriges Bild ab, wenn wir nichts von ihr gelernt hätten. Für Sie, Waltraud und Helga, heißt es nun, doppelt so hart zu arbeiten. Und du, Tim, weißt auch ohne Thea, worauf es bei uns ankommt. Es wird sich einiges ändern, aber wir geben nicht auf. Verstanden?«

Alle nicken.

»Wir geben nicht auf«, sagt Waltraud tapfer. Und Tim beteuert: »Jetzt erst recht nicht.«

Helga seufzt. »Aber fehlen –« wird sie uns doch, will sie fortsetzen.

»Schluß jetzt!« befiehlt Uli. »Ran an die Arbeit. Es gibt viel zu tun. Ab morgen beginnt der Tag um sieben. Alles klar?«

»Klar, Chef«, sagt Tim. Helga und Waltraud stehen auf und gehen ins Arbeitszimmer, das trotz des jüngsten Durcheinanders immer mehr die Züge eines ordentlichen Sekretariats annimmt. Uli bleibt noch eine Weile im Wohnzimmer zurück. Er würde sie gerne zum Bahnhof bringen. Aber er traut es sich nicht zu. Und so bleibt er am Fenster stehen, schilt sich selbst einen Feigling und kann eigentlich nur eines denken: Komm zurück.

Thea steht, mit gepackter Reisetasche, mit Nana an den Gleisen. Mit einem lauten »Klack« springt der Uhrzeiger auf die nächste Minute. Sie trägt ihr altes Kostüm, das sie auch bei ihrer Ankunft anhatte, und fröstelt. Nach den Monaten in Pullis und Jeans ist ihr der dünne Stoff am Leib nicht mehr vertraut, engt er sie ein in ihrer Bewegungsfreiheit. Sie trippelt ein paar Schritte auf und ab. Über den Arm hat sie Nanas wattierten Popelinemantel gelegt. Es kann kühl werden in Hamburg.

»Wo bleibt denn Heinrich?« fragt sie. Der wollte nur den Wagen »anständig parken«, wie er sagte. Obwohl vor dem Bahnhof noch Platz genug war. In einer knappen Viertelstunde wird schnaufend und zischend die Regionalbahn eintreffen. In Gießen wird Thea umsteigen und einen Direktanschluß nach Hamburg Dammtor haben. Vicky hat ihr versprochen, sie abzuholen. Bei ihr wird sie wohnen. Die paar Tage. Sie wirft wieder einen Blick auf die Reisetasche. Sie hat an Form und Farbe verloren, und wenn Thea daran denkt, was sie einmal dafür bezahlt hat, schüttelt sie nur noch den Kopf.

»Melde dich, sobald du angekommen bist«, sagt Nana. Thea nickt. »Und mach dir keine Sorgen. Wird schon alles werden.«

Ein Surren geht durch die Leitungen über ihnen. Von der Straße kann sie den hohen, dünnen Ton der Glocke hören. Die Schranken senken sich langsam.

»Jetzt wird's aber so langsam Zeit!« Sie wirft einen Blick auf die Uhr. Da sieht sie, wie Heinrich um die Ecke biegt. Ganz außer Atem, mit schnellen Schritten. Sie breitet die Arme aus.

»Willst du meinen Abschied verpassen?« ruft sie ihm zu. Und dann geht alles ganz schnell. Der Zug biegt um die Ecke, Thea nimmt Nana und Heinrich abwechselnd in den Arm. Dann nimmt sie ihre Reisetasche und klettert ins Abteil. Es ist leer an diesem frühen Vormittag, sie hat Glück. Unter Aufbietung aller Kräfte kann sie das Schiebefenster öffnen. Nana winkt, Heinrich streckt ihr einen Umschlag entgegen.

»Was ist das?« fragt sie. Heinrich drückt ihn ihr in die Hand. »Nicht verlieren!« ruft er. Thea reißt ihn auf. Ein Schreiben der Ortssparkasse, gestempelt und beglaubigt. Sie überfliegt die Zeilen. *Hiermit bestätigen wir, daß Herr*

*Heinrich Kuckuck DM 100 000 auf den Namen seiner Tochter
Thea …*

»Nein!« ruft sie aus dem Fenster, doch der Zug fährt schon an. »Das kann ich nicht annehmen! Ich schaff es auch so, ich verspreche euch: Ich werd es schaffen!«

»Für alle Fälle!« ruft Heinrich. »Für alle Fälle!« Er läuft, winkt und bleibt schließlich schwer atmend stehen.

Mit einem langgezogenen Heulen verläßt der Zug den Bahnhof von Sondersdorf.

Vicky starrt immer wieder verstohlen auf die Armbanduhr. Das Meeting war ursprünglich bis halb vier angesetzt, und schon jetzt ist die Zeit um eine halbe Stunde überzogen. Schliever redet ohne Punkt und Komma. Über die Weltwirtschaftslage im allgemeinen und die von Schliever & Wahn im besonderen, über Konkurrenzverhalten und Corporate Identity, über die neue Abteilung, in der sie, Vicky, jetzt arbeitet, und über den Weg, der das Haus zum Ziel führen soll: die absolute Marktführerschaft.

Das alles dauert und dauert, der ganze Saal hängt an Schlievers Lippen, nur Vicky rutscht ein wenig ungeduldig auf ihrem Designerstuhl hin und her. Sie will nicht zu spät am Dammtor ankommen. Thea war über ein halbes Jahr fast wie vom Erdboden verschwunden. Wer weiß, ob sie sie noch erkennt? Das Landleben hat schon so manchen für immer entstellt …

»Unsere Marketingstrategie muß sich also den neuen Erfordernissen des Marktes anpassen. Und das konsequent bis zur Rücksichtslosigkeit, auch gegen uns selbst. Im Moment ist das Geschäft kein Platz für Sentimentalitäten. Verzetteln, abweichen oder eine besondere Art von Kreativität, ohne die einige wohl nicht produktiv arbeiten können, das gibt es nicht. Haben wir uns verstanden?«

Alles nickt und murmelt vor sich hin. Vicky kaut an einem Buntstift. Wie lange will der Kerl da vorne eigentlich noch die gesamte Mannschaft aufhalten?

»Wir haben die Talsohle noch längst nicht erreicht. Deshalb kann auch von einer Konsolidierung bei weitem nicht die Rede sein. Ich sage Ihnen das, damit Sie wissen, was Sie erwartet. Kleine, beschauliche Inseln der Betulichkeit wird es nicht mehr geben. Da draußen ist Krieg. Gegen alles und jeden.«

Vicky stöhnt. Sie kennt die Parolen, die Schlagworte, die allgemeine Panikmache zur Genüge. Sie muß zum Bahnhof.

»Die Fusion allein ist keine Hoffnung. Darauf verlassen darf sich hier niemand. Wer denkt, nun ein trockenes Plätzchen gefunden zu haben, der irrt. Und merken Sie sich eins: Irrtümer klären sich in diesem Haus schnell auf. Haben Sie mich verstanden?«

»Klar«, entfährt es Vicky. Alle Köpfe drehen sich ruckartig zu ihr um. Sie wird puterrot und entschließt sich zur Flucht nach vorn. »Was Sie uns hier sagen wollen, bedeutet doch im Klartext nichts anderes als: Ran an den Speck. Stimmt's?«

Gerhard Schliever nickt, mehr als überrascht.

»Dann würde ich doch sagen: In die Hände spucken und ab an die Arbeit!«

Zustimmendes Gemurmel. Schliever nickt anerkennend. »Richtig. In diesem Sinne – «

Die Flügeltür des Konferenzraums öffnet sich, zwei Angestellte schieben einen Wagen herein.

»Stoßen wir miteinander an!«

Champagner wird serviert, Vicky drängelt sich an einer narkoleptischen Blondine vorbei zu Gerry. »Der Mann bringt mich noch um den Verstand. Hat der Machiavelli gelesen?«

Gerry grinst und hebt sein Glas. »Der ist immer so. In seinem Büro hat er eine Sammlung Zinnsoldaten. Böse Gerüchte behaupten, mit denen spielt er berühmte Firmenfusionen nach. Den Bertelsmann-RTL-Deal oder die Maggi-Unilever-Geschichte.«

»Aha«, sagt Vicky und dreht sich noch einmal nach Schliever um. Er steht am anderen Ende des Raumes, ins Gespräch mit seinen engsten Mitarbeitern vertieft, die ihn hermetisch vor dem Herantreten minderer Gestalten schützen. Wer würde nach dieser Rede auch wagen, in die Dreierrunde flüsternder Gestalten einzubrechen, die sich so Wichtiges zu erzählen hat?

»Wahrscheinlich besprechen sie grade die Bundesligaergebnisse«, sagt Gerry, der ihrem Blick und ihren Gedanken gefolgt ist.

»Gerry, ich muß weg. Thea kommt in zehn Minuten am Bahnhof an. Kannst du mich bei den anderen entschuldigen?«

»Geht schon klar. Schöne Grüße!«

»Werd ich ausrichten!«

Vicky eilt den Gang hinunter zu den Fahrstühlen. Schliever & Wahn ist schon eine andere Größenordnung als alles, was sie bisher gesehen hat. Hier weht tatsächlich der Duft der weiten Welt: Der Verlag bringt alleine neun erfolgreiche Zeitschriftentitel heraus und ist darüber hinaus noch an diversen Rundfunk- und Fernsehstationen beteiligt. Nicht zuletzt deshalb wird überlegt, den zahlreichen Magazinsendungen der Sender noch ein weiteres hinzuzufügen. Böse Zungen behaupteten, der Arbeitstitel stünde schon fest: Schliever und wie er die Welt sah.

Der Fahrstuhl ist da. Vicky klemmt sich zwischen nach Rasierwasser und Parfum duftende, in nobelsten Zwirn gewandete Leiber. Mit Jeans und Pulli ging man vielleicht noch bei Dinkel & Co. durch, »TV nonstop« war schon ein anderes Kaliber. Hier aber? Vicky mustert die Umstehenden verstohlen. Entweder sie sind hoffnungslos verschuldet, oder sie kennen Jil Sander und Giorgio Armani persönlich. Vicky seufzt. Ihr Konto ist jetzt schon heillos überzogen.

Thea ist wohlbehalten in Hamburg eingetroffen. Schon als der Zug durch die Vororte fuhr, schlug ihr Herz schneller. Als sie am Dammtor aussteigt und nach draußen geht, begrüßt sie die Stadt wie eine alte Bekannte. Es ist grün, alles blüht, die Cabrios fahren offen, und wummernde Bässe aus hochgetunten Anlagen vermischen sich mit dem Brüllen anfahrender Turbodiesel.

»Willkommen zu Hause!«

Sie dreht sich um. Vicky, abgehetzt, außer Atem, kommt auf sie zugelaufen mit ausgebreiteten Armen. »Schön, daß du wieder da bist.«

Die Reisetasche wird in Vickys Mini gepackt, und dann quälen sie sich durch die Rushhour die Außenalster entlang Richtung Eppendorf.

»Halt an, bitte«, sagt Thea. An Bodos Bootssteg parkt Vicky den Wagen, und beide gehen hinunter ans Wasser. Thea saugt die Silhouette in sich auf, Vicky ordert zwei Milchkaffee.

»Ich hab nicht so wahnsinnig viel Zeit«, sagt sie und blickt schon wieder auf die Uhr. Thea fällt auf, wie gehetzt sie wirkt. »Ich muß noch mal zurück. Im Moment ist die Umstrukturierung im vollen Gang. So gerne ich mich jetzt um dich kümmern würde –«

»Nicht nötig«, sagt Thea. Sie löffelt den Milchschaum ab und versucht, nicht daran zu denken, daß sie für denselben Preis ein ganzes Pfund Kaffee bekommen könnte. Ich habe Urlaub, sagt sie sich. Jetzt ist endlich mal Schluß mit der Rechnerei.

»Gut siehst du aus«, seufzt Vicky. Und es stimmt: Obwohl Thea kaum Make-up trägt und die Haare einen anständigen Schnitt schon lange nicht mehr gesehen haben, wirkt sie wie nach drei Wochen Urlaub. Nur nicht ganz so braungebrannt. Sie sieht auf Theas Hände und erschrickt ein wenig: Hände, die gearbeitet haben.

»Ist schon Erntezeit?« fragt sie.

Thea lacht und schüttelt den Kopf. »Wir mußten den Geräteschuppen abreißen. Das Holz hat einfach nichts mehr getaugt.«

Sie trinkt den Kaffee und beobachtet die Schwäne, die bis an den Steg heranschwimmen und auf ein paar von gnädiger Hand geworfene Brotbrocken spekulieren. Der Steg ist voll, Jogger und Spaziergänger, Hausfrauen und gutgekleidete Angestellte, die eine verspätete Mittagspause nachholen oder zwischen zwei Terminen frische Luft schöpfen, sitzen auf den Bänken und genießen die warmen Strahlen der Sonne.

»Vicky –«, sagt Thea. Doch die unterbricht mit einem erneuten Blick auf die Uhr.

»Laß uns heute abend darüber reden. Ich hab einen Tisch bestellt.« Sie sieht Theas leises Erschrecken. »Du bist selbstverständlich mein Gast.«

»Muß das sein?«

»Thea, was ist denn mit dir los?« Vicky ist verwundert. »Du bist doch nicht ins Kloster gegangen. Ein bißchen Abwechslung ist genau das richtige für dich.«

Sie zwinkert ihr zu und winkt nach der Rechnung. Dann bringt Vicky sie mit ihrem Auto bis vor die Haustür und verabschiedet sich rasch. Thea ist allein. Sie geht zum Telefon und ruft die Grund- und Bodenbank an.

302

»Und, wie wirkt sie?«

Gerry blickt kaum von seinem Computer auf, in dem er gerade das Screenlayout für einen neuen Seitenentwurf begutachtet.

»Gut«, sagt Vicky und setzt sich ihm gegenüber. Das Büro ist hell und weiträumig, die neuen Kollegen auf den ersten Blick sehr sympathisch. Die Blondine mit dem Schlafzimmerblick äugt zu ihnen herüber.

»Du«, sagt Vicky, »da hast du aber eine Eroberung gemacht.«

Gerry blickt auf. »Woher weißt du denn das schon wieder?« Er zwinkert ihr zu.

Als Vicky das nächste Mal auf die Uhr sieht, ist es kurz vor acht.

»Ach du Scheiße!« ruft sie aus. Und macht sich auf den Heimweg.

Thea ist zufrieden mit sich. So hat sie sich lange nicht mehr gesehen. Von einem Tag auf den anderen verwandelt, in hohen Pumps statt Turnschuhen oder Moonboots, in ihrem Hosenanzug von Dolce & Gabbana, der aufgebügelt und gedämpft wieder aussieht wie neu. Die Reste ihrer Garderobe aus alter Zeit haben die lange Zwischenlagerung im Kuckuckschen Dachzimmer fast unbeschadet überstanden.

In Vickys Badezimmer hat sie geduscht, sich die mittlerweile schulterlangen Haare lockig gefönt und eine genaue Inspizierung von Vickys Kosmetika vorgenommen. Sie blickt in den Spiegel und erschrickt. Ist das noch sie selbst?

Ein Schlüssel dreht sich im Schloß. Vicky kommt hereingestürmt und bleibt stehen.

»Wow!« sagt sie. »Ist das mein Make-up? Warum sehe ich dann nie so gut aus?«

Thea lacht. Ein Stein fällt ihr vom Herzen. Sie hat den leichtfüßigen Humor noch nicht verlernt.

»Das schönste war – « Vicky kichert immer noch und reibt sich die Lachtränen aus den Augen, »das beste war ...«

Sie keucht. »Ich kann nicht mehr, ich kann nicht mehr. Es ist im nachhinein unvorstellbar. Was Marius alles angestellt hat, würde ohne Probleme im Strafgesetzbuch unter Hochverrat geahndet. Das beste aber – «

Thea sieht sich vorsichtig um. Vicky fällt fast vom Stuhl vor Lachen, aber das scheint hier normal zu sein. Sie sitzen in der »Brücke«, es ist schon nach zehn, und langsam werden die Tische abgeräumt, um den Nachtschwärmern Platz zu machen.

»Du hättest ihn sehen sollen!« ruft Vicky nun und tupft sich die Augen mit der Serviette ab. »Wie er aus Rio direkt in mein Büro gestürmt kam und rief – und rief: Käsetortellini!«

Thea kann Vicky nicht so ganz folgen, lächelt aber höflich.

»Käsetortellini?«

Vicky beugt sich vor. »In der Touristenklasse. Ich hatte Touristenklasse für ihn gebucht!«

Ein neuer Lachanfall. Ein Mann an der Theke dreht sich um und sieht Thea direkt in die Augen. Er hebt sein Glas. Thea schaut verwirrt weg.

»Und die Kampagne?« fragt Thea. Vicky nimmt einen Schluck Wein.

»Welche Kampagne? Es gibt keine Kampagne. Das letzte, was ich gehört habe, ist, daß es gerade um die Höhe der Konventionalstrafe geht, die Print advertising an ›TV nonstop‹ zu zahlen hat. Der Saletzki geht's also, mit Verlaub gesagt, ziemlich bescheiden. Wenn mich nicht alles täuscht – so wird zumindest gemunkelt –, bist du mittlerweile gegen sie eine richtig gute Partie. Und rate mal, wer daran schuld hat.«

»Marius?« Thea glaubt es kaum. Vicky nickt.

»Genau. Dein Rächer wider Willen.«

»Und was ist aus ihm geworden?« fragt sie.

»Marius?«

Thea nickt.

»Willst du das wirklich wissen? Ich nicht.« Vicky prustet wieder los. Dann wird sie ernst. »Ich habe ihm ungefähr ein Dutzend Morddrohungen auf den Anrufbeantworter gesprochen. Ich hab ihm gesagt, ich trage eine geladene und entsicherte Pistole an meinem Körper. Und wenn ich ihn noch einmal in diesem Leben treffe, ist er geliefert.« Sie hebt ihr Glas und prostet Thea zu.

»Das heißt, du weißt auch nicht, wo er gerade steckt.«

Vicky schüttelt den Kopf. »Tut mir leid. Willst du dich mit ihm versöhnen? Ich glaube, das hat keinen Zweck.«

»Wie kommst du darauf, daß ich ihn um Entschuldigung bitten müßte?«

Vicky zieht das Tischtuch glatt und ordnet das Besteck. Sie sieht Thea nicht an. »Du hast uns alle damals ganz schön hängenlassen«, sagt sie.

»Ich?«

»Wir wußten alle nicht, wie es weitergehen sollte. Nur du hast dich abgesetzt und kein Wort mehr von dir hören lassen. Für Dinkel & Co. hast du keinen Finger gerührt. Egal, ob es was geholfen hätte – wir hätten dich gebraucht. Ich hätte dich gebraucht. Statt dessen verschwindest du auf Nimmerwiedersehen.«

»Hat Marius das gesagt?«

»Stimmt es etwa nicht?«

Vicky blickt auf und sieht in Theas fassungsloses Gesicht. »Nein, natürlich nicht. Es kann ja nicht stimmen, wenn Marius es gesagt hat.« Vicky nimmt erneut einen Schluck Rotwein. »Aber du hättest dich mal melden können.«

»Du auch«, sagt Thea. »Ich kann bis heute nicht ruhig schlafen, wegen der Schulden. Das Haus meiner Eltern wollte ich beleihen lassen. Marius hat mich quasi aus der Wohnung geworfen. Was glaubst du – ist das ein gutes Gefühl, seinen Lebensgefährten sprechen zu wollen und am anderen Ende ständig seine neue Freundin zu haben?«

Vicky schweigt.

»Es war nicht leicht. Und ich habe mich oft allein gefühlt. Keiner, niemand von euch allen, hat sich bei mir gemeldet. Auch ich habe gedacht, wir wären Freunde. Aber in Griechenland hieß Freundschaft etwas anderes als in Hamburg. Ihr alle seid fein raus. Ich bin die, die übrig blieb. Ich habe hunderttausend Mark Schulden. Ich allein.«

»Es tut mir leid«, sagt Vicky. Der Mann an der Theke hinter ihr dreht sich ständig nach Thea um. Nun hebt er sein Glas und prostet ihr zu. Sie fühlt sich beobachtet.

»Schon gut. Ich bin nicht hier, um die alten Geschichten wieder aufzurollen. Ich will endlich klar Schiff machen. Und dann – ein neues Leben beginnen.«

Vicky schämt sich noch immer. Thea spürt es und legt ihr die Hand auf den Arm.

»Schon gut.«

»Es ist nur – ich dachte … Ich konnte nie verstehen, wie alles so plötzlich auseinandergegangen ist. Bitte, Thea, glaub mir. Ich habe das alles nicht gewußt.« Vickys Augen werden feucht. Daß sie aber auch immer so nah am Wasser gebaut hat.

Thea gibt der alten, neuen Freundin einen liebevollen Schubs. »Noch einen Wein?«

Vicky nickt. »Erzähl, wie ist es dir ergangen? Was für einen Auftrag hast du bekommen?«

Und Thea berichtet. In kurzen, knappen Worten. Von ihrer Ankunft, dem finanziellen Zusammenbruch, der langen Zeit ohne Orientierung, ohne Ziel.

»Es tut mir so leid«, sagt Vicky noch einmal, erhält von Thea den zweiten Schubs und sieht sie mit großen Augen an. »Und nun?«

Thea erzählt von dem »Gemeindeboten«, ihrer Arbeit, ihrem Erfolg. Und davon, daß sie hofft, die Bank zu überzeugen.

»Dann wünsche ich dir viel Glück, denn das wirst du brauchen.«

Thea nickt. »Ich weiß.«

»Du weißt noch nicht alles. Die Grund- und Bodenbank ist die Hausbank der Saletzki. Und die hat dir den ganzen Mist eingebrockt.«

Saletzki. Johanna Saletzki. Da ist der Name wieder und die Erinnerung. Sie starrt Vicky an.

»Schau mich nicht so an! Ich kann wirklich nichts dafür. Ich stand auf der Straße! Ich war froh um jedes Angebot.«

»Ich mache dir keine Vorwürfe«, sagt Thea leise.

»Und dieser – Uli? Dein Jugendfreund? Läuft da was mit dem?«

Thea lächelt jetzt doch. »Kein Kommentar. Und du – was ist mit dir? Ist Gerry immer noch nicht zurückgekommen?«

»Vergiß es«, sagt Vicky. »Ich hab kein Glück mit den Männern. Wie die meisten Frauen, die so gerne einen wollen. Und die, die drauf pfeifen, denen laufen sie nach.«

Es klingt bitter. Thea seufzt. »Laß uns gehen.«

»Schon? Ich dachte, wir ziehen jetzt noch ein bißchen um die Häuser. Es ist noch nicht mal elf.«

Doch Thea schüttelt den Kopf. Sie zahlen und drängen sich zwischen den anderen Gästen Richtung Ausgang.

»Sie brechen schon auf?«

Der Mann an der Theke hat sich umgedreht und spricht Thea an. Die blickt verunsichert zur Tür. »Ja, es ist schon spät.«

»Das kann ich einfach nicht zulassen! Trinken Sie ein Glas Champagner mit mir?«

Vicky hat sich umgedreht. »Aber gerne tun wir das.«

»Zwei Champagner!« ruft der Mann dem Mädchen hinter dem Tresen zu. Dann wendet er sich an Thea. »Woran erkennt man bei einem Mann, daß er an Rinderwahnsinn leidet?«

Thea sieht ihn an, sieht Vicky an und zuckt dann mit den Schultern.

»Daran«, sagt Vicky, »daß er mit dem Schwanz die Fliegen totschlägt. Ist leider schon ein bißchen alt, Ihr Witz. Schönen Abend.«

Dann schiebt sie Thea zur Tür.

Vicky erwacht am nächsten Morgen, riecht frischen Kaffeeduft, blickt auf die Uhr und kann es nicht glauben. Kurz vor sieben. Ist Thea wahnsinnig? Sie schläft noch einmal ein.

Um halb neun wird zaghaft an ihre Tür geklopft. »Mußt du nicht aufstehen?«

Vicky räkelt sich noch einmal auf die andere Seite. »Ja, gleich.«

Um neun sitzen sie sich am Frühstückstisch gegenüber. Vicky beißt in ein Stück Toast, Thea köpft ein Ei.

»Was machst du heute?«

Thea zuckt mit den Schultern. »Ich versuche, einen Termin bei der Bank zu bekommen.«

»Mhm. Und dann?«

Thea trinkt einen Schluck Kaffee. »Ich weiß es noch nicht.«

»Laß uns doch mittags treffen. Wir können zusammen was essen gehen. Oder wir machen einen Schaufensterbummel. Oder wir legen uns auf die grüne Wiese. Rufst du mich an?«

Thea verspricht es. Dann, als hinter Vicky die Tür ins Schloß gefallen ist, sieht sie auf die Uhr. Eigentlich müßten die Büros jetzt schon besetzt sein.

»Ich würde gerne den Sachbearbeiter sprechen, der meinen Fall bearbeitet.«

»Das ist Herr Hensel. Herr Hensel ist aber im Moment in einer Besprechung. Kann er Sie zurückrufen?«

Thea gibt der Sekretärin die Nummer. Wieder nichts.

Mittags trifft sie sich mit Vicky. Beide laufen zum Jungfernstieg und trinken im Alsterpavillon einen Milchkaffee.

Am Nachmittag ist Herr Hensel unterwegs. Er wird sich melden. Den Abend verbringt Thea alleine. Vicky hat noch eine außerordentliche Sitzung, die in einer Pizzeria endet, und kommt erst weit nach Mitternacht nach Hause.

Die nächsten Tage rinnen Thea durch die Hände. Ihre Bemühungen, jemanden in der Bank zu erreichen, der wenigstens bereit ist, sie anzuhören, fruchten nicht. Von Mal zu Mal wird sie mutloser. Einmal hat sie sich bei Nana und Heinrich gemeldet. Nein, noch ist nichts passiert, es geht mir gut, das war alles. Auch mit Uli hat sie telefoniert, sich von ihm berichten lassen, wie gut sich alle machen, mit welchem Feuereifer sie um den »Gemeindebote«n kämpfen. Es sollte sie beruhigen, aber sie trägt ein Herz voller Angst mit sich herum, zu dem sich jetzt noch die Einsicht gesellt, daß alle auch ohne sie bestens zurechtkommen. Sie fühlt sich zwischen zwei Welten, und in dem Maße, in dem die Unterau langsam zurückweicht, tritt Hamburg wieder näher. Hin- und hergerissen fühlt sie sich. Wenn ich nur wüßte, wohin ich gehöre, denkt sie. Und die Antwort scheint klar:

Dahin, wo man dich liebt. Oder doch nicht? Ist das nicht wie aufgeben, wie die Waffen strecken, wie dem Schicksal sagen: Ich bin besiegt?

Am nächsten Vormittag macht Thea einen Spaziergang durch Eppendorf. Sie betrachtet die Auslagen in den Schaufenstern, schaut bei ihrem alten Friseur vorbei, schnuppert sich durch die Boutiquen und weiß, daß sie kurz davor ist, den rechten Weg zu verlieren. Die Bankbürgschaft ist eine verlockende Alternative. Es juckt ihr in den Fingern, sich neu einzukleiden. Aus allen Auslagen und Dekorationen springen ihr Dinge entgegen, die ständig »Kauf mich, kauf mich« flüstern. Ein neuer Lippenstift, ein traumhafter Pullover, Mäntel, Jacken, Kostüme. Manches probiert sie an. Doch der Blick auf das Preisschild ist immer noch ein heilsamer Schock. Muß das wirklich sein? fragt sie sich dann. Nein, antwortet sie sich selbst. Muß nicht. – Noch nicht, scheint eine Stimme in ihr zu raunen. Es ist doch dein früheres Leben. Das alles gehörte dazu. Aber wohin hat es sie gebracht?

Da vorne, direkt um die Ecke, hat sie gewohnt. Die ganze Zeit hat sie diesen Teil des Viertels gemieden. Doch heute wagt sie den Schritt und biegt, fast unbeabsichtigt, in ihre alte Straße ein. Vor dem Haus bleibt sie stehen. Sie blickt auf das Klingelbrett. Dinkel steht da, das Kuckuck ist verschwunden. Sie tritt ein paar Schritte zurück und läßt ihre Augen an der Fassade nach oben wandern. Doch die Wohnung ist von der Straße aus nicht zu sehen. Eine Sekunde lauscht sie intensiv auf ihr Herz. Will sie Marius wiedersehen? Gibt es irgend etwas, das noch nicht geklärt ist?

Es gab eine Zeit, in der sie ihm einiges zu sagen gehabt hätte. Aber ist das wirklich noch wichtig? Sie wendet sich ab und will gehen, da öffnet sich die Tür.

»Ach, Frau Kuckuck!«

Ihre Nachbarin aus dem dritten Stock.

»Sie wollen zu Herrn Dinkel?«

»Ich … Ich weiß nicht.«

Die Nachbarin, eine ältere, angenehme Frau mit leiser Stimme, verstaut den Schlüssel in der Einkaufstasche. »Besser wär's ja, wenn jemand mal nach ihm schaut. Ich habe ihn seit einer Woche nicht mehr getroffen. Aber die Zeitung ist jeden Tag weg, also muß er da sein. – Wollen Sie nach oben?«

Einen Moment denkt Thea nach. Will sie die alte Wohnung, will sie Marius wirklich noch einmal sehen?

Marius ist im wahrsten Sinne des Wortes untergetaucht. Er fühlt sich verfolgt, seines Lebens nicht mehr sicher. Klingelt das Telefon, hebt er nicht ab. Es könnte ja Vicky dran sein, die ihm genüßlich mitteilt, auf welche Weise sie ihn zu kastrieren gedenkt. Oder Johanna, die ihn mit eisiger Stimme auffordert, seinen Schreibtisch zu räumen, da sie sonst all seine im Büro befindlichen Habseligkeiten – unter anderem auch Teile der Autominiaturensammlung – dem Müllschlucker übergibt. Oder Nadine, die die Herausgabe der Videobänder fordert, damit sie nicht eines Tages gegen sie verwendet werden würden, wie sie sagt. Von irgend jemandem, der ihre Karriere ruinieren will. So sie denn noch eine hat, gieriges Biest.

Der Bauch schmerzt mittlerweile unerträglich, Marius hat mehrere Kilo abgenommen, der Bart steht schon länger als drei Tage, und das Fieber steigt. Er kriegt Alpträume. Liegt schweißnaß im Bett und sieht sich rennen, drei hochhackige Furien auf seinen Fersen, und nirgendwo Rettung in Sicht. Gerry zeigt höhnisch mit dem Finger auf ihn, die Branche windet sich vor Lachen auf dem Boden, grelles, kreischendes Gelächter, das aufbrandet und sich in einem einzigen Ton vereint, der schrillt und klirrt und sich so anhört wie die Wohnungsklingel.

Und dann, von einer weißen Traumwolke umhüllt, erscheint so etwas Ähnliches wie ein Engel an seinem Bett, und Marius weiß, daß er vermutlich tot ist. Und in der Hölle. Denn die Gestalt, die da an seinem Bett steht und sich zu ihm herunterbeugt, ist Thea. Und er weiß immer noch nicht, womit er das alles verdient hat.

Johanna Saletzki trägt schwarz. Sie hat das Kostüm zum letzten Mal bei der Beerdigung ihrer Mutter getragen, und ihr erscheint der Anlaß nun passend. Der Untergang der Saletzkis, sang- und klanglos. Vielleicht wird es in der Fachpresse noch ein paar Nachrufe geben, aber wen interessiert das schon?

Sie hat sich, trotz der freundlichen Aufforderung von Holts Sekretärin, nicht gesetzt, sondern geht langsam in seinem Büro auf und ab.

»Wollen Sie einen Kaffee?«

Johanna schüttelt den Kopf.

»Herr Holt kommt gleich. Es kann nicht mehr lange dauern.«

»Schon gut.« Johanna betrachtet wieder die gerahmten Drucke und Fotografien an den Wänden. Die Erstausgabe der »Holsteinischen Zeitung« vom 14. Februar 1912. Daneben ein Foto des ersten Herausgebers. Friedrich Paul Saletzki, ihr Urgroßvater. Die »Wissenschaftliche Rundschau für die deutschen Universitäten«, das Deckblatt von »Frau und Heim«, »Gartenhaus« und »Draht, Funk, Fernsehen«. Das also ist der Rest. Und jetzt geht es darum, daß dieser Rest auch noch von der publizistischen Landkarte getilgt wird. Tränen steigen ihr in die Augen. Sie ist die letzte. Nach ihr wird niemand mehr kommen.

312

»Johanna!«

Holt tritt herein, um mindestens zehn Jahre verjüngt. Vergnügt, frisch und munter. Sie dreht sich zu ihm um.

»Guten Tag, Thomas.«

»Nimm Platz.«

Er weist auf den Ledersessel vor seinem Schreibtisch. Sie legt ihre Aktenmappe ab und setzt sich. Holt lehnt sich zurück und mustert sie. Sie sieht schlecht aus. Irgendwie hat sie zugenommen, und blaß ist sie auch. Ringe unter den Augen. Hat Johanna jetzt vielleicht zum ersten Mal Angst?

»Laß uns anfangen«, sagt sie. Die Sekretärin bringt Holt einen Kaffee und schließt dann diskret die Tür hinter sich. »Ich habe alles versucht, was in meiner Macht stand, aber das Mädchen war nicht zu bewegen, die Aufnahmen freizugeben. Auch als ihr mein Anwalt dann als letztes, als allerletztes Angebot – die geforderte Summe …«

Sie bricht kurz ab. Die Demütigung ist immer noch zu groß. Aus ihrer Jackentasche befördert sie ein Taschentuch ans Tageslicht und tupft sich über die Augen. Dann hebt sie müde die Schultern. »Es ist mir nicht gelungen, sie zu über-zeugen.«

Holt wirft drei Stück Zucker in seinen Kaffee und rührt sorgfältig um. Er muß sich ein Lächeln verkneifen. Er weiß, warum Nadine auf die Million verzichtet hat. Aber das muß Johanna nicht wissen.

»Also?« fragt er. »Du hast nicht liefern können. Damit wird die Konventionalstrafe fällig.« Er nimmt den Vertrag, hält ihn hoch und zieht sein Gesicht in bedauernde Falten. »Das wird teuer, Johanna. Sehr teuer.«

Sie nickt. Es wird sie alles kosten, was sie besitzt. Gera-de mal das Haus wird zu retten sein. Vielleicht noch der Fer-rari. Der Loft in Manhattan steht schon auf der Angebots-liste internationaler Immobilienhändler, der kleine Picasso ist bereits zur Auktion eingeliefert, für das Bauhaus-Eßzimmer hat sie bereits einen Abnehmer. Das alles ist aber noch nicht das Schlimmste. Das Allerschlimmste ist das Schweigen des Telefons. Das Versickern der Post, das Ausbleiben der gefütterten Briefumschläge mit den auf handgeschöpftem Bütten gedruckten Einladungen. Im Tennisclub nimmt sie wieder Trainerstunden. Nicht, weil sie sie nötig hätte. Aber sie findet keinen Spielpartner mehr. Dies ist das erste Jahr, in der die Hutparty von Frau Konsul Schippenspringer ohne sie zum gesellschaftlichen Sommerereignis wird. Kein Logenplatz beim Polo, keine Bitte um Erscheinen bei der allgegenwärtigen Wohltätigkeit. Saletzki, so heißt es, ist pleite. Der Weinhändler besteht bei Agniesza auf sofortiger Barzahlung, wie ihr die Kleine letzte Woche unter Tränen gestanden hat. Agniesza hatte natürlich keine sechshundertneunzig Mark in ihrer Schürzentasche. Die Lieferung wurde wieder mitgenommen.

Eine lehrreiche Zeit für Johanna. Sie sieht Holt an. Bringen wir es hinter uns, denkt sie.

»Ich weiß, wieviel ich dir schuldig bin, Thomas. Es ist alles in die Wege geleitet. Ich bitte nur um etwas Geduld, bis die Immobilien veräußert sind. Meine Bank hat einen Zahlungsplan ausgearbeitet. Ich werde ihn einhalten.«

Sie reicht ihm ein Papier über den Schreibtisch. Holt wirft einen Blick darauf und legt es dann zur Seite. Er beugt sich zu ihr vor.

»Johanna«, sagt er. »Ich kenne dich jetzt auch schon ein paar Jahre. Willst du mir nicht erklären, warum du dich so sehr verrechnet hast?«

Sie sieht an ihm vorbei. »Unterschreib bitte, daß du meinen Vorschlag akzeptierst. Mehr will ich nicht von dir. Und dann verschwinde ich aus deinem Leben. Dann bist du die Saletzkis los. Darauf hast du doch gewartet.«

314

Holt dreht sich in seinem Sessel von ihr weg und schaut hinaus in den Hafen. Eine Minute vergeht schweigend.

»Antworte mir bitte«, sagt er schließlich. »Warum haßt du mich so?«

Er hört, wie sie scharf einatmet. »Das fragst du noch?«

»Antworte mir bitte.«

Johanna lehnt sich zurück und verfolgt die Holzmaserung an der Decke. »Ich habe Christina sehr geliebt«, sagt sie schließlich. Holt schaut noch immer aus dem Fenster.

»Ich auch«, sagt er.

»Warum –« Sie stockt eine Sekunde. »Warum hast du dann mit mir geschlafen? Keine sechs Wochen nach eurer Hochzeit? Warum hast du sie betrogen? Du hast ihr Treue geschworen, und kaum dreht sie dir zum ersten Mal den Rücken zu, springst du mit ihrer eigenen Tochter ins Bett. Das war es, Thomas. Das hat mich dazu gebracht, dich zu hassen.«

»Du lügst.« Holt dreht den Sessel wieder um und nimmt sie ins Visier. »Für dich war ich schon ein Feind, noch bevor ich aufgetaucht bin. Für dich war jeder ein Gegner, der sich zwischen dich und deine Mutter gestellt hat. Du hast es darauf angelegt, mich ins Bett zu bekommen. In deinem Wahn, Christina zu beweisen, daß alle Männer gleich sind, war dir jedes Mittel recht. Und du hast recht gehabt. Ich gebe es zu. Ich bin genau so ein Schwein wie alle anderen. Mit nur einem Unterschied: Ich hatte es nicht auf ihr Geld abgesehen. Bestimmt nicht. Sonst würde ich schon längst in einem anderen Verlag sitzen, das Dreifache von dem verdienen, was ich aus dieser Bruchbude nach Hause trage, und mir nicht den Kopf darüber zerbrechen müssen, wie ich deinen Namen aus dem Dreck ziehe.«

»Meinen Namen?« faucht ihn Johanna an.

»Jawohl!« gibt Holt zurück. Dann reißt er sich zusammen. »Hättest du nur den Mund gehalten, Johanna. Du hast immer bekommen, was du wolltest. Jeden Mann. Also auch mich. Und dann hattest du nichts Besseres zu tun, als es Christina zu erzählen. Warum hast du nicht geschwiegen?«

Johanna sieht auf den Fußboden. Holt reibt sich über die Augen.

»Wir sind beide schuld an Christinas Unfall. Und ich komme und komme nicht darüber hinweg. Genauso wenig wie du, Johanna. Aber das Leben geht weiter. Dieses Haus hier ist Christinas Vermächtnis an uns beide. Verstehst du?«

Nein, Johanna versteht nicht. Warum redet er so mit ihr? Will er sie noch weiter in den Boden stampfen?

»Unterschreib bitte, damit ich endlich gehen kann«, flüstert sie. Aber Holt denkt nicht daran.

»Du hast mit einer Klugheit ohnegleichen hinter meinem Rücken eine Intrige gesponnen. Du hast mit stilsicherem Instinkt die grauenhafteste Werbekampagne der Geschichte organisiert. Du hast Leute um dich geschart, die für dich gelogen und betrogen haben. Das alles sind geradezu außerordentliche Fähigkeiten, und ich überlege mir schon die ganze Zeit, ob sie sich nicht gewinnbringender einsetzen ließen.«

Johanna sieht zu ihm auf. »Was hast du vor?«

»Erst mal«, sagt Holt, und er weiß, daß sie nun leiden wird wie ein Tier, »wirst du zahlen. Alles weitere –«

Er sieht sie nachdenklich an, während er den Federhalter aufdreht.

316

Ein klassischer Fall von Liebe

*Ein klassischer Fall von Liebe. Es gibt sie also doch noch.
Zwar nur für die anderen, aber die Hoffnung bleibt.*

**Was soll das Gerede von Freundschaft.
Ich sehe hier überall nur ganz persönliche Interessen.**

In Zeiten wie diesen ist der direkte Schulterschluß die
einzige Möglichkeit. Rücken an Rücken.

*Es wird Ihnen gefallen.
Allen unseren Privatpatienten gefällt es hier.*

Vielleicht wird er enttäuscht, diese Gefahr besteht immer.
Doch trotz allem setzt er auf Vertrauen.

***Und ein bißchen Intrige, hie und da,
wird nicht schaden.***

»Ins Krankenhaus? Mit Blaulicht?«

Thea nickt, und Vicky fällt hintenüber auf die Couch.

»Also, ich hab ihm ja die Pest an den Hals gewünscht. Aber daß das so reibungslos klappt, hätte ich auch nicht gedacht.«

Sie setzt sich wieder auf. »Vielleicht habe ich übersinnliche Fähigkeiten! Warte.«

Sie greift Theas Hände, schließt die Augen und singt: »Omm ... omm ... omm ...«

»Hör auf!« Thea lacht.

»Unterbrich mich nicht in meiner Konzentration! – Ommm ... Geld soll fließen und dich mit reißenden Bächen bedecken, die Liebe zieht ein in dein Haus und dein Herz, zehn Kinder sollst du kriegen, und das erste ist ein Sohn ... ommm ... «

»Schluß!« ruft Thea kichernd. »Das ist nicht lustig!«

»Nein.« Vicky faßt sich. »Ich verspreche dir, mich in Zukunft meiner Gabe würdig zu erweisen.« Und prustet schon wieder los.

»Noch drei Tage länger da oben, wer weiß, was passiert wäre. Und außerdem war es nicht die Pest, sondern die Galle.«

»Oh« macht Vicky erstaunt. »Muß ein Übertragungsfehler gewesen sein.«

»Jetzt reicht's.« Thea steht auf und geht ans Fenster. »Es war kein schöner Anblick.«

318

Vicky tritt von hinten auf sie zu und nimmt sie in den Arm.

»Sorry«, sagt sie. »Tut mir leid.«

Thea macht sich los. »Und fang jetzt nicht mit der Mitleidsnummer an. Da ist nichts mehr. Gar nichts.«

»Kein klitzekleines Herzziehen? Kein Wie-auch-immer-Gefühl?«

Thea schüttelt den Kopf. »Aus. Vorbei. Endgültig. Und das nicht etwa, weil er gelb in seinem Kissen lag und delirierte.«

»Sondern?«

Ja, warum eigentlich diese merkwürdig gefaßte Reaktion? Zugegeben, als sie klingelte, hätte sie am liebsten auf dem Absatz kehrt gemacht. Doch als kein Geräusch zu hören war, wurde die Neugier wieder größer. Sie hatte die Klinke heruntergedrückt und zum ersten Mal die Wohnung wieder betreten, die sie an einem kalten, verregneten Novembertag verlassen hatte.

»Und?« fragt Vicky.

Thea denkt nach. Sie war durch die Zimmer gegangen, vorsichtig wie ein Einbrecher. Hatte sich umgeschaut und versucht, etwas Heimisches zu entdecken. Aber all ihre Sachen waren fort, entfernt. Und was übrig geblieben war, war seelenlos. Der große Fernseher, die leere Glasschale, zwei Ledersofas. Eine Junggesellenwohnung. Teuer eingerichtet, aber ohne Charme und Wärme.

»Und dann?«

Dann war sie ins Schlafzimmer gegangen, oder besser gesagt: hatte sich durch den Müll- und Wäscheberg durchgekämpft. Marius mußte seit Wochen in diesem Zimmer vor sich hin vegetiert haben. Haufenweise Pizzapappschachteln und leere Bierbüchsen. Ein wenig ratlos war sie stehengeblieben, hatte sich wie ein Eindringling gefühlt, und hätte am liebsten auf der Stelle kehrtgemacht. Doch dann –

»Was dann?«

Dann kam da dieses Stöhnen aus dem Bett, von irgendwoher zwischen Matratze und Doppellaken, sie war näher getreten und hatte die Decke weggezogen und dieses gelbe Häufchen Elend entdeckt.

»Und was hat er gesagt?«

»Du wirst es nicht glauben: ›Ich hab doch alles nur gut gemeint!‹«

»Was? Er hat alles nur gut gemeint?«

Vicky und Thea starren sich an, dann lachen beide gleichzeitig los.

»Meine Güte!« Vicky beruhigt sich als erste. »Was passiert eigentlich, wenn er mal einen schlechten Tag hat? Der dritte Weltkrieg?«

Thea schaut sie nachdenklich an. »Und das war es eigentlich. Das hat den Ausschlag gegeben. Nicht, daß ich nicht schon vorher gewußt habe, daß es besser ist, diesen Kerl nie mehr wiederzusehen. Aber zu wissen, was er mir und dir und wer weiß wem noch alles angetan hat und dann zu sagen, ich hab's nur gut gemeint, ist wirklich der Gipfel.«

»Auf jeden Fall gebührt dir der Orden für höchste Ritterlichkeit. Ich hätte ihm vermutlich noch einen Schluck Salzsäure als Medizin eingeflößt. Was ist jetzt? Liegt er im Krankenhaus?«

Thea nickt.

Vicky steht auf und gähnt. »Laß uns schlafen gehen. Wir haben beide morgen einen harten Tag.«

In der Tür dreht sie sich noch einmal um und kommt auf Thea zu. Sie greift ihre Hände und kniet vor ihr nieder.

»Du wirst morgen als eine reiche Frau die Bank verlassen. Und du wirst wissen, wohin dein Herz gehört. Laß mich nur machen! Ommm … ommm … «

Noch bevor es Thea gelingen kann, sie mit dem Couchkissen zu erschlagen, ist Vicky lachend zur Tür hinausgerannt.

Schmunzelnd lehnt sich Thea zurück. Das mit dem Herz und wohin es gehört, das ist eigentlich schon längst geklärt. Sie muß es nur noch dem Betreffenden mitteilen. Und die andere Hälfte von Vickys Prophezeiung?

Sie kramt im Dunkeln in ihrer Tasche herum.

»Autsch!« Schon wieder hat das Ding sie gestochen. Scharfkantig und spitz ruht es in ihrer Hand. Wie war das noch? Dir wird alles gelingen.

Dies ist der letzte Gedanke, mit dem sie einschläft, in der Faust ein Schwein aus Blei.

»Sie ist nicht schlecht. Wirklich. Du kennst sie ja.«

Vicky sitzt mit Gerry in der Kantine von Schliever & Wahn, einem hellen Raum mit gläsernen Wänden, die ein futuristisches Ambiente vermitteln. Sie löffelt ihren Zitronenjoghurt und sieht Gerry abwartend an. Doch Gerry interessiert sich mehr für sein Fischfilet, von dem er nun behutsam wie ein Chirurg die Panade entfernt.

»Hat mir der Arzt verboten«, erklärt er. Vicky nickt verstehend. Gerry hatte schon immer einen empfindlichen Magen.

»Sie braucht einen Job. Das in der Unterau ist doch nicht das richtige.«

»Was hat sie gemacht in der Zwischenzeit?« Gerry schiebt sich die Gabel in den Mund und kaut mit vollen Backen.

»Nichts. Nichts Besonderes. Ein bißchen gejobbt, bei einem Provinzblatt. – Komm«, sagt sie, »du hast doch die Connections zu Schliever. Du kannst doch was machen!«

Gerry schüttelt bedächtig den Kopf und greift nach dem Gurkensalat.

»Ein halbes Jahr arbeitslos und bankrott, das ist nicht so einfach.«

»Natürlich nicht!« Vicky verschränkt die Arme. »Wie stellst du dir das vor? Hunderttausend Mark hat man nicht so einfach in der Westentasche. Und vergiß nicht – Marius hat sie damals ganz schön hängen lassen.«

»Da hat Marius aber was ganz anderes erzählt.«

»Ich weiß«, giftet Vicky. »Ich war dabei. Aber im Gegensatz zu dir habe ich mir über Marius eine neue Meinung bilden dürfen. Letzten Endes ist er für dich immer noch der Kumpel aus alten Tagen, nicht?«

»Ach hör doch auf!«

Gerry schiebt den Teller weg und hält sich die Hand auf den Magen.

»Lecker, echt lecker«, sagt er. »Aber ich kann leider nichts für dich tun. Schliever steckt mitten in den Übernahmeverhandlungen. Da hat er kein Ohr für so was.«

»Du meinst«, sagt Vicky leise, »er könnte vielleicht verärgert sein, wenn du ihm mit solchen Lappalien kommst.«

»Genau.« Gerry nickt.

»Lappalien«, wiederholt Vicky. »Wir waren mal Freunde. Weißt du das noch? Wir hatten mal ein Kleeblatt als Firmenlogo. Das hat was bedeutet. Mir hat es was bedeutet. Was ist nur los mit euch?«

Gerry stellt den Teller auf das Kunststofftablett.

»Ich habe von Thea seit Monaten nichts mehr gehört. Und Marius ist vom Winde verweht. Und du, Vicky? Du findest bis heute keinen Mann, der dich davon abhält, bei Problemen immer wieder zu mir zu rennen und zu verlangen, daß ich sie löse. Was soll das Gerede von Freundschaft. Ich sehe hier überall nur ganz persönliche Interessen.«

322

Er steht auf und nimmt sein Tablett. »Tut mir leid.«

Und einen Moment lang empfindet er tatsächlich so. Er möchte sie in den Arm nehmen, wie sie da sitzt und in ihren Joghurtbecher starrt. Dann ist auch diese Anwandlung vorbei. Keine Zeit. Schliever wartet.

Thea steht mit klopfendem Herzen vor dem glänzenden Messingschild. Sie klingelt. Links und rechts des schmiedeeisernen Tores sind Überwachungskameras auf sie gerichtet.

»Sie wünschen?«

Thea sieht sich um. Wo befindet sich hier die Gegensprechanlage? Nichts ist zu sehen.

»Ich habe einen Termin bei Herrn Hansen«, sagt sie aufs Geratewohl. Die Tür öffnet sich. Sie betritt einen kiesbestreuten Weg und läuft an blühenden Büschen vorbei zum Haupteingang.

»Guten Tag«, grüßt sie ein Portier. »Wenn Sie mir bitte folgen möchten?«

Er betritt die Empfangshalle, die Thea mit staunenden Augen mustert. »Bitte hier entlang.«

Hinter einem Schreibtisch, spätes achtzehntes Jahrhundert schätzt Thea, erhebt sich eine strenge Dame.

»Ihr Name?« fragt sie.

»Kuckuck. Thea Kuckuck.«

»Und Sie sind sicher, daß Sie einen Termin haben?«

»Ja«, sagt Thea. Die Dame zuckt bedauernd mit den Schultern. »Herr Hansen ist bis Anfang nächster Woche verreist. Da muß ein Irrtum vorliegen.«

Oje. Thea ist nahe daran, auf dem Absatz kehrtzumachen. Sie wird von oben bis unten gemustert, gewogen und für zu leicht befunden. Das Kostüm ist nicht mehr der letzte Schrei, die Ledertasche abgeschabt. Die Hände zu nervös, die Kopfhaltung nicht gerade selbstsicher.

»Dann will ich seinen Vorgesetzten sprechen«, hört sich Thea plötzlich sagen.

Die strenge Dame wechselt einen Blick mit dem Portier. »Das wird nicht möglich sein. Ich bedaure. Herr Andersen hat andere Termine.«

Thea läßt sich in den Sessel sinken. »Dann warte ich so lange.«

»Fräuleinchen« – der Portier beugt sich zu ihr herunter – »das geht so nicht. Bitte lassen Sie sich einen Termin geben, und kommen Sie dann wieder.«

»Das versuche ich seit einer Woche«, erwidert Thea giftig. Zwei Uniformierte Sicherheitsleute treten aus einer unauffälligen Tür am Ende der Empfangshalle und kommen auf sie zu.

»Wir müssen Sie bitten zu gehen«, sagt der eine streng.

»Nein«, erwidert Thea. »Dann müssen Sie mich schon abführen.«

»Wollen Sie Ärger?«

»Ich will mit Herrn Andersen sprechen. Das ist alles. Und fassen Sie mich bloß nicht an. Ich schrei das ganze Haus zusammen.«

Eine Tür öffnet sich, vier Herren mit maghrebinischen Gesichtszügen verlassen im Gänsemarsch den Raum und treten in die Empfangshalle. Thea sieht auf einen Blick, daß es sich nicht um die Ärmsten handelt.

»Melden Sie mich bei Andersen an«, sagt sie zu der Dame. »Oder ich mache hier einen Zirkus, daß der Orient erzittert.«

Sie erhebt sich und tritt in Richtung der Besucher, die sich geradezu freundschaftlich von einem älteren Herren verabschieden.

»Herr Andersen?« ruft die Dame mit dünner Stimme durch den Raum. »Einen Moment bitte.«

Der Herr bringt den Besuch bis zur Tür und wendet sich dann der kleinen Gruppe zu.

»Diese Dame hier möchte Sie sprechen.«

»Kuckuck«, sagt Thea und tritt vor. »Thea Kuckuck.«

»Ja, haben Sie denn keinen Termin?« fragt Andersen, überblickt das Sicherheitsaufgebot mit gestrenger Stirn und schaut dann auffällig genug auf seine Armbanduhr.

»Nein«, sagt sie. »Aber es ist dringend.«

»Tut mir leid«, sagt Andersen und blickt auf seine Armbanduhr. »Rufen Sie bitte im Sekretariat an –«

»Aber das habe ich ja!« unterbricht ihn Thea. »Seit zehn Tagen! Herr Andersen, es ist dringend. Und wichtig. Es ist vielleicht mein Leben, um das es geht –«

»Na, na, na! Nun dramatisieren Sie doch nicht so!«

Thea läßt mutlos die Arme sinken. »Für Sie ist es vielleicht nur eine Summe, eine lächerlich kleine Summe. Für mich aber bedeutet es unendlich viel mehr. Sie sagen, ich soll nicht dramatisieren. Aber es ist meine Zukunft, die von Ihnen abhängt. Und ich will doch nichts geschenkt. Im Gegenteil. Ich werde alles zurückzahlen. Aber Sie müssen mich doch wenigstens anhören!«

Irgend etwas in ihrem Blick, ihrer Haltung oder ihrer Stimme dringt plötzlich durch den Panzer von Andersen hindurch. Er könnte nicht sagen, was es eigentlich ist. Vielleicht ein Rückfall in jugendlichen Übermut seinerseits, vielleicht auch nur Mitleid. Beides keine guten Charaktereigenschaften für einen Bankier. Und trotzdem: Er tritt an den Empfangssekretär und greift nach dem Telefon. »Hier steht eine junge Dame, die einen Termin bei mir möchte. Sehen Sie bitte mal nach.«

Er reicht Thea den Hörer weiter. »Wir sehen uns dann.«

»Danke«, stammelt Thea. »Danke!«

Der Portier hat sich entfernt und begrüßt eine elegant

gekleidete Frau, die mit schnellen Schritten auf Andersen zugeht.

»Frau Saletzki, treten Sie ein!«

Thea hält den Hörer in der Hand und starrt Johanna Saletzki an.

»Hallo!« ruft es aus dem Hörer. »Sind Sie noch dran?«

»Ja, ja.«

»Ihr Name. Ihr Name bitte!«

»Kuckuck. Thea Kuckuck.«

Johanna dreht sich um und sieht Thea am Empfangssekretär.

»Sie sind« – Thea drückt der verblüfften Frau hinter dem Tisch den Hörer in die Hand – »Johanna Saletzki?«

Johanna strafft die Schultern und mustert ihre ehemalige Rivalin von oben bis unten. »So ist es, Frau Kuckuck. Darf ich fragen, was Sie hier zu suchen haben? Bringen Sie endlich Geld? Dann nur zu. Lassen Sie sich von mir nicht aufhalten.«

»Und Sie?« fragt Thea. »Geht's noch, oder soll ich Ihnen die Nummer einer guten Sozialberatungsstelle geben?«

»Aber meine Damen!«

Andersen hebt gerade beschwichtigend die Hände, da erreicht sie ein Hilferuf vom Eingang. Der Portier kommt auf sie zugelaufen.

»Was ist denn?« fragt Andersen. Alle drehen sich um. In der geöffneten Eingangstür steht eine Gestalt, wie sie die Angestellten der Grund- und Bodenbank noch nie in ihren Räumen gesehen haben.

»Tach!« ruft sie fröhlich und schwenkt ihr Handtäschchen. »Ich will ein Konto eröffnen!«

»Da sind Sie hier ganz falsch«, sagt Andersen, hin- und hergerissen zwischen den beiden Frauen, die sich im nächsten Moment aufeinander stürzen können, und dem Mädchen auf orangeroten Plateausohlen.

»Das ist doch die Grund- und Bodenbank?« Nadine schaut auf einen Zettel. »Tach, Frau Saletzki. Ich dachte, was für Sie recht is, kann für mich nur gut sein.« Sie kichert. »Wo kann ich meinen Kaugummi hintun?«

Die Dame hinter dem Schreibtisch reicht ihr wortlos einen Kristallaschenbecher.

»Was machen Sie denn hier?« fragt Johanna mit tonloser Stimme.

»Sagte ich doch schon, ich will ein Konto eröffnen. Mein erstes Konto. Hier is meine Einlage.«

Sie reicht Andersen einen Scheck. Der liest, setzt die Brille auf, liest noch einmal und läßt den Scheck sinken.

»Eine Million«, flüstert er, »und eine Mark.«

Johanna sinkt ohnmächtig zu Boden.

Als sie die Augen wieder öffnet, sieht sie weiße Gestalten um sich herum, etwas schmerzt an ihrem Arm, über ihr baumeln Flaschen an einem Gestell.

»Frau Saletzki?«

Sie bewegt mühsam den Kopf. »Was ist passiert?«

»Keine Sorge. Es ist alles in Ordnung. Sie müssen nur ganz ruhig liegenbleiben. Gleich kommt der Arzt und spricht mit Ihnen.«

Johanna will sich aufrichten, aber die Hand der Schwester drückt sie wieder ins Kissen. »Sie müssen liegenbleiben. Auf gar keinen Fall aufstehen. Haben Sie mich verstanden?«

Johanna nickt. Sie starrt an die Decke, und ebenso langsam wie die Infusionen tröpfelt nun die Erinnerung zurück. Die Grund- und Bodenbank. Thea Kuckuck. Und Nadine. Mit einem Scheck über eine Million und eine Mark. Wer hat ihr das bezahlt? Und wofür? Holt!

Ruckartig richtet sie sich auf, ein stechender Schmerz fährt durch ihren Leib.

»Frau Saletzki!« ruft die Schwester. Aufstöhnend sinkt Johanna zurück. Die Tür wird geöffnet, ein braungebrannter, gutaussehender Chefarzt vom Typ Schwiegermuttertraum betritt das Zimmer.

»Na, was machen wir denn für Sachen?« fragt er jovial und zieht Johannas rechtes Augenlid nach oben. Dann fühlt er ihr den Puls und schüttelt, ein vermeintlich munteres Lächeln auf den Lippen, unter mehreren »Ts, ts, ts« den Kopf.

»Was ist denn los?« fragt Johanna. »Kann mir mal jemand sagen, warum ich hier liege?«

»Nur zu Ihrem Schutz«, sagt der Arzt und tätschelt ihr die Wange. Johanna schlägt ihm ärgerlich die Hand aus ihrem Gesicht. Angefaßt wird hier nicht, schon gar nicht sie.

»Was los ist, will ich wissen! Machen Sie den Mund auf, oder ich stehe auf und gehe.«

»Das würde ich Ihnen nicht raten.«

Der Arzt – ein Schildchen auf seiner sportgestählten Heldenbrust weist ihn als Dr. Sebaldt aus — mag es gar nicht, wenn man so mit ihm spricht. Schon gar nicht in Anwesenheit von Schwester Heidi, die so tut, als hätte sie nichts bemerkt, und sich angelegentlich die Hände desinfiziert. »In Ihrem eigenen Interesse. Sie sind eine Spätgebärende, aus diesem Grund mit einem von Natur aus höheren Risiko. Die Ohnmacht in diesem Stadium der Schwangerschaft deutet auf Komplikationen. Und das wollen wir doch nicht, oder?«

Er hebt automatisch die Hand, um ihr wieder die Wange zu tätscheln, läßt sie dann aber sinken.

»Spätgebärende?« fragt Johanna und setzt sich wieder auf. »Habe ich Sie da richtig verstanden?«

»Nun machen Sie sich mal keine Sorgen. Das hat Ihnen

doch Ihr Frauenarzt ganz genau erklärt. Dem Kind ist nichts passiert, und schlimmstenfalls müssen Sie die nächsten sechs Monate im Liegen verbringen. Und ab sofort kein Reiten, kein Tennis – und keine anders gearteten Leibesertüchtigungen!«

Es bereitet Dr. Sebaldt sichtliches Vergnügen, diese Worte auszusprechen. »Im dritten Monat – und in Ihrem Alter – muß man sowieso anfangen, sich einzuschränken. Also, Kopf hoch.«

Beschwingten Schrittes verläßt er den Raum auf seinen Kreppsohlen. Schwester Heidi dreht sich um. Johanna hat sich mit letzter Kraft noch einmal aufgerichtet.

»Schwester, bitte informieren Sie sofort Dr. Altmann. Haben Sie verstanden?«

»Ist das Ihr Gynäkologe?«

»Nein«, flüstert Johanna. »Mein Anwalt.«

»Keine Sorge, machen wir«, beruhigt sie Schwester Heidi und dreht ihr noch einmal den Rücken zu, um sich die Hände abzutrocknen. »Jetzt werden wir Sie erst mal in Ihr Zimmer bringen. Sie haben die Suite im neunten Stock mit einem traumhaften Ausblick über den Park und eigenem Balkon. Sie werden schon sehen, es wird Ihnen gefallen. Allen unseren Privatpatienten gefällt es hier. Haben Sie eine Ahnung, wer alles schon vor Ihnen da oben war, Frau Saletzki. – Frau Saletzki?«

Johanna ist wieder ohnmächtig ins Kissen gesunken.

»Meine Herren, dann schreiten wir zur Unterschrift!«

Holt drückt auf die Gegensprechanlage. Während er die Unterlagen auf dem Schreibtisch im Konferenzraum von Häckel ordnen läßt, öffnet sich diskret die Tür, und Frau Sondergast tritt ein, ein Tablett mit sechs Gläsern und dem besten Cognac balancierend.

»Eine historische Stunde.« Gerhard Schliever verschränkt die Arme hinter dem Rücken und tritt ans Fenster, um die Aussicht zu genießen.

»Das hätten sich unsere Väter nicht träumen lassen. Ich meine –« Er räuspert sich. Holt ist schließlich nur angeheiratet. Aber immerhin. Er tritt näher an seinen zukünftigen Vertragspartner heran. Zeit für den letzten, finalen Flankenstoß.

»In Zeiten wie diesen ist der direkte Schulterschluß die einzige Möglichkeit. Rücken an Rücken, Sie verstehen? Der Markt ist ein Haifischbecken. Da heißt es fressen oder gefressen werden. Stimmt's?«

Holt nickt. Schlievers Strategien sind offensichtlich unschlagbar. Wer Erfolg hat, hat recht. So ist das nun mal. Nur seine fast schon militärische Art der Unternehmensführung bereitet Holt Schwierigkeiten.

»Und mit Ihnen an meiner Seite, mein lieber Holt, sind wir quasi bewaffnet bis an die Zähne. Schon nächste Woche können wir mit den Dumpingpreisen aufhören und wieder anziehen. Es wurde auch Zeit, mein Bester. Wir müssen uns verbünden, statt uns gegenseitig das Fleisch von den Knochen zu nagen.«

Schliever reibt sich die Hände. Das ist sein großer Tag. Auf diesen Fisch hat er lange genug gewartet. Und wie sie zappeln! Alle miteinander an der Angel! Sein Blick schweift über die Anwesenden, den kompletten ehemaligen TV-nonstop-Vorstand, und bleibt schließlich an Holt hängen.

»Wenn Sie nun bitte unterzeichnen möchten?«

Häckel hat Haltung angenommen, fast wie beim Bund. Holt muß, obwohl ihm nicht wohl zumute ist, lächeln. Vielleicht war es ein Fehler, das Haus auf seine Art zu führen. Vielleicht brauchen die Menschen tatsächlich den Druck von oben und sind durch Mitspracherechte und andere basisdemokratische Errungenschaften eher verwirrt. Er mu-

330

stert seine Vorstandsmitglieder, einen nach dem anderen. Der Schmerz über den Verrat ist noch lange nicht verheilt, Rückendeckung für ihn gibt es nicht. Er blickt auf das Öl-bild an der Stirnseite des Raumes. Friedrich Paul Saletzki. Ich hätte es dir gerne erspart, das mit anzusehen. Aber die Zeiten haben sich geändert. Statt alter Tradition herrschen nun die Haifischjäger.

»Bitte, Herr Holt.«

Schliever hat das Dokument unterzeichnet. Nun steht er wartend neben dem Tisch und hält Holt seinen Füller entgegen. Der große Moment ist da. Das Haus Saletzki muß sterben, um weiterzuleben.

»Herr Holt?«

Frau Sondergast hat noch einmal die Tür geöffnet. »Ein dringender Anruf von Dr. Altmann.«

Holt läßt den Füller sinken. Was ist passiert? Alle hal-ten den Atem an. »Stellen Sie durch.«

Etwa zwei Minuten bleibt er am Telefon stehen und hört nur zu. Schliever wechselt einige Blicke mit seinem Notar, Häckel und Sormann schenken sich Mineralwasser nach und überbrücken die Zeit mit kleinen Schlucken, als koste-ten sie dreißig Jahre alten Rotwein.

»Meine Herren«, sagt Holt, als er schließlich den Hörer aufgelegt hat, und alle drehen sich nach ihm um. »Ich muß Ihnen mitteilen, daß der Verlag Saletzki in dieser Minute einen neuen Eigentümer erhalten hat. Die Vertragsunter-zeichnung wird bis auf weiteres verschoben.«

Am nächsten Morgen steht Thea pünktlich um zehn im Sekretariat von Herrn Andersen. Sie muß keine drei Mi-nuten warten, dann wird sie hereingerufen.

»Nehmen Sie bitte Platz«, sagt Andersen und deutet auf die Couchgarnitur. Thea setzt sich auf die vordere

Kante und sieht sich um. Hier riecht es nach Geld. Nach sehr viel Geld. So viel, daß ihr ihre lächerlichen Hunderttausend vorkommen wie ein Sandkorn in einer Dünenlandschaft.

»Kaffee?« fragt die Sekretärin.

»Ja, bitte.«

Ein Silbertablett wird vor ihr abgestellt. Beim Umrühren verschüttet sie die Hälfte auf die Untertasse. Ganz ruhig, Thea, spricht sie sich selbst Mut zu. Noch mehr verlieren kannst du nicht.

»Frau Kuckuck.«

Andersen kommt hinter seinem Schreibtisch hervor und setzt sich ihr gegenüber, nicht ohne vorher die Hosenbeine leicht hochzuziehen, um unschöne Kniffe zu vermeiden. Vor sich liegen hat er die Akte Dinkel & Co. Er erinnert sich vage an Johanna Saletzkis Begleiter, der auf ihn keinen guten Eindruck gemacht hat. Er mustert Thea. Sie sitzt da, scheinbar gefaßt, reibt aber immer wieder die Handflächen aneinander. Andersen kennt diese Körpersprache. Sie heißt, daß nun etwas Bedeutsames im Leben des Kunden geschieht. Er legt ein Vermögen in hochspekulative Aktien an, er versucht, sein Vermögen gerade noch zu retten, er hat sein Vermögen verloren. Steuerfahndung, Bankrott, unerfüllbare Verpflichtungen – all das schlägt sich nieder in diesem scheinbar unbeobachteten Aneinanderreiben der Handflächen. Er sieht in Theas Gesicht, und es gefällt ihm. Klare, offene Züge. Ein Mund, der Entschlossenheit und Willenskraft verrät. Feine Linien, die Schmerz und Erfahrungen nicht verbergen. Er schlägt die Akte auf. Ja, richtig. Herr Dinkel und Frau Saletzki hatten die Firma aufgelöst, Herrn Dinkels Schulden wurden bezahlt, Frau Kuckuck leistete im Februar einen Offenbarungseid.

»Nun?« fragt er. »Warum sind Sie gekommen? Ich gehe

332

doch recht in der Annahme, daß Sie nicht über Nacht zu Reichtum gekommen sind.«

Thea lächelt. Dann räuspert sie sich. »Erst einmal vielen Dank, daß Sie sich Zeit für mich genommen haben.«

Andersen nickt. Hoffentlich kommt sie bald zur Sache, in einer halben Stunde kommen die Russen. Und die darf er nicht warten lassen. Es ist das erste Mal, daß die Grund- und Bodenbank mit GUS-Unternehmen zu tun hat, und Andersen hat sich gut vorbereitet. Er sieht auf die Uhr. Thea entgeht der Blick nicht.

»Natürlich haben Sie recht. Ich habe nicht Lotto gespielt und auch keinen reichen Mann geheiratet. Aber es gibt ja noch eine dritte Möglichkeit, an Geld zu kommen. Zum Beispiel, dafür zu arbeiten. – Herr Andersen. Ich habe die Möglichkeit, in eine Firma einzusteigen, die gute Chancen hat, sich auf Dauer am Markt zu etablieren. In den letzten drei Monaten habe ich bereits dort gearbeitet. Es ist eine kleine Firma, zugegeben. Aber mit viel Fleiß und Sparsamkeit könnte ich das Geld, das dort zu verdienen ist, dafür verwenden, meine Schulden zurückzuzahlen. In fünf Jahren, Herr Andersen. In fünf Jahren hätten Sie Ihr Geld.«

Andersen hat aufmerksam zugehört. Nun öffnet Thea ihre Mappe und zieht zwei Exemplare des »Unterauer Gemeindeboten« hervor.

»Sehen Sie. Diese Ausgabe hier« – sie deutet auf das dünne, unansehnliche Heft – »ist erschienen, bevor ich dort angefangen habe zu arbeiten. Und diese hier« – sie reicht ihm die Ausgabe der vergangenen Woche hinüber, »Skandal mit den Oberen Wiesen?« prangt als Schlagzeile darüber – »ist das Ergebnis meiner Arbeit.«

Andersen nimmt die Hefte entgegen und blättert sie kurz durch. Er schweigt noch immer.

»Und hier ist die Bestätigung des Herausgebers. Daß er mich als Partner aufnehmen will und was ich bis jetzt erreicht habe. Sehen Sie hier, die Auflage hat sich bereits in drei Monaten verdoppelt. Das Anzeigenaufkommen vervierfacht. Und das ist erst der Anfang.«

Sie sieht Andersen an. »Bitte«, sagt sie. »Ich brauche diese Chance.«

»Frau Kuckuck, machen wir uns doch nichts vor. Sie haben bereits einen Konkurs hinter sich. Welche Sicherheit haben wir, daß es nicht noch ein weiteres Mal passiert?«

Einen Moment lang denkt Thea an das Schreiben der Ortssparkasse. Sie hat es dabei, als letzte, als allerletzte Möglichkeit. Und entscheidet sich, endgültig dieses Mal, dagegen.

»Nur mich«, sagt sie. »Mich allein.«

Holt steht an Johannas Krankenbett. In der Hand hält er einen Strauß wunderschöner Pfingstrosen. Johanna lächelt matt.

»Wer hätte das gedacht?« sagt sie. Holt zieht sich einen Stuhl heran und setzt sich neben sie. Dann greift er nach ihrer Hand.

»Wie eine glückliche Mutter siehst du nicht gerade aus. Weiß denn der Vater schon von seinem Glück? Wer ist es eigentlich?«

Johanna schaut aus dem Fenster. »Das tut doch nichts zur Sache. Wir – wir haben uns seit dieser Geschichte nicht mehr gesehen.«

Mit dieser Geschichte meint Johanna das unglückselige Verröcheln der TV-nonstop-Kampagne.

»Dann solltest du ihn vielleicht anrufen.«

»Nein!«

»Johanna.« Holt packt wieder ihre Hand, die sie ihm gerade weggezogen hat. »So geht das doch nicht. Überhaupt: Nichts wird so bleiben, wie es war.«

»Wieso?« Sie dreht den Kopf und sieht ihn an. Will Holt ihr jetzt einen Vortrag über die Freuden des Mutterglücks halten?

»Es gibt einen Erben«, sagt Holt. »Das ändert alles. Weißt du das nicht?«

Johanna schluckt. »Doch. Ich weiß.«

»Der Verlag fällt an dich. Du verwaltest ihn treuhände-risch, bis das Kind volljährig ist. Was wird es eigentlich? Ein Junge oder ein Mädchen?«

»Dafür ist es noch ein bißchen früh.« Johanna lächelt schwach. »Aber ich hätte schon gerne einen Jungen. Die Frauen in unserer Familie haben schon immer einen leich-ten Hang zur Neurose gehabt. – Thomas?«

»Ja?«

»Ich habe viel nachgedacht. Vor allem in der letzten Zeit. Es ist eine Menge passiert, mit dem ich nicht gerech-net habe. Vor allem nicht mit diesem Kind. Stell dir vor, ich habe noch nicht einmal gemerkt, daß ich schwanger war.«

»Was?« fragt Holt. »Du wußtest es nicht?«

»Hast du geglaubt, ich hätte dir das absichtlich ver-schwiegen?« Sie sieht Holt ins Gesicht. »Ja. Natürlich. Du mußtest es ja glauben. Das allerletzte Mittel: Ich werde schwanger, um den Verlag wiederzubekommen.«

Sie lacht, bricht aber sofort ab und streicht sich mit der Hand über den Bauch.

»Hilf mir mal.«

Holt setzt sie auf und stopft ihr das Kissen hinter den Rücken.

»Thomas, du glaubst nicht, was in mir vorgegangen ist in den letzten Tagen. Ich bekomme ein Kind! Verstehst du? Etwas, für das ich ganz alleine verantwortlich bin, das mir keiner wegnehmen kann. Und vor allem: Dieses Kind kommt auf die Welt, ohne darüber nachzudenken, ob ich arm oder reich bin. Es wird schreien und brüllen, mich die letzten Nerven kosten, es wird lachen und mir dabei Kakao übers Kleid kippen, aber es wird mich lieben. Weil ich seine Mutter bin und nicht Johanna Saletzki, die nichtsnutzige reiche Erbin. Ehemals reiche Erbin.«

Holt nickt. Aber er weiß nicht, was Johanna vorhat. Er traut diesem plötzlichen Sinneswandel nicht ganz.

»Thomas, wir müssen miteinander reden.«

Holt nickt. »Ich habe den Anwälten schon Bescheid gesagt.«

Johanna schüttelt den Kopf. »Keine Anwälte. Wir beide. Über die Zukunft. Deine und meine. Ich glaube, Christina hätte es gewollt.«

Holt kommt aus dem Staunen nicht mehr heraus. Was Hormone so alles anstellen können ... Er nickt. Noch ist er skeptisch.

»Wir werden darüber reden, sobald du aus dem Krankenhaus entlassen bist.«

»Nein«, widerspricht Johanna. »Jetzt. Die Konventionalstrafe, die ich dem Verlag zahlen muß, fällt quasi wieder an mich. Stimmt's?«

Holt nickt.

»Dann habe ich also ein ziemlich reiches Kind, dem dazu noch ein völlig sanierungsbedürftiger Verlag gehört.«

Holt nickt wieder. Johanna schweigt einen Moment. Es ist nicht einfach, über seinen Schatten zu springen. Vor allem nicht nach so vielen Jahren Haß. Vielleicht läßt Holt sie hohnlächelnd abblitzen, das wäre dann das Ende. Denn allein, das weiß Johanna Saletzki, allein packt sie das nicht.

»Thomas«, setzt sie an und schluckt noch einmal. »Meinst du, wir könnten das schaffen?«

»Was?«

»Den Verlag noch einmal auf die Beine zu bringen. Wenn wir eine Radikalkur machen und gemeinsam versuchen, den Karren aus dem Dreck zu ziehen? Wenn wir für Schliever & Wahn so interessant sind, daß sie uns übernommen hätten, dann können wir das doch auch alleine, oder?«

Holt schaut an ihr vorbei aus dem Fenster.

»Warum?« fragt er. »Warum auf einmal? Was ist in dich gefahren? Meinst du das alles ernst, oder ist es wieder nur so eine Laune von dir? Der Verlag gehört dir. Du hast erreicht, was du wolltest. Was willst du dann noch von mir?«

Johanna sieht ihn an. »Mach es mir doch nicht so schwer.«

Doch Holt dreht ihr den Rücken zu. Offensichtlich wartet er darauf. Johanna ringt mit sich und ihrem Stolz, zerknittert das Bettuch immer mehr und bringt schließlich, endlich die Lippen auseinander.

»Es tut mir leid. Vielleicht kannst du mich eines Tages besser verstehen. Aber jetzt will ich nur, daß du meine Entschuldigung annimmst. Und daß wir beide noch einmal von vorn anfangen. Beruflich, und in aller Freundschaft. Ich bitte dich, Thomas.«

Und diese Bitte, das wissen beide, ist für eine Saletzki ein großer Schritt.

Holt seufzt. Ein langer, tiefer Seufzer. Wie würde jemand wie Schliever entscheiden? Er würde sie ins offene Messer rennen lassen. Oder sich gleich noch am Krankenbett einen hieb- und stichfesten Vertrag geben lassen. Mit Jahresgehalt und Abfindungsregelung. Verlängerbar nach zwölf Monaten. Aber Holt ist nicht Schliever. Vielleicht wird er enttäuscht, diese Gefahr besteht immer. Doch trotz allem setzt Holt auf Vertrauen.

»Und ich werde arbeiten. Weißt du, Thomas, es war trotz allem eine Leistung. Die schlechteste Werbekampagne der

Welt. Die schüttelt man nicht so einfach aus dem Ärmel. Und
– wer weiß, vielleicht gelingt mir ja eines Tages die beste?«

»Und dein Kind?«

Da blitzt die alte Johanna Saletzki wieder durch. »Laß
das nur meine Sorge sein. Ich kenne jemanden, der in Zukunft nichts anderes zu tun haben wird, als sich darum zu
kümmern.«

Holt atmet tief durch. »Nun gut. Wir können es ja mal
probieren.«

Johanna strahlt ihn an. Einen Moment lang sieht er
Christinas Charme aus ihren Augen blitzen. Er muß lächeln.
Dann wird er wieder streng.

»Und woher der plötzliche Arbeitseifer?« fragt er, immer
noch einen Rest Mißtrauen in der Stimme.

Johanna zieht eine der Pfingstrosen zu sich heran. »Als
Wiedergutmachung. Ich muß dir nämlich noch etwas gestehen.«

Holt, schon auf dem Weg zur Tür, dreht sich noch einmal um. »Na, viel Schlimmeres kann ja wohl nicht mehr
kommen.«

Johanna zerknittert wieder das Bettuch. »Doch«, sagt
sie leise. »Es geht um Vicky. Und um ein Stück Papier. Ein
dummes, kleines Stück Papier.«

»Und?« fragt Vicky zum zehntausendsten Mal. »Er hat
wirklich genickt?«

Sie sieht in Theas strahlende Augen. So ein Glück, so
ein großes, großes Glück.

»Die Grund- und Bodenbank steigt ein in den ›Unterauer Gemeindeboten‹. Und ich bin wieder ein Mensch. Mit
eigenem Bankkonto, Euroscheckkarte und allem Drum
und Dran. Ich bin wieder selbständige Unternehmerin. Ich
kann es noch gar nicht glauben.«

338

»Prost!« ruft Nadine. »Also darauf müssen wir einen heben.«

Sie haben es sich auf Vickys kleiner Terrasse gemütlich gemacht. Eine Flasche Champagner kühlt auf Eis, sie stoßen miteinander an.

»Und du willst also wirklich wieder zurück in die Provinz? Hast du dir das auch gut überlegt?«

Thea nickt. »Sie fehlen mir alle jetzt schon. Der Trubel, der Streß, die ganze Arbeit. Und natürlich Uli. Uli ganz besonders.«

Vicky nickt. Sie weiß nicht, daß Thea vorgestern mit der Post einen Brief bekommen hat. Die neuste Ausgabe des »Gemeindeboten« – und ein Gedicht. Das erste Gedicht, das Uli nach zwanzig Jahren geschrieben hat. »Du fragst, ob ich das Feuer sah, das einst gebrannt hat fast bis zu den Sternen / ich sag dir leis, ich seh es heute noch, in deinen Augen leuchtet es / bis heut zu mir durch alle Fernen.«

Na ja. Nicht unbedingt Goethe. Und sie wird den Teufel tun und es irgend jemandem zeigen. Denn mittlerweile ist klar: Aus dem Lyriker ist ein Journalist geworden, und ein gar nicht so schlechter noch dazu. Der »Gemeindebote« ist ihm mehr ans Herz gewachsen, als er Thea eingestehen will. Trotzdem haben sie die Verse glücklich gemacht. Welcher Mann schreibt noch Gedichte an seine Frau? – Seine Frau?

Thea stutzt einen Moment und sieht den kleinen Perlen nach, die vom Grund ihres Champagnerglases nach oben steigen. Warum eigentlich nicht, denkt sie. Wir haben zwanzig Jahre versäumt. Aber sie waren wichtig, um herauszufinden, worauf es ankommt. Nämlich nicht auf die schicke Wohnung in Eppendorf, das geleaste Auto, die neusten Kostüme auf Kreditkarte. Sondern darauf, ein Zuhause zu haben. Das ist es, was Thea nun weiß. Sicher, ihr Weg ist ein ganz anderer als der, den Nadine zum Beispiel nehmen wird.

Die würde es, setzte sie ihren gerade eben noch freundschaftlich angedrohten Besuch in der Unterau tatsächlich in die Tat um, keine vierundzwanzig Stunden dort aushalten. Oder Vicky. Vicky wäre vermutlich selbstmordgefährdet, nähme man ihr von heute auf morgen nicht nur den Inhalt ihres Kleiderschranks, sondern auch noch ihre Kreditkarten. Aber genau das ist ja das Wichtige: im Leben die Lösung zu suchen, die ganz genau nur zu einem selbst paßt.

Sie hält das Glas an die Lippen und lächelt. Ein Lächeln, das Vickys Herz berührt und einen Moment lang wie ein kleiner Stich schmerzt.

»Du liebst ihn immer noch? Nach zwanzig Jahren?«

Thea schüttelt den Kopf. »Nein. Ich liebe ihn wieder. Und dieses Mal ist es ganz anders. Weißt du« – sie schenkt sich nach –, »als er sich damals für mich geprügelt hat, beim Feuerwehrball, da hab ich es zum ersten Mal wieder gespürt. Er hatte gegen Michael Krötzig keine Chance, aber er hat gekämpft wie ein Löwe. Und dann« – sie nimmt einen Schluck und sieht Vicky nachdenklich an, »hat er mich daran erinnert, wie ich einmal war. Ich glaube, umgekehrt war es genauso. Wir wurden getrennt, als wir eigentlich noch Kinder waren. Als jeder noch glaubte, die Welt sei nur für ihn gemacht. Dann ist das Leben gekommen und hat eine Illusion nach der anderen eingefordert. Bis wir zum Schluß beide vergessen hatten, was einmal in uns gebrannt und gelodert hat. Ich habe es ihm gezeigt, und er hat es mir gezeigt. Und keiner von uns beiden war zu stolz, die Hilfe des anderen anzunehmen.«

Vicky nickt. Ein klassischer Fall von Liebe. Es gibt sie also doch noch. Zwar nur für die anderen, aber die Hoffnung bleibt. Einen Moment lang denkt sie an Thomas. Doch sie wischt das Bild beiseite. Es hat keinen Zweck.

Männer, die verrückt sind, laufen einem immer wieder über den Weg. Das Problem ist nur, daß man sie nicht auf Anhieb erkennt. Und dann: Nichts gegen Nadine, sie ist ihr lieb geworden und ans Herz gewachsen wie eine kleine, unglaublich tolpatschige Schwester. Aber ein Mann, der sie mit Nadine betrügt – oder Nadine mit ihr? –, muß offensichtlich ein Rad abhaben. Na ja, Hausmeister. Dabei wirkte er ganz anders. Viel gebildeter, feinsinniger, als man sich Hausmeister im allgemeinen vorstellt.

»Du gehst also, endgültig?«

Thea nimmt Vicky in den Arm. »Nicht weinen«, sagt sie. Doch Vicky schluchzt, und Thea, die nicht weiß, welche weiteren Gedanken Vicky so wehmütig stimmen, wird das Herz schwer.

»Nun heult doch nich alle durcheinander«, motzt Nadine, die sich auf der Terrasse breitgemacht hat wie Hefeteig. »Laßt uns lieber feiern. Ist schließlich mein Schampus, da muß er ja nich auch noch warm werden!«

Sie prostet Thea zu. »Wo wir doch jetzt die gleiche Bank ham.« Thea fängt an zu kichern, Vicky stimmt mit ein. »Tatsächlich« – Vicky füllt sich das Glas nach – »die gleiche Bank, wer hätte das gedacht? Ihr wißt, wer die dritte im Bunde ist?«

»Johanna Saletzki!« rufen Thea und Nadine gleichzeitig. »Wollen wir auch auf sie einen Toast aussprechen?«

Nadine schaut Thea und Vicky an. »Warum nicht?«

Thea steht auf. »Auf Johanna Saletzki! Möge sie mit Marius glücklich werden!«

Prustendes Lachen. Dann schraubt sich Vicky aus ihrem Sessel. »Auf Johanna Saletzki! Möge ihr Verlag blühen und gedeihen!«

Kichern ohne Ende. Schließlich gesellt sich auch Nadine dazu. »Auf Johanna Saletzki! Auf daß ihre Kampagnen immer so gut sind wie die letzte! Und da die letzte die erste war, wär's schön, wenn die erste auch die letzte bliebe!«

Brüllendes Gelächter. Sie stoßen an und verschütten dabei die Hälfte des kostbaren Naß.

»Und auf die Million!« ruft Vicky. »Auf die Million!« fallen alle ein. Sie trinken aus und plumpsen wieder in die Rattansessel. Thea beugt sich vor.

»Nun erzähl mal«, sagt sie, denn ganz begriffen hat sie Nadines Mega-Deal immer noch nicht. Nadine rülpst kurz und beginnt.

»Nachdem ich einmal wußte, daß ohne meine Einwilligung die Kampagne nich startet, war ja alles klar: Die Saletzki mußte zahlen. Eine Million. Ich hätte nie geglaubt, daß sie das macht, bis ich auf den Gedanken kam, daß da noch eine Menge mehr Geld im Spiel sein muß. Warum macht sie überhaupt so eine Kampagne, wenn sie das Papier nicht wert ist, auf das sie gedruckt wird?«

Thea und Vicky sehen sich an. »Na?«

»Entweder, weil sie dem Verlag mehr schaden als nutzen will, oder weil sie damit rechnet, daß sie keiner nimmt. Beides war wahrscheinlich. Aber als ich den Spot gesehen hab, war mir klar: Wer den nimmt, is nich bei Sinnen. Wenn er nun nich gesendet wird, was heißt das?«

»Na was?« fragt Thea ungeduldig.

»Dann braucht die Saletzki auch meine Einwilligung nich. Adios, Milliones! Das hat mich natürlich gewurmt, und ich rief Holt an.«

»Du hast Holt angerufen? Den obersten Chef?«

»Ich hab der Sekretärin gesagt, es geht um was Privates. Was meinst du, wie schnell du dann die Herren an der Strippe hast!«

Thea staunt. Der Trick hätte ihr bei Hansen eine knappe Woche Warten gespart.

»Und dann?«

»Dann ham wir uns getroffen. Übrigens an dem Tag, an dem Petermann sein blaues Wunder erlebt hat.« Sie wechselt einen bedeutungsvollen Blick mit Vicky. »Er hat es übrigens gleich zugegeben. Daß er was mit einer anderen hatte. Ich hab gar nicht mehr lange diskutiert. Ratz fatz meine Sachen gepackt, und ab zurück in meine Bude. Nee, nee.«

Sie trinkt das Glas in einem Zug aus. »Muß ich mir nich antun.«

Vicky schluckt.

»Dann hab ich mit Holt persönlich verhandelt. Holt, hab ich gesagt, was soll ich tun? Zahlt die Saletzki mir die Million, stecken Sie bis zum Hals im Dreck. Das will ich Ihnen nich antun. Also hab ich selber eine Idee.«

Sie schaut in erwartungsvolle Augen.

»Na was?« knurrt Vicky, noch immer sauer auf die männliche Hälfte der Menschheit.

»Er zahlt sie mir. Dafür, daß ich meine Einwilligung nich gebe. Ein bißchen was draufpacken mußte er natürlich schon. Sollte ja ein Handel sein. – Gibt's noch was von dem Zeug?«

Sie streckt Thea ihr leeres Glas entgegen.

»Und? Hat er genickt? Natürlich! Sonst wärst du ja nicht in der Bank aufgetaucht. Mit einem Scheck über eine Million – und eine Mark!«

Sie lachen, daß sich die Balken biegen. »Damit konnte er die Kampagne fordern, die Saletzki konnte nich liefern – und ich … und ich – «

»Du hast eine Million! Es ist nicht zu fassen!«

»Ich kann's auch nich glauben. Aber seit heute hab ich mein Konto. Natürlich muß ich mich erst mal beraten lassen. Aber ich glaube, als erstes mach ich mal eine Weltreise. Will jemand mitkommen?«

Sie sieht Vicky und Thea erwartungsvoll an. Doch beide schütteln die Köpfe.

»Auf mich wartet viel Arbeit«, sagt Vicky.

»Auf mich auch«, antwortet Thea. Nadine zieht ein Schnütchen.

»Dann eben nich.«

Es klingelt wieder. Alle drei schauen sich an. »Erwartest du noch jemanden?« fragt Vicky Thea. Die schüttelt den Kopf. Dann beugt sie sich über das Terrassengeländer.

»Ein Mann«, sagt sie. »Kenn ich nich. Der muß zu einer von euch gehören. Einen Blumenstrauß hat er mit.« Sie dreht sich um. »Soo ein Ding!«

Vicky schaut hinunter und erstarrt.

»Petermann«, flüstert sie und starrt auf Nadine. Die springt auf. »Petermann? Mit Blumen? Wo ist das Schwein?«

Sie schnappt nach dem eiswassergefüllten Champagnerkübel. Ein Schwung, ein Schrei, Thea und Vicky springen auf und drücken sich kichernd in die Ecke. Nadine beugt sich über die Brüstung.

»Na?« ruft sie hinunter. »Tut gut, so eine kleine Abkühlung, was?«

Dann dreht sie sich um und sieht Vicky an.

»Das is nich Petermann«, flüstert sie.

Es ist schon dunkel. In dem Krankenzimmer im neunten Stock der Universitätsklinik brennt noch Licht. Es klopft an die Tür. »Herein«, sagt Johanna. Marius steckt den Kopf durch den Türspalt. »Johanna?«

Sie legt das Buch weg, in dem sie gerade geblättert hat – »Kommunikationsmarketing für Printrelease« –, und dreht sich um.

»Marius! Wie schön. Komm herein.«

Zunächst sieht sie einen fahrbaren Infusionsbaum, an

dem mehrere Flaschen baumeln, und dahinter, im Bademantel, den Rekonvaleszenten.

»Was ist denn mit dir passiert?«

»Gallenoperation«, stöhnt Marius und zieht vorsichtig einen Stuhl heran.

»Ist es schlimm?«

»Es geht, es geht. Nächste Woche werde ich entlassen.«

»Warum hast du dich nicht gemeldet?«

Marius starrt hinunter auf seine Pantoffeln. »Warum? Es ist doch zwecklos. Ich habe die Kampagne versaut und noch eine ganze Menge mehr. Du bist eine Frau für Gewinner. Nicht für einen Verlierer wie mich.«

Johanna schweigt. Sie weiß, daß er noch immer einen neuen Job sucht. Sie muß ihm nicht auf die Nase binden, daß ein kurzer Anruf bei Gerhard Schliever, der noch ganz unter der Vorfreude der kurz bevorstehenden Vertragsunterzeichnung stand, Marius' Hoffnungen auf einen Arbeitsplatz bei der Konkurrenz mit einem Schlag zunichte gemacht hätte. Johanna mag sich zwar geändert haben, aber eine Heilige ist sie noch lange nicht geworden. Und hat es, ehrlich gesagt, auch nicht vor. Sie wird ihr Unternehmen mit straffen Zügeln leiten. Und ein bißchen Intrige hie und da wird dabei nicht schaden.

Doch jetzt, wie sie Marius neben ihrem Bett sitzen sieht, ein Bild des Jammers, beißt sie, wenn auch nur hormonell bedingt, das schlechte Gewissen.

»Du hättest dich auszahlen lassen können. Immerhin gibt es Print advertising noch.«

»Ach, Johanna, was soll das? Auszahlen. Wie einen Gigolo. Ex und hopp. Wenn es nicht mehr war für dich, dann will ich auch nicht noch dafür bezahlt werden.«

»Was war es denn für dich?« fragt sie. Marius sieht ihr in die Augen.

»Ein bißchen mehr schon. Ich hätte dich gerne behalten.«

»Du?« lacht sie. »Mich behalten? Warum denn?«

Marius erhebt sich mit schmerzverzerrtem Gesicht, die Hand auf den Bauch gepreßt. »Ich bin nicht gekommen, um mich von dir auch noch auslachen zu lassen.«

»Bleib.« Johanna greift nach dem Ärmel seines Bademantels, Marius setzt sich wieder und stöhnt ein bißchen.

»Dein Anwalt hat mir gesagt, daß du hier bist. Es klang ziemlich ernst. Schon komisch, daß wir beide im gleichen Krankenhaus liegen. Obwohl« – er mustert den Raum – »bei mir sieht's anders aus. Na ja, Kassenpatient.«

»Danke, daß du gekommen bist.«

»War doch selbstverständlich.« Er legt seine Hand auf die ihre und sieht sie an. »Hoffentlich ist es nichts Ernstes.«

Seine Sorge rührt sie. Und gibt ihr recht, daß die Entscheidung, die sie getroffen hat, die richtige war.

»In ein paar Tagen werde ich entlassen. Dann muß ich mich allerdings noch schonen. Aber in ziemlich genau sechs Monaten ist alles vorbei.«

Sie beugt sich zum Nachtschränkchen. »Genau: am vierzehnten Dezember. Vielleicht ein paar Tage später, vielleicht auch früher. So exakt kann man das ja nie sagen.«

»Was sagen?« Marius ist ein einziges großes Fragezeichen.

»Mit der Niederkunft.«

»Niederkunft?«

»Der Geburt.«

»Geburt?«

»Mein Gott, nun wiederhole doch nicht alles, was ich sage! Du hast schon richtig verstanden.«

»Du kriegst ein Kind? Von wem?«

Johanna wirft sich unwillig ins Kissen zurück.

»Von … mir?«

Johanna nickt. Marius kann es nicht fassen. Er lächelt unsicher, hat aber noch keine Ahnung, wohin der Hase läuft.

»Und nun? Johanna, ich hab keine Arbeit. Wie soll ich dich ernähren?« Er knöpft sich den oberen Hemdkragen auf. »Und Unterhalt zahlen kann ich im Moment auch nicht. Aber« – ein Lächeln geht über sein Gesicht – »ein Kind, das hätte ich nie gedacht.«

»Ich auch nicht«, erwidert Johanna trocken. Sie holt eine Mappe aus dem Nachtschränkchen und öffnet sie.

»Marius Dinkel. Da Ihre Arbeitsleistungen« – sie sieht ihn scharf an, Marius wird etwas kleiner auf dem Stuhl – »einen nicht wiedergutzumachenden Schaden am Bruttosozialprodukt dieses Landes verursachen und Sie eine Gefahr für den Wirtschaftsstandort Deutschland darstellen, erklären Sie sich Kraft Ihrer Unterschrift bereit, auf jegliche Art des Broterwerbs in Zukunft zu verzichten. Statt dessen« – sie klappt die Mappe zu – »werden Sie Johanna Saletzki heiraten und ihrem Kind ein liebevoller Vater sein. Sind Sie einverstanden?«

»Was?«

Marius springt auf, dann stöhnt er, und die Flaschen an seinem Infusionsgestell klirren.

»Du fragst mich, ob ich einverstanden bin?«

Johanna sieht zu ihm auf und nickt. »Selbstverständlich werden deine Leistungen entsprechend vergütet.«

»Wie?« fragt er und zieht ihr sanft die Bettdecke weg. Er streicht mit der Hand über ihren Bauch und wandert dann sanft ab in tiefere Regionen.

»Jetzt nicht«, sagt Johanna. »Erstens muß ich gesund werden, zweitens mußt du gesund werden, und drittens stecken wir mitten in Vertragsverhandlungen.«

Er deckt sie wieder zu und küßt sie. »Dann muß aber ein

entsprechender Passus hinein. Eine sogenannte Onassis-Klausel. Eine Art ... Zutrittsrecht, mindestens zehnmal im Monat.«

Johanna lacht. »Wie soll ich das denn Dr. Altmann erklären?«

Thomas Holt sitzt, in einen von Vickys Bademänteln gehüllt, am Küchentisch und läßt sich einen Tee aufbrühen. Thea und Nadine schleichen kichernd und noch immer ein bißchen angeschickert durch die Wohnung. Vicky schließt die Küchentür und dreht sich um.

Das ist er also. Thomas Holt. Ihr »Hausmeister«. Gekommen, um sie um Entschuldigung zu bitten. Er niest.

»Aber du mußt selbst zugeben, daß das Papier dich verdächtig gemacht hat.«

»So? Muß ich das?«

Sie hat sich entschlossen, es ihm nicht leichtzumachen. Gemessen an dem, was sie die letzten Wochen gelitten hat, müßte der gesamte holländische Tagesimport an Schnittblumen in ihre Straße transportiert werden.

»Du hättest mich ja wenigstens fragen können. Ich hatte mit diesem Zettel nicht das geringste zu tun. Irgendwie ist er in Marius' Hände gelangt, und dieser Trottel hat ihn an mich weitergegeben. Aber statt dich in den Wind zu schreiben, habe ich dich auch noch überall gesucht. Warum stehst du eigentlich nicht auf der Verlagstelefonliste?«

»Weil ich kein Angestellter bin«, antwortet Holt.

»Ach so.« Vicky fällt wieder ein, daß sie es nicht mit einem Hausmeister, sondern mit einem ziemlich hohen Tier zu tun hat. Aber sie ist noch nicht fertig.

»Und bei Nadine war ich nur, weil sie mich zu sich bestellt hat. Es ging um die Kampagne und darum, daß sie ihr Einverständnis zurückhält«, sagt Holt.

348

»Sag mal, ganz im Ernst« – Vicky setzt sich ihm gegenüber –, »hättet ihr das nicht billiger haben können? Das Mädchen schnappt ja vollkommen über.«

Holt schüttelt den Kopf. Dann sieht er Vicky tief in die Augen, deren Herz automatisch wieder auf doppelte Pulsfrequenz schaltet.

»Vicky, ich habe mich unmöglich verhalten. Ich kann mich noch nicht einmal richtig entschuldigen. Der Verlag, die Sabotage hinter meinem Rücken – ich glaubte, endlich auf der richtigen Spur zu sein. Sogar Meerbusch hat zugegeben, mit dir – nun, mit dir –«

»Was? Wer ist dieser Meerbusch eigentlich?«

»Er war einmal der engste Vertraute von Johannas Mutter. Ich denke, er hat in bestem Glauben gehandelt, aber er hat uns beinahe ruiniert. Auch Johanna muß noch viel lernen. Ich glaube aber, sie sieht diese Notwendigkeit mittlerweile ein.«

»Wie geht es weiter?«

»Wir werden den Verlag beide gemeinsam treuhänderisch weiterführen. Und wenn ihr Sohn – oder ihre Tochter – alt genug ist und Interesse, Liebe und Weitsicht zeigt, gehört das Haus eines Tages ihm. Oder ihr.«

»Ein Kind«, sinniert Vicky. »Wer hätte das gedacht? Marius wird sich ja freuen. Wenn er Glück hat, gewinnt er den Vaterschaftsprozeß und kann sich den Rest seines Lebens auf Johannas Geld ausruhen.«

»Ich glaube, in dieser Hinsicht werden gerade Abmachungen getroffen.«

»Tatsächlich?« Vicky lächelt. Dann hat er also zu guter Letzt doch das goldene Ei bebrütet. Und Gerry macht Karriere, in dem er Schlievers Kenntnisse strategischer Kriegsführung um die Variante der Seeschlacht bereichert. Die Verteidigung der afrikanischen Kolonien durch die brandenburgische Flotte des Großen Kurfürsten zum Beispiel. Angeblich soll schon ein Bassin im Konferenzraum stehen. Thea wird in ein paar Tagen zurückkehren in die Unterau. Ihre Familie – und Uli – warten auf sie. Es muß ein schönes Gefühl sein, wenn so viele Menschen auf einen warten. Und Nadine? Das ist im Moment ihre größte Sorge. Daß das Mädchen auf dem Teppich bleibt. Doch sie hat schon durchblicken lassen, daß sie nicht im Traum daran denkt, sich auf die faule Haut zu legen. Ihre Modelkarriere ruht, ist aber noch lange nicht abgehakt.

Und ich? denkt Vicky und sieht zu Holt hinüber. Wie geht es jetzt mit uns weiter?

»Vicky« – Holt nimmt ihre Hände in die seinen –, »ich bin seit Jahren von nichts anderem als Intrige, Verrat und Heuchelei umgeben. Ich wünschte so sehr, das könnte sich ändern. Im Verlag – wie auch in meinem Privatleben.«

Sie zieht die Hände zurück. »Du läßt dich leicht entmutigen«, sagt sie leise. »Was wird es das nächste Mal sein? Wenn du wieder aufspringst und gehst, ohne ein Wort zu sagen. Und mich allein läßt.«

»Ich lasse dich nicht mehr allein.« Er zieht sie näher zu sich heran. »Wenn du willst, dann kann ich es dir sogar versprechen. Hochoffiziell, mit Brief und Siegel, gestempelt und beglaubigt.«

Vicky ist immer noch mißtrauisch. »Was heißt denn das? Manifestierst du deine Beziehungen durch Verträge?«

Holt sieht sie liebevoll an. »Ja. Aber nur auf dem Standesamt.«

Und endlich, endlich findet sich Vicky in einer jener Umarmungen, in denen die Welt, die Zeit, ihr gesamtes vorheriges Leben, alle Enttäuschungen unwichtig werden, die sie hinaufheben in den siebten Himmel und ihr die Gewißheit geben, nie, nie wieder auf den harten Boden zu fallen.

Und weil das Schlafzimmer von zwei leise schnarchenden Freundinnen besetzt ist, schleichen beide hinaus auf die Terrasse. Der Mond scheint vom nachtdunklen Himmel, umrahmt von glitzernden Sternen. Vicky seufzt und kuschelt sich an Holts Schulter.

»Woran denkst du, wenn du den Mond siehst?« fragt Holt sie plötzlich. Vicky sieht ihn erstaunt an. Dann lächelt sie und flüstert ihm etwas ins Ohr.

Er drückt sie so fest an sich, daß Vicky fast das Gleichgewicht verliert und die Gießkanne aus Aluminiumblech umfällt. Es scheppert, die Füße werden naß, Vicky quietscht.

Thea wacht auf. Sieht durchs Schlafzimmerfenster die beiden auf der Terrasse stehen und schaut einen Moment lang zu. Dann läßt sie leise und vorsichtig die Jalousien herunter. Sie müssen ja nicht merken, daß sie aufgewacht ist. Durch die Lamellenstreifen dringt das Mondlicht ins Zimmer, und als sie wieder zu Nadine ins Bett krabbelt, fällt ihr blinzelnder Blick noch einmal auf die silberne Scheibe da oben, dieses tote, kalte Stück Fels, wie sie den Mond einmal genannt hat. Sie lächelt und denkt noch: Zwar ist der Mond nichts ohne die Sonne, aber wie nutzlos das Sonnenlicht, wenn nichts da ist, worauf es fallen kann.

Dann schläft sie ein.